身为吃货，一生唯愿能有如此精美的葬身之处，即使无碑无坟，也是幸运。

[illegible]

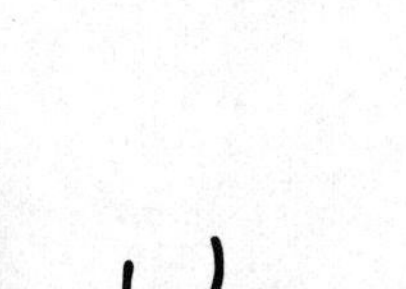

影成双

麟潜 著

孔學堂書局

图书在版编目（CIP）数据

影成双 / 麟潜著. — 贵阳 : 孔学堂书局, 2023.5
ISBN 978-7-80770-431-7

Ⅰ. ①影… Ⅱ. ①麟… Ⅲ. ①长篇小说—中国—当代
Ⅳ. ① I247.5

中国版本图书馆CIP数据核字（2023）第 074898 号

影成双 麟潜 著

YING CHENG SHUANG

责任编辑：胡 馨

责任印制：张 莹

出　　品：贵州日报当代融媒体集团

出版发行：孔学堂书局

地　　址：贵阳市乌当区大坡路 26 号

贵阳市花溪区孔学堂中华文化国际研修园 1 号楼

印　　刷：长沙鸿发印务实业有限公司

开　　本：710mm×1000mm　1/16

印　　张：21

字　　数：355 千字

版　　次：2023 年 5 月第 1 版

印　　次：2023 年 5 月第 1 次印刷

书　　号：ISBN 978-7-80770-431-7

定　　价：54.80 元

目录

目录

第一章 从别后

说书人口中之高手，只需主子一声轻咳，无数黑衣鬼魅，犹如天降。

那皆是虚言，哄骗幼童尚可，我等不过影卫而已。

信阳城郊外，满地狼藉，血腥蔓延，方才一场缠斗终了，身穿暗蓝织银缎衣的少年揉了揉被打痛了的手腕。

年九珑傲然地哼了一声，道："齐王殿下逃得倒快。"

十七八岁的少年浑身散发着凌厉的气息，令人不敢随意靠近。

他如今不再是那个齐王府的影卫，却仍想听别人叫他"影九九"。若有人说了他的真名反倒惹他不快，因此身边人只敢称他"九公子"。

身旁众多杀手簇拥着一位与他年纪相仿的白衣公子，此人正是孔雀山庄的六公子年有华。年有华掩住口鼻，挡住刺鼻的血腥味，走到年九珑的身旁。

说实在的，年有华颇有些惧怕这个庶弟。自从年九珑九岁失踪，七年后突然现身孔雀山庄，重新做回九公子，他整个人便变了，变得阴鸷。

"小九，有心事？"年有华故作亲昵地拍拍年九珑的肩膀，"齐王跑了也无妨，本就是支紫签子，不易得手，换了庄主也拿不下他。"

孔雀山庄是众人皆知的杀手院，常有神秘贵客到访。他们携着天价酬金，请孔雀山庄接签杀人。

黑签为商人，赤签为官人，紫签为贵人。

此番年九珑接了支紫签，劫杀他曾效忠了七年的主子——齐王殿下。

庄主扔出这支紫签时，在座几位公子摩拳擦掌。不过齐王身边高手如云，没些个真本事必然拿不下他。众人正犹豫着，没承想从不出手的九公子欣然接了这支签，庄主便指派六公子和九公子一同前往。

年九珑并非是冲着齐王去的。

他不过是看见了齐王签子上的随行护卫名单，上面用朱砂着重勾出来了"影十三"的名字。

年九珑摩挲着衣袖里的紫签，签子上朱砂染的那个名字快被摸得掉了色。

年有华见弟弟不出声，便缓缓地安慰："别内疚，你抓了齐王器重的那个影卫，足以将功抵过。只要严刑审问，总会找出齐王的破绽，那千金紫签还是我们的。”

“你先回去。”年九珑轻声道，“我去瞧瞧那影卫，看能问出些什么。”

“影卫”二字一出口，年轻的嗓音里蓦地有几分咬牙切齿的劲头。

“对了，六哥，回去可别乱说话。若是庄主知道此番是因为我的疏忽让齐王跑了，可是要发怒的。”年九珑抬起一双狭长凤眼，睨了一眼年有华，“六哥也不想庄主怒极伤肝吧。”

这声音冷漠又充满了威胁，让年有华不禁打了个寒战。

“那是自然。”说罢，年有华随即拱手告辞。

年九珑便是如此，明明是孔雀山庄九位公子里排行最末的一位，却最能震慑住旁人。

目送六哥离去，年九珑独自一人进入信阳城的窄巷。他提着一包药，脚步带风，有些匆忙，仿佛急着去找什么人似的。

如今世道纷乱，城里人家早早关门闭户，街头巷尾偶尔能见着打斗的江湖人。年九珑视若无睹，旁若无人地提着药疾行。

突然，惨叫连连。一个浑身伤痕的旅者向年九珑这个唯一的路人挣扎着伸出手，想抓住他的衣摆，求他救助。年九珑却眼都不眨一下，直接从那人的身上迈了过去。

他人生死，本就与自己无关。

下一秒，另有一人被重重击了一掌，狠狠地撞在了年九珑面前的墙壁上，一小滴血珠溅到了年九珑的衣袖上。

年九珑突然升起一股怒意，右手猛然抓住那人的衣领，然后一把甩开。

“看清自己挡的是谁的路！”年九珑抛下一句话，头也不回，提着药包走了。

几个江湖人被震住，一时不敢乱来，小声议论：“咱挡谁的路了？”

一个有些年纪的中年人摸着心口，颤声道：“我刚刚见到他发上束有雀羽冠。”

“孔雀山庄的？！”

“那公子行色匆匆，想必顾不上我们，先撤、先撤。”

此时，两拨江湖人倒出奇一致，都知道走方为上策。

乱世之中，武林群雄并起，各大门派角逐，却皆有一条不成文的规矩——不沾孔雀山庄者可独善其身。

“那孔雀山庄的小子去哪儿了？”有个青年悄声问。

“像是往奉安门去了。”一人小声叹气，“想必城北今夜又有贵人要落马了。”

信阳城北奉安门有一处生意不错的茶楼，店名清雅，曰“兰香居”。

年九珑踹门而入时，掌柜正拿着个蒲扇坐在藤椅上小憩。他冷不丁被扰了瞌睡，不耐烦地看了一眼门口。在看见来人的面貌后，他即刻肃立，整了整衣衫，一改之前的懒散模样，上前单膝跪地，抱拳行了个侍卫礼，恭敬地道：“年闻参见九公子。”

兰香居是九公子名下的茶楼，茶楼不算大，但胜在精致，所售的碧螺春和君山银针极负盛名。它们香远益清，引得王公贵族皆愿意来此一坐。茶楼单凭来往茶客挣不了几个银子，真正的进账大头是暗地里买卖情报的酬金。

年闻极有眼色地接过年九珑手里的药包，未等主子问话便低声道：“那影卫已经被送进内室了，伤得重，周遭又有百刃谷的护卫看着，跑不了。”

年九珑嘴角一勾，冷冷地道：“那人怎么样了？”

年闻眼中闪过一丝残忍，道：“灌了透骨草，折磨了两个多时辰，昏过去两次，又给弄醒了。公子，您不让属下出手太重，我便没再用药性更强的药……只是这影卫体质特殊，耐药性比常人强上十多倍。公子若有兴致，属下还有些别的药可供公子选用。春死生、啮骨虫，属下也存了些。”

年闻出身孔雀山庄百毒谷，被九公子选为侍卫。他身为毒师，世人多有忌惮，唯独九公子敢用他。这也让他得以被赏识，一身才华未明珠蒙尘。

年闻见公子费尽心思抓住这个影卫，也能猜个大概，想必他们之间是有什么过节吧。

年九珑敷衍地应了一句：“那些药先备着，费尽功夫得来的东西，可别被玩死了。”

随即，他抛下年闻，独自走上二楼。

“恭送公子。”

年闻打了个哈欠，拿起藤椅上的蒲扇，又变回一副懒洋洋的掌柜模样。他叫来个小厮，让小厮把煎好了的药给公子送上去，又窝进藤椅里打盹了。

年九珑踩着木梯上了阁楼，幽暗的连廊尽头转角有一扇雕有兰花的红木门。他将骨节分明的手搭在木雕花上，隐约能听到里面的喘息声。

修长的手指停顿了一刻，他轻轻推开门，又顿觉自己太没出息，便强逼着自己硬起心肠，缓缓走进房中。

房中景象算得上惨烈。

这间屋子从外边看是个无甚特殊的雅间，实则里面却是刑房。房中央有一张连着铁索机关的硬榻，周围十几个侍卫正目不转睛地守着那张硬榻。

一个身材修长匀称的黑衣男子闭目平躺在硬榻上，手脚被铁链拴着，胸口起伏，看来是刚刚熬过一场大刑。他身子微微发抖，俊秀的一张脸不见血色。

“你们先出去。”年九珑摆了摆手。

“是，公子多小心。”十几个侍卫垂手告退。

年九珑皱眉，踱到榻前，俯身捏着那人的下巴审视，眼角微挑，轻声道：“三哥，可还受得住？”

影十三刚熬过一场刺透骨髓的漫长剧痛，整个人早已麻木了，他强撑着睁开一双蒙着水雾的杏眼，望着面前无比熟悉又极其陌生的脸。

“九九……”

影十三失神地望着年九珑头上的雀羽冠，面前的九九胸前的领口微敞着，上面绣有华丽无比的金蓝孔雀纹，他忽然觉得这个人离自己好远。

雀羽冠是孔雀山庄公子身份的象征，代表着具有争夺庄主之位的资格。曾经寸步不离跟在他身后的九九回了孔雀山庄，从影卫成了主子；从前亲密无间的两个人越走越远，再也回不去了。

即使狼狈至此，影十三仍旧带着笑意，轻喘了口气，温和地笑道：“九九手下留情，三哥还受得住呢。”

影十三原名雁三琏，也可叫雁琏。当初年九珑总爱奶声奶气地称他“三哥”。现在年九珑长大了，喊他的这称呼倒也没变，只是当初藏在昵称里的亲密断了个干净，只留有恨意。

“对，我差点忘了，三哥是何等出身，骨头最硬了。”年九珑本已动了恻隐之心，一见影十三这张千年不变的笑脸，便冷哼一声，狠狠踢了那硬榻一脚。

落脚处的暗格凹陷进去，榻中顿时发出齿轮滚动的声响，气息奄奄的影十三被铁索一点一点吊起来悬着。

影十三长了一张笑脸，对谁都是笑眯眯的。有人说齐王身边有位笑面罗刹，那人笑里藏刀、绵里藏针，于温柔逢迎中取人性命，为齐王贴身影卫，与其余十二位高手合称“十三鬼卫”，他便是那笑面鬼。

影十三笑嘻嘻地望着年九珑。年九珑长高了，自己都要抬头才能和他视线相接。

可年九珑恨极了这笑容。雁三琏对谁都这样笑，开心也笑、难过也笑，连那些人把自己抓回孔雀山庄时，他也在笑，还笑着说：“你不过是我的任务，是去是留与我无关。”

七年的朝夕相伴、形影不离，竟只换了他一句“与我无关”。

年九珑不禁情绪失控，时急时怒，过了片刻才发觉影十三的左眼一片浑浊，眼瞳是淡灰色，显然已经失明许久了。

“这是怎么弄的？”年九珑咬牙让自己的声音不抖，低声质问。

“为了齐王？是啊……那是自然，你为了齐王，什么都能豁出去……”

年九珑眼神深邃，低头逼问道：“在你眼里，只要你主子一句话，你连我也会斩杀，是吗？”

“是。”影十三仍在微笑。效忠主人是职责所在，只是这眼伤并非是为了齐王，他即便说了，年九珑大抵也不会相信吧。

年九珑怒极反笑，道：“好，那你便忍着，我看你能忍到何时！”

说罢，年九珑伸手捻住手边药盘里的两根三寸药针，举到影十三的眼前，针尖上挂着一滴绿色的药液。

影十三看到那针尖上的药水时，瞳孔骤缩。

孔雀山庄在江湖上久负盛名，恶人榜上前十名的杀手皆来自孔雀山庄。多少年来，外人对孔雀山庄无半分了解，只因为但凡落入朝廷手中的杀手都携带百毒谷的化尸水。一旦落网，他们便用这药水，就此烟消云散，从世间消失。

年九珑凤眼微眯，道：“三哥，害怕了？这点掺了水的化尸水不会把你怎么样的。”

影十三胸口起伏，道：“为什么……”

“你也有怕的时候？”年九珑挑眉冷笑，见他怕了，心里便觉得舒坦了，继续道，“檀香针热得如被千虫噬咬，秘银针冷得似血液凝固，三哥选一种？”

年九珑见影十三沉默，便逼问：“还是说，三哥都想尝尝？”

影十三呼吸顿时急促起来，道：“秘……秘银……”

“檀香。”年九珑偏要与他对着干，随手扔掉秘银针，一把扯开影十三的衣襟，用檀香针在影十三的胸膛上划出一道弧线。

他的力道刚刚好，皮肤被划破但不会流血。绿色的药液渗进伤口之中，诡异的热度立刻顺着伤口蔓延，皮肤上竟刺刺地冒出白烟。烧灼的剧痛感自伤口骤然传至身体各处，一瞬间让影十三想起了从前受训时暗无天日的刑房。

他眉头紧锁，身上的肌肉紧绷，嘴唇微抖，身上的铁链被扯得哗哗作响。

让一个影卫能有如此失态的行为，肯定是经受了常人无法想象的痛苦。

“你知道最痛的是什么？是影宫的附骨钉！”年九珑露出一丝残忍的笑意，在影十三的耳边道，“我回到山庄，他们在我身上划了六千三百一十二针，生生文上一只孔雀，我清清楚楚地数着。既然三哥如此绝情，能弃我而去，不如也尝尝这滋味。”

影十三一怔，感觉自己心上也被猛然划了一针，苦笑一声：“弃你而去……是，原是我对不住你，你恨我，应该的。”

他身上痛，心里也痛，痛得说不出话来，舌头都在打战。

又是一阵钻心蚀骨的疼痛，年九珑手持药针在影十三胸前划出了一只鲜血淋漓的孔雀。第一千二百针落下时，影十三挤出一声呻吟：“九九……够了……住手……”

哀求的嗓音颤抖着，年九珑眼中闪过一丝不忍，面上却不为所动。他按住影十三的头，一针一针地刻上孔雀细密的尾羽，低声道：“三哥终于不笑了？来求我，求我放过你。”

影十三撑不住了，身体一松，昏了过去，身子悬空吊着，手腕被铁索勒出一道血痕。

年九珑呆滞地站着，望着被自己折磨得昏过去的影十三，还有他胸前那幅自己方才亲手文上去的鲜血淋漓的孔雀图。

现在他明明应该是痛快的……可好像没有想象中那么痛快，他只觉得疼，像在和影十三一起疼。

他蓦然惊醒，低头看了看自己手里沾着鲜血的檀香针，像被火烫到一般突然扔了药针，慌张地退了几步，跌坐在那张硬榻上，怔住。

不知过了多久，他忽然嘴角一扬，起身走到影十三的跟前，把那人手腕上的铁索解开。影十三瞬间软绵绵地往下跌，被他抬手接住，捞了起来。

“至少你现在安安静静地在我这儿待着，三哥，你要在我这儿待很久。”年九珑突然有些心情雀跃。

此时，门外站着一个小厮，手中端着一碗刚煎好的药。他见公子正忙着便没出声，把药碗和药膏放在门边，然后悄悄地走了。

年九珑把昏过去的人轻放到硬榻上，到门边俯身拣起药膏，把药膏在烛火边烤化后抹在指尖上，将微微透明的药膏一点一点涂到影十三胸前的血红孔雀文身上，感受着三哥身体若有若无的抽搐。

年九珑看着影十三昏迷的脆弱模样，嘴角一勾，伸手抹开影十三贴在额头上的发丝。

雕花门虚掩着，年闻在廊前跪了许久，见公子玩够了猎物，才出声禀报。

“公子，有消息。”年闻恭敬地禀报，示意年九珑出来说话。

年九珑的目光在虚弱的人身上转了一圈，随后扯下手边架子上的布巾，擦着手出了刑房。

年闻起身回话，在年九珑的耳边道：“六公子回了山庄，未把此次公子您的过失如实报给庄主，只是……我们的眼线说，六公子半夜悄悄地去见了二公子。”

年九珑眼神一暗：“嗯。”

自从一年前回到山庄，年九珑就变得性情孤僻、手段毒辣阴狠，只有六公子年有华愿意与他亲近。年九珑虽说早已经习惯独来独往，但能有个勉强说话的兄弟也是好的。

时下孔雀山庄九位公子争夺庄主之位，年有华看似亲近九公子，其实心怀叵测。

年九珑生母去世，无人教养，这一年来如同行尸走肉。在他眼里，世上不过两种人，一种该杀，另一种与自己无关。

六公子如今的行为，倒也谈不上背叛，不过是为自己谋个后路，毕竟他不知道年九珑这么个喜怒无常的人会不会突然反咬自己一口。既有此顾虑，那么六公子私下会见二公子，也是意料之中了。

“算了，去吧，我歇一会儿。”年九珑摆摆手，一手揉着太阳穴，一手带上了门。

年闻隔着门问：“公子，那啮骨虫……”

“你自己拿去玩吧。”年九珑拴上门，拖着步子朝硬榻走去。

内室中，影十三侧身背对着门口，其实已经醒了，只是静静地躺着没动。他伤口上涂了药膏，疼痛渐渐缓了些许。影卫最耐打耐熬，忍忍也就过去了。

不过，年九珑的态度却让人心寒。

自年九珑九岁被分到影十三手下以来，整整七年，影十三自问对他尽了责，把他护得周全。几年来，他们亦师亦友，形影不离，如今他却恨自己入骨，不惜特意劫杀齐王，动用百毒谷三味奇毒，只为抓自己折辱解恨。

影十三闭上眼，心中凄楚。影卫不可有挂念，训条诚不欺人。

弃他而去？到底谁弃了谁？

年九珑没注意到影十三醒了，只知影十三背对着自己，心中更加失落，便别扭地侧身躺下去，弓着身，像小时候一样将额头轻轻地抵在影十三的背上，嗅着影十三身上熟悉的雪兰香，微不可察地叹息。

影十三平日无聊时便爱调香烹茶，因此身上总有一股极淡的雪兰香气息。

这花原本生于岭南，多年前齐王殿下出征岭南，将这花带了回来。至今中原地界内，雪兰花仅齐王府独有，制毒制药皆可用。

影十三在那微烫的额头触碰到他脊背的一瞬间就被安抚了。

年九珑年纪还小，见过的人太少，一时难以接受身边人的叛离，他作为前辈，总该试着理解。

身后的呼吸声渐渐变得均匀，年九珑看来累了，才会这么靠着他的背睡着，一副毫无防备的样子。

影十三慢慢地转过身来，用因疼痛而麻木的指尖拭去年九珑额头上的冷汗，却发觉他额头微烫，大约是淋雨着了凉。

感受到触摸自己额头的指尖的温度，年九珑紧紧皱着的眉头忽然慢慢舒展开来，露出一张单纯的少年的睡脸。

影十三想爬起来给九九熬些姜汤，可看到自己手脚上的铁铐和一身的伤痕，只得苦笑。

年九珑已经恨上了他，否则不会和他断衣绝交，走得那么决绝。甚至他为了年九珑毁了一只左眼，年九珑都不屑多问。

早知今日，年九珑何苦来招惹他？

当初影十三一颗刀枪不入的冷血的心被年九珑一点点化成了一捧水，现在年九珑又亲手打翻了它。

正安静时，四周雕窗突然同时爆碎，十几个黑衣杀手骤然闯进。影十三和年九珑突然惊醒，从硬榻上下意识地弹起来，习惯性地靠在一起，面对着包围过来的十几个黑衣人。

影十三尴尬地咳了一声，微笑道："九九？"

两人已经不是从前的搭档了，竟还保留着对彼此信任的习惯。

年九珑眼神微冷，戒备地退开两步，紧了紧手腕上镶了钢刺的护手。两个黑衣人反握匕首朝着年九珑扑过去，年九珑微微俯身后退，身子猛地冲出，一拳打在迎面那人的腹上。那人痛吼一声，被一股冲力顶了出去，撞上冰冷的墙壁，再重重地摔在地上。

年九珑长大了，已经不需要人护着了。

影十三嘴角微勾，却被那一瞬间的警惕眼神刺痛，他掩住眼底的失落，道：“九九，把手铐解开。”

“想趁乱逃走？三哥，你还是省省吧。”年九珑踏上窗棂反身一跃，当即踢中一个黑衣人。他的动作利落干脆，一击必杀，都是影卫的招式。

影十三仍旧笑着，手中无利器，又受过大刑，只能用手腕上坚硬的铁铐抵抗五六个黑衣人的围攻。他丝毫不退却，看似游刃有余，但是偶尔低沉的喘息声和苍白的脸色却暴露出他是在强撑着。

“几位何不报个名，让在下死也死个明白。”影十三眉眼弯着，混战之中以一敌六，脚步仍不见一丝混乱。他若是气力还足，何至于与几个小杀手缠斗许久？

这些黑衣杀手身手不凡，虽然刻意隐藏了招式，却也能看出这功夫出自孔雀山庄。不知道是哪位公子起了杀心，要在庄外把九公子悄悄除掉，抑或是试探九公子的实力，探探虚实，倘若能直接杀了最好。

没承想，有两人突然发难，越过影十三从衣袖里甩出两枚暗箭，直取年九珑的咽喉和后心。年九珑正被七八个黑衣人纠缠得脱不开身，影十三见了瞳孔骤缩，想也没想就伸手去拦那两枚暗箭。指尖触到暗箭之时，他感觉腹上骤然一凉，一口腥甜的血气冲上喉头。

尽管如此，影十三也没多看自己伤处一眼，飞身追去，把直取年九珑性命的两枚暗箭死死攥在手里，然后随手一抛，两枚暗箭分毫不差地打中两个黑衣人。

随即，影十三浑身脱力，被一个黑衣人一掌推出，重重地撞在刑架上，怎么也站不起来。

之前的毒药仿佛还在骨髓中爬动，只要提气便血气逆流，他撑到现在已是强弩之末。

年九珑还未注意到这边的情形，只听一声巨响，就见影十三倒在刑架下，腹上一处刀伤极其严重。

年九珑目眦尽裂，扑到影十三的身边，拿自己的身子死死护着影十三。周围黑衣杀手都感受到了年九珑身上突然散出的一股强劲气势，周遭暗藏的百刃谷侍卫接连冲进内室。黑衣杀手们互相对视一眼，飞快地从破碎的木窗跳出去，百刃谷侍卫则遵命追去。

年九珑疯了一般去扯自己的衣摆，想给影十三的伤口止血。然而，他的手控制不住地颤抖，他撕了几次才撕下一条布，用布条勒住影十三身体两侧极深的刀口。

“你不是挺厉害的吗……你不是很能打吗……我不会放过你的……”年九珑一双凤眼通红。

影十三意识还有丝清明，断断续续地道：“九九……看在我们从前的情义上，直接杀了我，别再折磨我了……”

“不。”年九珑嘶哑地叫了一声，什么也听不进去，双手被血染得鲜红，一双凤目布满血丝。他跌跌撞撞地爬到门口，端起那碗止血止痛的温凉药汤，掰开影十三的嘴，强硬地灌了进去。

影十三被灌得药汤鲜血一起吐，眼泪顺着眼角淌下来。

年九珑扔下影十三，阴冷地道：“你救我是想让我愧疚？我不会给你这个机会的。”

影十三无力地躺在冰凉的地上，半睁着眼，看着模糊的身影摔门而去。房间里骤然静得骇人，他的一颗心被一点一点凉透，被那一声摔门的巨响碾成了灰。

比起当年，年九珑如今的行为才叫绝交吧。

影十三眼中的希冀缓缓熄灭，取而代之的是一片死寂。

很快，雕花门被匆忙推开，一脸焦急的年九珑推门闯进来，身边带着一个拎着药箱的老郎中。

刑房里已经空了，影十三不在，地上躺着被捅开锁芯的铁铐，锁链轻轻晃荡着，地上的血迹拖得长长一条，消失在之前被撞碎的木窗边。

年九珑一愣，微张着嘴，沉默地站了一会儿，突然抓住身边的老郎中，一把将其推出很远，而后又一把掀了房里的茶桌，药碗银盘摔了一地。只要是年九珑能看见的东西，通通被他砸得稀碎，到最后，整个刑房都快要被拆散了。

年闻听见动静跑上来，见公子默默地坐在墙角，也没出言多劝，悄悄收拾了屋里，关上房门走了。

九公子喜怒无常，暴躁阴鸷，在孔雀山庄是出了名的，连他的居室里也无人敢伺候。

山庄里有人议论，九公子年九珑归来，孔雀山庄是要变天了，安稳局势顿时波谲云诡。

年闻还有些欣慰，自家主子可比那些纨绔公子强多了，只是时常有些阴郁，不大像这个年纪的少年。

此时，年九珑眼神空洞，一动不动地坐在墙角，然后从衣襟里摸出一串蓝银色的铃铛。每一个铃铛都被精心雕琢过，凹槽里嵌着泛着微光的青金石。虽是铃铛，却没有铃心，轻巧安静，贴近一闻，花纹之中似乎还有淡淡的雪兰香。

“三哥……”年九珑用手指摩挲着上面的花纹，独自坐到天亮。

黎明的信阳城一片平静，无人发觉茶楼内这一夜的血雨腥风。

洵州离信阳城不远，城东矗立着青碧飞檐的连绵府邸，抄手游廊连着府后的洵水，红木嵌珠的小画舫停在岸边。画舫中摆了一张白玉棋盘，齐王靠着个软垫，正与人对弈，气定神闲，没有一点被截杀逃窜回来的狼狈模样。

齐王，白发如瀑，垂至腰间，脸上不见皱纹，保养得宜。其实，他已经年至不惑，悠然的神情显得慵懒温和，偶尔笑笑提醒对面：“哎，小七，该你了。”

影七盘腿坐于棋盘对面，身穿和影十三相同样式的墨云锦黑衣，闻言怔了一下，指尖夹的白子没拿稳，啪嚓一声，掉在了棋盘上。

影七慌忙地道：“王爷恕罪，属下出神了。”

“哈哈哈，无妨、无妨，咱们老年人发一会儿呆很正常。”齐王笑道，索性推了棋盘上的残局，“就当你赢了吧。”

“王爷正值鼎盛之时。”影七有些窘迫，低头笑笑，“属下棋艺不精，无论如何也赢不了王爷。”

“赢不了，还是不敢赢？”齐王本还想说几句玩笑，见影七的耳朵根都红了，也不再逗他，随意道，“小十三还没回来，想必被九九折腾惨了。”

影七轻吸了几口气，缓了缓脸色，问道：“属下去杀了年九珑。”

这人便是齐王的贴身影卫，十三鬼卫之一，无影鬼影七。

“怎么这么大戾气……没了他俩，本王可就少了两个精干战力。”齐王一手摩挲着手上的金玉扳指，一手转着两枚铁芯青玉核桃，慢悠悠地道，“小十三是本王和你看着长大的，倒不会出什么岔子，九九嘛……是个好苗子，也是头烈马，不好降。”

影七平静地道：“王爷为何如此看重年九珑？您早知道他是孔雀山庄的公子，当初何必放虎归山？”

“什么叫‘早知道’？他若不是，本王还不收呢。他娘亲自出面托孤，本王哪有不答应的道理？”齐王一笑，“若能收服九九，可就是收了大半的孔雀山庄，本王不亏。”

影七摇摇头：“年九珑自回孔雀山庄以后，变得喜怒无常、嗜杀好斗，还残忍无情，极难驾驭。”

“本王可不会去招惹那小阎王，自有人拿得住他。”齐王眯起眼睛，望着远处飞檐上跳动的一个黑影，“这不，那人就回来了。”

黑影越来越近，最后落在齐王的面前。

影十三遍体鳞伤，单膝跪着都有些跪不稳，声音却依旧平稳，抱拳颔首道：“影十三回来复命。”

齐王略一垂眼，看见了影十三被撕扯开的领口里隐约露出的文身，诧异地道：“本王从前倒没发现九九的书画天赋居然如此不错，敢在本王的人身上胡乱涂画，小东西真是越来越大胆了。”

“你为他毁了一只眼睛，他却不知道，真是挺可笑。”齐王摇了摇头。

“属下失职，令人乘虚而入，惊扰王爷尊驾，请责罚。”影十三认真说话的时候嘴角也是向上弯的，瞧着还挺乖巧。

齐王没再为难他，挥挥手：“去吧，去吧，罚你这几天歇着。”

齐王一向捉摸不定，就算是被人劫了道，劫道之人还是从前府里的影卫，竟也能一副轻描淡写的样子。

其实，齐王看重的是年九珑背后的孔雀山庄，想收服九九，让九九重回齐王府任他掌控。影十三看得通透，知道他的心思，也不点破，答了一句“是”，便飞快退下了。

影七看着影十三跪地之处留下的一摊血迹，皱皱眉。

“咦。”齐王注意到影七脸上细微的神色，扫他一眼，“是不是本王太惯着你，让你还有工夫心疼别人？”

影七颔首：“属下僭越了，王爷恕罪。小十三毕竟是属下手把手带出来的，瞧他吃苦，属下不忍。”

齐王看着影七紧张的样子，蓦地笑了：“你可知小十三胸前是幅什么图？”

影七茫然摇头：“属下并未看清。”

“这还差不多。”齐王满意地笑了笑，道，“那是只雌孔雀。”

世人皆知齐王无甚爱好，不沾风月、不爱诗酒，独爱养府上的影卫。他给贴身影卫做衣裳的料子皆是蜀中华贵的墨云锦，贴身舒适，奢侈却不张扬。

齐王府占地颇广，安排给影卫的住处也能称得上用心。其实齐王也不过是偏宠一人，却不能做得太明显，只得整齐些才好。

影十三拖着疲惫不堪的身子回了住处，此时尚是清晨，院子里传来稚嫩的童音——有模有样的练武喊声。

“师父！您回来啦。”一个四岁孩童拖着一柄袖珍小剑跑过来，抱住影十三的腿蹭了蹭，道，“师父，徒儿等您许久了呢。啊，师父您受伤了？”

影十三一怔，紧了紧领口，挡住小腹的伤口，笑着摸摸小孩翘着几根头发丝的小脑袋：“没事，歇一会儿就好了。今日师父不在，小雀儿练功可还用心？”

“用心！”这小孩眉清目秀，格外聪慧，可怜父母亡于山贼匪患。齐王顺便把他带了回来，塞给了影十三做徒弟。于是，他成了齐王府最小的影卫，补了年九珑的空缺。

王爷有命，影十三只好勉强收下这小弟子。

好在慕雀听话乖巧，影十三失落伤怀的时候还能感到一丝安慰。

“师父，你的珠子掉了。”慕雀伸出小手，要去捡地上的一串红翡珠链子。他的指尖刚刚碰到还带着体温的红翡珠，头顶突然传来一声夹着怒气的训斥。

“别动！”

慕雀吓得打了个寒战，僵在一边不敢动了。他险些忘了，师父从不许他碰这串珠链的，这是九九哥哥的东西。

“算了，没事。”影十三也觉得自己刚刚反应太过，便安抚地揉揉慕雀的小脑袋，脸上再次浮现出温和的笑意，捡起地上的那串珠链，吹了吹灰尘，塞进了袖口。

影十三疲惫得手指直打战，缓缓走向寝房。

慕雀有些委屈地望着师父，师父好像很伤心呢……

一阵微风拂过，突然袭来一股杀意。

慕雀感到脖颈骤然一紧，然后整个人被拎到了半空中，动弹不得。慕雀一瞬间就流出了眼泪，涨红了脸，叫不出声来，两只小手使劲地掰掐在自己脖颈上的手。

年九珑瞥了一眼牢牢掌握在自己手心的脆弱的小孩，面无表情地望着寝房紧闭的房门，轻蔑地哼了一声：“三哥，你不缺我一个九九，是不是？”

原来，影十三那么绝情，是因为有了更好的徒弟。这小孩多乖啊，比他年九珑更懂事、听话、会疼人，是不是？

只须再用一分力，这小孩就会被掐断颈骨。年九珑手上命债繁多，哪会在乎这一个小孩。

慕雀快被掐得断了气，胡乱地踢着腿，挣扎着挤出几个字：“是……师……兄……吗……”

年九珑手上一抖，慕雀直接栽倒在地上，趴在年九珑脚下满脸泪痕，大口大口地喘着气。

“哼。”年九珑扔下这小孩，转身欲走，却被一把抱住了小腿。

慕雀抹着眼泪，抱着年九珑的小腿，带着哭腔哀求道：“是师兄吗？我看过师父画你，师父每天都很想你，师兄不要走……呜呜……”

“你在胡说八道什么……”年九珑把慕雀往边上一踢，一颗心像被什么东西狠狠抓了一把，眼眶微红，本想离开却怎么也迈不开步子。

“想我？他早就不认我了，你现在叫我师兄，有意思吗……”年九珑失神地自言自语，“笑面鬼，他有心吗……”

可刚刚影十三捡珠链时那慌张的神色被年九珑看在眼里，或许影十三还认他……

年九珑忘了自己出来是带着几支赤签去杀人的，只是路过齐王府便就不由自主地停下来了。

寝房里，影十三躺在铺着冰枕席的柳木榻上，侧身枕着手颓废地躺着，指尖略微发颤。不知道九九让人给他灌了些什么毒药，骨髓深处那股针刺虫噬的痛感还在，让人浑身酸痛，爬不起来。

他翻开衣领看了一眼，蔓延心口的血痂显得狰狞可怖，却也错落有致，羽翼花纹细密。影十三本以为九九仅仅是拿自己发泄，原来是文了只孔雀。

年九珑胸前也被文了只孔雀，那金蓝孔雀花纹更烦琐，他想想便知六千多针并非虚言。

年九珑还是孩子心性，偏要在这些细枝末节上跟他争个上下。

影十三艰难地翻了个身，手指触到自己早已被毒伤失明的左眼，轻声叹了口气。

他为年九珑做的太多了，人家不领情，他还能上赶着吗？若年九珑没有叛出齐王府，劫杀旧主，恐怕影十三还会无底线地包容下去，如今却只有反目成仇这一条路可走了。

比起对主人的忠诚，影卫的情义卑微渺小，不值一提，甚至根本就不该出现。

年九珑静静地站在屏风后，看着影十三缓缓地攥紧了手中的红翡珠链，又吃力地贴在心口，露出安慰的神色。

“你还留着这个东西，有什么用？”年九珑走出屏风，本打算好言好语地问，却不想话一出口又成了讥讽。

影十三翻身坐起，手伸进枕席下，摸出一把半尺长的漆墨小折扇，扇骨开刃，刃尖向外。他微微勾着嘴角，本能的动作牵动了胸前的伤口，笑容显得格外勉强。

“怪贵的东西，扔了干吗？”影十三把珠链往袖口随意一塞，一双杏眼微眯，笑道，“烦请九公子即刻离开齐王府，稍后影卫聚集，您可就不好走了。”

年九珑咬牙，手指捏了捏藏在护手里的啮骨虫。

此百毒谷毒虫，一旦服下便会迷失神智，服食之人每日只会向控毒之人摇尾乞怜。

年九珑突然伸手去扣影十三的手腕，谁知对方手中扇刀飞旋，挡开了他的手，扇刀也毫不留情地飞向他的咽喉。

年九珑不敢相信三哥竟对自己下了杀招，一刹那的迟疑，腹上猛然一痛，他被影十三横扫的右腿打了出去。

有刺客潜入齐王府，影卫能做的只有杀无赦。

影十三若用全力，这一腿足能挥动上百斤。“咚”的一声巨响，年九珑的后脊把墙壁撞出个浅坑。一瞬间，年九珑突然暴起，瞪着一双充满血丝的凤目，后脚抵在墙壁上一顶，整个人散出一股压迫气势，躲开影十三扫向自己脖颈的扇刀，戴钢刺护手的右手一拳猛击在影十三的肋骨上。

影十三被折磨了一夜，早就筋疲力尽、虚弱不堪。他双膝一软跪在地上，双手撑着地面吐净了口中血沫。

年九珑解下右手的护手，单膝半跪下来，伸手挑起影十三的下巴，拿拇指抹去那张似怒似笑的嘴边的血迹，凤目上挑，冷笑一声：“三哥，你二十八岁了，早就该隐退了。就算我不杀你，再过几年，齐王看你不中用了，也会解决了你，王公贵族岂是那么好伺候的？”

说罢，年九珑随手从影十三的衣袖里拿出了那串红翡珠链，轻轻一捻，那珠链便断了，珠子一颗一颗坠地。

影十三默默地望着地上的珠子，僵硬的笑容渐渐退去，喉头一热，又一口淤血溢出嘴角。

木门被打开了一条缝，慕雀趴在门外，伸进来半个小脑袋，眼里含着泪：“师兄……别打师父。”

年九珑一怔，暗暗收起了藏在护手里的啮骨虫。

“三哥，从此你我，恩断义绝。”年九珑深吸一口气，扔下影十三，起身头也不回地踹门走了。

他忘了为什么来，只知道此番结果不是他想要的。

慕雀还想追上去拦着，可看见师父奄奄一息，犹豫半晌，还是去扶师父。

影十三抹了一把嘴角的血沫，推开慕雀，把散落在地上的红翡珠一颗颗捡回来，拢在手心，直捡到满脸泪痕。

慕雀抱着影十三的头，拿小胖手给师父抹掉眼泪，像从前师父照顾自己那样小声安慰：“师父不哭了，师兄一定不是故意弄坏它的，师兄不知道那是师父最珍惜的东西呢……”

影十三扯出一丝笑，捏捏抚在自己脸上的小手：“无事，吓着你了。”

慕雀心疼地握住师父骨节分明的手。

影十三瞥见慕雀眼底的关切，抓住慕雀细小的手腕：“我说了多少遍，影卫……不可有情……别管我……”

“师父我记得了……可是……”

慕雀的小脸和记忆里一张模糊的面容重合。当初的年九珑也这般玲珑聪明，每次看见慕雀的模样，影十三心口上就会重新扯出一道伤痕。

从前……从前不是这样的。

第二章 忆相逢

既然你要做我的主，不如名字也由你起。

八年前。

齐王府一派悠然光景。

影十三懒懒地躺在正院的金玉瓦上，手里转着玩一把漆黑折扇，嘴角微微扬着。一只黑黄相间的蝴蝶飞过来，落在他跷起的脚上。

影九、影十在旁边嗑瓜子、抛骰子，赌今晚的夜宵；影五、影六一人拿一把骨牌，盘腿坐在瓦片上嘻嘻哈哈地玩牌。

齐王府十三鬼卫号称神出鬼没，护卫、刺探、取人性命无所不能。可就连皇帝都暗地眼红的这十三个神秘影卫，其实平时无甚任务，也就打打麻将，还经常凑不成整桌。

“七哥……累不累啊，过来躺会儿。”影十三笑嘻嘻地把手里的折扇一扔，轻轻砸在房檐边上严肃地蹲着待命的影七身上。

影七皱皱眉，捡起折扇给影十三扔回去：“今日有一妇人进府拜访，身份不明，我得看着点。”

“哦，妇人啊，那你局促什么呢？”影十三蹭过来，揣着手往下看，“我没见你盯着妇人，倒老是瞧着王爷。”

影七正色道：“警惕王爷安危乃影卫之责。”

影五又输了一盘，懊丧地扔下手里的骨牌，望望这边，嬉皮笑脸地对影十三道：“王爷貌美，谁不想多瞧两眼？”

影四踢了影五一脚：“少吐大不敬之言。”

影五“哎哟”一声，装作揉腿：“我错了，哥。”

影七无奈地叹气，继续盯着。

齐王半靠在大堂上座，垂眼听底下一妇人陈情，无聊地转着两枚铁芯青玉核桃。妇人旁边站着一个小男孩，八九岁年纪，长相出挑，一双微挑的凤目里透着一股灵性。

听完妇人的说辞，齐王点点头，手指轻敲了两下桌面。

敲几下就是“随便下来几个人”，拍桌面就是“都给本王滚下来”。不过，齐王一般只敲两下，贵为王爷，不停地敲桌子显得不成体统。

于是，候在飞檐上的影七便理了理衣裳，飞快地顺着房梁下去，无声无息地落在齐王的身后。影十三在飞檐上瞧了瞧几个兄弟，他们还玩着呢，没法子便自己下去了。

齐王身边突然出现两个黑影，座下那小男孩略带好奇地打量着影七和影十三。

齐王叫影七来到面前，对那妇人道：“这是本王身边最稳妥的影卫，九珑从此便跟着他学本事吧。”

影七神色严肃，冷不丁被称赞一句，心里一震，但面上仍旧无表情。

那小孩名叫年九珑，才九岁，显得单纯。影十三看着那可爱的孩子，忍不住想笑，便轻轻展开手中半尺长的小折扇，掩住上扬的嘴角，露出一双微眯的眼睛。

齐王握拳在嘴边咳了一声。他并不常让影十三飞下来威慑他人，因为这影卫不仅长了一张笑脸，还经常笑场，看起来太弱了。

年九珑看向影十三，看着他的一双笑眼，忽然指着他对齐王道：“我要跟他。”

影十三冷不丁被点到，笑意一僵。齐王听了却道：“也可。本王乏了，都退下吧。影七过来。”

影七一怔，道了声“是”，随即跟上。

那妇人在堂下恭敬地跪拜：“民妇恭送王爷。”

影十三扫了一眼那妇人，妇人的手、脸白皙光滑，长相也端庄，荆钗布衣虽略微掩住了骨子里的高贵，却还是能一眼看出她绝不是寻常的村中农妇。既然她入得了齐王府，估计大有来头，那这小孩也必不是什么普通孩子。

影十三垂眸看去，瞥见了小孩腰间一条红翡翠磨的腰链，缠了三四圈，颗颗圆润水足，成色极佳。

只是齐王不说，影十三也绝不会多打听。他合上小折扇对那妇人躬身拱手，微勾着嘴角道：“影十三必不负王爷嘱托，悉心护卫小公子。”

影卫地位随主子水涨船高，又何须向一介村妇行礼？妇人挑了挑细眉，心想这影卫倒不像那些寻常糙汉，不仅心思缜密，还会察言观色，儿子放在他这儿想必能学到不少东西。

妇人欠身回礼："多谢大人，民妇这便安心了。"

年九珑看着娘亲逐渐远去的背影，心里也明白，他再想回家就没那么容易了，从此这高墙深院里，只能靠他自己了。

影十三瞧着身边的小孩一副强忍泪水的坚强模样，只觉可爱，俯身蹲在他的身边，让自己跟这小孩一样高，轻笑着问道："叫什么？"

年九珑感觉到肩膀上温暖的手，抿了抿嘴："年九珑。"

影十三笑起来："好巧啊，我叫雁三琏。"

"哪巧……"年九珑被这笑意晃了一下眼睛，忽然反应过来，又有些羞赧，偏过头傲然道，"我是来做影卫的，不要哄我。"

"影卫？嗬……"影十三憋不住笑了，拿小折扇挡住半张脸，露出一双满是嘲笑的眼睛。

年九珑看出这人眼里的嘲笑意味，脸色一冷，不说话了。

这影卫身上并无半分杀气，比家里的杀手差了不止一星半点，年九珑便有些瞧不上他。

"生什么气呢？"影十三挪了个地方逗年九珑。不想这小孩竟突然出手，腕上护手带钢刺，力道迅猛，直指他的咽喉。

影十三手中小折扇一翻，玄铁嵌紫石的漆黑扇面轻轻接住打过来的小拳头。扇骨本带利刃刺针，却被他控制得极稳妥，没伤到小孩半分。

小孩不过九岁，倒是比许多人气劲足，资质上佳。

影十三微微一笑："还不错。王府里影卫已排到了第九十八位，影四掌管府邸影卫招募，你去找他记个名，王爷大概会让你做影卫的。"

年九珑起了兴趣，看来这人倒也不是一无是处。

"我听说王府有个专训死士的影宫。"

影十三眼神一暗，但说出的话依然充满笑意："那里出来的都是怪物呢……你不需要去那里，跟着我便好。"

年九珑见他已为自己安排了出路，便道："既然你要做我的主，不如名字也由你起。"

影十三略加思索，说出三个字。

"府中影卫已排到第九十八，你便是影九九了。"

事实上，齐王对这孩子并不上心，听了影十三的回禀后，便随口答应了。

清晨，年九珑从自己的褥铺上爬起来，眼下略显乌黑，明显睡得不好。

他环视四周，这房间虽稍显狭小，却精致整洁。有一张榻，一张桌，角落里有一个水盆，还有一个放衣物的小柜子。

齐王府十三鬼卫住得惬意，皆是一人一间。年九珑初来乍到，刚好有个空房，虽说小一点，也足够他这个小孩子睡了。

他爬起来洗漱，秋末寒凉，清晨的井水冷得刺骨，冻得指节刺痛。洗漱完，他一脸的凉水还没擦，门便被轻轻推开，一片黑衣衣角落进眼底。

影十三端着木盘进来，把粥饼小菜一样样放到桌上，朝年九珑扬扬嘴角："起得好早，过来吃饭。"

年九珑胡乱擦了擦脸，走过来盘膝坐在桌前，端起粥碗，皱眉道："不是有饭堂吗？我和前辈们一起用饭就好，不用特意照顾我。"

"谁照顾你呢……"影十三被逗笑了，"我是照顾我自己。"说罢，他左手拿起筷子，颤悠悠地夹菜。

左手用不习惯，夹起的菜又落回了盘里。影十三试了几次，叹了口气，只得扔下筷子，用手拿了块米饼吃。

年九珑见他右手垂着，挑眉问："手怎么了？"

"昨晚去临州交接，被一时缠住，让对面人打着手筋了。"影十三说得轻描淡写，忽然眯起眼睛，道，"怕了没，当影卫很危险呢。"

"那是因为你不行。"年九珑从鼻子里哼了一声。

影十三弯着的杏眼里有些嘲笑的意思："小屁孩，换你早就吓哭了。"

"我是小屁孩，你也没多大吧。"年九珑眼也不抬，夹起一块酱牛肉，举到影十三的嘴边，命令似的道，"吃。"

影十三嘴唇微张，愣了一下，下一刻牛肉就被塞进了嘴里。他今年二十，刚及冠，还从未被人如此照顾过。

"我不爱吃肉，你给我夹块鸡蛋……"影十三咕哝。

"……"年九珑无声地望着他。

近日齐王府不甚平静，影卫繁忙，时常送信和护卫。平日里优哉游哉的齐王，眉头一直紧皱着。

影十三受了伤，本可以在府里休养，今日午后却接到密令，要再次去临州杏堂交接密信。

影十三回到王府时已是深夜。夜里落了一场秋雨，狂风掀翻了几棵齐腰粗的银杏，电光闪烁，雷声连连炸响。

影十三换下湿透的衣裳，烧了一桶水洗了澡，突然想起那小孩屋里的木窗可能没关严，便披上件墨云锦的外袍走出去，顺着抄手走廊走到尽头的小厢房里，悄声推门进去，点了一盏小烛，把窗缝合上了。

他往床榻那边望望，看到榻上的小孩在床角用薄被蒙着头，缩成了一团。突然，窗外响起一串雷声，小孩露在被角外的小脚抖了抖，整个人又往角落里缩了缩。

齐王有令，叫影十三全权照顾这个来路神秘的小孩。

他想，哄睡大概也算照顾的一项吧。

影十三关了门，把烛台放到一边，走过去把缩在床角瑟瑟发抖的九九抱了起来，轻拍他的后背，安慰道："你这小鬼，不怕了、不怕了……"

年九珑半睡半醒，突然抓住影十三的手。

"在呢。"影十三背靠床头，也有些困了。今日他实在疲惫，奔波了一天一夜，还受了些轻伤，休息时还要做这个小孩的护卫。

影十三在十三鬼卫里是最小的，没想到风水轮流转，他也有照顾别人的时候。

他习惯了露宿荒野，再恶劣的环境也能随时休憩，不多时便半靠在床头睡着了。

年九珑早已醒了，闭着眼，感受着后背搭着的那只细长的手。过了片刻，他睁开眼，轻轻抬起头。

影十三的睫毛温和地垂着，鼻息间有淡淡的香料气息，即使睡着嘴角也微微勾着。

这人看起来好弱，一副很好欺负的模样。

年九珑皱了皱眉，翻下身躺到一边思索：他为什么挑了这么个人带自己来着……

好像是因为他看着很好欺负。

窗外又一声惊雷响起，影十三被雷声震得迷糊，手在旁边摸了摸，摸到九九的后背，把棉被往上提了提，含糊了两句："快睡了九九……不怕的啊……"

"……我不是怕这个……我就是刚做了个梦……"年九珑恼怒得脸红起来，堵着耳朵渐渐睡去了。

第二日清晨，年九珑是被窗口吹进来的几丝凉风冻醒的。他看向床边，另一边褥铺叠得整整齐齐，没有半分褶皱。

影十三不知何时早已穿戴整齐，一身墨云锦黑衣，侧身靠坐在窗台上朝外望着，一只脚踩着窗框，手里转着那把漆黑小折扇。清晨的阳光勾勒出他柔和的侧颜，眼神平静。

影九九系上腰间束带，随意拢了拢头发，爬上窗台顺着影十三的视线往外看，问："看什么？"

不远处的甬道上，四名黑衣人整齐列队走过，每个人身上都散发出凛冽的寒意和明显的杀气，眼中如一潭死水，身上无数伤痕就像功勋，昭示着这具身体是从怎样的地狱里艰难爬出来的。

今日是影宫开狱之日，又一批从影宫中活下来的死士重见阳光。他们有的已经很多年没有见过太阳了。他们将拥有一个主人，从此为他而活、为他赴死，成为主人的影子，誓死相随。

这就是影卫。

并不是所有侍卫都有资格进入影宫，也并不是所有进去的人都能活着出来成为影卫。

影十三一双清亮的杏眼里无甚波澜，望着他们就像望着草木一般，依然用手指转着自己那把小折扇。

影九九望着那四人走过，眼神里满是震撼，叹道："想成为这样的影卫恐怕很辛苦。"

"是啊，要没日没夜地熬刑、追迹……"一直沉默的影十三突然轻声道，"不过，他们都是影宫走出的瑕疵品。"

"瑕疵品？"年九珑瞪大眼睛。

影十三拿小折扇理了理额前的发丝，道："完美的影卫不是这样的，至少要正常些。"

"越正常，越完美。"他揉揉九九的头，"去吃饭。"

"你这是嫉妒人家。"影九九嘟囔着，一边束发一边追上去。

他们出了寝房，从抄手走廊下来，刚好与那四位影卫迎面碰上。

影九九微微仰头，望着那神色冰冷的四人，比之前更加强烈的压迫感笼罩周身，让人不寒而栗，不由自主地想后退。影九九下意识地退了两步，退到影十三的身边。

他的动作引起了那四个影卫的注意，四人如鹰隼一般锐利的眼睛盯向这边，目光却未落在年九珑的身上，而是与他身后的影十三对视。

影十三眯起眼睛一笑，那四人整齐侧身地让出一条路。

年九珑惊讶得微张开嘴。

“哎，为什么？”

“因为有先来后到啊，路是我们先走的。”影十三神秘一笑，接着连推带拉，催促九九顺着窄路走，“愣什么呢？他们不等我们吃饭的。”

王府里格外清净，齐王不近女色，已经三十有二了也未曾纳一位姬妾，因此偌大府邸只有齐王一个主子。

后院则向来热闹，影卫侍卫忙里偷闲，趁着今日齐王没差遣，几个小影卫便在后院的石桌上掰起了手腕。

“啊！九九又赢了！”

年九珑才九岁，个子和影十三蹲下来差不多，可那细弱的小手腕却气力极足，几个二十岁的小伙子轮流上阵，都没能掰赢他。

年九珑自三岁起调内息，资质又上佳，到今日也算是内息浑厚，只是年龄尚幼，暂时发挥不出什么威力。

影十三恰好路过，迎面撞上影五。影五抓着他便道：“九九那小子正嚣张着呢，快去教训教训他。”

扑哧一声，影十三拿黑扇遮住扬起的嘴角：“你怎么不去？”

“你去,你去,你们都是小孩。”影五尤其爱看热闹,挺大个人了还瞎起哄。

于是，影十三在对面的石凳上一坐，冲着年九珑伸出一根手指，另一手托腮，眯着眼看九九，道：“让着点你，你用双手，我用一指。”

年九珑打老远就望见揣着手晃悠过来的影十三，一直睨着他，想跟他比试比试，此时见他在对面坐下，倒有种如愿以偿的感觉了。

年九珑挑挑眉，轻轻握住影十三递来的一根手指，捏了捏，骨节很细，指腹有茧，皮肉却软得出奇。

他低声道：“哎，你的手指倒是好看，不像舞刀弄枪的人。”说完，他还在影十三的指尖轻轻挠了一下。

“什么？”影十三一僵，苍白的指尖卸了力。

年九珑趁机把影十三的手往桌上一压。

“承让。”

影五不乐意了，大喊：“小十三，你放水！”

影十三无奈道："我没……"

正热闹时，影七顺着房檐落下来，淡淡地道："今日奉旨迎世子入府。"

顿时，众人肃立，影十三捻了捻手中的折扇，眼神微动。

齐王膝下无子，又是当今圣上的堂弟，按前朝惯例，想来这世子大抵是齐王的侄子。

大承皇帝李晟和齐王李苑自幼长在一处，手足情深。先齐王当初为了避嫌，自请出京，建府越州。之后李苑承袭爵位，几番辗转迁府至洵州，日子过得恣意快活。当今圣上又认为先皇欠叔父和堂弟良多，以致事事包容。齐王不近女色，膝下无子，皇帝劝过几番也不再插手了。

但不知怎的，近年来圣上久病不愈，忽然匆忙下旨，立一旁系贵子作齐王世子。莫非是圣上撑不住了，抑或是受人蛊惑，想早早布下一枚棋子，以待将来齐王过世，便能顺理成章地将齐王府的势力全盘接手？

影十三在心里想了不少，可惜这么有趣的谈资无人可说，若果真如此，忙的不还是他们这些影卫？

若只是个寻常小孩还好对付，轻轻一捏就能要了他的命。

只可惜那是世子，牵扯良多。

年九珑没影十三想得那么深远，认为不过是府里要多添一个让他俯首听命的小屁孩罢了。

齐王近日埋头在书房里，迎世子那天也不过看了两眼，便称身子不适回房歇着了，让小侍们小心照顾着。谁都看得出，王爷这是有些动气了。

如今皇帝龙体欠安，膝下二皇子蠢蠢欲动。齐王听说后，与江太尉互通书信一月有余，谈论政事，一时不顾上这么个强塞来的小孩子。

世子乃齐王堂侄李间宁，才五岁，与齐王并不亲密。这年纪的男孩子调皮，正是三天不打上房揭瓦的年纪。他每日在府中闲逛，后边还追着一大帮侍女，手上提着水和糕点。

李间宁跑着跑着，忽然站住不动了，仰头看着房檐上闪过去的人影，忽然跺跺脚，道："来人！"

影七倏地落在世子的面前，单膝跪地颔首："世子有何吩咐？"

齐王近日忙得不可开交，只得交代影七警惕世子的安全，随身跟着。

李间宁朝屋顶的琉璃瓦上一指，脆生地命令道："去把刚刚房檐上那人给我抓下来。"

“是。”

年九珑就躲在那房檐上。这条路近，每日这个时候他练完功，都从这儿穿过去找影十三。谁知今天运气不好，碰上李间宁这小煞星。

影七突然攀上房檐，落在年九珑的面前，一把抓住他的胳膊。

“干什么，你还真要把我带下去？”年九珑瞪大眼睛。

影七叹气道：“倒也不能把你怎样，顺着他罢。”

影十三听见两人在房檐上纠缠，轻盈地攀了上来，拿手中小铁扇分开两人，把九九往自己身后一拉，一双笑眼瞥向影七：“七哥，做什么呢？”

影七瞥了一眼世子，轻声道：“混世魔王搅弄风云，你们还不躲远些。”

影十三面露难色，回头低声道：“我叫你别在世子眼前晃。”

年九珑偏过头：“我怎么晃了？我都躲房上来了还被他逮着，世子就能找碴吗？”

最终，年九珑还是被影七拖到了李间宁的面前，不情愿地单膝跪地行礼：“属下影九九，惊扰世子尊驾，请世子责罚。”

给一个五岁小孩跪地行礼，年九珑气得肝都疼了，从前在家里怎会有这等屈辱之事？

李间宁好歹出身皇族，有模有样地点着年九珑的眉心，道：“你看看你们这些影卫，真没规矩。”

影七垂手道：“世子息怒，属下这就把他带走。”

“没让你插嘴呢。”李间宁小腰一叉，“把他带去刑房，打四十大杖。”

年九珑猛然抬头，影七也愣了一下。

这小孩大概是看惯了家里大人惩罚下人，却不知道他随口说的一个数就能要了人命。

“我看你是欠收拾……”年九珑咬咬牙就要站起来，忽然被一双温润的手按住。影十三不知何时出现在年九珑的身后，笑盈盈地挡到他的身前，单膝跪地道：“世子息怒，他是属下身边跟着的，属下管教不严，还请世子罚属下一人。”

齐王有令，影十三全权照顾九九的安全。四十杖下来，这孩子的小身板哪吃得住？

年九珑扯了扯影十三的衣角：“走开，我可不用你替。”

李间宁忽然看见影九九腰间挂着的一串红翡珠，觉得颜色艳丽挺好看的，伸手就要扯下来。

年九珑赶紧压住腰间的珠链，眼中升起一丝狠意。

这眼神落在了影十三的眼底。

影十三握了握九九的手，道：“九九，松手。”

年九珑恨恨地瞪了一眼影十三，无奈松了手。

他其实很想说：“这真的是很珍贵的东西，你们都不知道它对我有多重要。”

可人在屋檐下，他现在不是九公子，只是一个小影卫。从前呼风唤雨，现在忍气吞声，这落差太大，年九珑难以忍受。若他还在家里，皇族又如何，还不是一支紫签扔下来照杀不误，一个小孩算得了什么？

李间宁甩着那珠链走了。他一个世子爷能缺这些？不过就是想欺负这些奴才玩。他回了居室，随手一扔，早忘了还有这么串东西。

年九珑沉默了一会儿才平静下来，发觉周围空无一人，影七和影十三都不见了。

他抱着膝盖坐了一会儿，揉揉头发，忽然觉得委屈，他好想回家。

影十三推门进入刑房大堂，刑房掌事见是熟面孔，吓得抚了抚心口：“大人，您来这儿巡察？”

“不巡察，挨打来了呢。”影十三扬着嘴角，轻车熟路地褪下身上的墨云锦黑衣，极为紧实的身体上竟布满了狰狞的伤疤，背后烙着一个“影”字，和一片飞廉神兽纹。

掌事叹了口气，叫行刑的力士过来，问：“大人，多少？”

影十三道：“四十。”

掌事惊得差点没站稳，扶了一把刑架，反问道：“四十？”

影十三笑笑，道：“五岁的小孩子哪知道那么多？无妨，你知道我们的，不碍事。”

寻常侍卫犯错，二十杖足以杖毙。王爷养一个鬼卫花的银子几乎天价，因为世子一句话便给打死了，这算谁的责任？

掌事想了想，便明白了原委，给两边力士递了个眼色。

即便如此，进了刑堂也没有不横着出来的。

傍晚，影十三没走房门，踹开寝房的木窗，直接翻了进去。

因为走窗子离床更近。

他趴在榻上深深喘了口气，从怀里摸出一串红翡珠子扔在枕边。他不知道九九为什么格外珍惜这东西，说不定是王爷用来和九九背后的人传递消息的信物，最好还是先拿回来。

影十三虽然早已习惯了疼痛，但毕竟不是铁打的。四十杖之后，他五脏六腑仿佛都被震碎了似的，呼吸间连嗓子里都有血味。

年九珑去刑房领罚，听到掌事说影十三早已领过了，不禁焦急起来，但找人又找不到，只得先去熬药。当他端着药碗再去影十三的房里看看时，影十三已经趴着睡着了，露出背上一片触目惊心的青紫杖痕。

年九珑站在门口愣了半晌，随即放下药碗，去柜子里找药膏。他手忙脚乱地翻，翻着翻着眼泪就在眼里打转，便立刻拿手抹去，然后抓起药膏跑过来坐在影十三的身边，在自己指尖上蘸抹药膏给影十三涂药。

影十三早被这一番动静吵醒，他把脸埋在胳膊里，沙哑地说："哎，你放那儿……不用你……你个小少爷，我用不动你……"

年九珑低语："我没想害你成这样。"

"可我都已经这样了。"影十三微微扬着嘴角，"叫声好听的算你补偿我，一天到晚'哎哎'的，叫得我真想打你。"

影九九吸吸鼻子，道："三哥。"

"嗯，好听。"影十三动了动身子。

年九珑突然看见了放在枕边的那串珠链，嘴唇微抖："那……那个……是三哥帮我拿回来的吗？"

"除了我，还有谁管你啊？"

年九珑匆匆拿过那珠链，找了块布巾擦拭。

"这东西很贵重吗？"影十三看向九九。

"也不是极贵重。"影九九咬咬嘴唇，"反正我不喜欢别人碰我的东西……不，三哥我不是说你。"

影十三艰难地撑起半个身子，搂过蹲在床榻边的小孩稚嫩的小肩膀，只当没看见他脸上的泪痕："哭什么？这打挨得值，我在给你出气呢。"

年九珑迷茫地看着影十三。

"王爷最恨别人越过他惩罚他的人了，懂不懂呀。"影十三嘴角微扬望着窗外。

年九珑依旧不明白。

影十三无奈地笑道："不过，这世上有些人注定可以翻云覆雨、随心所欲。你还不够强呢，所以现在只能忍气吞声。"

"三哥想成为那样的人吗？"

影十三哼笑道："可惜我已经是笼子里的鸟了。不过还好，你不是。"

年九珑认真地问："如果我可以救你出来呢？"

"等你有了那能力再说吧，小屁孩。"

齐王府书房彻夜通明，齐王将一份密报交予影七："叫小十三再去一趟临州。"

影七迟疑片刻，答道："回王爷，小十三被世子处以四十杖刑，可能半个月内都不能出任务了。"

齐王眉头一挑，手上的玉扳指轻敲金丝檀木的桌面："四十杖？他为何不直接赐死？王府正值用人之际，谁给他那么大的权力，敢来处置本王的鬼卫？黄口小儿胡闹，你管教他便是，不必顾虑其他。"

"世子毕竟千金之躯，属下不好管教。"

"那就叫他来见……不，将他拖到静室，让他跪着反省。他既然已经来了齐王府，还想像在自己家里一样跋扈吗？"

齐王向来温和，极少动怒，最近因为事务繁忙本就火气大。可皇上不知受了文武百官的什么挑唆，非要给齐王府塞个世子进来，还连带着塞进了无数眼线。现在，齐王府被掣肘，齐王更是烦闷不已。

这件事的主谋，一想便知是二皇子。

李间宁虽然现在顶着世子的名号，但始终是卫国公府的人，而卫国公又与二皇子私交甚笃，所以这必定是二皇子的阴谋。奈何他们这层关系藏得太深，齐王才发觉还未来得及上奏，迎世子入府的圣旨就已经到了门口。

待到齐王殁了，世子继位，那整个齐王府便成了二皇子的，齐王一切心血都要拱手让人。齐王府落进二皇子手中还算不得什么，只怕那大承江山也会如此落进他母家严氏之手。

齐王靠在雕青莲的椅背上揉了揉眉心，朝影七伸出手。

影七走近两步，用双手握住齐王的手："王爷，歇一会儿，别强撑着。"

齐王被影七搀扶着站起来，忽然低声道："倘若世子今天罚的是你，我就算抗旨也要把他扔出去。我忘了告诫影四，让他提醒所有人，不必受那小儿的气。都是我一手带大的孩子，还能叫人欺负了去？"

影七微怔，眼睫低垂，把齐王扶上榻，自己侧身跪坐在榻边，道："王爷又要任性了。"

齐王伸出一只手搭在影七的肩上，道："皇宫有密诏交接，你亲自去。

不用守整夜，我睡了你就去休息。”

“是。”影七道，“为您守夜要比休息舒服得多。”

他吹了烛，四下寂静。

影七借着月光端详主人的脸，平日里他是没机会这样看的，只有在这个时候他才能多看一会儿。

世子被架到静室跪了一天，但他终究还是个小孩子，吓吓就罢了，总不能太过火，让卫国公府有个警醒便行了。

虽说世子入府对齐王牵制诸多，但反过来也挟制了卫国公府。只要齐王多活一天，这位小世子就要在齐王府多当一天质子，闹翻了大不了玉石俱焚。卫国公若是心疼小孙子，就该收敛自己的爪牙，相互制衡，这样才能相安无事一阵。

影十三这些日子倒是惬意，每日趴在榻上一动也不动，反正有个小孩进进出出地端茶倒水伺候。

年九珑为了弥补影十三，每日都去打山雀回来，送到厨房叫人炖了，然后给他三哥端去。

这日，年九珑端着汤碗进来，舀起一勺汤吹了吹，喝了一口，又舀起一勺吹吹，送到影十三嘴边。

“三哥，不烫，没毒。”年九珑眨着眼睛望着影十三。

影十三迟疑地喝下，打量着面前的人，道：“九九，你这样……我怪害怕的……”到底是个孩子，对他好过一次便信任上了。

“为什么？”年九珑一口一口耐心地喂着，甚至把肉里细小的骨头都给摘了，就差帮他咽了。

影十三扬着嘴角小声说：“你是个小公子啊……我又没什么身份……”

“什么小公子？不是，不是。”年九珑摇头，随即放下汤碗，挽起袖子就要给影十三背上的伤口上药。

年九珑想，既来之则安之，他再也不会自恃身份给旁人添麻烦了。

影十三眯着眼睛享受，想着主子们被伺候的时候可能就是这种感觉吧。

影十三从没想过受伤了还会有人照顾，以前即使是皮开肉绽，也不过是抹点伤药挺挺就过去了，而现在有这么一个人来无微不至地照顾他、关心他。他想，这样真好啊。

年九珑一边涂药一边问：“听说齐王府有几个很厉害的影卫？”

影十三应了一声："好像有。"
"那他们平时都做什么？"年九珑忍不住好奇，问道。
影十三眯着眼，一副懒洋洋的样子："玩牌，打麻将，趴着。"
年九珑皱眉道："不开玩笑，我认真问的。"
影十三把眼睛眯开一条细缝："我也是认真答的呀。"
"那他们特别在哪儿？"年九珑很费解，"玩牌、趴着，我也会。"
"大概……特别在……让人看不出他们很特别吧……"影十三摸着下巴陷入沉思。

悠然地度过了十日，年九珑轻车熟路地端着药碗推门而入，待看见室中情形时怔了一下。
影十三站在榻边，上身赤裸着，伸了个懒腰，身上漂亮的肌肉线条随着动作拉伸舒展开来。
这样的身形委实让人羡慕，只可惜皮肤上布满了深浅不一的陈年旧伤。有的成了一道浅坑，有的伤疤略微凸起，右肩胛上还烙着一个"影"字。
影十三回头瞥了一眼在门边怔怔站着的年九珑："吓着你了？"
年九珑连连摇头，拿小勺搅了搅药汤递给影十三，随口道："我以为三哥是悠闲惯了的。"
影十三接过药碗微不可察地闻了一下，随后仰头，将一碗苦得连年九珑闻都闻不下去的药汤直接灌了。
"好了，走吧。"影十三抹了抹嘴角的药汁，披上墨云锦的黑衣，抬脚便要走。
"你伤还没痊愈……这么晚了，去哪儿？"
"王府西侧门。"影十三一边束发一边走，"你也去。"
年九珑快步追上，踮起脚往三哥嘴里塞了颗蜜枣。
"嗯……"影十三舔了舔，心道原来还能这样，确实不苦了。
影十三一出房门便快速攀上房檐，像只黑猫般安静而迅速。年九珑虽然轻功底子不错，也只能勉强追上。
此时，王府西侧门已集结了十二位黑衣影卫，肃立等候。影十三因为耽搁了一会儿，便站在队末。
影五戳了戳影十三，瞥了一眼身边的小孩："你怎么把他给带来了？"
影十三展开小折扇掩嘴道："王爷叫我随时保护他，又叫我们来这儿候着，你叫我怎么办？”

“万一吓哭了怎么办呀？”影五忍不住笑道，“要我帮你照顾吗？你带过孩子吗？他尿不尿床，是不是很挑食啊？天啊，小十三，你的脾气真好，他是不是很黏人？我也好想要个小徒弟啊。”

影十三拿小折扇敲了敲自己的头，苦笑道：“五哥，求你了，让我静静。”

影四转身瞪了影五一眼，道：“闭嘴。”

影五愣了一下，撇撇嘴，拿指头戳戳正环视四周的年九珑：“就因为你，我被我哥骂了，好难过啊。你快来安慰安慰我，别到处看了。”

年九珑没搭理影五，正在小心地打量四周。现在亥时已过，天阴无月，庭院里阴森森的。突然肩膀被猛地一压，年九珑整个人跪了下去，与另外十三个人整齐地跪地行礼。

影十三压着年九珑，低声道：“别走神。”

可凭年九珑现在的功力，再怎么集中精力也不可能和影十三一样敏锐。

足足十个呼吸后，齐王独自一人从阴影中现身，腰间佩剑，面上少了平日里的慵懒，低声道：“随本王连夜入京，三日内务必面见圣上。”

“是。”应声整齐划一。

齐王余光瞥见了年九珑，略作思忖，又道：“影十三，看着他。”

“是。”影十三颔首遵命。

一队人马无声无息地从王府西侧门离开，没有惊动任何人。

影十三策马行在齐王的身侧。队伍之中，年九珑被影十三护在身前，他甚至能感受到身后传来的平稳的呼吸。

影十三警惕着周围动静，心里却思忖着其他事。齐王突然进京必然是奉了密诏，看来皇帝命不久矣。

既然世子已入府，齐王一旦出府便危在旦夕，这一路必然凶险。想到这里，影十三吸了口气，打起了十二分精神。

怀里这小孩……影十三想到了年九珑，勾了勾嘴角。为何王爷宁可把他带在身边也不愿把他留在府中，难道他的安全竟比世子还要重要吗？

尽管影十三有很多疑问，也不敢去探查年九珑的身份，不是查不出，而是王爷未下令。

影十三低头贴近年九珑的耳边，低语道：“九九，若有危险，无论如何不要乱动，等我。”

年九珑也感受到了沉重的气氛，转头回望了一眼，发现跟在齐王身边的这十三个人，没有一位是他曾经见过的那种冷漠无情、一身杀气、仿佛不食人间烟火的影卫。他们有的甚至还和他笑着打闹过，影五今早还多给他拿了个包子。

想到这里，年九珑的脑海中突然绷紧了一根弦。他想到了影十三曾说过的话。

“他们都是影宫走出的瑕疵品。”

“越正常，越完美。”

秋夜，寒风扑面，骏马疾驰，一行人进入洵州城三十里外的晚暮林。一丝极不易察觉的落叶声响传入耳中，影十三低声道：“九九，抓稳我。”

年九珑下意识抓紧了影十三的衣襟，回眸仰头望去。深夜微光下，三哥的侧脸仍旧温和，嘴角依然扬着。

几乎在影十三开口的同时，影四低声告诫：“有刺客。”

霎时，以纺锤阵容行进的马队即刻散开，影十三和影七一左一右护在齐王两侧，头也不回地疾驰而去，剩余十一人分散跟随，双方已然短兵相接。

对方隐在林木之中，在齐王入京的必经之路上埋伏着。虽然齐王已经极尽手段掩藏行程，但还是被卫国公府随世子安插进王府的眼线发觉了。

影十三回望身后，影五在后方默默比了几个手势，意为近战刺客数目极多，弓弩手有三十人，身份不明。

影十三摆了摆手，让他们专心对付近身的人。

年九珑偷偷瞄着齐王周身的影卫，发现每个影卫都沉默不语，至今未露一丝杀气。再看齐王，目不斜视，悠然镇定，似乎对此时的危急局势漠不关心。

突然，三哥对他低语：“九九，你会骑马吗？”

年九珑点点头，手里便被塞了根缰绳，整个人突然被按在马背上。此时，影十三已然轻盈地蹲在马鞍上，对着他说：“等我。”

年九珑伏在马背上回望，背后三道弩箭破空而来，在夜色掩盖下无声无息。刹那间，箭头已至年九珑眉心。年九珑僵直了身子，甚至已经想象到了自己被贯穿头颅，脑浆迸开的惨象。

他从未离死这么近过。

眼前忽然一暗，一把玄铁嵌紫石的小折扇挡在年九珑的眼前。弩箭正中扇面，被扇骨锋利的刀刃截成了数段。影十三就这么轻轻握着手中半尺长的小折扇，手稳得没有一丝晃动，扇骨上甚至还能稳稳托住一杯沏满的茶。

年九珑惊魂未定地喘起气来。

电光石火间，飞来的三道弩箭被影十三尽数斩断。玄铁扇在手心打了个转，影十三轻轻踮脚，刹那间便消失在马鞍上。

年九珑用力压着剧烈跳动的胸口，抬眼望去，幽深的林木中，一个修长的身影在繁茂的树木之间穿梭着。

影十三踩着树干，一瞬间便攀上了六丈来高的树顶。茂密的树冠里藏着几个弓弩手，此时正聚精会神地瞄准着地面快速奔逃的齐王马队，数箭连发，妄图搅乱影卫的护卫阵。

影十三一手攀着树枝，轻轻地挂在弓弩手的头顶，悄声道："若是我，就不会瞄准王爷，只瞄准他身边的鬼卫……鬼卫不死，王爷不可能被打中的。"

闻言，六个弓弩手只觉脊背一僵，随即回头，可还没来得及反应，脖颈处便传来一阵寒意。瞬息之间，五个弓弩手像熟透了的柿子一般从树冠落下，重重地摔到地上。

影十三缓缓逼近离自己最远的那人，面带笑意，轻声问："你们是哪家的？说出来，我可以留你全尸。"

看到来人满面笑容，手中还拿着一把滴血扇刀，那弓弩手已经面如死灰，知道自己在劫难逃，双手抖得拿不住木弩，他被影十三逼到角落里，颤抖地瞪着影十三。

影十三倏地消失，又突然出现在那弓弩手的身后，合起的小折扇轻轻地扫过那人的面颊，温柔地道："你真的不想要全尸吗？我下手没轻重，你会很疼的。"

每一句话都温柔得让人害怕，比冷血的刑罚更能摧毁人心里的防线。那弓弩手声音嘶哑，道："孔雀…孔雀山庄……你们逃不掉的……"微抖的尾音证明他处于极度恐惧中。

话音刚落，那弓弩手只觉后心一凉，霎时毙命，直直地摔了下去。

影十三不再看他，轻盈地落到更高处，在无数枝干中穿梭，循着弩箭射出的方位飞身而去。

此时，年九珑就在正下方仰头望着，亲眼看见三哥在一瞬间解决了六个弓弩手，干净利落，笑意盈盈，仿佛人命与草木无甚区别。

他温柔……他笑里藏刀……那都是假的……

年九珑不相信自己竟和这样一个冷血杀手朝夕相处了半个多月。

"三哥？"年九珑用力咽下口水，一瞬间，三哥身上的伤疤，肩胛上的"影"字烙印，以及刚刚坠地的尸身，都让他感到不适。年九珑突然觉得恶心，不禁趴在马背上干呕。

尽管他出身杀手院，却并未真的杀过人。

影八此时策马护在齐王右翼，补上了影十三离开后露出的缺口。他看了一眼正趴在马背上犯恶心的年九珑，冷哼了一声："废物。"

年九珑狠狠地瞪了一眼影八，影八把手里带血的匕首贴到年九珑的脸颊旁。匕首的寒光和血色在年九珑苍白的脸颊上交相辉映，年九珑深吸了一口气，鼻腔里还是有令人头晕目眩的血腥气。

影八微微挑眉，声音冷漠："你最好尽快习惯我们，我看见拖后腿的家伙就觉得碍眼。"

"你！"年九珑气得咬牙切齿。

影七注意到了这边的异常，瞥了一眼年九珑。齐王摇摇头，轻叹道："九九，跟紧了。"

年九珑这才回过神，又瞪了眼影八，抓紧马缰紧跟齐王。

年九珑极力忍住不适，目光却仍旧停在影十三的身上。影十三轻功极佳，能在数丈高空中飞身几炷香的时间而不用落地调息。但年九珑还是担心，一颗心也跟着忽上忽下。不知为何，他希望三哥能平安回来，希望这场杀戮尽快结束，仿佛那样的话，三哥就还是之前的三哥。

凌空飞跃的黑影已经与藏身树冠中的弓弩手缠斗一刻钟了，不断有弓弩手惨死摔落下来。尽管已缠斗多时，影十三的速度也并无半分减缓，只是他胸口的起伏透露出他已经有些疲惫了。

"这些人是……"年九珑小心地回头望着马后穷追不舍的杀手，细细打量着他们偶尔显露出来的武功招式，心中越发寒冷，这些刺客好像就是他家里的。

"爹接了千金紫签杀齐王吗？"年九珑一怔，"可是做千金紫签的任务，怎么会只派这些人来……"

这些杀手明显不是十三鬼卫的对手，不多时便开始节节败退。齐王马队在他们的围攻之中杀出一条路，把后边的刺客和缠斗中的影卫甩出了一大段距离。

此时，年九珑心念一闪，突然勒马回身，用力抽了一下马背，喝道："驾！"

齐王没料到年九珑会突然脱离自己的身边，可是马跑得太快也拉不住，只能低声对右手边的人道："影八，去看住他！"

"嗯。"影八哼了一声，即刻勒马回头紧追年九珑。

影八一离开，影十立刻策马奔来，补上齐王身边的空缺，保证王爷身边有足够的贴身护卫。

影八很快便与突然离队的年九珑并驾而行。他挑眉望向年九珑，声音带着一丝不耐烦："我们可没有多余人手再照顾你。"

"不用管我，我去找三哥。"年九珑也大致了解了身边这人。影八这个人，对谁都是一副爱搭不理的样子，就连对王爷也没什么好脸色。他知道影八不光是针对他年九珑一个人，而是此人觉得其他人都是垃圾。

"凭你，能干什么？"影八眼神鄙夷，却也没拦他，任年九珑继续策马飞奔，自己则紧追其后。

年九珑松了松马缰，揉揉已经勒出红痕的手心，轻声问："这些是孔雀山庄的杀手，孔雀山庄有个恶人榜，你可知道？"

影八冷哼一声："我知道。"

两人在厮杀的人群中逆行，偶尔有朝着年九珑飞来的暗箭，都被影八飞旋的匕首斩成数截，也有几支"遗漏的"，在年九珑身侧几处不要紧的位置蹭出了几道血痕。

年九珑抚着手臂上的伤口，吸了口凉气，咬咬牙瞪了一眼影八，道："你故意的？"

影八吹了声口哨："影卫若保护不了自己，死了活该。"

密林之上已经厮杀许久，影十三以各种刁钻的角度出现在弓弩手的埋伏之处，最后挂在一根树枝上喘了口气，朝底下看了一眼，对正下方的影四影五比了个手势："弓弩手全灭。"

影四点点头，把讯息传达给了地上的其他影卫。

忽然，密林深处传来细微的脚步声，仿佛是脚尖踏在花瓣上的足音。

影十三回头盯着幽深的树林里看了看，判断不出方位。

空中无端降下几朵粉红桃花，轻飘飘地环绕在影十三的周身。浓郁的香气扰乱了影十三的嗅觉，让他更加判断不出对方的藏身之处。

"怎么还送花呢……小姑娘学他们杀人越货是不对的。"影十三眯眼自语，飞快闪身，企图立刻脱离环绕的桃花。没想到飘落的桃花竟越来越多，让影十三没了退路。

一片花瓣落在年九珑的头顶，年九珑下意识扫开，忽觉气息有异，仰头朝影十三吼道："三哥！是花犯！"

影八也感觉到了逼近的杀气，吹了声口哨，对影四影五比了个手势："恶人榜第六名花犯出现了。”

收到讯息的两人顿时神色一凛，吹了三声急促的短哨。

影十三听见了九九的喊声，但还未来得及有动作，一股极强的劲道扑面而来。三枚粉色的飞镖像闪电一般撕裂面前的空气，直抵影十三的面门。影十三正攀在树干上，被那阵劲风直接撞了出去，整个人急速下坠。

影五注意到这边的情况，飞快松开马缰，踏着马背跃起，在空中翻了两圈，接住影十三，惊讶地道：“哇，小十三，你比十年前可胖多了，从前我拎你的时候，你才这么大一点儿。以后不要吃太多夜宵，会长肉的。我就知道总给你多拿包子一定会害了你。”

“五哥，安静一会儿。”影十三把手中小折扇翻过来，拿扇柄敲影五的脑门，接着轻轻蹬了影五肩膀一脚，两人一触即分。影十三再次接连踏在密林的枝干上，冲上高空。影五则落地翻了两滚起身，解决了身边的两个敌人，再翻身落回马背上，扒着影四，道：“哥，那人在恶人榜上排第六，小十三搞不定了，咱是跑还是打啊？”

“有你什么事？”影四瞥了一眼影五大腿上的几处擦伤，哼了一声。

影五兀自嘀咕：“王爷应该出了晚暮林，我们再拖一会儿就撤吧。这些人要钱不要命，连齐王也敢拦，就算是孔雀山庄的也不能这么嚣张啊……”

他仰头望望空中的战局，影十三此时已与一红衣青年对上了。

红衣青年正是孔雀山庄恶人榜上排名第六的高手——花中行，江湖人称“花犯”，以一手落花镖独步天下。

恶人榜排名并非按战力排名，而是按手中性命多少排名，能排在前十的已经算得上视人命如草芥的十恶不赦的人了。朝廷悬红千两要他们的项上人头，却无人能动他们一根汗毛。一是他们实力强，无人敢在太岁头上动土，再是因他们背后有孔雀山庄。

影十三落在密林的树枝上轻轻喘息，身后红衣公子紧追不舍。锋利如刀的花瓣迎面袭来，逼得影十三节节后退。尽管如此，影十三依旧挡着红衣公子的路，不给他任何机会去追齐王。

“小影卫，你可真厉害，居然能在花爷手里挺这么久。”花犯靠在一根枝丫上，一头长发在风中摇曳，他玩味地盯着影十三，看了一眼影十三手里滴血的扇刀和即使体力不支却仍然扬着的嘴角。

“笑面鬼，嗯，我听过你，十三鬼卫里轻功最强的一个。”花犯眯起眼睛打量，“哎呀，长得不赖啊。”

影十三歇了一会儿，回眸笑道："哦，但我不认识你，你谁啊。"

花犯皱了皱眉，他爱折腾猎物，可这小影卫也是存心气人。庄主今日下了一支千金紫签，旁人一见那签子上是齐王，知道齐王底子硬，都不敢接，偏偏他们家七公子要接，还指派花犯过来杀掉齐王。

花犯也感到郁闷，七公子让他一个小杀手过来单挑人家十三鬼卫，还必须得赢回去。七公子怎么这么想不开呢。

花犯一边掂着手里的飞镖，一边打着哈欠对影十三道："给你三个数，赶紧让路，不然就让你变残废。爷知道你们当影卫的没活路，到时候废只手或是废条腿什么的，你看你家王爷还会不会再养着你。三，二。"

影十三仍旧挡着路不动。花犯站在高处凝视着影十三，他做过功课，知道十三鬼卫的弱点。虽然影十三是十三鬼卫中最擅长密林空战的，但是只要耗尽影十三的体力，他就能乘虚而入。

"一。"花犯的目光在影十三身上游移，寻找着下手之处，想着该从何处开始毁掉这具赏心悦目的身体。

"小影卫，爷可给你机会了。"花犯右手一垂，四枚五瓣落花镖已夹在指间。

影十三缓过劲来，扬起嘴角道："请赐教。"

他想着现在无论如何也要拖住花犯，这样影七才会有足够的时间把王爷带到最安全的地方。

四枚粉色的飞镖迎面袭来，"当"的一声，影十三将手中展开的半尺小折扇挡在面前。两枚落花镖狠狠地打在扇面上，影十三被这强劲的力道逼得坠下树冠。刹那间，花犯头朝下跳了下来，衣袖中飞出无数落花镖，如密集的雨点一般朝影十三方向飞去。急速坠落的影十三在空中骤然翻身，横扫一腿，重重地踢在了花犯的胸前。

花犯用双手挡下了这足以碎掉胸骨的一击，接着无数落花镖簌簌落下。影十三落地时滚了一圈，将手中扇刀一展，扇骨中竟射出三十六道铁针。花犯猝不及防，被那猛然爆出的针雨穿透手背，而同时影十三的左肩也被钉进了三枚落花镖。

落花镖入骨扎根，倒钩狠狠地钉在骨缝里，怎么也拔不出来，影十三痛得额头直冒出冷汗。

这时，一声马鸣由远及近，一匹马急速奔来，从捂着伤口半蹲在地上的影十三身边擦肩而过。年九珑伸手抓住影十三的右手，把人猛地扯上了马背，飞快策马离开。

一旦落地，十三鬼卫便占尽上风，花犯很快被他们围住了。

“小花儿，你可终于落在我们手里了，瞧我们不在就欺负小十三，是不是？让我好好教你做人啊。”影五抖了抖手上的钩指，随即翻身下马，一爪钩在了花犯的肩膀上。一瞬间，花犯的肩上出现了五道血爪印。花犯见状，反手扔出三枚落花镖，借影五侧身之时逃了。

高手围攻之下，花犯按着流着汩汩泛黑毒血的手背，倏地跳上密林高处的树冠，扔下一句：“以多欺少，花爷不奉陪了！”

一众刺客瞬间就一齐没了影子。

影四环视四周，清点了一下人数，随后下令：“撤。旗云山会合。”

“是。”

“九九和小十三呢？”

“已经走了。”

年九珑带着影十三飞奔了一阵，发觉甩掉了追兵才渐渐慢了下来，撑着影十三的肩膀把人扶到自己的背后，轻声唤着：“三哥，三哥，还撑得住吗？”

影十三懒洋洋的，眼睛眯开一条缝，蓦地笑了：“这有什么撑不住的？这算什么啊。”

“疼不疼。”年九珑目不斜视，一只手扯着马缰，一只手反过去握了握影十三的手。

“不疼啊……”影十三低头看着年九珑攥着自己的那只手，又道，“好吧，有点疼。”

“花犯的落花镖入骨生钩，好在没毒。”年九珑轻声道，“说是去旗云山会合，三哥认识那地方吗？”

“直走，到一片枫树林尽头再往西边就是了。”

淡淡的血腥气飘入鼻腔，影十三低头看了看，发现年九珑身上也有几处擦伤，好在并不严重，已经结了痂。

“怎么样，影卫不好当呢。”影十三轻叹了口气，语气有些低落。

让王爷派下来的保护目标受伤，这是他此番任务的一大败笔。影十三失望地摩挲着指间的小折扇，盯着年九珑手臂上的擦伤发呆，不知道会不会惹得王爷不快。

年九珑偶然回头瞧了一眼，却见三哥一脸担忧地望着自己身上的一道伤，心中顿时一暖。

颠簸了一个时辰，两人跟着影七留下的暗号进了旗云山。

旗云山洞窟众多，山路交错，却是通往京城的一条捷径。大概是为了保险，王爷并未选择留宿在旗云镇的客栈里，而是寻了处洞窟，将就休整一晚。

密林中弥漫着一股龙涎香的气息，影十三嗅着气息，在山路上行了一盏茶的工夫，走进一处洞窟。

十三鬼卫磨合多年，已经极有默契，不用明说便知对方的意图，此时众人已经会集在此处。

影四守在洞口目不斜视，影五坐在旁边，褪下左边裤腿给自己上药，露出一截伤痕狰狞的腿干。

“咦，小十三回来这么晚？兄弟们都歇半天了。”影五戳了戳影十三的小腿。

影十三低头笑笑：“伤得不轻啊，我替你守呗，你去歇会儿。”

“我跟我哥守一个时辰，之后你们再来换。好渴啊，突然让人护送，也不提前说一声，我到现在都没喝过水。”影五絮絮叨叨地望着影十三和年九珑走向洞窟深处，嘴边忽然被贴了片叶子，凉丝丝的。

影五舌尖一卷，把影四贴过来的两片水灵灵的草叶嚼了。清凉的汁水润了润嗓子，影五霎时觉得没那么渴了。

“啥东西啊……啊，水叶儿，哪找的啊，还有吗？我还渴，今早饭堂那个水煮鱼太咸了。”

“少吃，等会儿又嚷着解手。”影四淡淡嘱咐，望着洞窟外黑漆漆的天，往嘴里扔了片草叶嚼了起来。

影五拖着伤腿往影四身上一靠，冰凉的手朝影四的腰间插去，叨咕道：“哥，你看我的腿，都磕青了。你当时要是拉我一把就不会这样了。”

“学艺不精，怪谁？”影四皱皱眉，任由他在自己身上焐手，想想又补充了一句，“下次离我近点儿。”

影五得了大便宜似的往影四旁边挤，一边挤还一边问：“够近不？够近了不？”

影四看着凑过来的影五，一手抓住他的腮帮，把他的脸捏成了包子脸，面无表情地低头警告：“再说一个字就缝上你的嘴。”

影五愣了愣，竖起一根手指问：“我能再说一句话吗？”

“不行。”

“天哪，我就再说最后一句话！”

洞窟深处，三三两两地靠坐着几个人，正靠着石壁闭目休息。

影八静静地坐在角落里，掀起一片衣角擦拭着手中锋利的匕首。匕首背上阴刻着一枝梅花，一见便知不是凡物。这是十三鬼卫中不败鬼的武器“暗香疏影”，一套子母鸳鸯刀，匕首为疏影，刀名暗香。不过他似乎常用匕首，那把刀不常示人。

影十三在对面盘膝坐下，解开领口的系带，褪掉了上半身的衣裳，露出钉着三枚落花镖的左肩。

落花镖的刃内暗藏机括，一旦入肉，里面的倒钩便炸开一朵花，紧紧钩住骨肉，生扯是扯不下来的。

下一秒，一把阴刻梅花的匕首落到了影十三的面前，影十三抬头看了一眼影八。

影八往角落里一靠，合上眼歇息，随口道：“擦干净了再还我。”

影十三眯眼微笑，捡起匕首在衣袂上蹭了蹭：“谢八爷赏刀。”

影八没搭理他。

此时，年九珑来到齐王跟前请罪。他单膝跪着，低着头轻声道：“属下一时冲动，擅自离队，请王爷责罚。”

他虽是请罪，语气也诚恳，可那双凤眸里尽是得意，没半分悔过的意思。

齐王也没工夫在这关口跟个小孩较劲，挥挥手：“去、去、去，本王正心烦着。”

年九珑挑挑眉，抬眼看了看，齐王确实有些腾不开手。

影七左腕淌着血，盘膝坐在齐王的对面。齐王眼下发青，略带憔悴，眉头微微皱着，用扯出的药布给影七缠手腕上的伤。

原来同是贴身影卫，也会分个亲疏内外啊。年九珑在心里吹了声口哨，下意识地往三哥那边瞥了一眼，影十三也刚好往这边看。

影十三瞥见王爷在给影七处理伤口，眼神略微一滞，又低下头，默默叼着匕首，看向自己的伤口。

此刻他的左肩已经肿起一大片，挨了落花镖的皮肉也化脓了。

年九珑望着角落里独自疗伤的三哥，心里一阵思索：三哥冷血，可以杀人不眨眼，可刚刚他那眼神里一闪而过的分明是羡慕。

影十三握着匕首，刚把刀尖触及皮肉，右手便被一双小手握住，一抬头，便对上了一双清亮的眸子。

“三哥，我给你取。”年九珑跪在影十三的身前，小声道，“你把胳膊放松点。”

影十三蓦地笑了：“你会弄吗？别给我弄残了。”

“我娘是药师，教过我，真的。”年九珑抽出匕首，在他的耳边安抚道，“我手很快，应该比你自己取要好些。”

“那你弄吧。”影十三扬扬嘴角，颇有种死马当活马医的意味。

年九珑认真凝视着入肉的机括，把刀尖小心地伸进飞镖刃上的机括钩里，然后猛地一掰。一声轻响，机括被挑断了。在飞镖脱出骨肉的一瞬间，影十三仍旧神色自若，只是脸色显得有些苍白。

他虽习惯了疼，但也并非就真的不疼了。

影十三吸了口凉气，缓了缓，嘴角微微扬起，垂眸看着近在咫尺的小孩的脸。

小孩睫毛垂着，一双凤眼认真地凝视着自己左肩的伤。

他长得还挺俊，是那种男孩子的俊，有棱有角。

影十三走神之际，地上已多了三枚拆断机括钩的落花镖。年九珑取完落花镖，扯下自己里衣的一块棉布，便去包扎影十三的肩膀。一番操作后，年九珑直起身子，捧起影十三的脸揉揉，轻声问：“好点了吗？”

影十三动了动胳膊，弯着一双笑眼道：“看不出来，你还挺能干呢。”

年九珑望着影十三一如既往的笑容，忽然有些失望，他还以为三哥能露出别的表情来，至少笑得真诚一点儿也行啊。

他不知道虽然影十三用笑容伪装，但一颗冷酷麻木的心还是因为这句关切的话疼了一下。

一个时辰以后，影八和影六起身去洞口换班守卫，影四拖着腿上有伤的影五回来了，坐在地上歇息。

年九珑趴在影十三的腿边，单手撑着头，想起之前看见影十三肩胛上烙着的“影”字，好奇地问道：“三哥，你是从影宫里出来的吗？”

影十三脸上的笑容因为这句话突然僵住。

石窟里本就寂静，年九珑这句话显得格外突兀。一瞬间，周围静得连针落地的声音都能听见。

周围影卫的目光都有意无意地落在年九珑的身上。

年九珑一怔，难道他说错什么了……

许久，影五用指尖在地上随意地划拉了几下，干笑道：“九九，你……这个问题问得十分刁钻啊。”

影十三拍了拍年九珑的肩膀，轻声道："那不是个好地方，忘了它吧，九九。"

年九珑自知失言，没再开口，但对影宫的好奇却因为这些影卫的刻意避讳而更盛。他想，那一定是个很恐怖的地方。

休整一夜，众人恢复了些体力。离京城还有两日路程，旗云山的山路众多，应该不会有刺客猜中他们会选哪一条路，等到出了旗云山，进入京城地界，刺客就会有所收敛。

孔雀山庄接了千金紫签杀齐王，不知这紫签是哪位贵人下的。

敢挑衅齐王府的，除了二皇子李成翊，大约也不会有旁人了吧。

保险起见，十五个人选择分散行路，以此混淆刺客的视线，最后在山口会合。

影十三独自带着年九珑，走了最北边的山路。

"三哥，你不饿吗？我们两天没吃东西了。"年九珑舔了舔干涩的嘴唇。

影十三仍旧神采奕奕，道："两天不吃东西很正常，有时候还会两天没水喝。"

"三哥，你累了吧，换我带你一会儿。"年九珑坐在影十三的身后，想伸手去抢缰绳。

影十三笑道："你别捣乱我就很满足了。"

"三哥总瞧不上我……"年九珑嗅着他身上淡淡的雪兰香，有些失落。

十三鬼卫是一群怪物，他们最不正常的地方就是看起来很正常。

想想影十三，出身影宫还能笑得出来，大抵是不会弱的。年九珑忍不住猜想，温柔和无情，到底哪个才是真的三哥。

也许他其实不想笑，只是为了让自己看起来和正常人一样？那不是太可怜了吗？

年九珑把手掌覆在影十三的右肩上，隔着衣裳触碰他肩胛上烙的那个"影"字。

影十三感觉到年九珑情绪的变化，笑道："我怎么觉得你好像在同情我？"

年九珑回过神，怔了一下才答："没有。"

"你之前想问的，现在可以问了。"影十三让马的速度放缓了些。

"什么？"

“你不是想问影宫的事吗？”

“我就随口说的……没想到你们忌讳这个，我不是故意提的。”年九珑有些愧疚，没敢真问，故意转了话锋，“三哥有什么喜欢的东西没？”

“喜欢的东西？”影十三认真思考了一下，“没有。再说了，喜欢有什么用？又不可能拥有。”

“那你想要什么？”年九珑不依不饶地问。

“我想……”影十三轻叹了一口气，“想让王爷公平一点儿。”

年九珑沉默半晌，皱眉看着影十三。

影十三蓦地笑了：“我说着玩的。干什么，你要送我什么？”

“什么也不送。”年九珑撇撇嘴。

“那我想要你照顾好自己，千万别受伤。”影十三认真道。

听到这话，年九珑的脸色好了些。可影十三继续道：“那样王爷还能少罚我几回。”

年九珑瞬间又觉得烦闷，本以为影十三是关心他的安危，谁知还是为了自己！他咬咬牙，在影十三的身上掐了一把。

“哎哟，掐人？怎么气性这么大……”

“掐的就是你。”

大家紧赶慢赶两日，陆续在京城西郊会合。

落叶萧萧，齐王坐在马上，举目眺望已在眼前的京城，眉间略有怅然。

影四勒马停在齐王身侧，道：“王爷，现在进宫恐怕正中二皇子下怀。”

齐王看向正往小折扇里灌铁针的影十三。影十三察觉他的视线，抬头微笑道：“属下先去宫中瞧瞧？”

齐王揉了揉眉心：“影八一起去。”

“是。”

“王爷。”影十三指了指背后的年九珑。

“留在这儿。”

“是。”

影十三拎着年九珑的领口，把人扔下了马背。

“三哥！”年九珑气急，扯着他的衣角，“我也去！”

“别捣乱，宫里密探的鼻子灵着呢。”影五俯身把年九珑拉到了自己的马上，苦口婆心地教育，“小十三伤还没好，照顾不了你啦，我来、我来。”

年九珑皱眉望着影十三和影八离了队。

临近城门，影八挑眉道："有铃响。"

影十三捻着小折扇："我也听见了。"

"是谁。"

"说不好。密探会戴铃铛吗？"

匕首在手心打了个转，影八拿匕首尖挑着一颗黑色药丸递给影十三，冷冷地道："被抓了别连累我。"

"啊，出来急，我忘带了。"影十三顺手把那颗药丸接过来，按进后牙侧面早就钻出的一个小洞里，扬起嘴角问，"八爷带的什么好毒，快吗？现在的小密探折腾人的法子又多了，我可挺不住。"

"鹤顶红而已。"影八收了匕首，低头察看自己的腰带和靴口，把靴底的泥渣在马镫上蹭掉，还认真地把腰带上沾的草茎一根一根摘了。

影十三一边挽袖一边道："鹤顶红太慢了，下次给你一点儿我调的雪兰蜜，一下就死，死前还能逞一番英雄。"

"用过一次，熏人。"影八不屑地道，"做点有用的。"

"我挺喜欢那香味的。"影十三舔舔嘴唇，瞧见袖口有个银扣松了，便直接把它扯下来扔进自己的靴口里，又将松散的发丝重新束紧。

"走。"

两人松开缰绳，半蹲在马鞍上，轻轻一蹬便蹿了出去，轻踏在细竹上，朝着城门一侧的小楼飞身而去。

稀疏的小竹林里缓缓走出一人，一身深红锦衣，长发低垂，手腕的银镯叮当相碰，每走一步都带着清脆的铃响。

那人在影十三和影八停留之处徘徊了一阵，又抓起尚有余温的泥土捻了捻，开口道："是影卫吗，好像很厉害呢。"

宫门近在眼前，影八轻功不及影十三，却也算上乘的了。两人从凤栖宫的琉璃瓦上摸过去，影八挂在昭云殿的飞檐下，顺着赤龙柱蹿到房梁上方，望着四周，影十三则直接顺着雕梁翻了进去。

昭云殿为二皇子生母严贵妃的寝殿，地上铺的是云锦，四周遮的是月影纱。尚未入冬，殿里却已经点起了金丝熏笼，暖气蒸腾。一股浓郁的药香弥漫在殿内，比起皇后寝殿，有过之而无不及。

严贵妃正侧卧在重叠的影纱之中，享受着这一切。

影十三循着药香，贴着飞檐进入耳房，靠坐在房梁上，瞧见一个小宫女正在熬药。小宫女手中的小折扇不住地扇着，额上香汗淋漓。

他低头环视四周，发现此处是昭云殿的小厨房。平时厨娘在这里做些点心，抑或是严贵妃亲手下厨，为圣上熬些补汤。

小宫女把熬好的药汤过了六遍纱，然后把药渣往炉火里一倒，端着药汤出去了。

影十三悄悄落地，小折扇从袖口里滑到手心。他从炭火里拨出一点儿药渣，灌进小折扇的空心扇骨里，又无声无息地攀上房梁，跟着小宫女出了小厨房。

严贵妃接过药碗，纤长的手指捏着调羹搅了搅，抿嘴道："陛下今日怎么样？"

"回娘娘，陛下还迷糊着，今日也不过醒了两个时辰。"

影十三捻着小折扇侧耳听着，心道：圣上还真病重了？王爷奉密诏进宫，莫非是皇帝要下遗诏吗?

他正思索着，严贵妃突然起身，带着端药碗的小宫女出了昭云殿，往养心殿去了。

影十三在飞檐上尾随着严贵妃，只是严贵妃走路太慢，扭来扭去，半天都走不出三尺，他只能小心翼翼地爬行，还要屏息调息，让自己心跳缓些，不至于出汗留下痕迹。

皇宫的房梁上都嵌着木刺，专防梁上之人。影十三目不转睛地盯着严贵妃，顾不得其他，小腿被木刺划得破了皮，偶尔还被划出了血，他也只是不动声色地回头把血迹擦掉，然后继续跟随。

几个呼吸就能走完的路，严贵妃足足走了半个时辰。影十三的腿上扎了不少倒刺，也没工夫去摘，一双眼睛里只有严贵妃一个人。

严贵妃在养心殿外等着通报，过了一会儿便端着药进了殿。影十三跳下飞檐，绕开巡视的侍卫，钻进了养心殿的雕梁之上。

雕龙椅上，皇帝比几年前苍老了不少，眼角布满细纹，明明与王爷年纪相差不多，却显得极为憔悴。

严贵妃体贴地坐过去，温柔地给皇帝喂药，一边喂一边娇滴滴地道："陛下，二皇子今日巡察临州归来，臣妾瞧着他有些瘦了，陛下可心疼吗？"

皇帝双目无神，喃喃道："心疼……"

严贵妃红艳的嘴唇扬起一个弧度，道："对了，齐王世子已经入了王府，陛下可安心了。世子乖巧听话，齐王称赞许久呢。”

皇帝含糊地道：“齐王不喜世子……”

“怎会？齐王殿下府中无姬妾，必然孤寂，有世子陪伴定然是好的。”严贵妃越发温柔，一点儿一点儿地给皇帝喂药。

影十三面无表情地看着，咬了咬嘴唇。

果然如此。红颜祸水，祸终究到皇帝身上了。

影十三悄悄退出养心殿，影八往这边比了个手势，两人飞快撤离。

直到快出宫门时，影十三下意识回头望了一眼，两把飞刀竟无声无息地到了三尺之内。

影十三将折扇扔了出去，当的一声脆响，折扇和那两把飞刀撞在一起。随即，飞刀深深插进了宫墙之中，小折扇则飞回了影十三的手中。

一道身影从暗处走出来，身材修长，穿着一身虎纹黑衣，是皇宫密探的打扮。

那人指间夹着四把飞刀，一双桃花眼冷冷地望过来：“二位堂而皇之进入皇宫，在我三千密探的眼皮子底下来去自如，果真有点本事。敢问是为哪个主子办事的？”

影十三低声对影八道：“瞧瞧，把密探头子招来了。”

影八眼神一冷，反握匕首，道：“的确是最难缠的那个，萧珧。”

影十三冲影八摇了摇自己装着药渣的小折扇，比了个手势：“拖住他，我先撤了。”

匕首寒光一闪，影八已经顶着密集的飞刀朝那密探头子冲了过去。影十三微微蹲身一蹬，踏着赤红宫墙飞身落在琉璃青瓦之上，身形顿时隐在了斑驳树影之中。几个虎纹黑衣的小密探紧追不舍，却还是在一个岔路口把人给追丢了。

影十三轻功极佳，这几个密探哪是对手？不过半盏茶的工夫，影十三就轻松出了宫门，回了来时的那个竹林。

“果然是养尊处优的小密探呢。”影十三扬着嘴角，挑了条小路正要离开，忽闻一阵若有若无的铃声。

他收敛了笑意，仔细听着四周的动静。那清脆的铃响时远时近，有时听来在百尺外，有时听来又仿佛近在身边。

一阵冷意裹挟寒风直扫影十三的面门，电光石火之间，影十三只觉得腹上被什么重物猛击了一下，整个人便被那股冲劲撞出了三丈来远。他在空中翻了个身，落地打了个滚才起身站稳，躲过差一点儿就刺穿自己后腰的尖竹。

这劲道，对方究竟是何方高手？

影十三按着剧痛的小腹，缓缓抬起头来，一片深红锦衣的衣角映入眼帘，竟是个少年。那少年虽然穿着汉人的衣裳，脚踝上却系着西域的银铃，身材娇小，长发垂腰，眉骨高耸，右耳挂了枚银环，是个货真价实的西域美人，长得像个精致的娃娃。

乔鸿影低头看着地上那人，手中刺刃指着那人的眉心，歪头问："在我家门口鬼鬼祟祟的，做什么？"

家门口……影十三思索片刻，京城西郊正是天临将军府坐落之处。天临将军战功赫赫，未至而立之年便已平定西北，直到一年前才领天威归朝，圣上对他极为重视，还赐了府邸良田。

瞧着这人细皮嫩肉的……莫非是天临府的少爷？不愧是天临将军，连府上少爷都是武功莫测的高手。

"公子息怒。"影十三起身跪地颔首，握扇行礼，"小人为主人办事，借道贵府，还请公子大人大量，放小人一马。"

"听不懂你的话。有凭证吗？让我瞧瞧你的主子是谁。"乔鸿影白皙的手指在刺刃上抚摸，偏头打量着影十三。

影十三讪笑道："这……"

王爷想必有自己的考量，此时暴露身份不是个好时机。

就在乔鸿影放松警惕时，影十三身形微移，从他身侧一跃而起，企图脱逃。但是乔鸿影反应也极快，手握刺刃反手划出一道寒光。

影十三身子一颤，腰窝便被划了一道，血迹瞬间染红伤口周围的衣料。那个玲珑娇小的少年步步杀招，招招致命，也不知道哪来的这么强的杀气。他倒是能与之抗衡，却并不敢还手。毕竟那是将军府的少爷，他怎敢得罪天临将军的人？

乔鸿影轻功终究不如影十三，纠缠许久，还是让人逃脱了。他正拔腿要追，后边忽然传来一道声音。

"小乔。"

乔鸿影身子一滞，停了下来，回头看向身后的高大男人，像做错事一般低下了头，不安地绞着自己的衣角。

"阿哥，我没抓到他，他好快的……"乔鸿影软绵绵的声音还带有一丝颤音。

将军走过来，大手在他身上摩挲了一圈，问道：“伤到哪儿了？”

“哪儿也没有，那个影卫不敢对我动手。”

将军的脸色这才缓和了些，他望着影十三消失的竹林深处，淡淡道：“齐王的手下还算懂事。”

影十三在密林中转了几圈，等影八甩脱了那密探头子，二人在竹林东南会合。

“怎么这副德行？”影八瞥了一眼比自己还狼狈的影十三。

“没什么，险些被天临府的人抓了。”影十三看了看自己的身上，倒没有太严重的伤，忍忍便过去了。

想到那西域少年能在将军府行走自如，还称将军府为“我家”，必定是天临将军看重之人，可能还是软肋一般的存在。影十三估计王爷会喜欢这情报的。

天临将军在朝中位高权重，却从未表明过对争权皇子的立场。王爷若能抓住这一软肋，应该能探探天临将军的口风。

傍晚下起了小雨，深秋时节雨夜寒凉，雨水打在身上凉得人直打哆嗦。路上有影卫接应，说王爷已经进了一处不显眼的客栈，其余影卫隐藏在各处待命。

影十三带着药渣，悄悄去见齐王。

这小客栈极为简陋，不过一排厢房。他单膝跪在院子里，刚欲禀报，便被门边静坐守卫的影四打断。

“王爷刚传了影七进去。”影四说，“王爷吩咐，有事禀报就在外边稍候。”

“好。”影十三便静静地候着，抬头望向王爷房间的纸窗。烛光映出两个人影，一人正端着碗，拿调羹喂着榻上坐着的那人。

他低下头，冷得刺骨的雨水渗进伤口里，血迹化开，浑身刺痛，再渐渐麻木。

过了许久，影十三仍旧单膝跪在门前，影四也面无表情地倚坐在门边尽职地守着，两人在一场深秋夜雨中静得像两座石雕。

直到亥时，齐王才有了空闲，轻轻敲了敲门板，表示不再禁门。影四抬眼对影十三道：“你可以进去了。”

影十三好似有些走神，被影四一唤才回过神来，颔首低声道：“属下有事禀报。”

“进来。”里面传来慵懒的应声。

影十三推门欲进，左臂却被影四拉住。

“我们是不一样的。”影四抬眼和他对视，漠然道，“别奢求太多。”

影十三这才发觉自己表情僵硬，转而换上了一副笑容，温和道：“谢四哥提点。”

齐王在那简陋的小木床上盘膝坐着，漫不经心地拨着小桌上的炭盆，影七立于王爷身侧，腰带上缠着一双软剑。

王爷看起来温和，其实也谨慎。若不是极信任的人，他绝不会任由他人带着凶器离他如此近。

影十三把目光从影七的身上收回，单膝跪地，垂下眼眸，从衣袖里摸出一个小纸包放在地上，颔首道：“属下带出了严贵妃给圣上熬药的药渣。”

齐王应了一声：“回头本王会查。”

“还有一事。”影十三继续道，“属下路过天临将军府时，发现将军府上有位美少年，像是从西域带回来的，似乎颇受天临将军的重视。”

齐王挑挑眉，显然对这消息有些兴趣。

“哦？这倒新鲜。”齐王拿铁钳拨了拨炭盆里烧红的炭，语气带了些肯定，“不错。”

影十三听到齐王满意的回复，松了口气。

齐王又道：“之前本王让你看紧九九，你跑得倒快，若不是影八，九九怕是没命回来了。”

影十三一愣，咬了咬嘴唇，头低得快要触到地面：“属下知错，下次不会再犯……”

“还有下次？”齐王瞥了一眼影十三微微发抖的脊背，缓缓道，“莫非影宫宫主还没教会你如何护送主子？”

“不……不是的！”影十三眼里闪过一丝慌张，将头压得更低了，“王爷恕罪，属下知错！请王爷责罚！”

齐王扫了一眼浑身湿透的影十三，只见他身上还挂着几处伤，想着这孩子根骨不错，有灵气，也有天赋，只是心绪不稳，极易被外物影响，还须多磨砺。此次恩威并用，提点他一番就罢了。

“下去吧。去小十一那儿要点药敷上。”

“是……谢王爷宽恕。”影十三躬身行礼，退出了这间小屋。

影四仍旧静静地倚坐在门口，听见开门的动静，抬眼看过来。

影十三扯出一丝僵硬的笑容，颤声道：“为什么？”

“我们是不一样的。”影四漠然转头，望向那纸窗，窗上映出影七的影子。

这时，影五翻墙跳进来，看见影十三便打了声招呼：“小十三回来啦，我把九九安置到旁边的那个小客栈里了，你去看着他。”

说完，影五便跑到影四的身边，从怀里掏出来一个热气腾腾的烤红薯，掰给影四一半后，自己津津有味地吃了起来，一边吃还一边嘀咕：“烤的什么破玩意，一点儿都不甜。要不是看那老头大冷天还在外边卖这个，我才不买呢。哥，你爱吃这个吗？我这一半好像更甜一点儿，给你吃。”

影十三用半展小折扇掩着嘴，看了眼影四，笑道：“我们真是不一样的。我孑然一身，连兄弟也没有。”

影四还未回答，影十三的身影便已经隐没在无尽的夜色之中了。

影五叼着红薯打了个嗝，奇怪地望着影四：“小十三怎么啦？好像我再多说一句就要哭了似的。他真那么烦我吗？天哪，我太委屈了，早知道就给他也买一个了……我居然被小十三讨厌了。”

影四哼了一声。

“哥，我没吃饱，等我陪你守完前半夜，咱们去吃个夜宵啊。”

“嗯。”

影十三循着影五所指的方向，摸进了年九珑住的客栈，并未让任何人注意到行迹。

年九珑不用像王爷那样避人耳目，所住的房间反倒还宽敞些。他这两天没吃过饭，实在饿得难受，可是这时候客栈的厨子早就不做活儿了，他只好自己去客栈的厨房里鼓捣着生了火，摸索着炒了两个小菜，虽然卖相差，但是味道还凑合。

从前，他在家十指不沾阳春水，出来孤身一人才知生活不易。

年九珑刚摆上碗筷，窗口便轻盈地跳进来一人，正是影十三。影十三一身黑衣湿透，贴在身上，发丝也在滴水。

“回来了，还顺利吗？”年九珑本来无神的眼顿时亮了，见影十三浑身湿透，赶紧从浴桶沿上取了条布巾递过去，仰头问道，“你到现在还没吃饭吧？”

影十三看看身上披着的布巾，愣了一下，唇角微微扬起，拍拍年九珑的肩膀：“你吃吧，我不想吃。”说完，他在年九珑奇怪的目光中走到床榻边，轻轻侧身小心地躺在榻沿上，背对着年九珑，身上的水和血污并未沾湿床褥。

“三哥。”年九珑追过来，跪坐在榻沿旁，轻轻推他，“三哥，你是不是不高兴？”

影十三闭着眼睛不出声。

“三哥，怎么了……”年九珑又戳了戳他的腰，“你跟我说说……”

影十三回头看了他一眼，尽量用温和的语气说道：“让我歇一会儿，行吗？”

年九珑的手僵了一下，他觉得有点莫名其妙，道：“我招你惹你了，怎么不高兴？”

影十三轻叹了口气，蜷缩起身子合上眼。

年九珑见他浑身血污，又懒得搭理自己，想着先去烧些热水回来给他洗洗，可是刚走到门边，就听见了冷冷的一句话。

“你又想去哪儿？”

“我下去烧水……”他的话还没说完，榻上的人就爬了起来。

影十三疲惫地起身，接过年九珑手里的水桶：“我去。你就在这儿待着，哪儿也别去，别给我添麻烦。”

年九珑有点火了。

他急走两步，夺下影十三手里的水桶，扯着他的手腕问：“你什么意思，你觉得我很麻烦吗？”

“你不麻烦吗？”影十三轻轻靠在墙壁上，声音还是那么温和，不紧不慢，也不抬高声调，却让年九珑听得更加窝火。

“是是是，我麻烦。”年九珑冷哼道，“你很了不起吗？影卫怎么了，还不是瞧着主子的脸色摇尾做事？你到我面前扬什么威？”

若换了别家孩子，可能会在影卫的面前怯场，可年九珑出身于高手如云的孔雀山庄，每日见着的那些杀手即便再狂妄，对他也是毕恭毕敬的，所以此时的他无所畏惧。

影十三却怔了一下，忽然想到影四说的那句话。

“我们是不一样的。”

他和九九也是不一样的。有些人注定金贵，有些人注定卑微。就算九九曾给他炖汤，九九也还是公子，而他依旧只是一个卑微的影卫。

影十三不说话了，失神地站了一会儿，忽而缓缓蹲身，最后慢慢单膝跪地，在年九珑诧异的目光里低头轻声道：“我错了，公子。”

“你……”年九珑的脸色由白变青。待看到影十三眼神里的悲哀，他才知道刚刚自己无心的顶嘴扎到了三哥的心。

“你别这样，我不是那个意思。”年九珑后悔不已，轻声安慰道，“我说错话了。你是我三哥。”

影十三被年九珑连拖带拽地弄回去坐着，一言不发。

屋里所剩的热水不够沐浴，年九珑便拧了一条热布巾，给影十三清理伤口周围的血污。

“你不用帮我做这些的。”影十三有些不安，转头看向年九珑，勉强微笑道，“放着它也很快就好了。说到底，我只是来护卫你的，你这样……算怎么回事啊。”

“三哥与我别分那么清，我们是一样的。”年九珑拿了瓶伤药给影十三敷上，哄道，“这药还不错，不会太疼，很快就没事了。现在好点了吗？”

“嗯……”影十三轻轻应声，“本来也不严重。”

年九珑擦着擦着，忽然发现影十三的小腿上深深扎着几根细木刺。

“唉——”年九珑皱眉叫了一声，随后将细木刺一根一根地拔了出来，又妥善地上了药。看着伤痕累累的影十三，他有点心疼地问：“三哥，你平日里过的都是什么日子啊，真是苦了你了。”

影十三心里一颤。

“苦了你了”这样的话，自他父母双亡以后，便再没听别人对自己说起过。

就算是受尽折磨从影宫里放出来时也一样。齐王从不会关心他的影卫苦不苦，他要的只是一把称手的杀人刀，其余影卫也不会关心他苦不苦。众生皆苦，谁不是从地狱里熬出来的？

“九九，刚才的话你别放在心上。”影十三弯着一双杏眼看着年九珑。

“不提了、不提了，三哥也别往心里去，这事翻篇了好吧。”年九珑擦了擦手，端起之前炒的鸡蛋，拿筷子挑起一块送到影十三的嘴边，“尝尝本大师的手艺。”

影十三犹豫了一下，还是张口吃了，笑了笑：“还好啊，下次教我。我从来不会做吃的，之前出任务饿极了还会吃生肉。”

“你真能凑合。”年九珑又夹起一块喂给自己，再夹一块塞到影十三的嘴里，“我不教你，回了王府我直接去找大师傅学，学成了就给三哥做夜宵，省得你老是半夜去厨房偷食。”

影十三脸颊微红，垂眼尴尬地道：“你怎么知道的？”

“我半夜总听见屋里有嚼东西的声音，起初还以为是耗子，后来发现……”年九珑托腮看着他，嘲笑道，“原来是有个大耗子在摸黑啃玉米。”

影十三把脸埋进胳膊里，尴尬得不想抬头。

“三哥，你那么喜欢吃东西，怎么还这么瘦呢？而且你吃东西的时候，脸还会鼓出来一个小包，一动一动的，像只仓鼠……”

“啊，别说了、别说了。”影十三被年九珑逗笑了，趴在榻上笑得身子直颤。

桌上有两盘菜，一盘是炒鸡蛋，另一盘还是炒鸡蛋，因为年九珑只会炒鸡蛋。虽然这菜比起齐王府给影卫准备的精细伙食，可谓差了十万八千里，但俩人还是一口一口慢腾腾地吃了个干净。

年九珑住的这间客栈虽略宽敞些，屋里却没旁的小榻，两人只好挤着凑合一晚。年九珑跟着一群刀口舔血的影卫奔波了这么久，早就身心俱疲，不久便熟睡了。

影十三翻了个身，单手撑着头，静静地打量着身侧沉睡的小孩。

许久之后，晦暗的房间里响起音量极低的一句话。

“我会好好护着你的，九九。”

第二日清晨，齐王携密诏悄然入宫，而影十三和影八因为之前行动暴露，为了避嫌，便没在宫中露面，留在了客栈里。

无事可做，影十三便洗了衣裳，在客栈的小院里闲坐。

年九珑趴在磨盘上拨拉人家晒的豆角，百无聊赖地问：“王爷何时回来？”

影十三靠着墙壁晒太阳，懒洋洋地道：“那是贵人家的事。太子、皇子争权，王爷只忠心皇帝。不过说实在的，这天下谁是主，我一点儿也不关心，只要别牵连到王府，别的都好说。”

“也对，反正不管谁坐上皇位，我们都是要听王爷的。”年九珑无聊地剥着豆角。

影十三轻笑道：“是吧，横竖我们的月例银子也不会涨。”

闲聊许久，两人发现各自的人生态度竟差不多，都是无所谓的态度。低微有低微的自在，不见高堂明镜，何来青丝白发？倒也少了万千烦恼事。

“三哥，你上次是怎么和花犯打的？他轻功好，总是居高临下撒飞镖，我觉得那样劈头盖脸地撒下来，三哥必死无疑，可三哥只中了三枚。”年九珑扔下豆角凑到影十三的跟前，“你教教我啊。”

影十三一扬手，慢悠悠地起身，扶着年九珑的胳膊，手中的小折扇托着他的手肘，眯眼笑道："这样，端平身子，不管从哪儿掉下来，都不要慌。对方在抛飞镖时会有一股冲力过来，你翻身躲开，顺势找落脚点。"

"背后落地吗？"

"那会摔残的。"影十三拿着小折扇摆了个角度，"可以按这个角度落下去，用肩卸力，然后滚出去，或者侧翻出去。你试试？"

"好。"年九珑挽起袖子，"三哥，你轻点，别给我肋骨打折了。"

影十三微微一笑，手中的小折扇朝年九珑的心窝打过去。

年九珑就地后仰翻身，落地侧翻，一脚扫过影十三的手腕，企图直接缴获那把小折扇。谁知影十三轻轻一握，便抓住了年九珑的脚踝。明明看着没使什么力气，年九珑却像被钳住一般动弹不得。

"我觉得你滚得不好看。"影十三松开年九珑的脚踝，把人放下来，挠了挠头发，"身子太僵了，不软。"

年九珑爬起来笑道："那三哥给我做个示范，让我看看三哥能滚得有多好看。"

影十三抬脚要溜："不教了，麻烦。"

"别啊……三哥！"

齐王入宫，皇宫风云变幻。短短两个月，京城中有贵人相继遇害，朝廷人心惶惶。

逾月，大承皇帝李晟驾崩，齐王力挺太子李成玄，力排众议，一手将李成玄送上了龙椅，而二皇子李成翊沦为阶下囚。

只是年轻时曾追在自己身后欢快地叫着"小叔叔"的两个幼童已回不到从前，李成翊落得如此下场，齐王只能叹气，叫来影七，追忆往昔少年时。

后来听影五说，齐王出宫时说了这么一句话。

"严意，你以为只有你会给孔雀山庄下紫签吗？"

第三章 少年时

作为影卫，最怕的就是心有牵挂，又被旁人牵挂。

齐王府恢复了宁静，齐王满面春风，仍旧温润如玉。

王府有座训练场，供影卫侍卫训练比武时用。齐王温润知礼，却偏爱尚武之人，悠闲时便转着两枚铁芯青玉核桃，到训练场来瞧瞧这些挥汗如雨、年轻好斗的小家伙们。

训练场一角，影十三的脖颈被身后少年钳住，那少年比影十三还高出半分，一双凤眼骄傲挑起。少年双手锁住他的脖颈，抬腿顶向他的腰窝。

影十三即将被放倒在地，却见一把巴掌大的小折扇突然滑进他的手心。玄铁做的扇骨在勒着他脖颈的双臂穴道上点了点，他便瞬间脱离桎梏。他长腿一扫，身后那少年被扫出九尺远，撞到了训练场的围栏上，捂着被踢疼的肚子一脸不服。

“漂亮。”齐王慢悠悠地走近，叫了声好。

两人注意到王爷过来，便整齐恭敬地单膝跪地行礼。

齐王并未急于让二人起身，而是缓缓扫视了年九珑一番。年九珑穿着一身普通影卫的蓝缎青衣，几年下来长高了不少，筋骨肌肉也初见雏形，只是一双凤眼里少了些凌厉，大概是跟影十三待久了，性子也变得温和了些，不再显得那么盛气凌人。

此去经年，昔日孩童已成翩翩少年。

时机将至。

“九九，多大了？”齐王转着手里的铁芯青玉核桃，淡淡地问。

年九珑腹诽齐王年纪大了就是健忘，可表面还是恭敬地回道：“回王爷，属下刚满十五。”

“跟了影十三多久了？”齐王又问。

“六年了。”年九珑心里纳闷，但还是如实回答。

“嗯。”齐王把目光转向跪在一边的影十三，缓缓地道，“小十三也是在与你相近的年岁成为鬼卫的，不错。”

“有些事情还是得尽早经历一番，多历练总不会错的。”齐王深深地看了影十三一眼，慢悠悠地去往训练场别处了。

影十三略一思忖，在齐王身后低头微笑应道：“属下遵命。”

等到齐王转过拐角，两人才起身。

“三哥，王爷他什么意思？莫名其妙的。”年九珑习惯性地取了三哥手中的小折扇，有一搭没一搭地扇着风。

小折扇只有巴掌大，却有数斤重，玄铁扇骨开刃，里面灌满了毒针，扇刀名为“无妄”，为影十三入府时齐王所赐。

“王爷心中丘壑,岂是我们能参透的?”影十三笑笑,掸了掸身上的灰土,拿了木桩上挂的墨云锦外袍往外走，刚迈出半步，就被胸前的一只手拦住了。

年九珑单手拦住影十三，低头凑近他，拿小折扇挑着他的下颌问：“今明两日都不是我们轮值，出去玩玩？”

“七月的天正热，不去不去。你去找影七、影八他们玩，放过我这个老大爷吧。”影十三无奈笑笑，从年九珑手里抽回小折扇塞回衣袖，“今早听饭堂师傅说晌午炖鸭血粉丝汤，我等着去吃那个。”

“你怎么总吃那个？出去换换口味。”年九珑皱皱眉，“这时候疫病多，别老吃鸭血。”

影十三咬咬嘴唇，眼神一亮：“啊，那我等晚上吃师傅的刀削面。”

年九珑啧了一声：“万一那刀是切过鸭血粉丝的呢！”

影十三被他说得哭笑不得，无奈道：“走。”

两人换了身便服，跃上齐王府的高墙。影四、影五正坐在大堂飞檐上，以备王爷召用。影五看见两人穿着常服翻墙，小声招呼：“呀，干吗去！”

“嘻嘻。”年九珑伸手揽住影十三的肩，朝影五扬扬下巴，“见世面去。”

“我才不与你一起胡闹。”影十三扬起小折扇，把年九珑跟自己隔开。

影五当即笑了：“回来给我带两份东街丘嫂的炒干面，一个多放辣子，另一个不放。她家的面特别好吃，你们一定要尝尝，十文钱一大碗。我哥他不吃辣的，还不让我吃……”

影四听见檐下王爷轻敲了两下桌面，拎着影五后脖颈就跳下去了。

风中只留下“不让我吃”四个字。

“还不到饭点呢，去哪儿逛逛？”年九珑坐在房檐上想了一会儿。

影十三没答，捻着小折扇，心里琢磨着王爷之前那番别有深意的话。

王爷想要年九珑多历练，是要用他了吗？

影十三心里拿捏不准，心想有时候王爷不明示，也许是因为王爷自己也拿不定主意，所以才要手下人先去试试，拿个结果回去再做打算。

近日风平浪静，影十三却一直心中不安。

他合上小折扇，朝年九珑扬了扬嘴角："带你去个好地方。"

"难得三哥有好地方跟我分享。"年九珑一脚踩在房檐上，一脚垂下去荡着，漫不经心地拿手指卷着影十三垂下的一缕发丝，凤眼微眯，睨着他，"总觉得不是什么悠闲去处。"

"不想去吗？那我回房睡觉了。"影十三起身要走。

年九珑将人拽回来，哄道："好好好，去呗。"

影十三被拽着手腕退了回来，指着年九珑的鼻尖无奈笑道："你越来越胡闹了。"

年九珑挑挑眉："都是你惯的，就闹你。"

影十三闻言，表情复杂地垂下眼，盯着自己的指尖。

从前九九还小，屁大一点儿，跟在自己身边寸步不离，乖巧听话，是从什么时候开始变了呢？

两人先后从不起眼的背阴处出了齐王府，沿着东平道溜达了一阵，约莫走出十几里，进了一家小酒馆。小酒馆门前挂着一面破旗，旗上歪歪扭扭写着"玉楼春"。年九珑心想这大概是店名，只是可惜了一个好名字。

小店门可罗雀，里边也不甚宽敞，桌椅上落着一层灰。店里就一个跑堂，披头散发，穿一身沾着油花的破麻衣，肩上搭条抹布，手揣在衣袖里倚坐在门边，脚边摆了一个破筐，活像个叫花子。

年九珑从没来过这样寒酸的地方。

没想到影十三径直就朝那小酒馆走了过去，年九珑也只好跟上。

他们尚未踏入门槛，那乞丐似的跑堂懒洋洋地睁开半只眼瞧着他们，还伸手递过来两枚核桃。

"什么意思？"年九珑顺手接过核桃，一把捏碎剥了，把白花花的核桃仁塞进影十三的嘴里。

跑堂瞪着大小眼，看傻子似的看着年九珑。

影十三叹了口气，揉揉太阳穴，一边嚼着嘴里的核桃仁，一手拿起另一枚核桃，两指夹着，往跑堂倚坐的门柱上轻轻一拍。

这门柱也有讲究，上边裹着一层料子，有木有石有铁，还有一块暗黄的料子，看着像青刚玉。不过也只是看着像，青刚玉颇昂贵，质地极硬，时常被打造成将军的护心镜。寻常小兵小将都用不起，更何况这穷酸的小酒馆？

片刻，门柱石料开裂的声音响起，那核桃被完完整整地钉进了柱石之中，似青刚玉的料子也被影十三生生按出了一个坑。

那跑堂见了，眼神微变，这才一改懒散模样，站起来躬下身，用双手恭敬地递上一块玉牌，语气里还有些奉承，低声道："大人，今天里面热闹着，您多提防，别沾上麻烦。"

年九珑吸了一口凉气，摸了摸深深钉在门柱里的核桃，捻了一手炸开的石渣，轻叹道："哟，还真是青刚玉，可以啊。"

影十三拿半展的小折扇掩住自己翘起的嘴角，讶然道："许久不来照顾生意，竟还有在玉楼春砸场子的？"

跑堂颇讨好地笑笑，道："也不是砸场子，金池镖局您知道吧。前两天他家小公子当街宣布跟他老爹断绝来往，然后就来了我们玉楼春，不走了。"

"沈家小公子才十五六岁吧，他能有多大本事？"影十三眼带笑意，语气仍旧温和。

"是、是，跟您这青刚玉牌是没法子比的，青刚玉牌整个玉楼春也就十来个呢。可沈小公子也身手不凡啊，刚来就搅了个天翻地覆。"跑堂说到这儿，无奈赔笑道，"您还是自己瞧瞧去吧。"

"话说来，您领的这位是……"跑堂看向年九珑，为难道，"看来不懂规矩，劳烦大人多照应，若是伤了，我们也难做不是？"

年九珑听着这话觉得不对，本以为里边是个不见光的赌场，想来又有些蹊跷。

"无妨，我的人我自己护着，给他递块牌子。"影十三瞧了那跑堂一眼，小折扇一翻，一块碎银落到跑堂的手心。

跑堂大惊失色，赶紧把银子塞回影十三的腰带里，赔笑道："您抬举了，能在大掌柜面前提小的一句就知足了。给这位大人递什么牌子？"

影十三想了想，扬起嘴角笑道："沈公子取的什么牌子？"

"取了玄金牌。"跑堂如实道。

"那就拿块玄金牌。"

跑堂一愣，只好奉上一块玄金牌，道："您……多加小心。"

年九珑抽过那块系着红绳的玄金牌，随意瞥了两眼就塞进了腰带里，跟着影十三进入小酒馆里边。

影十三轻车熟路地推开酒窖的破木门，顺着阴暗地窖的石阶走下去。地上有水，但青苔不多，倒像常有人走的路。

年九珑四处望了望，问道："三哥不是初次来啊，讲讲呗。"

"这地方只有恶人能入。"影十三轻松地道，"这是个好地方。不论王侯将相还是贫人贱民，只要进了这儿，所有人都是一样的。在这里，你手里的刀就是一切。"

年九珑若有所思，"哦"了一声，觉得听起来不怎么样。

"跟了我六年，你手里落了几条命？"影十三敲着小折扇边走边问。

"开什么玩笑？我可没杀过人。"年九珑挑眼看着他，"府里安宁，哪用得着我做什么啊。"

"都是假象。"影十三无奈地道。

年九珑挠了挠头发，顺手把胳膊往影十三肩上一搭："那好吧，若是三哥要我做，我想我应该也没什么问题。"

"我让你杀了我的时候，你也要下得去手。"

"那可不行，我下不去手。"年九珑顺口反问，"王爷若是让三哥解决了我，你下得去手吗？"

影十三瞥了年九珑一眼，唇角仍勾着，不置一词。年九珑似是在等待回答，一脸期待，可是见影十三沉默不语，瞬间眼神黯然，有些低落地别过头。

若是王爷有令，影十三必然会毫不犹豫地听命。这是两人心里都有数的，可年九珑就是想问一次，尽管他知道会听到什么样的回答。

六年来，两人形影不离。影十三对年九珑温柔照顾，不论遇到什么危险，影十三都会把年九珑护得周全，就算自己遍体鳞伤，也绝不会让年九珑伤到一丝一毫。

因此，年九珑对这个温柔强大的人多有依赖。可影十三那双总是充满温和笑意的眼睛，眼底却是冷的。

两人刚好走下石阶准备转角，年九珑忽然转过身，一手撑在影十三身后的石壁上拦住去路，低头靠近影十三，上挑的凤眼凝视着对方的眼睛："三哥，我要怎么做，你才能高兴一点儿？"

影十三拿小折扇掩面笑道："三哥尽力而为，会努力高兴的。"

一瞬间，两人又陷入了沉默。半晌后，无尽的石阶仿佛终于到了尽头，他们出了狭小又阴暗潮湿的暗道，便是另一番天地。

男人们粗犷的喧嚷声震得耳朵发麻，一眼望去，是人头攒动的宽敞大堂，赌台遍地，看似花样繁多，却也没什么稀奇之处。

年九珑皱眉瞧了一眼自己的被一个浑身脏兮兮的人蹭过的袖口，忍不住问：“什么啊，这都是什么啊……”

影十三不紧不慢地拿小折扇拨开挤到身边的人，笑道：“平日里我也不常从这道门走的，今日不过是想带你来瞧瞧，没想到会有这么多人。”

“都是些地痞流氓，再就是一身赌债还想翻盘的赌徒。”年九珑厌恶地扫视周围，忽然瞥见有几个人正往这边盯着。他下意识地循着视线望了过去，陡然吃了一惊。

被绑在地上的是个二十来岁的青年，身上鲜血淋漓，看那痛苦的表情，已然是被折磨了许久。青年痛苦地伏在地上，满脸泪痕，声音嘶哑地道：“主子！属下受不住了……饶了属下吧！”

年九珑一怔：“属下？”

影十三转头看了一眼这边，“哎哟”一声，展开小扇挡住了年九珑的眼睛：“九九，这么惨烈的场面，你怎么能盯着看呢？”

“这么凄惨，这是干吗？”年九珑转过头，心下受惊。

“愿赌服输是这儿的规矩，大抵是里面有位掌柜赌了‘美人局’，输了便出一美人送予对家，任对家处置，是带回去赏玩，还是扔出来让人随意践踏打骂，都是赢家说了算。本来规矩如此，可这玉楼春向来不让女人进，就成这样了。我看那人像侍卫。”

“贵人们作践人的把戏。”年九珑有些反胃。

“这有什么？”影十三笑笑，“我也被当过美人局的筹码，可我打赢了。”

年九珑复杂地看着他，想从他轻松的表情里找出一丝不快，可他似乎真的毫不在意。

影十三面貌俊秀，杏眼清朗，半长的头发束住发尾，从左肩垂到胸前。比起年九珑这个发育得相当快的小子来说，他的个子不算很高，可是身材匀称，最吸引人的是他那半丝杀气也无的温柔气质。可谁又能想到这样温和笑着的一个人，会是取命如取物的影卫呢？

半晌后，年九珑开口道：“王爷不像能玩这么大的人……”

“不是王爷，是我从前的主子。”影十三轻描淡写地把话头带了过去，又自言自语地嘀咕，“从前的主子好凶。”

被主子当成赌注玩，应该挺难受的吧？

年九珑拍了拍他的肩膀，随口道：“若是我，就不会这么对待身边的人……”

“你不是说自己和我是一样的吗？怎么，又拿自己当主子看待了？”影十三抬眼看向年九珑。

年九珑一时语塞，咽了一口唾沫。

影十三把搭在自己肩膀上的手用小折扇拨拉下去，转身走了。

“让你多嘴。”年九珑翻了个白眼，往自己嘴上抽了一巴掌。

出身是改不了的，再掩饰也会露出蛛丝马迹。

年九珑望着影十三转身的背影，陷入了沉思。

一个衣着体面的中年人走到年九珑的面前，身后还亦步亦趋地跟着一个胆怯地扯着他衣角的少年。少年脖颈上挂着象征奴仆的锁环，正局促惊慌地跟着自己的主人。

中年人瞟向刚走出不远的影十三，抚摸着自己身后漂亮的少年，对着年九珑开口问道：“玩一局吗？”

“玩……”年九珑气得咬牙切齿。

中年人愉悦地朝年九珑伸出右手。年九珑嘴角带着一丝冷笑，伸手握住，用力一攥：“玩不死你！”

那中年人惨叫着，扶着右手蹲了下去，惨叫声很快被淹没在了周围的嘈杂声里。年九珑掸了掸手上的灰，快步追上影十三，一脸凶狠地回头望了望，像个被冒犯到的小狼崽子。

“怎么这副表情？”影十三皱着眉头，拿小折扇轻轻敲了下年九珑。

年九珑回过头，严肃地商量：“三哥，你能不能少来这地方？”

影十三莫名其妙地道：“你管我去哪儿呢，还管起你三哥来了？”

“那你再来就带上我。”年九珑严肃地道。

“好好好，带你、带你，反正我去哪儿你都跟着。”

“我是担心三哥啊。”

“你担心我？”影十三尽力忍住会伤人自尊的一声笑，“多谢、多谢。”

年九珑咬咬牙，在影十三的手臂上捏了一把：“不！用！客！气！”

两人互相揶揄着，行至大堂尽头，来到一扇有四人守卫的小门前。影十三拿小折扇挑出之前领的那块青刚玉牌。

四个守卫见了，便颔首道：“大人请。”

他们入了这扇小门，九曲十八弯后，一片豁然开朗，到处五光十色。泛黄的烛光透过墙壁上镶嵌的萤石玛瑙，斑斓光点铺于宽阔的堂中。支撑大堂的雕兽石柱整齐排列，在座之人无一不风流雅致，华贵雍容，举手投足间皆是贵气。

堂中有数座高台，皆作斗武之用，昏暗的堂中弥漫着一股淡淡的血腥气。

他们还未进门，就瞧见偏门那边有几个人在忙活，抬着个浑身是血的人出去。

“够惨烈的，这什么地方？”年九珑喃喃自语，浑身起了鸡皮疙瘩。

“玉楼春的赌武台。”一道轻佻的声音忽然响起。

一个跟年九珑差不多年纪的少年斜靠在角落的小酒桌边，两腿跷在桌面上。桌面上插着一把短刀，他的双手戴着嵌了铁片的护手，正端着阔口的酒碗，右手腕上还盘着条手指粗的小金蛇，咝咝吐着猩红的信子。

这少年下巴微抬，挑着剑眉打量年九珑，一脸挑衅。影十三从不外露杀气，加之笑容又温和，便直接被沈公子的视线越了过去。

影十三和年九珑看着那少年都有些惊讶，居然有比影八还嚣张的人？

影十三略一打量，心里大概有了数，展开小折扇掩面低声道：“瞧他面相和沈镖头有几分相似，莫非真是沈家公子？”

年九珑盯着那人手腕上蜿蜒爬行的小金蛇，听见三哥说话才回过神来，扯着三哥的手腕转头走往别处，道：“三哥，离他远点。沈少爷不就是那个风评极差的纨绔公子吗？我的天，他可厉害着呢，吃、喝、赌全占了，还敢在洵州衙门里寻衅滋事。他仗着家里有权有势，有事惹事、没事找事。三哥，你往这边靠靠，别沾一身骚。”

“难得你有个这么厌恶的人。”影十三眯眼一笑，指了指他的身后。

年九珑转过身，脸上突然触到一冰凉物，竟是那小金蛇吐着猩红信子，舔了一下年九珑的鼻尖。

“……”年九珑不爽地挑了挑眉。

“哟，这都没被吓着？”沈袭无声无息地站在年九珑的身后，脸上的惊讶一闪而逝，随即又换上一副嚣张的笑容，甩着手里的小金蛇，漫不经心地道，“我是不是在哪儿见过你？”

年九珑扯了扯嘴角，抬手用两指卡住那小金蛇的七寸，与沈袭对视半晌，道：“如果咱俩真认识，那我可真叫出淤泥而不染了。”

影十三站在一旁，敲了敲小折扇，一脸欣慰。

年九珑遇到劲敌而气势不输，与之平分秋色。果然，年轻人还是该和年轻人多处一处。

沈袭回过头把酒桌上剩的半碗烈酒仰头灌下，清醇酒液顺着他的脖颈滑进领口。他用缠着护手的右手随意抹了抹嘴唇，眼神轻蔑地瞥了年九珑一眼："那就是新来的？"他又往影十三那边瞧了一眼，不耐烦地拿碗沿敲着年九珑的胸前，道，"美人局可不在这边，想尝鲜出门左边转，别浪费我的工夫。瞧见刚刚抬出去的那位没？我动手可没轻重。"

年九珑觉得有些莫名其妙，但他也不是好欺负的，忍耐许久只不过是碍着影十三的面子。三哥在这儿，年九珑根本就不想跟这痞子一般见识，只得冷哼一声："嘴巴放干净点，那边是我三哥。"

"嗬，还有脾气呢。"沈袭随手拿过外袍往身上一披，扔了酒碗，甩着指间挂着的一块青蓝色石牌转身走了，走了两步回头舔着嘴唇道，"那就上赌武台。"

年九珑看着沈袭气焰嚣张的背影，指节攥得咔嚓响。影十三轻轻吹了声口哨，弯着眉眼看着年九珑："九九，这位少爷的嚣张气势和你有得一拼啊。"

"……"年九珑开始挽袖子。

"急什么？"影十三伸手拦住几乎要冲过去揍人的九九，"看来他在这里斗了不少日子。进场时，他领了玄金牌，现在已经斗到了兰幽牌，在你们这个年纪里算实力强的了。"

"玉楼春赌武台规矩繁多，上台之人手中斗牌分六等——铜钱牌、银鱼牌、红石牌、玄金牌、兰幽牌，最高一等是青刚玉牌。"影十三接着说道。

大人物们寻护卫手下时常会到玉楼春搜罗高手，遇见合适的就出价，如果两方都谈妥了，那人便认其为主。不过也有些心高气傲的江湖高手，来这儿斗武不过是玩玩，或是炫耀功夫。

"沈公子去的那赌武台是兰幽台，看样子他是常胜不败。玉楼春不许持着高位牌的欺压低位牌的。"影十三捻着手中的小折扇道，"之前那跑堂的给了你玄金牌，你现在可没资格和沈公子斗武。"

想要晋升，就得战过台上连胜十局之人。连胜之人若再想晋升，就得守住这名次连胜十二局，一旦败绩，便得从头再来。不过，玉楼春这地方不比别处，一旦败绩，不死也得断筋碎骨，极少还有能站起来的人。

听闻周围闲话，沈公子一进玉楼春，便以凌厉之势杀上了兰幽台，此时已经连胜十一局，对手无一活命。能取到兰幽牌的人本就不多，此时已无人敢再上台挑战。沈公子整日在此处等待，也不知道他急着取到那青刚玉牌有什么用。

影十三眯眼望着百无聊赖地斜靠在兰幽台下的沈公子，好奇地道：“其实拿到青刚玉牌也不会有什么大价钱的赏银，不过是多了个挑战青刚玉牌高手的资格。他这么执着，难道是有什么非斗败不可的对手吗？”

室内闷热，兰幽台下的沈公子褪下外袍，露出了上半身，上面肌肉纹理明显，足以看出其平时练功有多严苛。他的背后蜿蜒布满一条金环蟒蛇刺青，朱砂点的蛇目上刚好落了一滴汗珠，在烛光下衬得那红艳的蛇目熠熠生辉。

年九珑看见影十三眯眼盯着沈袭，顿时用手把人双眼一盖，凑近了质问：“你看什么呢？”

影十三任由他蒙着自己的眼睛，只拿小折扇掩嘴笑道：“九九，你得多努力一点儿了。”

“我……”年九珑气得不知道该打谁。

这时，玄金台那边传来一阵沉闷的钟声，伴随着周围一阵喝彩和掌声，一黑衣男子靠坐在台边休息。

“瞧瞧，机会多合适，玄金台上正好出了连胜十局的人。”影十三推着年九珑往玄金台那边走，“你放心和他交手，若真有危险，我会出手救你，判官不至于不卖我的面子。”

“用不着你救我。”年九珑扯下外袍扔进影十三的怀里，仅着一身贴身窄袖的深蓝缎衣，随后抽出腰带里的玄金斗牌，挂到了台边刻有“攻台者”的名柱下方，又紧了紧右手的嵌刺护手，往那高台沿上一攀，双手一撑，整个人便荡到了斗台之上。

“急什么呢……”影十三抱着年九珑的衣裳慢悠悠地坐到台下，拿小折扇揽过茶桌上的一杯茶，托着腮望着台上的年九珑。

年九珑穿着一身深蓝缎衣，一双凤眼眼角扬着，宽肩窄腰。薄缎衣衫包裹下的手臂线条很是漂亮，半长的头发还是影十三今早帮他系上的。他看上去干净利落，整个人像只骄傲的小孔雀，羽毛华丽，盛气凌人。

“长大了啊……”影十三一手捧着茶杯，一手抬起两指去比年九珑的身高，小声笑道，“明明还是那么黏人，居然已经长这么大了。何时才能独当一面呢？”

捧着银盘的侍者走到影十三的身边，照例一躬身。影十三今日颇有些兴致，便解下自己腰带上的那一串腰铃，扔到侍者托着的盘中，温柔地道：“当彩头了，押那蓝衣小公子胜。”

这腰铃做工精致，银底嵌蓝石，花纹精细，是影十三从前无聊时自己拿银子打的，未安放铃心，只作个平时的装饰，只有不当班出来走走时才会佩戴。

侍者笑道："那小公子年轻，似乎无甚经验，而那位连胜十局的赤墨却是从红石台一路斗到玄金台上的，在斗台上赚了不少银子。看大人颇看好那小公子，小的便祝大人好运气了。"

影十三扬起嘴角笑笑，没再说话。

虽说输赢未卜，但影十三还是很想让年九珑赢，毕竟他是自己手把手教了六年的。如果此番输给一个名不见经传的小子，影十三多少还是觉得有些下不来台。

不过输了也没关系，大不了私下里掰断赤墨几根肋骨，让那人知道自己糟践的是影十三护着的人就罢了，或者直接让那人消失。只要能为九九出一口气，他做什么都可以。

台下的几位判官表情各异，显然觉得这突然杀进来的少年不会有什么胜算，因此并未重视，有的还无聊地嗑着瓜子，懒得期待这毫无悬念的战局。

在角落休息的赤墨见这么快又有人上台赴死，不禁露出一丝嘲讽的笑容，还朝年九珑扬了扬手："小子，这儿有规矩，打不过了就可以拍三下地面表示认输。看你是生面孔，我便留你一条命，别叫人落下话柄，说我赤墨欺负后生。"

年九珑皱了皱眉，不耐烦地道："哪那么多规矩？能开始就尽快开始，我还等着去兰幽台收拾沈臭虫呢。"

赤墨愣了愣，瞬时站起身，紧了紧双手的指套。

台下有判官问年九珑："阁下有何名号？"

年九珑不假思索，脱口答道："九珑。"

玄金台的钟敲了三下，斗武开始。

在台下观了赤墨连胜十局的老爷们此时也有些乏了，推开已经品得半凉的茶，恹恹地望着台上无甚悬念的战局，时不时和身边人交头接耳谈笑一番。

沈袭坐在兰幽台那边，仍旧把腿跷到桌上，玩弄着手指间爬动的小金蛇，嘴唇翕动，喃喃自语："酒龙？久隆？还是……九珑？！"

"啊。"沈袭忽然撤下腿，托腮认真瞧着玄金台上的战局。

斗台的台面铺着细密的砾石，石缝中填着细木屑，台板是用糯糊混匀了晒干打成的，不易打滑，也不易蹭破皮肉。台面上布满了干涸的斑驳血迹，有的已经被踩得油亮发黑，散发出混着汗味和血腥味的气味。

比起处处精致华贵的齐王府，这地方充满了危险的野性气息，让人有种

“这才是男人该来的地方”的感觉。

这是年九珑第一次站在备受瞩目的斗台上，台下观战者的目光汇聚在他的身上，有好奇打量的，有嘲讽不屑的，只有某处角落的一束目光是一如既往的温柔。

他不用看也能想象到三哥现在的神情，嘴角带笑，眼神温柔，白皙的手指转着那把小折扇。年九珑转头循着那视线看去，三哥果然正弯着一双杏眼静静地看着自己。

这么多年过去了，不论年九珑何时望向三哥，总会见到这样温柔如水的目光。年九珑一直在想，这疾苦人间为何会有这么美好的人？三哥锋芒内敛，即使武功高强到战无不胜，也总是静静的。他慢慢地说话，慢慢地吃饭，做什么都慢悠悠的，让年九珑想用心维护他，像亲弟弟一样守护着他，让他温柔目光遮掩的寒冰融化，让他的笑意更加真诚。

温柔的人生来就该被护着啊。

年九珑面无表情地打量着对面那黑衣男人。赤墨体格极为壮硕，双臂肩头的肌肉把衣裳绷紧了，敞开的胸腹肌肉上绷出青紫血管。本来身材高挑的年九珑在粗犷强壮的赤墨面前还是显得气势弱了不少。

“长成这样，费不费料子啊。”年九珑腹诽。

影十三在台下悠然喝茶，目光在两人之间游移。赌武台不限兵器，此次两人均是赤手空拳，九九虽然在重量上吃亏些，但是他在王府的训练场上经常与人比试，不算没有半点经验。

几年相处下来，影十三大概能猜测出年九珑出身哪个江湖门派，也知道年九珑擅用右手单手进攻，长处是在耐力上。影十三以前手把手教过他轻功身法，若实战中他拖住对手，打成持久战，对方便会被耗得很辛苦。

再看赤墨，怎么看都是擅长爆发的近战强攻武者。这种人会追求速战速决，对年九珑来说是个极强的劲敌。从前，年九珑在训练场遇上的对手都是王府中的影卫。影卫须要隐藏身形等待主人随时召用，因此体型偏纤细修长。

九九还没遇上过体格相差如此悬殊的对手，对方又是一个连胜十局的高手。如此算来，九九胜算也不过五分而已。

斗武的铜钟响了三声，两人分别站在斗台两侧，赤墨首先伸手对九九做了个“请”的手势。

这代表让对方三招，若让了对方三招以后，自己还是胜了，便能得一笔数目可观的“谦银”，奖励前辈对后生的谦让照顾。当然，三招内若是扛不住了也可还手，这让招便直接不作数了。

年九珑有点迷茫，看不懂赌武台上过多的规矩、暗号，便打算直接上。

他脚下微移，脚跟离地时带起一股微小的气流，整个人便借着这股微弱的气流朝着赤墨弓身冲过去。

这是影卫特有的潜行步，能在一瞬间把自己的身体送出一段极远的距离而不发出任何声响。若不是同级别甚至级别更高的影卫，绝对看不出他是用了轻功。

台下正注意着斗台动静的几个判官怔了半晌，突然开始和周围人窃窃私语："看那少年！"场下顿时安静不少，大家的目光都被台上的两人吸引。

年九珑的身法快到身后落下几道残影，甚至在所有人还没看清他的动作时，他已经骤然落到了赤墨的身后，右手握拳，毫不留情地朝赤墨的脊柱打去。

无人料到台上那少年的速度竟然已经达到了如此境界，这一招赤墨若想躲开几乎不可能，而如果硬承这一击，恐怕真会断了脊柱。

赤墨当即转身，一掌接住年九珑致命的一拳，另一掌直逼年九珑的心口。

赌武台的钟声敲了一下，判官在台下道了一句："赤墨还手反攻，让招不作数了。"

战局突然变得有看头了，几位判官也来了兴致，叫小厮倒茶，托着热气腾腾的茶杯观战，时不时交头接耳一阵："这少年什么来头？步法少见，不是寻常路子。"

"不晓得……从未见过这个年轻人。他也不是从底下台子打上来的。"

"步法确实不错，可多少有些紧张，还不如先与其他人磨炼一下台技。现在的少年人都趾高气扬的，你瞧那沈少爷，都快狂到天上了。"

"说的是。"

底下人不过侧耳说个话的工夫，场上局面已瞬息万变。

就在赤墨粗糙的手掌带着杀气逼近年九珑的心口时，年九珑突然翻身，攀住赤墨精壮的臂膀，背向地面一跃而起，贴着赤墨的脊背翻上了赤墨高大的身子，再用身体的力量和重量猛地把人往另一边撞过去。原来，他刚刚打向赤墨脊柱的那一拳居然是声东击西的虚招！

霎时，赤墨被一股沉重的拉力扯倒，下盘尚未稳住，年九珑已双手扯住赤墨的后领口，身子朝下一抡，双脚狠狠地踢在赤墨双腿的膝窝上。赤墨腿筋一抽，竟被仰面掀翻在地，重重地砸在了台面上，发出一声沉重的闷响。

年九珑猛然跳起，把浑身力量积聚在手肘上，朝着赤墨的胸口砸下去。

“你这小子，还真有点能耐！”赤墨黝黑的脸涨得通红，大吼一声，并未急着躲开那一击，而是顺势摆腿，一条粗壮有力的腿顿时像巨蟒一般抬起，拦腰扫向年九珑。与此同时，他一手撑地，一手化拳，攻向少年面门。

年九珑全身力量落在前半身，为了躲避这拦腰一腿重新压下下身重量时，已经被赤墨一拳一脚锁在了死角之中。电光石火间，那条铁铸般的腿已经扫到了年九珑的腰身。

肋骨顿时发出一声脆响，年九珑只觉得腰间剧痛，整个人被一股沉重的力道扫出一丈来远，重重地撞到了台栏的石柱上。身体落到台面上时，他眼前一片模糊，只得艰难地咽下一口涌上喉头的血。

年九珑扶着腰艰难地挣扎起身，半跪在台栏下，蹭到台栏柱子的左手被擦破了一块皮，一滴一滴的血珠正顺着手指滴到砾石台面上，渗进石缝里。

赤墨面目狰狞地扑过去，拿粗壮的小臂勒住年九珑的脖颈，同时把他进攻的右手禁锢在自己的腿窝之间。年九珑一时被压制得动弹不得，太阳穴附近暴出了几道细青筋，牙齿咬出声响，一双凤眼痛苦地眯成一条线，大半身体已经悬空。赤墨只要再用一分力就能把他推下斗台，或是直接勒死他。

不论怎样，年九珑都必输无疑。

见状，台下判官抬高声调道：“可以认输。”

几个判官相视笑笑。果然还是孩子，没经历过这种生死斗场，受到重创时意识恢复得太缓慢，以致给了对方机会。

战局看起来似乎已无悬念，台下众人热闹地下注，押赤墨连胜。

年九珑用仅能活动的左手死死扳住台栏，屈起的膝盖艰难地顶在赤墨的胸口上，眯着一双布满血丝的眼睛。赤墨即刻换到年九珑的背后，以免他突然发力脱离控制。

年九珑也是在用这种方法强迫赤墨挡到自己的身后，因为一旦自己掉下斗台，不论还有没有反抗之力，皆判为输。

影十三静静地在角落里看着，年九珑脸上、眼神里的每丝变化，都落在了他的眼里。

“九九在执着什么呢？”影十三抱着九九的衣裳起身，往斗台靠近了几步。周围太嘈杂，怕九九听不到，他只好踮起脚，抬高了声音对台上道：“九九，我没有要你非赢他不可啊。”

年九珑往声音来处望了一眼，看见三哥正踮着脚，手里抱着自己扔下的衣裳，微微皱着眉认真地往这边看。

年九珑咬了咬牙，双腿猛地蹬出去，身子往前一挺，整个身体像只蠕虫朝天卷了起来，小腿猛然钳住了赤墨的头颅。赤墨要害被控，只得松了年九珑的右手。就在这一刻，年九珑右手脱控，猛地破开锁喉，双腿用力一拧。下一秒，赤墨捂住颈骨痛吼一声，两人即刻分开。

影十三见年九珑居然瞬间脱离了控制，展开小折扇掩住自己张开的嘴，嘀咕："这是哪家的招式呀？"

年九珑撤身退开两步，右手一拳打向赤墨的锁骨。赤墨身后便是台栏，再退一步便会直接掉下斗台，于是骤然翻身躲开，接住年九珑的右拳，再用强壮有力的双手抓住年九珑的右手和左臂，狠狠往台栏上一掼。

年九珑左臂的臂骨生生磕在那柱子上，压出了一道血痕，他痛得忍不住抽搐。很快，他又恢复了意识，屈膝一顶，猛击赤墨的小腹，一拳把赤墨的脸打到柱子上，然后用浑身力量把赤墨碾压在台栏下。

赤墨被撞得头脑发昏，一时无法脱身，等意识恢复时，身体已经完全被年九珑压制。

台下判官已被这突然反转的战局惊得说不出话来，许久之后，有一位判官回过神来，拍案高声道："赤墨，可以认输。"

赤墨已经连胜十局，只要再胜两局便能晋升兰幽斗台，现在竟然输给一个乳臭未干的少年，他怎能甘心！

突然，影十三在台下感受到一丝杀气，训练有素的眼睛霎时捕捉到了赤墨细小的动作。

赤墨掌心多了一根铁针，正抵在九九的心口！

"九九。"影十三在台下眯起杏眼，道，"杀掉他。"

年九珑听到影十三的话，顿然一惊，而后注意到已抵在自己心口的铁针。

在求生本能的驱使下，年九珑右手用力一握，腕上护手响起清晰的机括声，嵌着的钢刺猛然弹出三寸来长，刺中赤墨。

赤墨双眼睁圆，难以置信地看着年九珑，手脚抽搐两下，栽下了斗台。

判官起身敲钟，高声道："赤墨身亡，九珑晋升兰幽斗者！"

台下骤然一片沸腾，有人开始吩咐身边人去问问这少年有没有当护卫的心思、开价多少等。

年九珑一脸惊诧地看着自己手中带有残余鲜血的钢刺，又看了一眼台下已经断了气的赤墨。

年九珑有些恍惚，只记得三哥过来了，给他披上了衣裳。

影十三抚摸着年九珑的头发和伤处，在他耳边不住地安慰：“九九，是他先动手的，是他先动手的。”

年九珑坐在茶桌边喘息半晌，影十三一直轻轻拍着他的肩膀。

影十三也觉得自己有些矫情了，两人都是影卫，见血是迟早的事，王爷的本意应该就是要他带年九珑经历这些。

可一想到九九刚刚那副恍惚的表情，影十三还是有些心疼。

年九珑一手揉着眉心，一手按着影十三的膝头，缓缓地道：“没事，一会儿就好。”

“那就好。”影十三微皱着眉，轻抚年九珑的后背，勉强笑道，“我去让人倒杯茶。”

影十三暂时离开，年九珑低着头坐着歇了一会儿。

忽然，座位边踩上了一只靴子，一个酒碗递到了年九珑的面前。浑浊的酒液映出年九珑略显苍白的脸，嘴角和眉骨上有些伤痕。

年九珑顺着拿碗的手抬头，看清了来人，又是那个沈臭虫。

沈袭半弓着身，嘴角扬着一丝戏谑的笑容，端着那酒碗，对年九珑扬了扬下巴：“喝呗？”

见年九珑不动，沈袭低声笑道：“好久不见，险些没认出来。年九珑，这么多年杳无音信，你竟躲在这儿。”

年九珑冷冷抬眼，与一脸得意的沈袭对视片刻，夺过那酒碗，仰头灌了下去，吐出一口酒气。辛辣滚烫的酒液带着一股刺鼻的腥气灌进喉咙，那味道实在令人作呕。

“躲？”年九珑忍下恶心感，仰头靠在椅背上，冷笑道，“孔雀山庄九位公子都在外历练，怎么到我这儿就成躲了？”

沈袭玩弄着指间的小蛇，随意地道：“你藏在外边确实聪明，你那八个哥哥正杀得你死我活。你二哥年存曦让我捎话给你——若是识相，不如别回去了，这样他还能少捏死一人。”

年九珑冷笑道：“放心，我迟早一个一个除掉他们。孔雀山庄是我的。”

“就凭你？”沈袭轻蔑地笑道，“杀个人都抖成这样，说出去谁敢信，九公子竟如此善良？”

“没别的话就滚吧，你我没什么好说的。”年九珑不屑与他争辩。

“好好好，那我就滚了。”沈袭撤了踩在凳上的脚欲走，忽然又折回来，拿走年九珑手里的酒碗，挑眉道：“对了，九公子，你刚喝的那碗酒里掺了点东西，好喝吧？”

年九珑忽然瞪大一双凤眼，一股强烈的恶心感涌上喉头，胃里抽搐，不得不俯身扶着椅背干呕。

沈袭大笑着转身要走，却迎面撞上了影十三。

影十三紧握着小折扇，微微皱眉，抬头与沈袭视线相接。

“这位到底是谁啊。”沈袭眯起眼睛，伸手托起影十三的下巴端详，“他叫你三哥？”

他怎么不记得年九珑有个这么傻的三哥？

沈袭的手指在影十三的脸颊上按出一个浅窝，他讥笑道：“好嫩，该不会是水烟阁的少爷吧？”

影十三未被激怒，眼神依旧温和平静，只拿小折扇拨开了沈袭的手，然后缓缓抬手搭在沈袭手中酒碗的另一边，轻声问道：“沈公子给我家九九喝了什么？”

那温润指尖触到碗沿的瞬间，沈袭眼神微变，眼中闪过一丝诧异。

仅仅僵持了一个呼吸的时间，沈袭端碗的手一抖，那酒碗便骤然落地，应声炸裂，化为齑粉，散落在两人的脚边。

方才，两人以酒碗为介，内力相抵，沈袭竟丝毫挡不住对面那人的强横内息，眨眼便败下阵来。

影十三温和地笑道：“我瞧着九九心情有些差，今日暂不奉陪，沈公子，恕我们先告辞了。”

他绕过一脸诧异的沈公子，搀着年九珑的手臂把人扶起来，俯身抹去年九珑额头上的冷汗，给年九珑喂了杯茶，安慰道：“时候不早了，我有些饿，我们回去吧。”

“我……我还能再……”年九珑抓住影十三的衣角，拼命想解释，想让三哥相信他没这么脆弱。

“好了、好了，玉楼春一时半会也不会倒闭呢，回去歇歇。”影十三半扶半拖着把人往门口带过去。

原来真正厉害的是台下这个。沈袭怔怔地看着那两人出了赌武场，忽然回过神，匆匆追过去，一把抓住影十三的手臂，把人拽到面前冷冷地问：“你是青刚玉高手？告诉我，孔澜骄在哪儿。”

“谁是孔澜骄？”影十三奇怪地反问，而后拿小折扇敲了敲沈袭攥着自己手臂的手。沈公子不知在激动什么，手劲极大，攥得他很不舒服。也许是影卫的习惯使然，他不喜别人随意触碰，一旦有人碰到他的身体，他就会高度紧张，保持警惕。

“你给我放开！”年九珑忍无可忍，抓住沈袭的手腕一扯，把人狠狠掼到墙壁上。

沈袭也不是吃亏的人，腰间短刀出鞘，刀刃横在年九珑的咽喉上。年九珑嵌着钢刺的护手同样抵在沈袭的心口要害。

沈袭看着这人，反倒扬起嘴角讽刺地笑了，松了手道：“看不出来，你倒会护食。真想打，我们斗台见。”

年九珑咬牙收招，恨恨地道：“好，斗台见，小爷卸了你。”

沈袭深深地看了一眼影十三，捏了捏指间那条小金蛇，一脸轻蔑地回了赌武场。

影十三走过去拍了拍年九珑的肩膀，轻声劝道：“回去吧，别被激怒了。”

年九珑回过身，揉着影十三刚刚被沈袭攥过的那处，皱眉急切地道：“他是不是弄疼你了？”

“你三哥何时沦落到被一个挂兰幽斗牌的小孩攥疼的地步了？”影十三掩面笑起来，“九九，你今天怎么了？”

“三哥。”年九珑小声道，“对不起，三哥，给你添麻烦了。”

“怎么会？”影十三眉头微皱，轻抚年九珑的后背，温柔地道，“别想太多。你给我赢了不少银子呢，想吃什么？随便挑。”

年九珑还是不大开心，半晌才闷声道：“鸭血粉丝汤。”

“吃个贵的嘛。”影十三无奈地道，“不是你说的最近疫病多吗？”

“那就刀削面。”年九珑拿额头在他的肩膀上蹭来蹭去。

“万一那刀是切过鸭血粉丝的呢？”影十三认真地道。

“哼……我就是想回家，不行吗？”年九珑抬起头，忍不住道。

影十三眯起眼笑，拿小折扇敲了敲他的脑门。

“行。”

回王府的路上下了雨，洵州湿热多雨，一下起来得下好几天。

年九珑最不喜雨天，因为一到阴雨天三哥浑身都会痛得厉害。影十三当了十一年影卫，总是风里来雨里去的，关节也因此落下了伤。他平时摸多了冷水，手指节也会疼，只是从不说难受，这都是年九珑悄悄发现的。

影十三暗自揉了揉酸痛的手腕，细密的雨丝落在肩头还有些凉意。

年九珑褪下外袍披到影十三的身上，扶着他往里边的屋檐走。

“九九。”影十三摸着衣裳的领边，轻声问，“我若是再跟你待久了，会不会以后什么都不会做了？”

年九珑摸摸鼻尖，思忖片刻后道：“三哥现在会做什么？”

影十三一噎，好像也确实什么都不会做。

平时夜宵是九九做的，偶尔受了伤也是九九给他洗伤口、熬药敷药。他仔细想想，竟忘了没有九九时自己是怎么过日子的。

“怎么不会呢？你有颗盘扣掉了，还是我帮你钉的呢。”影十三勉强找出一件事反驳。

“是钉歪的那个？”年九珑朝三哥眨眨眼，“我说它怎么是歪的，原来是你干的。”

“不用我啊。”影十三轻声叹气，“那好吧。”

“三哥，我问你，你以后不做影卫了，怎么生活？”年九珑随口一问，却感觉身边的人轻轻颤了颤。

“不做影卫……那我能做什么呢？”影十三开始认真思考这件事，半晌有些担心地道，“我没想过这事，回去得好好想想。”

年九珑拍了拍他的肩膀，没再说话。

影十三看似稳重可靠，实际上极其敏感。他绝不是没想过这件事，而是想得太多，不敢再深思下去，在逃避这件事。

他曾经说过，那些无心无情的影卫是瑕疵品，越正常的影卫越完美。

三哥太正常了。他心思缜密灵活，有些任务不得不由他去做，可这样敏感的一个人，日复一日地做着一把毫无感情的杀人刀，前半辈子充满了血腥和阴霾，这对他来说应该是一件很残忍的事。

年九珑想过把三哥拉出这无底的泥潭，但每次想到这儿就会极度烦躁。

他们刚好路过东街，影十三想起影五托他们带的炒干面，便往面摊子的方向走去。谁知等两人走到时，影四已经在那摊子边了。

影四也穿着一身便服，沉默地看着丘嫂熟练地炒面。热气腾腾的炒干面出锅时，他简练地说了句：“一份放辣。”

丘嫂热情地答应，把面拿油纸包了，系上麻绳，递给对面冷漠寡言的小伙子。

影四接过那两个油纸包，伸出的双手上有严重的灼伤疤痕，骨节分明的手因为黑白交错的烧痕显得狰狞可怖，右手的小指头缺少一小截，显然是陈年旧伤了。

年九珑注意到影四的手，忍不住低声道：“伤得好重。”

影十三带着他绕了另一条路，没与影四照面，轻声解释道：“那是他来王府前的旧伤了。”

“他之前是做什么的？”

影十三摇头：“我只知道他们兄弟俩姓祁，在王府大家互相不叫名字，我也从来不知道他们叫什么。我的名字只有你知道，王爷知道，不过他大概不会记得。”

年九珑忽然精神一振，影十三居然只告诉过自己他的名字。

“为什么？我记得我刚进王府时，三哥就……”年九珑的眼神里有某种期待。

“因为那时候我觉得我的名字很好听，没有人记得的话，未免太可惜了。”影十三弯着一双眼睛微笑道，“从没人在意我叫什么，影卫们没兴致闲谈，也不会问这些，所以我想我一定要告诉你。”

“雁琏，雁琏……好听吗？”影十三嘴角微微翘起，轻声问。

“当然。”

对年九珑来说，这人的名字再好听不过了。

影四提着两个油纸包走了几步，忽然微微侧目，细雨淋在头上，一阵微风拂过发丝。

他停了下来，一双锐利而冷漠的眼睛不动声色地环视四周，很快又恢复了正常的神态。他慢慢走着，转过街角时，残破丑陋的右手抽出盘绕在腰间的一根墨绿九节鞭。

九尺来高的矮墙头爬上来一人，影五像个朝外张望的小狗似的趴在墙头，煞有介事地悄声道：“哥，你好慢啊。我等得快饿死了，就来找你了，路上看到不少人呢。他们都往一个方向过去，应该是刺客，但不是冲着王府去的。哥，洵州还有什么大人物值得这么兴师动众的围剿吗？”

影四把东西往影五怀里一扔：“你回府保护王爷，我去看看。”

“啊，腰带给你，我特意给你拿着呢，贴心吧？我想跟着你，王爷身边有影七、影八。”影五扔过来一条挂满武器的鹿皮腰带。

除了墨云锦衣，百刃带也是齐王府影卫的标配之一，带上有一把短匕、十把暗刀、七十二枚暗箭和一套指虎，皮带夹缝里则暗藏着七颗毒药，分别是一颗雪兰蜜、两颗鹤顶红、四颗牵机毒。

影四顺手接住百刃带系在腰间，紧接着伸开双臂接住了跳下来的影五，随即拖着他跳上了另一边的矮墙，朝着杀意蔓延的方向追去。

洵州城外有片郁郁葱葱的竹林，林中有寒潭，雾气蒸腾，因此得名“雾竹林”。

此时有两人正在浓雾弥漫的茂密竹林中奔逃。

“三哥，他们果真是来追我们的？！”年九珑因难以置信而语调上扬，脚下则以潜行步法向竹林深处跑去，落步无声。

影十三反手甩了一下手中的小折扇，扇骨里飞出的毒针隐没在身后雪白的雾气中，身后传来尖锐刺耳的惨叫声。

“刚刚在城里就觉得不对劲，为何这数十刺客都在追我们？若是刺杀大人物，左右是要去王府的，为何追着我们出城？”年九珑继续追问道。

影十三拖着九九突然转了方向，跳下一个一丈来高的小断崖，暂时停了下来，屏息凝神，让自己的心跳稳下来，静静等着追兵过去。

竹林的浓雾是极佳的隐蔽物，两人缩起身子藏进一个狭窄的石缝里。石缝极浅，容不下两人并排，他们只得面对面贴在一起，呼吸相闻。

“我不知道。”影十三和近在咫尺的九九对视一瞬，不自在地垂下眼眸，低声道，“他们的目标似乎是我。”

“耗费这么多人手，居然是为了杀王爷的影卫？”年九珑皱眉疑惑道。那些人的功夫不像出自孔雀山庄，却也训练有素，若放在玉楼春，至少是能上玄金台的，有几个甚至是兰幽级别的，说不定也有深藏不露的青刚玉高手。

“半年前，影初和影叠在晋州遇袭，被对方包围。影初被废了一条手臂，影叠断了三根肋骨。三个月前，影六在临州交接密信时同样遭遇围攻，虽死里逃生，却也身负重伤，至今还未痊愈。”

影十三敲了敲小折扇，皱眉道：“若只是他们几人受伤并不稀奇，可如今连我们也成了目标。”

有人想把王爷身边的影卫都除掉吗？他若有所思，暗自揣测。

年九珑低头看着脸色发白的影十三，抬起一只手搭在他的腰间，安慰道：“你别乱想，若是王爷想除掉我们，只需他一句话，不会如此周折。”

“我并没有那等大逆不道的想法。”影十三勉强扯了扯唇角。

影十三虽嘴上否认，但心里也确实这样想过。

“那大概是……”他捻着小折扇，眼神无奈，“从龙之功，功高震主，那小皇帝容不下王爷了。”

外边传来凌乱的脚步声，两人顿时沉默，石缝中只听得见两人微弱的呼吸声。

影十三的脸很白、很细腻，可能是天生的缘故，即使整日风吹日晒，他的皮肤仍旧不错。一想起影十三嚼东西时鼓成半个小馒头的腮帮，年九珑就有点想笑。

良久，外边的脚步声渐渐远去直至消失。影十三摸索着出了石缝，年九珑紧随其后。

两人弓身贴着石壁行走，周围除了浓雾便是无尽的竹枝。

一片竹叶悄然落地，影十三眼瞳骤缩，翻身护在年九珑的身前，手中小折扇一展，六道飞针顺着扇骨飞进密林，几声脆响后，六把飞刀被击落在地。

“被发现了，快走。”影十三拉起年九珑就跑，然而跑出几步便慢慢停了下来。周围杀意明显，数十名蒙面刺客竟已围成了密不透风的包围网，缓缓逼近两人。

影十三感觉着这些人的内息波动，知道对方至少有四位是堪比青刚玉斗者的高手。对方人多势众，实力呈碾压之势，这场恶斗下来，恐怕自己和九九的下场比影初、影叠他们好不到哪儿去，非死即残。

年九珑扫视那些刺客，并没有发现恶人榜上的杀手，可见这绝不是孔雀山庄的杀手。莫非真是皇宫禁卫、锦衣密探？

对方也极为谨慎，用手势交流着。

“是这个，笑面鬼，极难对付，不可轻敌。”

“陛下有旨，活捉不得便就地处决。”

“是。”

正在僵持之时，空中传来长鞭破空的声响。

其中一个刺客被一条墨绿鞭梢缠住，整个人直接被甩上半空，那密不透风的包围网也被打开一个缺口。

影十三反应极快，把年九珑往那缺口一推：“快走！”

形势顿时变幻，四周刺客一拥而上，而那墨绿长鞭也再次落地。年九珑和影十三被那长鞭卷住手腕，两人只觉浑身一轻，就被那灵活有力的长鞭给甩上了矮崖。

“小十三！这边！”影五在对面焦急地挥手。

影四冷漠地抖抖手中的墨绿长鞭，把两人锁在一起的手腕松开来。

有四人追上来了，他们分工明确，一落地就分散开来，一人对付一个，影四和影五被迫分开数丈远。影四的对手是擅长快速进攻的近战刺客，速度极快，黏着影四不放。而影四善用长鞭，一旦被近身便没了优势，只得抽出腰间匕首与那人战斗。

影五这边刚好相反，对方只以暗器在远处牵制行动，就是不靠近影五。影五的武器为钩指，只有近身战斗才能发挥作用，此时他只能专注防守闪避，无法和影四合作，两人形势危急。

对方显然熟知十三鬼卫各自的弱点，一上来就强行分开了这对兄弟。

影十三还算应付得来，扇刀近可为刃，远可飞针，一时并无弱点可寻。

年九珑就显得吃力得多，他才晋升兰幽之列，面对一个和影十三相差无几的青刚玉斗者，能够撑到此时已经是极限。

影十三分神看向年九珑，只见刺客使出柳叶刀，刀锋密集避无可避，直指年九珑。影十三霎时放下自己这边的打斗，翻身扑到年九珑的身上，用力把人往身后一转，下一秒，那柳叶刀打着旋钉进了他的后背。

年九珑被影十三挡着，什么也看不见，只是突然感到三哥紧贴自己的身体一阵痉挛，好似在忍受着剧烈的疼痛。

年九珑左手揽着脸色苍白的影十三，右手用力一攥，三道钢爪从护手中弹出。寒光乍现，年九珑挡住了刺客挥来的柳叶刀，而后不顾朝自己飞来的柳叶刀，双眼通红地扑出去，三寸钢爪径直刺向刺客。

那刺客按着心口，软软地倒了下去。

谁会料到这小孩竟突然发狂?

"三哥，三哥！"年九珑扶起剧烈喘息的影十三。

影十三将右手艰难地伸到背后，抠着钉进骨缝里的几把柳叶刀，用力一拔，甩到了地上。他深吸了几口气，撑起身子，用满是血污的手捡起地上的扇刀，用力咬牙站起来，嘴角扬起一抹笑："这算什么？我们可是影卫啊。"

年九珑半跪在地上，怔怔地看着三哥挡在自己的身前。清瘦的身体把年九珑遮在一片阴影中，浅灰的常服背后渗出一大片刺目的血红，血滴顺着他的手肘滴在地上，溅出一朵艳丽的血花。

再强大的人也会流血。年九珑从没想过，如果面前这个人突然死了，从自己身边消失了，他会怎样。

他想，他大概会痛不欲生。

如果人命脆弱到不堪一击，他希望手中滴下的鲜血能够成为所护之人的救赎。

年九珑深吸了一口气，用力一甩右手，三道钢刺上尚未凝固的血迹被甩落在地，刀刃焕然一新，闪着冰冷的寒光。他轻抬脚步，越过影十三的保护，翻身落地，全身内息凝聚于双手，钢爪间的空气战栗起来。

与影十三缠斗的那个刺客感受到身后传来的强烈杀意，尚未来得及转身，眼前已遍布血色，全身僵直。

年九珑站在刺客的身后，在他耳边微不可察地问："你忍心让我失去最亲的人吗？"

刺客已经毙命，年九珑却疯了似的瞪着一双布满血丝的眼睛，用右手的钢爪狠狠地捅向刺客的脊背。

影十三诧异地看着几近疯狂的年九珑，九九本来清澈见底的凤眸开始变得浑浊——他失控了。

"不要，九九，你看着我……看着我。"影十三踉踉跄跄地扑向他，跪伏在他身边，颤抖着安抚，"别这样，冷静……冷静下来，九九。我在……我在这儿，冷静点……乖，乖九九，我就在这儿，我就在你的旁边。"

年九珑浑浊的眼神渐渐清明，他仿佛按捺住了极大的痛苦，嘶哑地道："三哥……你伤得重吗？"

"不重，没事的，一点儿擦伤而已。"影十三强撑着笑容，扶起年九珑，望向另外一边。

影四一甩那墨绿长鞭，卷住远处影五的脚踝，用力一扯，把人往自己身边卷。影五翻身落地，将黏着影四不放的那刺客隔开几步远，然后朝影十三比了个手势："撤！"

四人趁机钻进幽深竹林中。没过多久，天色变黑，竹林雾气更浓了，刺客们追到一半便没了方向，让四人逃了。

"头儿，让他们跑了，陛下会不会怪罪咱们？"

"陛下知道齐王手下个个战力惊人，咱们慢慢磨他们。"

"和笑面鬼在一块儿的那个，好像不是影卫。"

"怎么会？！"

"总觉得今天情况有异，否则凭他一个少年，不可能杀了我们两位高手。"

"到时回禀陛下。"

"遵命。"

甩开刺客的追杀后，影十三等人才慢下来喘口气。

“哥，歇会儿，歇会儿……哎哟……疼……”影五哆哆嗦嗦地捂着自己的伤口坐在一块岩石上。他的肋骨和胯骨上中了几枚飞镖，当时情况下他便随手给扯下去了，跑动躲避时磨得骨头生疼，现在一停下就再也动不了了，坐在地上哼唧了半天。

影四眉头紧皱，半跪在影五的脚边，扒开他的衣裳，看到露出的皮肉发青，心里一怔，那飞镖上涂了毒！

影五看见自己身上的青紫伤口时也吓了一跳，一脸痛苦地叨咕：“完啦，我也要废啦！怎么办啊，我还不想退休啊！我不能走啊！当了这么多年影卫，仇家都能装一车了，要是被赶出王府，我会被杀了的呀。我要是走了，哥你怎么办啊？晚上谁去给你买烤红薯吃？你会饿死的，哥哥。”

影四不顾影五的哭喊，在他的青紫伤口处划了一道，而后用嘴帮他把毒血逼出来，又抹抹嘴角的血迹，淡淡道：“不会的。”

“哦。”影五悻悻地捂住嘴。

“那我再说一句话。”影五又接着说道。

“不行。”

“……”影五只得闭嘴。

影十三静静地盘腿坐在一边，数着扇骨里还剩下的暗针，即使后背的伤早已止了血，可他仍旧脸色苍白。他忽而抬头，注意到年九珑在用力地揉着太阳穴，似乎是在缓解强烈的头痛。

“回去吧。”影十三伸过手去揉了揉九九的发顶，“今天真是辛苦了。”

年九珑深深吸了几口气，揉了揉脸，尽量平静地问影十三：“我背你回去吧？”

“可我倒觉得你的情况比我更糟些。”影十三双手托着脸，扬起嘴角笑笑，“要不要我背你？”

年九珑又用力揉了揉脸，郁闷了一会儿。就在影十三开始反省自己刚刚那番话是不是伤到了九九自尊的时候，他的手腕忽然被抓住。

年九珑用力一拉，把影十三拽了过来，背到了身上。

影十三露出一副被吓到的惊悚表情，身体僵着，道：“我不说了，不开你玩笑了！”

“晚了。”年九珑偏不听，脚尖点地在竹林里飞奔，背着三哥径直跑向齐王府。

影五见状，朝影四张开胳膊：“哥，我也走不得了。”

影四面不改色，把影五拎起来往肩上一扛就带走了。

一路上，年九珑觉得很是烦躁，却不知自己在烦躁什么。

影十三别扭地掩着眼睛，就怕撞见王府里出来的人，好在现在已经是深夜了。年九珑刚从府邸的围墙上跳下来，影十三便翻身落地，一句话没说，快步逃进了自己的居室，轻轻关上了门。

年九珑见三哥连句安慰的话都没有，本就烦躁到极点的心像被针扎了一下，瞬间爆了。

年九珑回到自己的居室后，咬牙踢翻了桌子，一手扫掉床榻头的百刃带，短刀、暗器散落了一地，稀里哗啦一顿乱响。等到砸得屋里的一件好东西都不剩了，年九珑才按着自己疼得厉害的太阳穴，坐在床榻边喘气。

他好难受，影十三今日受伤，让他有一种重要的东西被别人肆意蹂躏直至破碎的无力感。

等到他终于平静下来，已经过去了两盏茶的工夫。

年九珑慢慢站起身，失魂落魄地推门出去，跑到影十三的门前，悄悄把门推开一条缝，扒着门缝看了一眼，房中竟没人。

年九珑皱皱眉，踮脚轻盈地攀上房檐，在高处望了望，目光在王府各个角落扫视。

十三鬼卫此时正聚集在王府西侧门，跪成一排，影十三忍着剧痛单膝跪在最末。

其中一人朝着齐王的书房深深叩首，起身、单膝跪地，是影卫最熟练的行礼。

影初穿着一身常服，单手托着折叠得没有一丝褶皱的墨云锦衣，衣上端正地搭着一条百刃带。他将东西虔诚地交到影四的手里，转身静静离去。

其他十二个影卫静静地颔首跪在一旁，影十三缓缓抬头，在影初走过自己的面前时扯住了他的衣角。

“大哥，其实你可以留下……王爷不会赶你走……”影十三望着影初。

影初俯身用满是老茧的左手按住影十三的肩膀，低声道：“难道要我看着你们流血，自己什么也不做吗？”

影十三缓缓松了手。

影初问：“出影宫时，宫主让你如何？”

影十三攥紧拳头，闭上眼，嘴角轻轻翘起，露出一张完美无缺的温和笑脸，答道："要我……接替上一个笑面鬼。"

"很好。"影初回望了一眼齐王府，望了一眼同行十余载的兄弟，霎时隐没在夜色之中，无声无息。

影五破天荒的没说话，只是默默地往影四身边挤了挤。

等到周围人都散去，影十三还静静地跪在原地。原本停了的小雨又开始淅淅沥沥地下起来，他身上的血污顺着衣袖滴落在地上。

年九珑找到他时，他正默默地扶着墙，无助地望着空无一人的王府侧门，颊边微红，眼睛里有水光。

"三哥？"年九珑快步跑过去扶着摇摇欲坠的三哥，忽而闻到一股酒气，"你喝酒了？明天虽不用当班，但你这样会挨罚的……"

"罚我吧……打我吧……"影十三醉眼迷离，喃喃道，"打我……我也不想笑了……我疼……我不高兴，我想哭……"

这是年九珑第一次见到影十三失态的模样。没了半分平日里的从容，那本应扬起的嘴角此时委屈地朝下弯着，显得狼狈又可怜。

"好了，我知道了，三哥受委屈了，我们回去说，回去说行吗？"年九珑脱下外袍裹在他身上，轻声安抚着。

影十三还是伤心，嘀咕道："九九，我对着你可不可以不笑了？我好累。"

年九珑道："好的，好的！三哥想如何就如何。"年九珑心疼得不行，俯身扶他，"走了，三哥，咱回去了。"

影十三缓缓起身，声音里还带着醉意："你压着我伤口了……"

年九珑连忙换了个姿势，轻抚着影十三的手臂："现在好点了吗？"

"还是疼。"

"马上就到了。"

年九珑搀着影十三在细雨中穿行，尽量不让他被雨淋湿。

快到住处时，年九珑想到自己那已经乱成一团的房间，只好推门进入影十三的房中。他刚要去关门，衣角却被扯住了，回头一看，是三哥伸出了一条白净胳膊拉住了他的衣裳。

"我去关门，你等着我。"年九珑扶着他的手腕，把衣角从他的手里抽出来，快步去关好门窗，又点了蜡烛放在床头旁的小桌上。

谁知他再回来时，影十三竟蜷缩起来，蒙着头钻进了被子里，身子还在微微发颤。

年九珑看得心疼，坐在床边掀起一截被角，低头耐心地问："出什么事了？你跟我说说。”

影十三的睫毛上挂着水珠，他平日里滴酒不沾，今日却饮得太多了，整个人有点疯癫。

“九九……”影十三拿胳膊掩住眼睛，轻声问，“要是哪天我保护不了你了，我没用了，你是不是就不跟我一块儿了？”

“你怎么能这么想啊？”年九珑知道他这是在说胡话，可又忍不住解释，不希望三哥对自己有任何误解。

“我以后会保护三哥的。”年九珑认真地保证。

“不行……那我就更没用了……”影十三看起来更加难过了，掩面哽咽。

年九珑顿时手足无措，无奈之下只得爬上床榻，把他扶起来，然后轻抚他的后背，低头安慰道：“这是怎么了啊，你怎么会没用呢？”

“我都被丢过一次了，不能再被扔了。”影十三像小孩子似的抹着眼睛，吸了吸鼻子，喃喃道，“我是骗你的，我并非父母双亡，我有爹娘，还有两个哥哥。六岁的时候，镇上闹饥荒，娘亲为了养活哥哥们，卖了我换吃的。他们嫌我太小又做不了活，谁都不要我，我就当他们死了还能好受一点……”

他念叨着，最后竟抽噎着打起了嗝。年九珑连忙倒茶给他解酒，轻拍他的后背安慰道：“我要你啊，他们不要你我要啊。三哥这么好，我巴不得呢。”

影十三平日里话语不多，今日却絮叨起来，把埋在心底二十多年的话全倒了出来。

影卫的身体因为频繁受伤和长期熬刑，虽然一时坚韧惊人，却维持不得太久，顶峰就是二十岁。一旦过了二十五岁，内息和体力就会下滑。影十三今年二十六了，已当了十一年的影卫。

“影初走了……很快王爷也用不上我了，我会被嫌弃……我在王爷身边当了十一年不见光的影子，王爷哪怕多看我一眼也是好的。”影十三颓废地靠着年九珑，痛苦地道，“我好烦影七……王爷为什么只垂怜他，我这么累是为了什么？我总是做不到完美，总是不能让王爷满意，稍有不慎就要挨训挨罚。可他呢，深受王爷的器重和赞赏。王爷看重他，对我却连笑一笑都没有过。我明明都很努力了……”

“好了，好了。”一听三哥越说越不像话，年九珑啧了一声，转过身半跪在影十三的面前，双手搭在他的肩膀上，低头靠近他，道：“你不能为了别人活啊。三哥不能瞎说了，听我的话，你睡觉，现在躺下。”

影十三忽然不出声了，幽怨地看着年九珑，看了半晌，轻声抱怨道：“你嫌我烦。”

“哪能啊？”年九珑随意扯下自己身上湿透的衣裳扔到一边，轻声道，“三哥，你还有我呢，我会一辈子对你好，永远不做伤你的事。”

影十三半信半疑地看着年九珑，醉眼里看见的九九有些虚影。他忽然有些心虚，垂眼道：“我们不一样……你是贵人家的孩子。你只是觉得好玩才这么说……但我会当真的……”

“我不怕你当真。”年九珑坐近了一点儿，直起上身，抚着影十三的头，语气诚恳地说道。

影十三愣了好久，一颗不安的心逐渐稳定下来。

年九珑见他渐渐睡着了，觉得这人对自己那么好，自己也该投桃报李。

年九珑想起三哥身上的伤，赶忙翻出柜子里的药酒和药布，在他的伤口处简单涂了些药酒，又缠上一圈药布，想着等明日天亮时再叫府中医者来仔细医治。

年九珑看着影十三肩胛上的那个“影”字烙印，仿佛看到了三哥那颗被身边人伤了又伤，凉了又凉的心。

许久之后，年九珑趴在床边也睡着了。

影十三常常夜半梦魇，但因为身为影卫练就了一身功夫，即使梦见了鬼也不会吐出半个字。

他背后伤势太深，回来时又淋了雨，到了半夜冷得厉害，在睡梦中微微发抖。

年九珑睡得轻，一被碰就醒了过来，见影十三缩着身子，求助似的握着自己的手，心里紧了一下，反握住影十三的手。

“三哥，别再为了我拼命，行吗？”年九珑心疼地道。

清晨，几声雀鸣入耳，影十三皱起眉，渐渐醒转。宿醉令他头痛得厉害，他忍不住抬手揉揉太阳穴，却发现左手被什么东西束缚着，低头一看，年九珑竟一直趴在床边。

他瞪大眼睛，思索了一会儿，想把手抽出来。

年九珑被他的动静惊醒，懒洋洋地揉了揉眼睛，见着慌乱的三哥，嘴角扬起一边，一双凤眼半眯着看向三哥，用慵懒沙哑的声音戏谑道：“三哥睡觉的样子还真如孩童一般呢。”

影十三从被窝里爬起来坐着，试探地问道：“昨夜，我没什么失态的地方吧？”

“有……才怪呢！”年九珑道。

“那你说个头啊！”影十三说完转过身叠被收拾，然后从柜子里翻出件干净的衣裳，匆忙穿戴洗漱好了，才想起今日不用当班。

年九珑光着上身，索性盘腿坐在地上，托着腮入神地看着他忙活，而后扬起嘴角，问：“给我也找身衣裳呗，昨天穿的都湿了，还没洗呢。”

“你房里没有换洗的吗？”影十三坐在床沿，察看自己小折扇上的机括有无损坏，看了一会儿就走神了，不知道在想些什么。

“懒得送去洗，没穿的了。”年九珑睁眼说瞎话，脸不红心不跳。

影十三鄙夷地看了年九珑一眼，翻出一件干净的衣裳扔了过去：“记着洗好了还我。”

“好嘞。”年九珑心满意足地把衣裳抖开一披，嗅到了极淡的雪兰香，顿时心情就更好了。

“三哥，等会儿记得去药房疗伤啊。”

“这点小伤，再说吧。”

影十三拿赖在这儿不走的年九珑实在没办法，索性也不说什么了。今日不用当班，闲来无事，他便坐到茶桌前，取了几罐香料和药粉，倒出来研磨。

平日里闲着时，他总爱躲在自己的房里调毒打发时间。王府里有一味奇毒，齐王也会带在身上以备不时之需，就是影十三调出的雪兰蜜。这雪兰蜜是将香雪兰风干，做出脆壳，把有剧毒的毒心注进壳内，制成的毫厘大小的药丸。若任务危险，就把毒丸塞进臼齿内侧，若不甚被抓或是不堪拷打，便可直接咬破毒丸，自行了断。

年九珑穿戴整齐，无聊地趴到桌前，看着影十三调毒，又见他拿签子挑出了臼齿里的毒丸扔到一边。

“三哥平时就把毒药放嘴里？”年九珑想到三哥含着这毒药喝酒，还含着睡了一宿，顿觉毛骨悚然，“万一误吞了，不就直接死了？”

“吞了也没关系，只要不咬破，外面一层咽了也化不开的。”影十三习惯性地翘着嘴角，说话时带着笑意，“啊，你要钻个洞吗？万一被抓了，严刑拷问很难熬的。”

年九珑打了个寒战，嘴角抽了抽：“算了吧，下次再说。”

“也许是含太久了，身上也有那个香味了。”影十三一边在草纸上研磨毒粉，一边自语。

“那时间久了肯定对身体不好。”年九珑忽然想起什么似的，捡起自己扔在地上的皱巴巴的衣裳，翻了翻，摸出一串红翡珠链，解了系绳，拍到影十三的面前。

“怎么了？”影十三停了手，抬眼看着一脸正经的年九珑。

“这个送你了，你戴着它。”年九珑用指尖拂掉翡翠珠上的尘埃，正经地道，“这是药珠，常戴能清毒，也能养身子，送你戴。”

“给我做什么？我不要。”影十三怔了一下，然后扬起嘴角道，“我记得你说过，这是很贵重的东西。”

“没有多贵重，红翡而已，说它重要不过是因为泡药珠时在里面加了一味药，就是我自己的心头血。”年九珑托腮道，“我娘是药师，她说这样就成了护身符，能驱邪养神。”

“驱邪？”影十三眯眼笑道，“我只知道狗血驱邪，原来你的血也行？”

“不识好歹，你……”年九珑气呼呼地站了起来，扑到他的身上，胡乱地揉着他的头发。

“哈哈哈，你不就是小黑狗？凶巴巴的。”影十三被年九珑揉出了几根碎发，笑出声来，“狗子，我信了。”

空气忽然安静下来。

影十三不知想到了什么，忽然敛了笑意。

“三哥，你现在是真心在笑，还是敷衍我？”年九珑悄声问。

影十三轻叹一声，反问道：“那你昨天说的……是真心的还是敷衍我？”

“你还记得？”年九珑有些诧异，忽然心里一紧，而后认真地道，“是真心的，都是真心话。”

影十三眉头微皱，从桌角拿过那串当赌武彩头的蓝银腰铃，递给年九珑：“那我们交换吧，这个是银的，虽然不贵，但是我自己做的。”

年九珑眼睛都亮了，掩住心里的狂喜，双手接过那腰铃，迫不及待地缠到腰间，低头欣赏一番，仿佛家里的玛瑙串、东珠链都不如这银腰铃赏心悦目。

“出息点，九九。”影十三无奈地道，“这有什么好高兴的？”

“当然高兴啊。”年九珑暗暗想，终于离三哥又近了一步。

房门突然被推开，影四拎着几个空酒壶冷着脸走进来，嗅了嗅空气，抬眼看着两人，问了句：“谁喝的？去刑堂门外跪着。”

影十三顿时脸色有点难看，年九珑先躬身乖乖承认：“是我喝的，我认罚。”

影四面无表情地走过来，双指按在影十三的颈窝。影十三身子一僵，影四漠然道："擅自饮酒，去刑堂门外跪着。"

年九珑走了两步，挡在影十三和影四之间，不乐意地顶嘴："是我喝的还不行啊。"

影十三扯扯年九珑的衣角，拿小折扇掩嘴道："别惹怒四哥了……"

"那你们都去。"影四看了一眼年九珑挂在腰间的蓝银腰铃，顺手把那一串小酒壶扔到了影十三脚下。

哗啦一声，两人都颤了一下，噤了声，看着影四走出居室，砰的一声带上了门。

影十三皱眉苦笑："你别和他顶嘴，四哥发火很吓人的。不过现在好多了，十年前更凶，我们几个刚来时都挨过他的打。"

"他居然打你？"年九珑瞪大眼睛，开始挽袖子。

影十三轻声道："他可是玉楼春青刚玉斗台的元老，判官见他都是要行礼的。"

年九珑果断放下袖子，抿抿嘴道："那我先练练再去给你报仇。"

"我去刑堂了。"影十三无奈地笑笑，"怪我。"

"我也得去。"

"别凑热闹。"

"谁凑热闹了？影四不是说了，我也得跪。"

刑堂门外，两人并排跪着，直着身子，小腿上压了六块石砖。跪久了，膝盖快没了知觉，腿和腰也快没了知觉，动弹不得。

年九珑极少受罚，这架势有些受不住，但还是咬牙硬挺着。

影十三伸手扶了他一把，小声问："没事吧？"

"你这腿是铁打的吗，一点儿也不疼吗？"年九珑有点不敢相信，三哥看起来也没这么结实啊。

"才两个时辰而已，从前跪上三天三夜也是有的。"影十三弯着唇角笑笑。

这时，影五和影四恰好从西边甬道过来。影五打老远就瞧见两人在刑堂门外跪着，便揣着手过来，看热闹不嫌事大地问："哎哟，你俩这是求神还是拜佛啊？"

影十三悄悄给影五使眼色："快给我们求求情。"

影五贱兮兮地挑挑眉，回了个眼神："有啥好处？"

"替你轮一次外班。"

影五满意了，拉住他哥的袖口："哥，小十三是初犯，别罚这么狠。"

影四冷漠地看了一眼影五："没你插嘴的份。"

"哎呀，哥哥，他俩罚完得什么时候去了？你打算一直看着他们？说好了今天不是我们值夜，你要陪我去吃凉粉的啊。你又懒得去了是不是？好吧，你就敷衍我吧，我找小六一块儿去，以后我天天跟小六去吃凉粉，不给你带。"

影四总在这个人的面前妥协。他一把攥住影五的手腕，硬拖着人走了，回头对跪着的两人冷冷地道："半个时辰以后自己回去。"

影十三答应了一声，等到影四转过身，便朝影五抛了个眼神："多谢五哥大恩大德。"

影五回头张了张嘴，拿口型对影十三道："记着给我值外班。"

"放心。"

半个时辰一过，两人如释重负般抖掉了压在小腿上的砖石，浑身无力地坐在地上揉着已经血液不畅的腿。

"我倒是习惯了，你没事吧。"影十三瞥了一眼年九珑肿起来的膝盖，"等会儿回去抹点药。"

"你们的刑罚确实厉害，领教了。"年九珑咬牙吸了口凉气，艰难地往影十三跟前挪了挪，翻身枕着影十三的大腿躺下，抽了根地缝里长出来的草叼着，望着头顶的天。

"哎，你看那朵云。"年九珑忽然指着天道。

影十三下意识地仰头看，歪头看了半天也没觉得有何特别。年九珑忽然爬起来，搭着他的肩膀笑道："三哥，有没有人说过你傻乎乎的？"

"小屁孩，你真是太烦人了。"

"我就烦你。"年九珑一边揉着腿，一边苦口婆心地道，"下次三哥别喝那么猛了，铁打的身子也不能这样糟践啊。"

"昨夜……"影十三微微皱眉，"其实我与大哥平时交集不多，只是他一走，难免让人觉得齐王府兔死狗烹、鸟尽弓藏，我也忧心自己罢了。"

昨夜触景伤怀，他一时想不开，才会试着借酒浇愁。

"小皇帝过河拆桥，已经开始耍手段对付扶他上位的叔父了。我想王爷正值用人之际，大概也不会太早赶我走吧。"影十三笑笑。

"王爷为了避嫌已经退居洵州，交还兵权，皇帝还有什么不满的？"

"齐王府是个宝地。"影十三捻着小折扇道，"当初二皇子给齐王府硬塞了个世子进来，就是为了在齐王百年以后，能把王府收入囊中，当今圣上也是这个心思。”

“不过是个府邸而已……王爷无意嫁娶，众人皆知，府里连个女眷都没有，他们还想怎样？”

“他们想要的东西是一样的，”影十三勾勾嘴角，笑道，“都想要影宫。”

“影宫在哪儿？”因为三哥忌讳这话题，年九珑便再没问过，今日他提起，年九珑也就顺着问问。

“就在你的脚下。”

整个王府地下就是一座影宫。那时候，上面的人悠然安逸，地下的人在黑暗里挣扎厮杀，拼了命想要爬上来。可见了光，他们发现也就那么回事。没人爱的照样没人爱，他们的命仍然不是命，只有王爷的命才是命。

即便如此，那些人仍然想要爬出那地狱，为主子效忠。

影宫是老齐王留给王爷的保命符，出身影宫之人，只效忠齐王这个爵位，守护着王府的历代主人。

不论王府何在，主为何人，影卫皆为他而生、为他而死，以命相护，无情、无我、无欲、无妄，徒留一颗誓死相随的心。

而十三鬼卫是从影宫中走出的极为特殊的一批影卫。他们在各自不同的强烈执念支撑下，从无尽的血腥和痛苦中走出来，成为丝毫没有丧失感情，思考迅速，且身体素质和战力都异于常人的鬼卫。这种影卫可遇不可求，稀少而珍贵。他们自幼与王爷一同长大，如影随形十几年，说是手下，也有亲情。

影十三不再往下说了，有点后怕地揉了揉眉心：“虽说千锤百炼出真金，但那影宫我不想再进第二次了。”

“不提了，不提了。”年九珑赶紧转开话头，但心里还是有点在意。

支撑三哥走出影宫的到底是什么？

“你还好吗？”这些小罚对影十三来说实在算不得什么，可对年九珑来说就有点太残酷了。影十三撑着地蹲起来，给年九珑揉了揉膝盖。

年九珑忽然抬手捂住了眼睛，他不想让影十三看到自己眼中的感动。

“你捂眼睛做什么呢？”

“风大，进沙子了。”

刚说完，远处传来一声哨音，是从王府大堂方向传来的。

“王爷召令，快走。”影十三朝年九珑伸了只手，把人拖起来，拎着他踩上刑堂的飞檐，往大堂飞奔而去。

王府大堂里，除了离去的影初，余下的十二鬼卫皆低头单膝跪于堂下，静静地等待着王爷的命令。

齐王从内室出来，慢慢踱至堂中上座，抬手把两枚铁芯青玉核桃搁在那书案上，发出咔嚓两声。

王爷素日满面春风，今日这般架势，任谁也知王爷是心情不悦。不知道等会儿，他要怎么发落堂下这些影卫。

影十三心里正不安，齐王却开口了："都抬头。"

算上年九珑，十三个人齐齐抬头。

"近日洵州不太平。"齐王缓缓地道，"今后再遇围攻，即刻脱身回府，不可硬扛。若真被缠上了，保全你们自己，不必顾及对方身份，杀便杀了。"

"是。"

若他人得知形势如此严峻之时齐王竟还安抚手下，恐怕也要劝王爷不要如此宠信影卫了。

齐王朝旁边的小婢女摆了摆手，婢女端着一盘银宝、一沓银票、一摞地契过来，放在影十三的面前。

齐王眉头微皱："去找影初，本王名下庄园眼线众多，让他盯着临州那几个。影初擅自离府，罪不可恕，传话叫他自掌嘴二十，好好悔过。"

影十三蓦然抬眼，怔了怔，而后微微颔首道："是。"

"还有你们。"齐王似乎真有些怒了，起身走到十几个人的面前，慢慢地道，"王府的医者都瞧不上眼了？治不得你们的伤吗，再有一人妄自菲薄，你们都跟着受罚。"

"是……"

"都退下吧。"齐王疲惫地叹了口气，"年九珑留下。"

众人颔首告退，影十三挑眉看了一眼有点惊讶的年九珑，端着那盘钱银地契，悄悄退下了。

待到大堂里只余下齐王和年九珑两人，年九珑顿时松了身子坐在地上，一边揉着双腿膝头，一边问："王爷，留我何事？"

齐王皱皱眉："规矩点。"

"够规矩了，在家里可从没人敢罚我跪。"年九珑充耳不闻，继续盘腿散漫地坐着，微微扬起半边嘴角道，"王爷，您也有今天。昔日那般忠诚，费尽心思捧那小皇帝上位，现在后悔了没？"

齐王冷哼一声："孔雀山庄的公子夺位之争已然开始，你有几分胜算？"

"这我可保不齐。"年九珑一边揉着膝盖一边道，"先让他们斗着，我瞧瞧形势再说。齐王府得挺住了，万一哪天被那小皇帝抓了把柄，可别倒了。”

齐王揉揉眉心：“出去，别让本王常看见你。而且，九珑，你还差得远，别太自负。”

“别气坏了身子，我先走了。”年九珑置若罔闻，摇摇晃晃起身，扶着膝盖走了。

“叫……”

齐王刚说一个字，年九珑就连忙摆手：“啊，叫影七进来是不是？知道知道。”

齐王拂袖走了。

回到内室时，影七已在室中跪地等待。

“起来。”齐王揉着太阳穴坐进书房的雕花椅中，翻看着近几日的书信，问道，“你也受了禁卫围攻？”

“是。”影七如实点头。

“那为什么不说？”齐王一把将书信拍到桌面上，“非要影四一一禀报。”

影七被那声响一震，又跪下去低头道：“属下不想让王爷为属下忧心。”

“你也知道我为你忧心。”齐王推开身后的雕花椅，起身一把抓住影七的手臂，硬扯着把人提起来，末了又往地上狠狠一推。

“温寂，你不如像那小混蛋一样顶嘴，还让我安心些。”

温寂是影七的本名。

“王爷，属下真没事，您……可以看看。”

王府大堂外，影十三一手扶着年九珑，一手托着银盘，悄声问：“王爷与你说什么？”

“问我最近伙食怎么样。”年九珑面不改色地答道。

“不说算了。”影十三也不是爱多问的人，便没再提。

影五则挎着他哥的脖颈一路唠叨：“王爷今儿个怎么了？他虽然说得我挺感动的，但是耽误我吃凉粉了。唉，现在去，人家都收摊了……哎，九九！听说你去玉楼春闹事了？哇，居然打到兰幽台了，厉害、厉害，后生可畏啊。”

年九珑舔舔嘴唇，耸肩道：“本来没什么，就是沈家那个小子跟我杠上了，还拽着我们不放，问我三哥孔澜骄在哪儿。简直不可理喻，他算什么东西。”

“原来他要找孔澜骄啊……”影五摸着下巴，别有深意地瞥了影八一眼，笑着下了个结论，“听着就不是什么好人，对不，老八？”

正靠在一边掀着衣角擦匕首的影八懒洋洋地抬眼，收了匕首，又靠了一会儿，忽然伸手攀着墙上砖缝，飞身翻上了围墙。

“哎，你干啥去？”

影八瞥了影五一眼，懒得说话，跳出高墙直接没影了。

玉楼春里喧嚣依旧，赌武台上仍在血腥厮杀。

沈袭无聊地坐在台下，腿跷在桌面上，一手支着头，一手拿了个梨，指间缠绕着那条金色小蛇。金蛇咝咝吐着信子，感知着周围的血腥气。

沈袭的目光在空无一人的青刚玉斗台上停留了许久。

武力已至青刚玉斗台的高手大多不爱露面，偶尔闲得技痒或是相约比试，才上一次斗台。

沈袭已连胜十一局，此后再无人敢挑战这位沈公子。有的忌惮他家的背景，有的忌惮这人的残忍手段，沈袭就卡在了这兰幽斗台上。

自他与他的父亲沈镖头断绝关系，滚出金池镖局后，他就整日游逛在玉楼春里，无所事事。赌武台上赚的钱银花不完，被他扔在角落里胡乱堆着。他偶尔掰块碎银，拿去打几两酒，再来半斤牛肉，就这样混着日子，无人管束，其实和家里差不多。

他本来就向往无拘无束的恣意生活，以为人生得意须尽欢，等到现在真的过上了，又觉得无聊。酒肉、美色，沈袭觉得这些东西并无甚吸引力，还不如打一架来得快活。

入口那边忽然进来一人，穿着一身灰锦衫。两旁侍者见了那人，皆停下脚步退到道边，颔首低头。那人却视若无睹，从玄金斗台那边走过来。离得近的判官也见着他了，皆起身行礼，恭敬称一声“大人”。

那人看了判官一眼，面无表情地走过甬道。一个穿着体面的管事迎了上来，领着他进了一间小室。

管事殷勤地搬了张小榻请影八坐下，接着按下机关，从墙壁的暗格里取了一卷账本，恭敬地奉给影八，站在一旁赔笑道：“大人，这是这个月的流水，您请过目。”

影八“嗯”了一声，坐着翻阅账册，翻到近些日子的账目时，不耐烦地啧了一声，随手把账册摔回管事的怀里。

管事吓得脸色煞白，慌忙解释：“大人息怒！这沈公子也是凭本事赢的赌局，本以为那顽劣不堪的小子玩几天也就腻了，可他就是赖在这里不走，这……这小的也没有法子……”

“轰他出去。”影八淡淡地道，“叫个小孩把场子砸了，你们是干什么的？”

“他不滚，你就滚，你看着办吧。”影八掸了掸衣袖上的尘土，起身走了。

影八刚出暗室，就看见沈袭在外边的墙壁上靠着，甩着手里的那条小金蛇，玩味地看着自己。

“你凭什么赶我出去？”沈袭往前迈了两步。

几年不见，这小孩已经跟影八个头相当，只是痞气嚣张比当年更甚。

“凭我是这儿的老板。”影八根本没把这小孩放在眼里，转身就走，并对脚底下躺着的几个遍体鳞伤的守卫道，“连个小孩也拦不住，都换人。”

“我是凭本事进来的，就是为了找你。”沈袭追上去，一把抓住影八的胳膊，冷笑道，“跟我上斗台。”

影八冷笑一声，回过身往墙边一靠，略扬下巴，轻蔑地道：“你配吗？”

沈袭气势比他更加凌人：“我若不配，谁比我更配？”

影八望了他半晌，轻吐了口气，拂袖走了。

沈袭继续跟上，影八往哪里走，他就往哪里挡。二人终于到了一个死角里，沈袭问：“你现在不当杀手了，在做什么？”

“总不会比你更游手好闲了。”影八索性靠在墙边道，“我若是你，就不会那么没脑子，明明仇家众多，居然还和金池镖局断绝关系，怕是活腻了。”

“我乐意。”沈袭忽然挑起眉梢，“你在关注我的消息？”

“沈家公子的一举一动都能闹得满城风雨，我想不知道都难。我劝你还是乖乖回家当你的少镖头，再这样晃悠下去，迟早被人蒙头砍死。”影八语调轻蔑。

“押镖？我没兴趣。家是回不去了，我就想玩点刺激的，我想当杀手，接签杀人。”沈袭靠在影八对面，脚尖磕着地面，“帮我牵个线。”

影八耸肩：“我早不干了。”

“不当杀手，你能做什么？”沈袭眯眼凑过来，打量了影八一圈，摸着下巴鄙夷地笑道，“不会在做什么伺候人的活计吧。”

“护人要比杀人难得多，你这种人不可能懂。”影八眼神一沉，转身走了。

沈袭翻了个白眼，在影八身后道：“我相当看不起你这种有能力却不用，偏要去伺候别人的懦弱家伙。”

“我也相当瞧不起你这种生于安乐，却偏要四处结仇的无知小鬼。”影八轻哼一声，“在斗台上，我可以给你个机会，有胆就拿着青刚玉斗牌来挑战我，我会让你知道自己有多弱。”

沈袭咬牙笑道：“好，你等着。”

眼看影八就要走远，他忍不住扬声询问：“你真叫孔澜骄吗？”

“骗你作甚？”影八哼道。

“那为什么所有人都没听过这个名字？”沈袭半信半疑。

影八懒得再和这个小孩纠缠，直接走了。

从他决心效忠齐王那日起，世上便再无孔澜骄，只余不败鬼影八了。走了一段路，影八才后知后觉地烦恼起来。玉楼春这月进账实在是不多，他回去和王爷交代又得多说几句话，累得慌。

玉楼春便是影宫的前身，一个最接近炼狱却喧嚣得不像话的地方。没人知道这声色犬马之处与地狱只有一墙之隔。

从那破旧的小酒馆出来，影八冷冷环视四周，空气里弥漫着杀意。皇宫禁卫虎视眈眈，可能再过几年，小皇帝就会有更加明目张胆的动作。影八抽出腰间匕首，指尖抚摸着刃上阴刻的梅花，轻叹一声。

影卫的确比杀手难当。

傍晚，王府医殿里掌了烛，影十三趴在软榻上，光着上身，大夫低头坐在一旁，拿火烧过的刀子给他刮背后伤口的腐肉。

影卫疗伤时是不准用麻沸散的，因为这样会影响肌肉的灵活性，即使伤处要动刀缝针，也只得硬扛着。

影十三轻轻吸了口凉气，不自觉抓紧了榻上的软被，冷汗从额头上渗了出来，顺着脸颊滑到下颌，再滴到被褥上。

老大夫捋着胡须缓缓地道：“柳叶刀刃带刺，不可生拉硬扯，现在你受罪都是因为你们年轻人自己不爱惜身子。”

“晚辈……今后多注意……嗯……”影十三咬牙紧攥着身下床褥，全身肌肉绷得极紧。

年九珑在一边看得揪心，只见大夫拿着一把烧得半红的小刀，一刀一刀地刮着三哥背后已经有些发黑的伤口。三哥趴在榻上皱眉强忍，浑身发抖，额角出现了几根青筋，看得年九珑心里发疼。

年九珑绕到一边，蹲在影十三的身边，故意找他说话，好让他分神：“三哥，今晚去哪儿吃饭啊？在饭堂还是出去吃？”

“我什么也……不想吃……”影十三嘴唇发白，声音也在发颤，气势弱得不行，像只垂着耳朵趴在草丛里的软毛兔子。

“那我给你做好吃的，你想吃什么啊？”年九珑替他抹去额头的冷汗，“炸几个蛋卷包鸡腿肉行吗？”

大夫听了，冷着脸告诫：“不行，近日不可食油腻。”

“……”影十三看起来更难受了。

年九珑哭笑不得，蹲到他的面前，伸手揉着他皱得僵硬的脸，安慰道：“等会儿我给你炖鸡汤喝。”

“放香菇和油菜……”影十三虽然正疼着，但是菜该点还是要点的。

大夫瞧着这俩人，不禁有点疑惑。从前影十三也常来医殿疗伤，伤筋断骨的重伤也受过好几次，只是每次疗伤他都是安静忍着的。可自从年九珑这孩子来了以后，他似乎没从前那么耐疼了。

“老夫要缝伤口了。”大夫提前知会了一声，便扔下沾满污血的银刀，拿了根穿着药线的针，按着影十三后背绽开的皮肉，一针一针地缝合。过了半个时辰，大夫扔下东西，出去洗手了。

“唉……真要命。”影十三趴在床榻上放松了些，浑身紧绷太久，已经麻得没知觉了，半晌才恢复过来。

年九珑歪头问：“我背你回去？”

“不用，这点小伤真不算什么。”影十三把脸埋在被褥底下。

年九珑便殷勤地给他倒了杯水递过去。影十三顺手接过来，习惯性地微微嗅了一下，喝了几口润润嗓子。

影十三的小动作都落在一直认真盯着他看的年九珑眼里。

年九珑忽然觉得心里有点不舒服，接过空杯放回去时，似是随意地问：“三哥，我对你好吗？”

“挺好的。”影十三没仔细想年九珑话里的意思，反问道，“我对你不好吗？”

“当然好。”年九珑趴在榻沿上笑了笑。

当晚，影十三趴在自己房里安静养伤，拿着年九珑送给自己的那串红翡珠链一颗一颗摩挲，确实是药珠，贴近了还能嗅到草药的香气。

红翡珠颗颗圆润，打磨得极为光滑，映得手心发着暖暖的红光，绕在影十三白皙的手腕上，和四月的春水霞光一般令人心旌神摇。

年九珑对自己百般照顾，影十三都看在眼里，既是兄友弟恭，也是师慈徒孝，想来是该欣慰的。

他与那孩子形影不离地朝夕相处了六年，知道那孩子与人结交全凭喜好，不在乎彼此身份，因此他也尽力让自己不去忖度九九的出身，不去想两人身份间的鸿沟，只把九九当作一个需要自己保护的小孩，为其提供力所能及的庇护，也小心地享受着这小孩的照顾。

可九九终归是主子，真的会拿他当人看吗？

会一直——拿他当个人看吗？

木门忽然被推开，影十三一惊，顺手把那串红翡珠链藏到了枕下，藏好了才纳闷自己为什么要藏起来，又不是偷来的。

年九珑端着冒白气的砂锅进来了，放到床边的小桌子上。一掀盖儿，浓郁的鸡肉和香菇的气味霎时溢满房间。

“你真行，居然什么都会做。”影十三眯眼赞叹一声，然后爬到榻边拿碗盛汤，专挑菜叶和香菇。

年九珑坐在一边皱皱眉，拿汤勺舀了鸡腿上来，放在三哥碗里：“这肉炖了两个时辰，已经酥烂了。三哥瘦得身上骨头都硌人了，多吃点。”

影十三不服，骨头硌人怎么了？即便再瘦，他也是王府里的一流高手。

他对昨晚发生的事已经没什么印象了，只记得自己很快就睡着了，别的实在没什么印象，应该没做什么出格的事吧？

年九珑不知道他在想什么，也半点没动自己碗里的吃食，专注于给影十三夹菜，把脱了骨的软嫩肉夹给他，连着肥肉的皮、口感不好的鸡胸肉就扔到自己的碗里。

“我放了几片人参，还有几味中药，都是止血化瘀生肌的。”年九珑一边挑着肉里的小骨头，一边细数。

“不用太费神了。”影十三习惯性地嗅了嗅汤碗，才拿汤匙舀了一勺，慢慢喝下去。

汤中尽是炖化的肉香，混着香菇的味道，汤汁略带清苦，是里面放了中药的缘故，但不影响口味。

影十三慢吞吞地吃着，年九珑聚精会神地看着。

年九珑注视着影十三吃饭，确定了他吃自己拿给他的东西前会嗅毒。就算知道那是他的习惯，可年九珑心里还是有点不舒服。

影十三被年九珑看得有点发毛，喝完了汤，把碗往桌上一放，奇怪地看着年九珑，与他对视半晌。

“你老是看我做什么？”影十三刚开口说话，突然打了个嗝。

本来脸上有些冷下来的年九珑绷不住了，突然笑出了声。

影十三顿时脸红，小折扇滑出袖口，展开了挡住脸，却还是不停地打嗝。

“你别笑，嗝……趴着吃，嗝……就是很容易，嗝……这样啊，嗝……”

年九珑笑得不行，盘腿坐上床榻，托腮认真地道：“我吓你一下就好了。”

“你，嗝……倒是快吓啊，嗝……”影十三捂着嘴眯着眼睛，脸颊微红。

不知年九珑用了什么法子，影十三竟真的好了，笑道：“你的法子不错。”

“那我收了啊。”年九珑把桌上的锅碗都收了，端着盘子往门口走。

影十三微微撑起身子，纠结半晌，问道：“你晚上还来吗？”

年九珑心情好了些，应了一声：“来啊。”

入夜，年九珑果真来了，而且还不肯走了。

影十三趴在床榻里侧，眼神复杂地看着这个既赖在这里不走，又奇怪地背对着自己的年九珑。他伸手推了推年九珑，见这人不动，沉默半晌，便忍不住问：“你是不是不高兴？”

年九珑忽然回过身，撑着床榻，垂眼道：“三哥，你现在有没有一点儿相信我了？”

影十三不解：“相信你什么？”

“相信我没有自恃身份，拿你当下人看。”

影十三闻言愣了一下，没想到年九珑会如此在意自己的话。

他不喜欢被人居高临下地看着，即刻翻身坐起来，低头眯眼道：“我一直挺相信你的啊。”

说着，他又忍不住笑了笑，道：“这样在意别人对你的看法，看来你虽然长高了不少，终究还是个小孩呢。”

年九珑歪头问：“我怎么小了，十五岁还小吗？况且你不也差不多？”

“我年长你十一岁，你知道吧？”影十三更加觉得好笑了，他这是在和一个小孩谈论年龄问题吗？

年九珑嘟囔道：“你也可以说自己三岁，反正你这么可爱。”

影十三哭笑不得，这个小鬼一套一套的话是和谁学的。

“三哥，我求你了，答应我吧，让我做你的弟弟。”年九珑目光灼灼，“我会一辈子对你好，永远不做伤你的事。以后不管你是受伤还是无处可去，都有我在。”

“……”影十三舔舔嘴唇，不知如何作答。

不知过了多久，他才微微地点点头。

年九珑见他终于答应了，顿时眯起眼睛，按捺不住心底的愉快。

影十三笑骂一句“出息”，索性直接裹了被，趴在枕上，好像睡着了一般。

其实，他没睡着，只觉自己心如乱麻，紧张、担忧。作为影卫，最怕的就是心有牵挂，又被旁人牵挂，他不知今日与九九结为兄弟，往后是福是祸。

然而不可否认的是，除了心乱如麻，他又有些心安。

多一个关心自己的人，好像也没什么不好的。

寅时，影十三被一阵窸窸窣窣的声音吵醒，悄悄睁眼，看见九九已经穿戴整齐，悄悄拎着鞋出了房间。

“天还没亮……干什么去了……”影十三揉揉眼睛，拎过床头搭着的衣裳披着，悄无声息地跟了上去。

他的潜行步已经练到了出类拔萃的境界，在飞檐上悄声跟随，望着九九独自一人去了王府训练场。

这时，天尚且黑着，繁星满空。年九珑攀着训练场的铁栅门翻了进去，脱了外袍扔到一边的木架上，双手都缠了护腕带，对着面前的一架练武木桩，面无表情地蹲身起式，快速移动攻防，身体撞在木桩上的响声在寂静的训练场里显得格外清晰。

薄薄的一层里衣被汗液浸湿，年九珑停下来喘了口气，把上衣褪了扔到一边的架子上，胸口起伏地靠着木桩休息，捡了块小石子，在那木桩上狠狠刻下两个字——沈袭。

这名字像一记猛药，让年九珑咬牙切齿，他不禁一拳打在那两个字上。

碍于身份，年九珑想刻的名字可不是他。孔雀山庄二公子——他的二哥年存曦，才是那个不可说的敌人。

“我就不信，这世上还有我年九珑做不到的事。”

碧瓦飞檐之上，影十三盘膝坐着，欣慰地望着训练场里挥汗如雨的人。

“九九还是挺用功的。”影十三托腮自语。

繁星夜幕下，一人在训练场里大施拳脚，释放怒意，一人在屋顶坐着静静注视，默默等待。

第四章 蝴蝶梦

有些遥不可及的情谊总是让人患得患失，恐怕一觉醒来如同一场梦，无衣者依然无衣，孤独的仍旧孤独。

物换星移，时光流转。

影十三本以为九九是心血来潮，一时少年意气，没想到他真的日夜苦练，半年下来，在训练场里竟磨烂了十几身衣裳。

年九珑每日寅时便爬起来去训练场，中间跟着三哥轮值，或是奉命出府办事，回来歇息片刻，亥时又去训练场，直到夜半子时才筋疲力尽而归，风雨无阻。

影十三得空时，年九珑就缠着影十三求教。影十三也不藏私，不论是隐蔽还是击杀的技巧，均倾囊相授，把一身功夫毫无保留地教给他。影十三并非出身名门正派，一切都是自己摸爬滚打得出的经验，不过能让九九少走些弯路也是好的。

年九珑根骨极佳，又自幼调息，这年纪正是学得最快的时候，进步飞速。

入了腊月，即便是洵州也有些冷了。这日清晨飘了小雪，在院落里铺了薄薄一层。

年九珑拎着湿了的衣裳回来，隔着庭院月门，看见三哥坐在抄手走廊阶下，左手揣在袖子里夹在腿间取暖，抱腿缩成一团，右手把脚下的薄雪拢到一起，做成一个圆圆的球，球上插两片树叶，竟堆了一只小兔子在脚边。

洵州只下薄雪，堆起来的小兔子只有茶杯大，旁边摆了冒着热气的茶壶。影十三垂着的睫毛上落了雪花，很快化成水，挂在睫毛尖上。

年九珑不在的时候，影十三总是看起来很孤独。他虽温和，脾气也讨喜，王府影卫也大多喜欢他，但是他很少和其他人混在一起。那张笑脸下的心淡漠而疏离。

然而，三哥对他是不一样的。

年九珑的潜行步愈加炉火纯青，直到迈进庭院的月门时，影十三才突然感知到，一惊，伸手把堆好的小兔子藏到了身后，拿衣摆盖了起来。

这些细小的动作全落在了年九珑的眼里，三哥似乎不喜欢被人看到自己有时幼稚可笑的行为。年九珑微微弯了弯唇角，只当没看见，就像三哥从不戳穿他日夜苦练是因为被沈袭刺激了一样。

影十三倒了杯热茶递给年九珑，笑着问："不冷吗？"

"热死了，出了一身汗。"年九珑接过茶杯，吹了吹热气，一口饮下，随后扔了手里的外袍，挨着影十三坐下。

"最近一天比一天冷了。"年九珑拿脚扫了扫脚边的雪，拉过影十三冰凉的手搓了搓，放在手心里暖着。

影十三微微一笑，习惯了他这孩子气的举动，觉得他像只黏人的小动物。

"你高兴什么？"年九珑发觉三哥今天心情不错。

影十三往年九珑那边靠了靠，轻声说："很快要发银炭了，缝殿也要送新棉被来，会很暖和。而且过年会额外发银子，你有什么想要的吗？我可以买给你。"

玉楼春是王爷暗中的产业，这些影卫在玉楼春赢的银子终究还是要还回账上。虽说王爷并没把这当回事，赢也就赢了，但就算如此，也没人敢真赢自己主子的银子。

年九珑知他并不富裕，赶紧摇头："我不缺东西，你自己买点救急的药存着备用，要不就出去吃点好吃的，总在府里吃也该吃腻了。"

"啊，你不要吗？"影十三有点失望地垂下嘴角，"难得有闲钱想给你花呢。"

年九珑一愣，才发觉三哥是在向自己示好，当即在心里抽了迟钝的自己一个巴掌。他直起身子，在三哥的身后摸了摸，把那雪球兔子摸了出来，托到手心。

"那把这个送我呗。"年九珑挑眉笑笑。

影十三轻声咳了咳，假装若无其事地道："它会化的……而且别告诉别人，尤其是影五……"

影五会让王府里上到王爷下到门口洒扫的老侍女都知道他影十三做了只小兔子。

"这么冷，应该不会化吧，就放外边。"

"你弄掉它的眼睛了……"

"啊？我以为那是屁股呢，一个红点。"

两人你一言我一语地聊着，影十三忽然觉得天地寂静，喧嚣隔在千里之外，只有两人是真实的。

不知不觉间，两人的感情变得愈加深厚，相处起来真像亲兄弟那般。每次与九九嬉笑斗嘴，影十三总能感受到如亲人般的温暖。这种感觉他从未有过，让人沉迷。

荒凉一生，能得一徒儿如此，影十三很知足。他不求荣华富贵，也不求安逸悠闲，只要在拼命杀戮过后，能有一人陪着，相互安慰便可。一想到自己有了个相依为命的生死知己，影十三更加开心了。

“你偷吃糖了吗？”年九珑嗅见一点儿麦芽的香气，低头看着三哥。

影十三微微扬起嘴角眯眼笑，靠坐在雕栏下，转头望着远处的樟树。

“去洗澡不？”

“行，你先去收拾衣裳。”影十三把年九珑推进房里，“我在外边等你。”

等到年九珑关了门，影十三快步走出庭院，抬头环视四周。影七正坐在外院的矮墙上，低头看着影十三。

“你都看见了？”影十三紧张地问。

影七淡然地道：“我只是来取百刃带送去修补的，看你们有事，就在外边等了一会儿。”

“不要禀报王爷……”影十三皱着眉小声请求，“不要让王爷知道……不然，我一定会被送回影宫的……”

王爷并不希望手底下的人交往过密。在他眼里，影卫就是影卫，只能将主子视为本命。

“我不会说。”影七跳下矮墙，路过影十三的身边道，“没什么大不了的，别影响工作。”

“好……”影十三松了口气，心里还隐隐有些舒服。

终于，他和影七也没有那么不一样了。

影七进了庭院，轻轻叹气。

小十三出影宫时心理受创极为严重，自闭了很长一段时间才慢慢恢复正常，直到十八岁还偶尔做出些奇怪的举动：半夜躲到墙角里不出来，看着天发呆，悄悄蹲在后院默默地看着婢女养的小鸡、小鸭、小兔子。

直到年九珑出现，影十三才渐渐痊愈。

影十三表面看起来温柔亲人，打斗也强大得可怕，但这人本身很胆小，想得也很多。年九珑身份特殊，却能让影十三卸下心中戒备，将他视为亲人。一旦年九珑出了什么意外，可能会直接毁掉王爷费尽心思培养的一个影卫。

希望那个小鬼不要惹事，免得王爷分神。影七一路想着，回了自己房间。

年九珑提着澡筐出来，朝站在月门下的影十三吹了声口哨："东西帮你带着啦，快去洗澡。"

影十三回过神，弯着眼睛笑了笑。

王府西边有个专门给影卫开辟出的水殿，每逢单日午后都会烧水供影卫洗浴。殿内有大大小小的水池，水池间隔着竹帘，室内水汽氤氲蒸腾，从寒冷的室外进来，温暖如春。

温热的池水暖得骨头都是舒服的，影十三泡在池水里，靠着池壁坐着，闭眼休息，散开的长发泡在水里。

年九珑盘腿坐在旁边，将头没入水里，吐出一串泡泡。

"三哥，你看。"年九珑晃醒三哥，指着水里。

"无聊……"影十三瞥了一眼，打了个哈欠，翻身懒洋洋地趴在池沿上。

年九珑仍不罢休，整个人弯成虾米栽进水里，装起了浮尸。

影十三看笑了，拍了拍水里的九九："别玩了，小心呛着。"

年九珑立刻扑腾起来，乖乖往池沿上一趴。

洗着洗着，影十三忽然兴起，掀起一片水花泼到年九珑的脸上。

年九珑被泼了一脸水，顿时把影十三按到池边，压得影十三动弹不得，并带着他渐渐往水里滑。水快没到了嘴边，影十三赶紧求饶："别，别闹了，我可不想喝洗澡水。"

年九珑不依不饶，低声道："叫声哥哥听听。"

"哥你个头……"影十三真是被年九珑的厚脸皮所折服，"你自个儿算算辈分。"

"三，二……"年九珑扬着一边嘴，把影十三往水里按，"不叫就推你下去了啊。"

影十三眼睛一闭，誓死不妥协，一脸英勇就义的模样。

水没到他下唇的时候，年九珑果然没下得去手，天真无邪地笑道："你不叫我叫，哥哥、哥哥……"

影十三今日当班，在王府大堂的屋顶上等待王爷召用，便靠在飞檐的青铜螭吻下，静静坐着。天上飘着稀疏的雪花，白雪把铜雕和影十三都盖上了薄薄的一层。

当班时要随时等待召用，穿得太厚会影响灵活度，因此他只穿着一层单薄锦衣。不过墨云锦衣水火不侵，御风保暖，不会让鬼卫把身体冻坏了。

"再有两个时辰就能回去了。"影十三心想。

他搓了搓冻僵的手，在手心哈了几口热气。他从前当班时总是浑浑噩噩的，现在却总盼着时间快些过去，好尽早回房，因为有个人一定在等他回去。

耳边突然传来轻叩桌面的响声，影十三一怔，抖掉身上的雪花，翻下飞檐，顺着房梁进了书房，眨眼间便落在王爷的面前，单膝跪地，颔首听命。

齐王身边站了一个男人，书生打扮，穿着一袭青白长衫，束发持扇，面如冠玉，皮肤苍白，身体瘦弱，只是看着就觉他学识渊博，是个有城府的。

齐王悠然地坐在雕花椅中，对那书生道："先生此程必然险阻重重，本王派四位心腹保护先生，望先生保全自身，早日归来。"

"王爷客气。听闻十三鬼卫均是贴身护卫王爷的。王爷一下子派给小生四位，王爷的安全如何保证？"

"无妨，先生若能替本王把事做成，王府平安，本王也就平安了。"

那书生恭敬一拜："既然如此，小生在此谢过王爷，此去临州必不辱使命。"

影十三一动不动地跪地听着，王爷突然对他道："影十三，今晚你与影四、影五和九九一同护送先生前往临州，不可有差池。"

"是。"影十三恭敬地答应。

"小生告退。"池音先生躬身退出了书房，书房里只剩影十三和齐王二人。

"王爷还有何吩咐？"影十三平静地道。他有点紧张，担心王爷是不是看出了这段时间他与九九走得太近。

齐王抽出桌上一个卷轴，展开了扔到影十三的面前，是一个中年男人的画像。

"太华公主的驸马，马左元。别让他出了京城还能喘气。"齐王冷冷地道。

目光在那画像上停留片刻，影十三收了卷轴，恭敬地交还给齐王，应声道："遵命。"

"去吧。"齐王摆摆手叫人退下。

影十三颔首道："属下告退。"随后，他化作一道黑影，消失在原地，顺着房梁出了书房。

齐王伏在案上疲惫地揉了揉眉心，影七从屏风后走出来，伸手帮他揉了揉太阳穴。用惯了剑的手满是硬茧，不知背地里练了多久，他才能力道适中地做出这按揉的动作。

"小十三最近如何了，不会再做出那些孩子气的举动了吧？"齐王随口问道。

“已经痊愈，没有复发的迹象。”影七淡淡地回答。

“他最近胖了些。”

“嗯。”

“九九如何？”

“挺好的。”

影七又问：“王爷为何不派属下去解决马左元？小十三是属下亲自教导出来的，轻功绝佳，应在属下之上，更擅长刺探、送信之类的任务，而刺杀任务还是属下与影八去做更合适些。”

听见影七平静悦耳的声音，齐王顿时感觉心情明朗了些，耐心地道：“小十三在京城暴露过身份，就索性让他在明处做事，一旦出了意外，还有影八能够接应。”

“马左元……”提到这个名字，齐王攥紧了手中的画像卷轴，尽量平静地道，“皇宫禁卫竟然对我王府十三鬼卫的弱点知道得一清二楚……好个马左元，借着本王的力当了驸马，反倒成了个双面细作，见二皇子势大便倒戈向着他们。墙头草着实留不得。”

“卫国公也蠢蠢欲动，王爷这么久都不处置世子，就不担心世子今后联合母家作乱吗？”

“世子……还有些用处，先留他一条命。”王爷慢慢地道，“我与先帝本为堂兄弟，情同手足。我曾向皇兄承诺，尽我所能扶太子上位。今日新帝却视我为眼中钉、肉中刺，我也再顾不得那手足情义了。”

“王爷不必有负担，世事无常。您为新帝殚精竭虑，我们都看在眼里。”影七淡淡地道，“王爷是不想折损任何一个鬼卫吧？”

“当然。”齐王若有所思，“只是为了大局，本王还是会牺牲一些东西。成大事者不拘小节，尽管遗憾，也无可厚非。”

“只是我真的不想让你冒险。”似乎想到了什么，齐王又温和地补上一句。

“属下愿为王爷肝脑涂地。”影七说得斩钉截铁。

齐王安慰地拍了拍抚在自己太阳穴上的那只手，触及那手上的狰狞剑伤。

“别紧张。”他闭了眼，叹气道，“本王乏了。放心，本王会庇护你们，齐王府将永世屹立不倒。”

影七怔了怔，随后嘴角扬起一丝弧度。

“您是个好主人，王爷。”影七道。

夜色已深，影十三回寝房收拾东西。他穿上墨云锦衣，脖颈围上墨锦长巾，长巾竖起来可遮面，喉咙处有一段护颈铁片，紧紧护住咽喉要害。他又在腰间佩上百刃带，摸了一圈暗刀、暗箭、匕首，抽出小折扇看了一眼扇骨中装的毒针，把小折扇在掌心转了一圈又滑回袖里。

年九珑也同样快速整理，又反复试了几次右手护手的钢爪机括，确定弹出时毫无阻碍，才缠上了护腕和左手的指骨护骨。

“护送的是谁？”年九珑一边戴百刃带一边问。

“那人叫池音，王爷言语里对他满是客气，想必是请出山的谋士。小皇帝贪得无厌，频频对王府出手，王爷怎会善罢甘休？这是要反击了。”

“池音……”年九珑觉得这名字很熟悉，母亲似乎时而提起此人，便在脑海里搜寻与这人有关的只言片语……

他们出了庭院，影四、影五也已穿戴妥当，四人相互对视一眼，不约而同化为黑影登上飞檐，飞快朝着王府西侧门奔去。

西门外静静停着一辆骈驾马车，影四、影五骑马护在马车左右两侧，影十三和年九珑坐在车辆旁，一人持一马鞭，驱车而行。

马车很快消失在夜色中。马车驶进晚暮林时，影四低声道：“此中易有埋伏，多加警惕。”

影五搓搓戴着钩指指套的手，哈了几口热气，嘀咕道：“这么冷的天还来刺杀，真是比我们还敬业。”

年九珑侧过脸看了看影十三，见他一手赶着马车，一只手捂着膝盖。

“我给你做的护膝，你没戴吗？”年九珑不动声色地伸手揽过影十三的肩头，拿自己还有点热气的手抚在他的膝头。

“戴着呢，可惜这是老毛病，没办法。”影十三无奈笑笑，“你也多注意，以后才不会像我这样一身都是病。”

“回去好好养养，之后的轮值我都替你。”年九珑皱眉道。

影十三微微一笑，没说什么，只是突然觉着天也没那么冷了。

年九珑有些担忧他的身体。影十三年轻时没人照顾，也不会照顾自己，把身子弄得伤痕累累，再加上在那影宫里不知受了什么样的对待，到了现在，身体已经吃不消了。

半程时换了驾车的人，影五跳上车辆，坐到影十三的旁边。年九珑顺势换到影五的马上，靠在马车左侧，与影四一左一右护卫。

影五往手里吹着气，用力搓了搓手脸，才缓过来刚才冻僵的劲，感觉嘴没那么麻了，开始小声絮叨。

“小十三，你知道里面坐的是谁吗？”影五神秘兮兮地靠近影十三的耳边，悄声道，“是天绝山明镜堂的池音道人啊！王爷怎么请得动他呢？那可是个不问世事、看破红尘的大师啊。明明已经花甲之年，却是青年容貌，神不神？我猜那就是老神仙下凡。”

“他居然六十多岁了？”影十三诧异地眨眨眼。

“可不？不过这大师多年前被迫散功，现在手无缚鸡之力，只剩一身才华了。”

影五絮叨着，往影四那边看了一眼，见影四摘了手套，正在低头拧紧马鞍上松动的铁钉，露出了右手上或深或浅的伤痕。

“唉。”影五回过头，愁眉苦脸地叹了口气。

影十三只好笑笑安慰：“谁还没有伤痕？别太在意。”

“不在意不行啊……我哥都是为我伤的。”影五沮丧地两手托着脸，“都是我害的，我对不起我哥。他就不该来这儿，若没有我，他肯定不会进影宫的。他这一辈子都被我毁了。”

“怎么会？”影十三嘴角微扬，仰头望着夜空的飞雪，“可能不经历些什么，你们的感情也不会这么好呢。而且四哥也没有怪过你。”

“就是因为他不怪我……我才内疚。而且他真不怪我吗？换作是我，一定把对方踩扁了扔到茅坑。”影五用力揉了揉脸，又叹了口气，整个人沮丧到了极点。

影四修好了马鞍，往影五这边看，看见平时爱唠叨的影五正沮丧地靠着车篷，便面无表情地策马靠近，解下披风扣到了影五的头上，再一言不发地退回到马车右侧。

影五抱着还有余温的衣裳呆了片刻，然后裹紧了衣裳，用力吸了吸鼻涕。

“多珍惜。”影十三托腮望天，眼神平静。

有些遥不可及的情谊总是让人患得患失，恐怕一觉醒来如同一场梦，无衣者依然无衣，孤独的仍旧孤独。

黎明时，马车出了晚暮林。奔波一夜，若是常人此时肯定撑不住了，可这四人仍旧集中精神赶路。黎明时人易困倦，有经验的刺客往往会选择在此时进攻。

影十三仔细聆听周围动静，并未发觉异样。影四平静如常，他向来敏锐且靠得住的。影五无聊地侧靠在车篷上，嘴里叼着根干草，摆弄着手上戴的钩指，挠车辀的木梁玩，挠掉一层又一层。

晌午时，一行人绕过榛子镇。午后雪停了，阳光晒着让人有些困倦，距临州不过一步之遥，再过一夜便能进临州城。

几人一天一夜滴水未进，可精神尚好，池音先生也从未提出过要休息，只在马车里打坐入定，静如止水。

入夜时，他们进了榛子镇外的榛树林，空中忽然飘起鹅毛大雪，比在洵州时要大得多，也更寒冷。飘雪裹挟寒风割着皮肤，浑身血液仿佛要凝固起来。四人屏气调息，将内息运转周身，以免真的凝成冰人。

“三哥，还好吗？”年九珑坐在车篷前，转头问策马护在左侧的影十三，“换我吧。”

“没关系，你累了一整天，趁现在歇歇。”影十三扯着冻僵的脸笑了笑。

影四坐在车篷边闭目休息，影五在右侧策马护卫，时不时张望林中动静，疲劳太久，又饥寒交迫，耳朵和眼睛都没有一开始那么灵了，脑子也有点麻木。

天亮就能望见临州城了。影五盼着到临州城里赶快找个地方睡一会儿，喝点水，吃点热饭。热饭没有冷饭也行。

年九珑望着漫天飞雪自语道：“什么时辰了？”

“寅时。”影四闭目开口道。

四周寂静，只有漫天飞雪。

“哎！这是啥？”

影五惊恐的喊叫打破了雪夜宁静，其余三人顿时高度警惕，目光如刃望向影五。

影五飞快地从百刃带里抽出鹿皮手套戴上，影四扫视影五全身，发现他手背上起了一个通红的水泡。

其余三人顿时会意，也戴上手套，把脖颈的长巾抻起来挡住面颊。

影十三掀开车帘，对池音先生恭敬地道：“先生，附近有刺客，您在马车里不要出来，我们会护您安全进城。”

池音先生颔首，轻声答道：“阁下随意。”

年九珑皱眉失神地望着自己的手背，刚刚被雪花触碰过的地方，已经肿起了一个血红的水泡。

“是他……”年九珑明白了，用长巾把自己的面颊裹得严实，只露出一双眼睛。

孔雀山庄恶人榜第五位，毒林飘雪——白羽。

四人同时武器出鞘，年九珑驾车往榛树林外飞速奔去，影四攀上车顶蹲着等待，影五和影十三仍旧分散在马车两侧，竖起耳朵仔细聆听周围动静。

半盏茶的时间过去了，林中依然寂静。年九珑低声道："风里有毒，雪里也有毒，尽量闭气，出了雪地再呼吸。"

影十三闻言，毫不犹豫地屏息闭气，影四却冷冷地看了年九珑一眼。年九珑毫不害怕地与他对视，挑眉道："想死也行啊。"

影五不用影四提醒，一听是白羽便自行闭了气。

风向突变。西北来向的寒风突然化成迎面直来的北风，霎时飞雪化刃，如同无数锐利暗刀，朝这边飞射而来。四人同时翻身跃起，在半空中躲过飞来的雪刃，勒马停车，飞雪刀刚插在车壁之上，顿时又化成雪，纷纷扬扬散在空中，车壁上只留下数道极深的沟壑。

榛树林里堆满了积雪，雪被突然隆起，无数白衣刺客破雪而出，从四面八方朝着马车冲过来，足有百人。

影四朝周围三人摆手：分散护卫，不可缠斗。

刺客此次极有目的性，进攻路线刁钻，竟直接绕过其他人，合力围攻影五。

"不劫马车，劫我？"影五也蒙了，眨眼便已经被众人包围了。他咬牙俯身，双手十指呈波浪律动，锐利钩指间空气颤抖，落在双手间的飞雪霎时化成白气消失。

"让我以一挑百，太混账了吧！谁派你们来的，你们主子谁啊？简直是疯狗！你们是给疯狗办事的？混蛋！有病！丧心病狂，丧尽天良！"影五一边骂一边翻身飞踢。

外围的刺客拼命牵制影十三和年九珑，阻拦他们去救援影五。影四也被几个刺客围住，拖到了更远处，他的长鞭无论怎么甩开也够不到影五。

影十三胸口起伏，极力让自己冷静下来思考，怔怔地望着在包围中心厮杀的影五。

为什么是他？为什么会选择围攻影五？若皇帝想要除掉王爷身边的鬼卫，选择逐个击溃并不稀奇，但想要做到伤亡最小，必然是选择一人落单时解决。在这种局面下，围攻不擅近战的影四，或是偏向控制的自己才更合理。可他们偏偏选择了近战能力最强的影五作目标，影五的近战格斗单项评定在影宫鬼卫里可是排第一的啊。

年九珑也看出了端倪，靠近影十三低声道："怎么会这样？"

影十三倒吸了口凉气，无可奈何地道："没猜错的话，这是……离间。"

太华公主的驸马马左元曾是王爷的心腹，在王府中为王爷卖命多年，对府中影卫的弱点也悉数知晓，如今倒戈泄露密报，想必宫里人已经完全明白情况。影四才是十三鬼卫的中心，在外所有行动由他调遣，没有影四，十三鬼卫就无法合作。影四作为核心，会受到所有人的保护，而想要摧毁影四的捷径只有一个——杀了影五。

这时，影四朝两人瞥过来，通红的眼睛狠狠瞪了一眼影十三和年九珑。

影五脸颊上沾着冻成冰碴的血迹，周身已经倒下数十名白衣刺客，墨云锦衣的银丝牡丹绣纹已被染得通红。两天一夜的奔波已让他极度疲惫，近百名刺客的围攻任谁也招架不住。

影五突然跪倒在地，后腰被刺中，口中已满是血。

“哥……我不行了……不行了……不行了……”影五疲惫地望了一眼远处的影四，筋疲力尽地倒在地上。

影四见影五受伤，顿时额上青筋暴起，从百刃带上抽出两把暗刀，擦着长鞭咔嚓一声划下去。

刀刃摩擦突然爆出火星，溅落在被油脂火药浸泡过许久的长鞭之上，瞬间引燃了整条鞭子，火鞭一甩，火星四处溅落。

影四径直闯了过去，不管对方亮出刀刃还是暗箭，都挡不住他的步伐，熊熊燃烧的火鞭把挡路之人甩出数丈之外。他不管不顾地冲到影五的身边，把人往肩上一扛，扔下火鞭，脚尖点地飞快冲出包围，踏上马车，用力一抽马鞭，回头对影十三和年九珑道：“跟上。”

影十三和年九珑只得听命，尽力脱身，攀上急速飞驰的马车车壁，大口大口地喘着气。

榛树林尽头挡了一白衣人，年九珑眯眼看向那人，咬了咬嘴唇。影十三拍了拍车顶：“你们先走。”

影四一扯马缰，马车急速转弯，影十三和年九珑落在雪地之中，凝视对方。

白羽眯着眼睛揣着袖子，一脸懒洋洋的表情，朝两人慢慢走过来，路过小石堆时还被绊了一下，停下来提了提鞋，继续慢悠悠地走过来。

他一身白衣，一头白发，二十来岁的年纪，眼睛眯成一条线，走到两人面前十丈处，挠了挠头，慢悠悠地问：“奇怪了，你们倒是没中我的雪毒。”

“哦……是闭气了。”白羽眯眼打量年九珑，“怎么会懂得闭气呢？莫非你们这里有人之前就晓得我白羽啦？还是说，这里有孔雀山庄的同僚啊？嗯？”

影十三微微侧目看向年九珑，年九珑神色自若地迎上他的视线，转头问白羽："您大名鼎鼎，恶人榜排行第五的高手怎能妄自菲薄？不知您来此有何贵干？我们不过护送主子出行，没理由惹您不快了吧？"

"我是……"白羽挠挠头，从怀里抽出本用草纸钉的书册，翻了翻，这才想起自己来这里是做什么的，于是收了册子缓缓道，"哦……你们哪位是影十三？我兄弟要我来杀掉他。"

影十三莫名其妙地看了看年九珑，年九珑悄声对影十三道："这人的脑子在练功时练坏了，真的。"

"别缠斗，送先生进城才是重中之重。"影十三手中小折扇一展，猛地自下而上一掀，强劲内力裹挟着一阵强风掀起了脚下的雪。漫天飞雪混着扬起的雪沙遮天蔽月，扇骨里的毒针穿透雪花四散开来。影十三趁机扯着年九珑跳上了榛树，越过无数带刺的枝干，消失在树林深处。

雪花扑面消逝，白羽静静地揣手站着，眯着眼睛，见数百毒针袭来，也不急，只轻吹了口气，身后飞雪顿时转了风向，锋利的雪花迎着影十三抛来的针雨打过去。无数毒针与无数雪花相撞，一片雪白，毒针落地。白羽安然无恙，慢慢走出飘洒的白雪中。

白羽慢悠悠地自语："咦，旁边那个遮着脸的好像九公子哦……嗯，九公子那时才九岁吧，现在应该就是这么高……"

他正叨咕着，脑门突然被一块小石头砸到，顿时鼓了个大包。

"……"半晌，白羽才揉揉脑门，"哎哟"了一声。

皑皑白雪外，一红衣人从树枝间跳跃飞来，落在了白羽的边上。

花犯叼着根小树枝，抱臂靠在白羽身边的榛树上，怒道："人呢？！"

白羽眯眼一笑："不晓得呀。"

"我不是叫你拦着他？！"花犯使劲翻了个白眼，"啊！你气死我了，公子怎么能派你做我的帮手，这任务不是更难了吗？！"

白羽眯眼奇怪道："九公子很久没回庄了，去哪儿了呀？"

"我哪知道？"花犯没好气地答道，又提起正事，"七公子已经和二公子翻脸了，若拿不下这支紫签，我们都得玩完。"

白羽蹲在地上拿指尖画了几个圈，喃喃道："不要怕……只要九公子回来，二公子就不会针对我们了呢。"

"哼。"花犯轻蔑地哼道，"九公子在外边躲得逍遥快活，吓得不敢回来才是真的。"

“不是这样的，”白羽眯眼笑道，“把九公子带回来就好了……”

“别转移话题！我叫你拦影十三，你干什么吃的？那王八羔子给我手背戳了好几个窟窿。”花犯恨恨地看着自己的手，那上面有被几枚毒针留下的疤痕。

“他们有两个人呢，我不敢呀。”白羽嘻嘻一笑，“连你都吃了他的亏呢。”

“这是雪地，你的主场。”

“你这么说也有道理。”白羽从怀里掏出个小茶杯，舀了一杯雪，轻轻一吹，雪化成水，再沸腾出热气。他将水递给花犯，眯眼笑笑，“那就多喝点热水吧。”

“……”花犯嘴角狠狠抽了一下。

“年轻人，不要太好斗了晓得吗？有的是法子让他们自己分崩离析……”白羽揣着手慢悠悠地走了，还喃喃自语，“怎么才可以顺理成章地带回九公子呢？让我想想。”

花犯无可奈何地往树上一靠。

“有病。”

马车已经出了榛树林，影四驾车朝着临州城急速奔去。他身上脱得只剩下一层单薄锦衣，披风和外袍则被他用来裹着嘴唇泛白、虚弱得半句话也说不出的影五。他把人揽在自己的身边，目不转睛地驾车。

黎明已至，马车终于驶进了临州城。池音先生进了一家药铺，奉上齐王的信物，药铺老板严肃地接应池音先生进房。影四这才松下那根紧绷的弦，背起虚弱的影五，跑进了最近的客栈。

进了客房，影四把房门和木窗全部锁死，挂上两层床帘保暖，把影五轻轻放在床榻上，一层一层给他褪下衣裳。黑衣不显血色，褪干净了他才发现，影五身上尽是或深或浅的刀口，血迹已经干涸，后腰里还钉着半截刀刃。

影四犹豫地扶住那半截刀刃，眉头紧皱，不知是拔还是不拔。拔了若不能即刻止血，无疑是在催命；若不拔，也是必死无疑。

影五暖和了些，缩了缩身子，打了个寒战，嘴唇颤抖。

影四低头贴近了，影五缓缓地说：“哥……我活不成了……你带我的影牌回府，就说影五为王爷效命尽力了，发抚恤赏银就留给哥用，最好能一命换一命，让你出府，别再当影卫……”

“不会的。”影四安抚地按了按他的肩头，手指按在那半截刀刃上，下定决心般用力握住。

“别！别拔！太疼了……”影五断断续续哀求，“求你别拔……我不行……”

影四揉了揉他的头，淡淡道：“没什么大不了的，你若真疼死了，我就去陪你。”

“哥……哥！不行……啊！！！”影五惨叫一声，疼得差点晕过去。

影四飞快地扯下从药铺取来的药布，紧紧勒住伤口两侧止血。影五被折腾得只剩半条命，疲惫地半闭眼睛，趴在床头。

影四默默注视着影五后腰的那道刀伤，半个时辰后，发现影五伤口的药布没有再被血浸透，才站起身来，浑身骨骼因为许久不动发出了响声，手心冰凉，两腿僵硬却微微发颤。

“哥……”影五微弱地轻唤，“过来……”

影四拿起桌上茶壶倒了杯水，嗅了嗅气息，半跪在床前的地上，扶着影五的头给他喂水。

影五喝了几口，猛咳出一口喉头淤血，无力地把脸靠在影四的手上。

影四平静道：“再喝一点儿。”

“不喝了。”影五抹了抹眼睛，别过头，低声抱怨，“你为什么一点儿表情都没有……你不担心我吗？”

“我算过你们每个人承受能力的极限，这种程度的伤在安全范围里。”影四的语调一如既往的平静，“身体承受能力最强的是影七，不刺要害，至少能承受六刀以上。”

“你说的都对。”影五堵住耳朵，沮丧地趴在枕上，叹了口气，“哥，如果没有我，你不会干这行的。”

“生而有命，我不知道。”影四静静地坐在床下，摘下手套，一手抹掉影五额上的冷汗，“我从没将你视为累赘。”

影五看见影四那布满烧伤疤痕、缺了一截小指的手时，忽然鼻子一酸，把头埋进胳膊里叹气。

“祁煊。”影四皱眉叫出了影五的本名，“我没怪你。”

“总要你护着我……那感觉真是太讨厌了……”影五挣扎着爬了两步，张开两手挂在影四的脖颈上，在影四耳边嘀咕，“哥，你快点退休，变老一点儿，变没用一点儿。”

“好。”影四轻拍他的后背，忽然看见影五的手背上有一个黄豆大小的通红水泡。

此时，门外传来轻微的叩击声，四短四长，影四过去开了门闩，便见影十三和年九珑立在门前。

“甩掉那些刺客费了些功夫。”影十三捻着小折扇问，“五哥怎么样？”

影四没答话，突然伸手抓住年九珑的手腕，拉到面前，扯掉他手上的鹿皮手套。

年九珑别开视线，不与影四灼人的目光对视，手腕被死死扣住，抽也抽不回来，手背上那个水泡已经消退，只留下一块细小的痕迹。

“进来。”影四眼神微冷，把两人扔进了居室之中，关严了门，扣上门闩锁死，然后从百刃带上抽出一条新鞭子，提着走到两人的面前，冷冷地看着年九珑，问，“你们同时中了白羽的雪毒。为什么你的消了，他的还没？”

年九珑扯了扯嘴角，抱臂道：“每个人体质不同，况且雪毒并非剧毒，又不会出人命，服些解毒丹就行了。”

“为什么你会知道避毒法？”影四又问。

“知道就是知道，难道要我看着你们中毒而死？”年九珑不愿过多纠缠，推开影四，坐到桌旁倒了杯水喝。

影十三怕影四因为影五的事受了刺激，轻声提醒：“四哥，九九是王爷的人。”言下之意，王爷不希望他们去探查九九的身份。

影四却突然怒了，手中长鞭啪的一声狠狠抽到影十三的背上。影十三受了一鞭，站立不稳，单膝跪到了地上。

年九珑瞪大眼睛，差点喷了口中的水，站起来一把夺过影四手中的长鞭，狠狠地往地上一扔：“你疯了？乱咬人？！”

“这么多年都是你在与临州眼线交接密信和通牒。怎么这么巧，他们就知道我们最隐秘的那条路，还专门围攻影五？你不觉得很可笑吗？”影四俯身抓住影十三的下巴，眼神幽暗，“给我个解释。”

影十三深吸了口气，跪正了身子，凝视着影四的眼睛，一字一句咬牙道：“生于影宫，忠于主上，此身不死，此誓不灭。”

影四冷冷地看着影十三平静地说出这几个字。每个影卫出影宫时，都把这几个字深深烙在了心里，影卫没了忠诚就不配为影卫。

其实他知道的，只是现下非要这么做不可。

“我若反水，你们会比现在更惨。”影十三反手摸摸背上的鞭痕，扬起嘴角温和地笑道，“四哥还是先冷静冷静吧。”

王爷的暗杀令只给了影十三过目，最多再加上个年九珑知道此事，而影十三不可能向其他人泄露。

年九珑把影四往旁边一推，蹲下身揽过影十三，仰头瞪着影四恨恨地道："敌人未明，先起内讧，你弟弟的命是命，我三哥的命就不是命了？"

"这没你插话的份。"影四漠然地看着年九珑，"十三鬼卫归我统领，别逼我用刑审问。"

"你敢？！"年九珑把影十三拢到身后，站起身与影四对峙。

"都别吵了……"影五艰难地伸手扒开床帘，说完自己还惊讶了一下，他这辈子居然还有让别人别吵了的时候。

"哥……我也觉得你……还是先冷静冷静吧。"影五一张脸煞白，半靠在床头，说完还喘了一会儿。

"就是，自己乱了分寸还不反省，鬼卫被你统领，迟早要完。"年九珑冷哼一声，揽着三哥推门出了客房。

影四默默地坐在桌前扶额待了一会儿。

影五已经筋疲力尽了，加上之前敷的镇痛和止血的药粉有安眠的作用，实在撑不住，睡了过去。在外出任务时难得有床，他顾不上腹中饥饿便睡熟了。

"祁煊。"影四叫了一声，没听见应声，走到床前坐下，把影五从冷硬的床头扶起来。

影五被这动作弄醒，微微张开眼睛看了看，见是影四，便放了心，靠在他身上睡着了。

在影宫里也是如此，影五经常毫无防备地睡着，周围危险全由影四警惕着，因此影五的警惕性极差，感官也没被磨炼得足够敏锐。影四时常后悔，是不是自己对他的溺爱害了他。这是作为兄长的失职吧。

"我可以一辈子守护你，让你依赖，看着你高兴难过，可我真的怕哪一天你不在了。"影四闭上眼睛，胸口上下起伏，轻抚怀里人的脊背，心疼着这世上他唯一的亲人。只有在这种时候，他才会卸下一身冷漠，忘记护卫主人的职责，只心疼自己的弟弟。

影五动了动身子，侧过身睡着，感觉到哥哥就在自己的身边，睡得更安心了，喃喃地道："我没有跟你撒娇……别嫌我烦……"

影四心里一颤，扫开影五额前的发丝，低头抵了抵他的额头，探探他的体温。

影十三找了一个避风的小墙角坐下，裹紧了衣裳、披风。年九珑皱眉问：“为什么不住客栈啊？”

“客栈人多眼杂，我们不宜多露面。影五伤得太重，迫不得已才避风疗伤。”影十三抱着腿蜷成一团，缩在风雪吹不到的角落才觉得稍微暖和一点儿。

年九珑本想去找点吃的，看三哥有点忧郁，便挨着他坐下，把衣裳给他裹紧，抱怨道：“什么玩意？自己弟弟伤着了拿别人出什么气？谁还没个兄弟？”

影十三垂下的嘴角又扬了起来，耸耸肩道：“我早与你说过，四哥平时少言，其实很暴躁。”

年九珑仰头靠着冰冷的墙壁，一手搭着影十三的肩。影十三也顺势伸过手来，搭在年九珑的肩上。

年九珑托腮道：“不是所有血亲都这么温馨的，若是虚情假意、两面三刀的亲人，我宁可不要。”

“你……在你家里，兄弟不和睦吗？”影十三轻声问。

“那真是太不和睦了。”年九珑勉强扯了扯嘴角。

孔雀山庄争夺庄主之位惨烈，龙生九子，手足相残，没本事的就只有摘去雀羽冠，自废经脉，或是被逐出家门。

“所以啊，我最亲的人就只有我娘亲和三哥了。”年九珑歪头笑道，“想了想，若是三哥受伤，我大概也会像影四那样失控，毕竟三哥是我在王府唯一想亲近的人。”

“我怕王爷也怀疑我。”提到王府，影十三垂下眼角，叹气，“王爷派我来行刺马左元，大概就是因为我曾在密探面前暴露过一次，所以想物尽其用。若出了意外，也免得再浪费一位没暴露过身份的影卫。”

“你想多了。”年九珑知道三哥总是想得很多，攥了攥他的手道，“要是王爷真怀疑你，我就带你走，带你回家，保证他找不着你。”

“你家就算住在地洞里，王爷也能找到。”影十三低头反驳，心里却暖暖的，还偷偷想象了一下和九九一起生活的场景。不用出生入死，每天躺在藤椅上晒晒太阳，晚上说一会儿悄悄话再睡，早上也不用起早当班。光是想想，影十三都觉得开心，他忘了刚刚的不悦，温柔地道：“现在这样已经很好了。”

年九珑偏头看了一眼影十三背上的鞭痕，问道：“疼吧？你怎么不还手呢？明明是他不占理。”

“四哥是前辈，小时候我们都受他管教，忤逆他的下场就是一顿鞭子，抽得人爬不起来。”影十三笑笑，“我也很胆小啊，现在还是怕他，刚刚那么顶嘴，还有点担心会不会又挨他打。”

年九珑无奈地道：“你就是太温柔了。”

“啊，我还觉得我挺好的呢。”影十三皱眉反省了一下，随后错开了话题。

年九珑半跪起来，一手撑着三哥身后的墙壁，一手抬着他的下颏，仔细检查他脸上有没有伤。

影十三偏过头，拿掌心冰了冰自己的脸：“去吃点东西再歇歇，入夜要干活的。”

“好好好。”年九珑起身走开。

影十三坐直身子，脚下刚好有片凝固的冰。他低头照了照冰面上的影子，指尖摸着自己左眼，扬起嘴角道：“嗯……还好吧。”

入夜，雪已覆盖满城飞檐。太华公主府坐落于临州城东的神越门附近，朱门前有两个侍卫佩刀伫立，围墙两侧都有提着灯笼巡视的守卫。公主府戒备森严，想要潜入，正门反而更容易突破。

年九珑盘腿坐在对面的屋檐上，掰开手里还冒着热气的豆沙包，吹了吹，递给三哥一半，另一半塞进自己嘴里，吃得欢快。吃完后刚拿出水袋仰头要灌，却被三哥制止。

影十三拿过年九珑手里的水袋扔到一边，嘱咐道：“做暗杀任务不能喝水。手心出汗会拿不住刀，身上出汗则会有白气，难免留下痕迹。”

“我渴……”年九珑皱眉道。

“这样——”影十三说着就从身边的雪上扫开了一层，捧起一小捧干净的雪，舔进嘴里，雪化成水润喉。

“一点点地吃，吃多了就和喝水是一样的了。”

“嗯。”年九珑捧起雪舔了两小口，抹抹嘴问，“我听说太华公主是先帝的小女儿，年纪尚小。”

“嗯……这么小就成了长公主。自幼丧父，母亲殉葬，被皇帝强行许配给马左元，不知道马左元与她如何相处。”

“皇族贵女哪是那么好当的？不过马左元也太恶心了！呸，皇帝也不是什么好东西。”年九珑啐了一口，紧了紧腕上护手，用力一握，护手沟壑中弹出三寸长刃，寒光闪现。

影十三拧紧扇骨的铁钉，拍掉身上沾着的雪和草叶，轻声道：“走。”

两人顺着高墙滑到地上，悄无声息地攀上了公主府的门梁，然后对视一眼，双腿钩在琉璃瓦的瓦缝之中，从腰间百刃带上抽出匕首，同时一仰身子，从飞檐上倒挂下去，一人抓住一个守卫的下颌，捂住其口鼻，匕首急速划过守卫咽喉。两个守卫瞬间毙命，尸身被拖上了房檐，然后拿雪盖住。

影十三和年九珑双手攀着檐角，轻盈地荡进了朱门之中，顺着一排库房和院墙，飞快摸进了公主府的朗月阁。

朗月阁是公主寝居之处，天色不早了，影十三不确定马左元是否会留宿。公主年岁尚小，若真同房而寝，着实禽兽。

两人在朗月阁前的空院阶边蹲下，藏在石灯的阴影里，望着空旷的庭院。朗月阁的石阶前坐着一个身穿华服的女孩，年纪尚幼，却束着夫人的发髻，冰天雪地里静悄悄地坐在石阶上，手里捧着一捧雪玩。

年九珑望了望那女孩，小声道："这是太华公主吗？大冷天坐外边也没人管，够可怜的。"

"在玩雪……"影十三托腮静静看着，"马左元应该不在这儿……不对。"

影十三愣了愣，只见太华公主把手里的雪捧到脸前，用鼻子猛吸了一下，然后浑身发抖，露出了极其怪异的笑容，在周围灯影照映下显得十分骇人。

"去看看。"年九珑率先顺着高出地面的石栏弓身摸过去。

影十三本不想多管闲事，可见九九往那边去了，也只好跟了过去。

太华公主似乎精神不太好，脸色憔悴，眼神呆滞，正捧着手里的雪发呆。

年九珑嗅了嗅空气，问："三哥，你有没有闻到一股香味？"

影十三点头，皱眉低声道："雪兰香。"

原来，太华公主手里捧的并非雪，而是一捧白色粉末。这时，公主又将鼻尖贴近手中的粉末，用力一吸，然后浑身猛抖，发出"嗯嗯"的怪异声音。

年九珑看了看周围动静，突然扑了出去，一手捂住太华公主的嘴，一手钳制住她的手腕。影十三无奈之下也悄然翻身滚了过去，把公主手里的粉末倒进了自己小折扇的扇骨里封住。

公主仍旧呆滞无神，遭到两个陌生人突然袭击，她居然一点儿反应也没有，乖乖坐着，既不吵嚷也不乱动。

"她吸了雪兰香？"年九珑诧异地道。

"雪兰香是剧毒，没理由吸了那么多还不死的。"影十三也十分不解。

年九珑试探地松了手，下一秒，公主转过头来，呆呆地看着影十三，目光在影十三和他手里的小折扇上来回移动，然后慢慢地朝影十三伸出手。

影十三本能地抗拒任何陌生人的靠近，即使对方只是一个小女孩，还是不由自主地往后退了两步。不料这小女孩突然扑了过来，抓住他的手，不由分说地用牙齿狠狠咬住。

年九珑吓了一跳，抓住突然发疯的太华公主往回拉，影十三手背吃痛，啧了一声，伸手掰开太华公主的下颌，把手从她的嘴里拿了出来，一看手背上留下了一排带血的牙印。

“她疯了……居然咬我。”影十三轻轻皱眉，翻过手中的小折扇，拿扇柄在太华公主身上封了几处穴道。

太华公主昏了过去，倒在年九珑的身上。

“你没事吧？”年九珑紧张地看着影十三。

影十三攥了一把雪，搁在手背的伤口上抹了抹：“没事，小孩子能有多大的咬合力？她是用鼻子吸的雪兰香，牙上应该没有。不过这太奇怪了，等办完事就回禀王爷吧。”

年九珑托着这小女孩的腋下，把她拎进朗月阁，放在了羊毛毯上，关了门。朗月阁周围既无守卫也无巡察，看来这孩子被软禁在此许久，变得精神不正常也不奇怪。

二人顺着朗月阁绕到摘星堂，远远便听见房中一片笙歌，屋内灯火辉煌，靡靡之音不绝于耳。房顶的琉璃瓦上盖了一层遮雪布，瓦片掀不开，只得透过窗子看。窗前摆着几扇薄纱屏风，把屋内光景挡得朦朦胧胧，只看见一男人正斜坐在方榻上饮酒，四周围着几个浓妆艳抹的女子，时不时开怀大笑。

“要进去吗？”年九珑拿口型问影十三，“离得太远，暗器够不到。”

影十三拿小折扇挠了挠发间：“不知道屋内有没有机关，贸然进去太冒险了。王爷的意思是暗中解决，不能动静太大。”

正在此时，一位琴女抱着琴踏着小碎步走来，身后跟着两个护送的小厮。一个小厮对那琴女道：“姑娘，大人就在摘星堂中，您请。”

话音刚落，影十三已经出手了。

两个小厮软软地倒在地上，琴女吓得脸色煞白，捂着心口险些叫出声。影十三及时从背后捂住她的嘴，小折扇敲在她的穴道上。琴女昏了过去，手中的琴落到了年九珑的手上。

影十三把那琴女拖到角落里，开始脱自己的衣裳。

“干吗啊？”年九珑瞪大眼睛，一把抓住三哥的手臂，“别啊，大不了等他出来就是，你这……”

“那你来。”影十三把从琴女身上扯下的薄纱裙递给年九珑。

年九珑一脸苦相：“马左元说不定还没我个儿高。”

“一点儿用都没有。”影十三看了年九珑一眼，穿上了那琴女的衣裳，散下长发，薄纱遮面，露出一双顾盼神飞的杏眼，随后抽出衣襟里的香帕缠在手上，挡住刚刚被咬出的牙印。

“三哥……不，三姐，不行啊，被占便宜了怎么办？”年九珑打量着影十三，“是挺好看的，就是身段嘛……还差点意思，不够窈窕。”

“别耍贫嘴……把这几个人拖到厢房去，我进去看看。”影十三从年九珑怀里接过琴，踏着细碎小步往摘星堂走去。

影十三抱琴颔首款款而入，步步生莲，摇曳多姿，面纱和长发随风朝后飘去。他把琴放于饮酒的马左元下首，规矩地跪坐在琴后，双手抚弦，指间琴音响起。

影宫对王爷看中的人更严格些，这些人要想活着出影宫，一张面皮得做到扮谁似谁。影十三当初在受训时抽到了“乐伶”。不懂乐理？可以，那就打到你懂，错一音，穴道上扎一针。于是影十三被迫记住了那些晦涩的曲调，完全靠手指的记忆弹奏。

这屋子也有一股雪兰香的气息。

马左元曾经是齐王府的侍卫，后被提拔为王爷的心腹，备受信任。当年王爷命他在京中注意二皇子的动向，后来事情尘埃落定，马左元便如愿成了啸狼营督察，因为为人圆滑，短短几年时间就成了营中掌事，地位仅在将军之下，掌管营中要务，后被新帝赐婚，娶了太华长公主。如今见齐王受新帝猜忌，他便暗中投靠了皇帝，出卖齐王，以为齐王游手好闲，远在洵州就拿不住他。

曲罢，堂下舞女缓缓退下，又一群舞女翩翩而来，伴着琴音起舞。

影十三若有若无地瞥着离自己不远的马左元，指间毒针缓缓伸出来，对准马左元的咽喉，只要一弹手指，中针者必然毙命。

堂中的雪兰香弥漫在周身，影十三有些纳闷，这香出自自己之手，本应是齐王府独有的，若是被马左元盗用，那么他离府已久，也应该早就用完了。更奇怪的是，他竟然把一种毒药当作香料，是活得不耐烦了吗？

正想着，影十三忽然感知到头顶的动静，微微抬眼看去，只见年九珑侧身靠在房梁上，双手捏着暗刀，对影十三比了个手势：“动手吗？”

醉眼朦胧的马左元端着酒杯打了个酒嗝，似乎也感觉到异样，下意识抬头望向屋顶。

影十三一惊，右手用力一挑，琴弦瞬间绷断，发出一声刺耳的杂音，成功把马左元的视线吸引到了自己的身上。

断弦把指尖弄出了一道口子，几滴血滴到了琴身上。影十三见马左元正醉醺醺地看着自己，无奈之下只得娇哼一声，细着嗓子呜咽道："大人，奴家手伤着了。"

在房梁上躲藏着的年九珑听了差点笑出声来，翻了个身，继续一脸警惕地盯着下边的动静。

马左元一向有怜香惜玉之心，见身边小美人受伤了，赶紧醉醺醺地哄着："哎哟，怎么这么不小心呢。"

影十三侧身嗅了嗅，发觉刺鼻的酒气和汗味中果然有一股雪兰香气息。

马左元打了个嗝，鼻尖贴着影十三的衣裳嗅闻，醉眼迷离，笑着调戏道："小美人……你好香啊，让我想咬你一口。"

影十三总觉得他这话里有着说不出的诡异感。

此刻，房梁上的年九珑快没耐心了，手掌一翻，想用暗刀直取马左元后颈。影十三耳尖微动，右手伸到马左元的身后，袖中小折扇滑到手心半展开，轻轻挡住了飞来的暗刀，将其收回袖中。

"先别动手，有问题。"影十三悄悄比了几个手势。

年九珑被他的优柔寡断气得半死，却也无可奈何。

"大人……"一声称呼的语调拐了七八道弯，影十三微微颔首，眼中秋波荡漾。

影十三想，马左元从前在府中不过是看守花园库房的侍卫，因为背景干净才被王爷看中，自己与他无甚交集，也没照过几次面，应该不会被认出来。

年九珑一脸吃了苍蝇般的表情，仿佛腊肉似的挂在房梁上，冲着影十三比画："你再多说一句，我就吊死在这儿。"

影十三接着比画叫他闭嘴。

马左元迷离之中被琴女迷住，伸头欲一亲芳泽。影十三伸手挡在唇前，轻声嗔怪："大人……给奴家留些脸面……我们……进内室。"

马左元身边的几个陪侍女子对这突然杀出的狐狸精感到惊讶，皆满眼妒意地看着影十三。

"好好好，听美人儿的。"马左元晃晃悠悠地起身。

影十三有眼力见地起身扶着，跟着他进入内室。马左元用贴身戴着的内室钥匙开了门，又把钥匙放回了衣襟里。

年九珑飞快攀住门梁，在房门关严的一瞬间贴着墙缝钻了进去，然后轻轻靠坐在细窄房梁上，注视着底下两人的一举一动，努力深呼吸。

内室里雪兰香的香气更甚，影十三微微侧开目光，在内室中扫视，发现桌上果然铺了张纸，纸上堆了一小撮白末，散发着淡淡的香气。

马左元一进内室便挂上了门闩，把影十三按到墙壁上，凑上去一张酒气扑鼻的脸。年九珑见状想要动手，却被影十三瞪了一眼，只好咬了咬牙，无奈地翻身回去，郁闷地坐着。

影十三抬手挡住马左元，轻笑道："大人您醉了……真的还有力气吗？"

马左元吐着酒气紧紧按着影十三的双手，含糊地笑道："哦？就这么急着让爷给你试试？"

"若非如此，那大人怎么还用药呢？"影十三看了看桌上那一小撮白末，疑惑地道。

"这可不是寻常药。"马左元松开影十三，步履蹒跚地走过去，捏起一小撮白末捻了捻，陶醉地道，"这是让人欲仙欲死的东西，我们叫它'狼食'。美人儿，想不想试试？"

影十三装作一副既期待又胆怯的模样，小心地走近了几步，问："喂狼的东西吗？"

"是喂狼的东西，不过我发现人也能用，可惜，太容易上瘾了。"马左元扔下手里的白末，拍了拍手，猥琐地笑道，"反正你今天也得成喂狼的肉，先让我好好疼疼再说吧。"

马左元很少带人进内室，若真有看上眼的，才带进来行事，只是进来的女人就没有还能出去的。

"怎……怎会……大人说笑了……"影十三怯懦地提着裙摆退了两步，后背贴上了墙壁，已是无路可退。

马左元就喜欢看猎物惊慌失措的模样，笑着慢慢逼近影十三。

影十三害怕地提起裙子贴着墙走："大人……大人！饶奴家一命……"

话音刚落，他藏在背后的手按到了一处空心的暗格，一道暗门轰然打开，两人皆是一惊。马左元冷笑一声："这暗室都被你找出来了，那就更不可能让你活着出去了。"说罢，他便扑了过去，抓住影十三往软榻上一按。

影十三忽然笑出了声："这暗室都被奴家找到了，大人也就没必要活着出去了。"

"什么？！"马左元瞪大眼睛，但毕竟是侍卫出身，他的反应不算慢。

在影十三袖中小折扇滑出的一瞬间，他便按住了影十三的手腕，发狠地道，“还学刺客刺杀？爷今天非得好好教训你不可。说，谁派你来的？”

“齐王殿下命我转告你，见风使舵，脚不生根，只好送大人去见阎王了。”影十三极为平静地道。

“你是那个影卫……”马左元话还没说完，颈间就出现了三道钢爪，瞬间被年九珑一把捞走。下一秒，钢爪在他的喉间划过，马左元顿时身子一软，倒在地上断了气。

年九珑甩了一把爪上的血，一言不发地盘腿坐在一边，扶着脚踝，露出一副受了天大委屈的模样。

影十三松了口气，摘了面纱，往边上一靠，一脚踩在床榻沿上。他揉着眉心歇了一会儿，挠了挠头遗憾地道：“你动手太早了，我应该还能再问出些什么的，或者是抓回去拷问一番。”

“王爷只是叫你杀他而已，是你自己事多。”年九珑低头顶了一句。

“我事多？”影十三皱皱眉，“事关王府安危，我不该多查一些吗？”

“像你这种总是想到主子前面的人，是不会有好下场的。”年九珑偏过头不看他，继续埋怨道，“你也多顾着些自己。你看你们像什么样啊，再问下去他都要亲你了。他……他都快扒你的衣裳了，你有危险了怎么办？”

“又不是真的小姑娘……不会有危险的……”影十三有点纳闷九九到底在别扭什么。

年九珑知道他是为了任务，只是觉得哪怕是为了任务，他也没必要做到这种地步……

两人一时僵持着，影十三只得转移话题：“事还没办完，我要进密室看看。”

“人都死了，密室又跑不了，齐王府都找不出比这儿更隐秘的地方了。”年九珑越说越不耐烦，语气也有些重，“你是影卫，影卫要对主子言听计从，如果王爷让你去侍候别人，你是不是也听话啊？”

年九珑说完看着影十三，知道三哥对自己总是很包容，不论自己做什么，三哥最后都不会真生他的气。因此，他有点好奇，想知道什么程度会惹得三哥不快。

“你怎么能这么说？”影十三一僵，而后解释道，“我从未如此做过，你不信我吗？”

“信了信了，别生气啊，好三哥。”年九珑觉得心里舒服多了，又转而问道，“三哥信任我吗？”

“信啊。”影十三答得毫不犹豫。

“那……三哥以后不要为了任务便牺牲自己，有我在……我不会让你出事的。”

影十三突然怔住，没想到这世上会有人如此挂念自己的安危，还劝他珍重自身，劝他惜命。

年九珑从怀里抽出一件黑衣，扔到影十三的胸前，笑道：“幸好我把衣裳给你带来了。”

影十三一怔，不自在地脱了纱衣，铺开墨云锦衣披在身上，系上衣带，低声道：“多谢。”

“哎呀，三哥别生气啊，刚才是我说话太过了，没有下次了。”年九珑扯着他的胳膊撒娇，“别生我气了，我错了，我是关心则乱嘛。”

影十三轻轻叹气，见九九跟自己耍赖撒娇，也实在冷不下脸给他看。

“闹够了没？闹够了就办正事。”影十三系上百刃带，穿戴妥帖，拿着小折扇进入密室。

“哎，你慢点，不怕有机关啊。”年九珑追着跑进密室。

密室中雪兰香的香气扑鼻，同时弥漫着一股血腥和猛兽的气味，混合的味道让人更加恶心。幽暗深处传来此起彼伏的呼吸声，尽头尽是绿色光点。

“我的天，什么怪物？”年九珑捂着鼻子四下扇了扇，“臭得要命。”

“狼目。”影十三慢下脚步，取下挂在百刃带上的火折子，将其吹着，凭借火折子看清了这密室全貌。

密室里堆满了整面墙的兽笼，大约有几百个：有的是空的，有的里面躺着口边有白沫的死狼，有的里面是还在苟延残喘的狼。而仅剩的那几头完好的狼正龇着獠牙，瞪着泛青光的狼眼，恶狠狠地盯着这两个不速之客。

影十三略微靠近一点儿，那几头狼便像疯了一般在兽笼中扑腾，用流着涎水的嘴啃咬铁笼，大约是饿急了，忍不住撕咬猎物的冲动。

“在密室里养什么狼啊？”年九珑被熏得直犯恶心。

影十三却平静如常，认真打量每一个兽笼，缓缓开口道：“大承有三大军营——驻守四方边关的天威营，把持皇城禁卫的神鸢营，最后就是马左元参与军务的啸狼营。这啸狼营是只听从皇帝调遣的精锐，配以驯服的野狼为副兵，号称‘三营之首’。”

“马左元大概在给这些狼喂雪兰香，所以称那香为‘狼食’。他拿了我的雪兰香配方，换了几味致命的毒，改成几味药，配成了狼食。”影十三微微皱眉，拿小折扇挠了挠发间，“研磨得太细，一时嗅不出是什么药，待我回去仔细查查再说。”

两人在密室里仔细绕了几圈，确定没有其他暗门才退了出去，把马左元的尸体拖进密室里，关紧暗门，擦干净了地上残留的血迹，悄悄出了内室，顺着房梁爬出了摘星堂。

此时将近黎明，又纷纷扬扬落了薄雪，两人一前一后出了公主府，消失在街巷尽头。

公主府朗月阁上，影四静静地站着，目光冷漠，望着那两人一前一后离开。他手里攥着一个白玉药瓶，手中长鞭滴血，脚下踩着一个人。

白羽眯眼趴在屋顶的琉璃瓦上，被影四踩得站不起来，索性不挣扎了，把手揣进袖口，趴得好好的。

“这位爷，解药您也拿了，什么时候可以不踩我了？”白羽问话的时候仍旧慢悠悠的，若换个急性子的人，估计能被他憋疯。

“我手里还接着几份齐王殿下扔的赤签呢……王爷大概不会想我这么快就死了。”白羽心安理得地趴着，眯眼笑道，“你的同行在公主府里待了这么久，不晓得在里面做了什么呢……不过公主府的点心确实好吃。”

影四松开脚，漠然地道：“滚吧。”

白羽悠然地坐起来，拍了拍身上沾的雪，抱腿坐成一团：“被你追得太远，我忘了怎么回去了，得等人来接我。”

影四不再与他纠缠，跳下朗月阁，消失在公主府的连绵府邸之中。

白羽果真眯眼悠然坐着，还掏出个小茶杯，舀了一杯积雪，吹了吹，待雪化成沸腾滚烫的水，刺溜喝了一口。

过了一会儿，花犯跳上朗月阁屋顶，拎着白羽的后颈，提起来质问：“老子打个盹的时间，你怎么跑这么远？带你出来一趟，你都丢三次了！”

“只是带那个小影卫过来转转。”白羽捧着茶杯刺溜又喝一口，“他能看见什么，我就不晓得了。”

“你能知道什么？脑子里全是水。”花犯扔下白羽，掸了掸身上的雪，哀叹道，“无功而返，七公子恐怕要被气死。我尽力了，这一道儿没把你给弄丢，我真是积了大德。”

“哎呀，和你讲不清楚的。”白羽不再解释，眯眼摇摇头，“花花，你说九公子有希望成为庄主吗？”

"年存曦手段毒辣，咱们七公子也顶多自保而已。九公子至今不归，恐怕是直接放弃了吧。"

"你说，万一我们得罪了九公子，哪天他得了势，会不会搞死我们呀？"白羽眯眼担忧道，"干脆先瞧瞧哪个公子胸襟宽广再说。"

"胸襟宽广的公子就能饶你这根墙头草？"花犯嗤笑道。

"公子要是胸襟宽广，发的工钱就多呀。"白羽又喝了一口热水，"我要找个好老板养我，最好什么都不用我干，我躺着就给我发钱的。怎么，你还真想给七公子卖一辈子命呀？"

花犯挑挑眉，不置可否。

"七公子……我觉得不行。"白羽眯眼道，"对了，我听说沈家小少爷被下了黑签，最近逃命逃得紧，公子可要邀他入庄呀？"

花犯冷笑道："你倒是耳聪目明。"

"这些雪……"白羽捧起一捧积雪，微笑道，"都是我的耳目。"

"回去吧。"

清晨，洵州雪停，日头一晒，薄雪化水，弄得满地泥浆。

洵州有个白石街，当初新帝登基抄斩了几个官员全家，白石街便多了几座鬼宅。旁人都说不干净，搬的搬、走的走，这街便空了，如今杂草都有三尺高。

在一座形同废墟的空宅庭院里，从枯井里爬出一条蛇。蛇身通体金黄，吐着血红信子，一人紧随其后，爬出了枯井。

沈袭坐在枯井沿上歇了口气，狠狠踩了一脚身边的废石，低声骂道："追得真紧，哪个死玩意下的黑签子阴我，让我逮着了非弄死他不可。"

一阵阴风拂过，沈袭猛然朝旁边一滚，短刀出鞘反手挡去。对面是两位黑衣高手，身手至少在青刚玉斗者上下，身形极快，一瞬间已经形成前后夹击之势。沈袭右手和脖颈被控，另一人一拳打在沈袭的小腹上。沈袭嘴角溢血，挣脱不开，被那两人锁上铁链，强行带走了。

洵州齐王府，王府大堂。

影六和影十押着嘴角带血的沈袭拖进大堂，单膝跪在一旁，颔首恭敬道："王爷，沈公子带到。"

沈袭眼都瞪圆了。

王爷？

齐王转着两枚铁芯青玉核桃，坐在堂前正座，温和地道："给沈公子松绑。"

身上铁链松开落在脚边，沈袭揉了揉手腕，扯扯嘴角，冷笑道："我该自称什么，草民？"

"你随意。"齐王倒不在乎这些虚礼，淡然地道，"本王请沈公子来是想……"

"不是请，是抓，"沈袭用力指着地上的铁链强调，"差点把我的肋骨打折两根，这叫请？"

影七上前两步，按住沈袭的肩膀，面无表情地警告："不得无礼。"

"……"沈袭感觉到自肩膀传来的力道，咬咬牙，不再说话。

齐王见他安静了便缓缓道："沈公子被下了黑签，遭人追杀多日，孔雀山庄有多少高手，想必你心里也有数，这样躲藏下去，能撑到几时？"

沈袭不耐烦地轻哼："有话直说。"

齐王一笑："本王知道，沈公子名义上脱离了金池镖局，其实暗中还掌控着几家不小的镖局。本王十分欣赏沈公子的能力，有个物件想请公子出手，押一趟镖。"

堂堂齐王居然要用这种手段寻人押镖，想来这趟货肯定不简单，甚至可能是趟"无名镖"。

走无名镖是镖局大忌，不知出处、不知何物，风险实在太大。一旦出了事，轻则名誉受损，重则得罪贵人，株连性命。

"是，我手里是有几个马队，不过王爷若是想让我替您担这个风险，那请恕小人能力有限，帮不上王爷。"沈袭耸耸肩，又道，"再说，我若为王爷冒这一趟险，能有什么好处？"

"若事成，沈公子将成为齐王府无条件庇护之人，包括朝廷的杀头之罪。"齐王缓声道。

沈袭怔了怔。他本以为不过是许诺金银爵位，却不想竟是如此大的回报，着实令人心动。

像沈少爷这种出身，家里要银子有银子，要派头有派头，真正能让他动心的，还真就是这种免死金牌以及皇室官场的大靠山。

沈袭正在心里权衡，齐王轻敲了下桌面。

一道黑影倏地落在王爷的身边，今日是影八当班。

齐王淡淡地道："影八，带沈公子去客房休息，容他仔细考虑一番。"

沈袭微张着嘴，愣愣地看着忽然落于王爷身旁的影八。影八视线投在堂下之人身上，眼神一沉。

沈袭果断一拍桌面："不考虑了！接啊！王爷的镖怎么能不接呢？！"

齐王倒被他这一下弄得愣住了，诧异这小子怎么突然变得如此爽快。

这批货的确是趟无名镖，绝不能以王府的名义走，也绝不能以那女人的名义走。想把数千斤的货物顺理成章地运往临州，找沈公子帮忙才是上策。

沈袭顽劣，市井流传的大多是污名，说他混迹赌场、嗜杀好斗，年方十七便已恶名昭著，却不知他手段了得，暗地里架空了他亲爹手里一半的大小镖局、马队。他每日在玉楼春里以比武之名暗中搜罗高手，纳入自己麾下，与他爹明面上断绝关系，脱离金池镖局，实际则是另立门户。

只可惜他阅历尚浅，不知自己在玉楼春的一举一动尽在齐王掌控之中。像沈袭这种有手段、有价值的少年，对王府的帮助不会比年九珑少，若是收不进手中，那就只能在还能控制的时候先让他永远消失。

不过，他也算从善如流。

齐王对这个结果还算满意，不过瞧沈公子斩钉截铁地答应，再瞧他看影八的眼神，这就不得不斟酌斟酌了。

沈袭忽然开口道："王爷，我有几个条件，您得答应。"

齐王回道："说来听听。"

"现在世道乱，我没了容身之处，到哪儿都被追杀，您得让我住府里。"

"那是自然。"齐王府占地广阔，不缺那几间客房。

沈袭一样一样细数，露出惯常的不怀好意的笑容："我功夫不济，得有个人护卫我出行，顺便伺候我衣食。"

"你功夫不济？"齐王轻哼，"若真如此，那你是怎么在赌武台赢得本王三万两银子的。"

"王爷不答应？"沈袭抱臂道，"您身边这么多高手，分一个照顾我又有何难？再说我也不是向您讨人，不过是护卫我一阵子而已。安排走镖，我总得有出府的时候吧。"

"嗯。"齐王倒也不觉得这要求太无理，"还有吗？"

"等我想起来再跟您提。"沈袭挑眉道。

"本王身边个个是精英，不知沈公子中意哪一位？"齐王淡然地看着沈袭，手里捏着两枚铁芯青玉核桃轻轻转动。

影八眼神一暗，果然，下一刻沈公子就把手指了过来。

影八看向齐王，换来齐王一道深沉的目光。

齐王淡淡地道："听见了就去吧。"

"是。"影八颔首答应，走下堂去，抓住沈袭的小臂把人往外拖。

沈袭被攥得骨头作响，面上不好发作，只好装作若无其事的样子被拖了出去。直到拐出大堂，行至千鲤池，他才敲了敲影八攥得紧的手："哎，不得无礼，小影卫。"

"你别来劲。"影八松了手，嫌弃地拍了拍掌心的灰，兀自往前走。

沈袭忙不迭地跟上去，一脸小人得志的表情，道："孔大侠，孔大人，孔老板。没想到啊没想到，你居然当人侍卫。不过也对，伺候皇族多荣耀，待遇又好。你这身料子，蜀地的吧？墨云锦，跟了个好主子。"

"与你无关。"影八不耐烦地推开一扇客房门，"就这儿，进去。"

王府的各项事宜被影四安排得井井有条，许久无人居住的客房也被收拾得一尘不染。

沈袭舔着嘴唇笑着进了房，踹上房门，存心想要戏弄影八，对着影八伸开胳膊："喏，给爷更衣。你主子把你送我了，你是怎么伺候他的，如今就怎么伺候我，会吧？"

影八没搭理他，拉开门走出去，砰的一声带上门。

"你算个什么！"

"我算你爹。"沈袭脱口而出的话被关门的巨响拍了回去。他揉了揉胀痛的耳朵，轻蔑地啧了一声，懒洋洋地往软榻上一躺。

孔澜骄居然是影卫，还是王府的影卫。他当了那么多年杀手，改行当屠夫还能信，当影卫，护着人？天啊，他别是来当卧底、搞刺杀的吧。还是说，他当初就在骗人？沈袭想到这儿，不禁咬牙切齿。

"谁给我下的黑签，我算是知道了。"沈袭拿胳膊挡着眼睛感叹，"皇亲国戚就是不一样，想逮谁就逮谁。"

叛逆的沈袭，也知道这次是在劫难逃，反抗齐王的下场恐怕是连全尸都留不下。他突然有点后悔自己之前锋芒太盛，让齐王盯了梢。

不过，若真能事成，齐王可就成了他的靠山，以后谁还敢得罪他？别说是在洵州，就是方圆千万里，谁还敢轻视沈公子一眼？

"到时候，我老爹还不得哭着求我回家？居然嫌我败家，我都不稀罕说他，那老古董，现在早就不是他风光的年代了。这世道，不狠不奸，拿什么赚钱。”沈袭跷起腿，自言自语道。

腕上的小金蛇顺着沈袭的手臂爬到颈间，冰凉的蛇吻贴在沈袭的唇角，睁着一双金灿灿的圆眼睛。

“你说是不是，娇娇？”沈袭拎起那小蛇问道。

小蛇“咝咝”吐着信子。

影八回王府大堂复命，打远处就看见影十三和年九珑并肩回来，而后年九珑往住处去了，影十三往大堂这边过来，想必是回禀临州见闻。

过了一会儿，他见影十三停在大堂不远处，微微蹙眉，不知在犹豫什么。

影八也没再迈步，静静看着。

影十三确实在犹豫。

手中小折扇的扇骨里，灌着从公主府拿到的雪兰香，可这东西原本出自自己之手。当年，他培育数月，终于育出了那奇花，若这香真会令人上瘾，那么王爷也随身带着此香，经年累月，自己岂不是成了企图弑主的罪人？再说解药，雪兰香作为毒而言发作极快，并无解药，影十三当初配它出来时，就根本没想过去解。

影十三想，要不就闭口不提，反正王爷的命令是去杀了马左元，只要他和九九不说，没有人会想到公主府里有雪兰香。

想到这儿，他掰开扇骨，想把灌在扇骨里的白末倒掉，可倒了一半又忽然收手。若这东西对王府而言是个灾难，不查清楚的话，他良心难安，何况那还是欺瞒主上之罪。

可若现在就说出来，影十三不敢想后果。府中秘毒配方被盗，此事是自己失职，轻则遣送影宫，重新受一遍折磨，重则直接上酷刑，惩罚至死。

若放在从前，影十三会毫不犹豫地选择自刎谢罪，可现在……他回望了一眼九九离去的那条路，手指微抖。

如今他有了九九这个知己——二十多年来唯一照进他心里的阳光，他怎么舍得？

九九也不能没有他……也许不能吧。

影十三胸口起伏，平静了一会儿，神色如常地走进大堂。

影八慢慢走过来，在影十三站过的地方徘徊了一阵，嗅到了一股既熟悉又有点陌生的雪兰香香气，一看地上还有些零落粉末。他冷淡地扫了一眼，内息聚于掌心，升起一小团气流，把那些粉末吹散了，这才走进大堂。

影十三单膝跪地，呈上一截断指，指上有一枚戒指，能证明马左元的身份。

“王爷，办妥了。只是长公主精神不大好，无人照管。”影十三唇角如往常那般微微扬着，“影五负伤，已无性命之忧，大概会晚些回来。”

他最终还是隐瞒了雪兰香之事。他想至少先等他把这香毒的配方查明，到时候才能证明自己的清白。

“嗯。”王爷听完禀报，挥手叫他退下。

影八微微扬起下巴，看了看影十三，只见影十三神态自若，并无破绽。

话说回来，想看出一个训练有素的影卫是不是在做戏，实在太难。

影十三回了住所，松了口气，推门便看见九九在室中挽着袖子把烧开的水提下来，桌上已经摆了几道简单的小菜，冒着腾腾热气。

“三哥回来啦，喝点水。”年九珑递过来一杯刚沏出来的热茶。他知道三哥是爱喝茶的，柜里存着些齐王独赏的碧螺春和君山银针。

影十三默默接过温热的茶杯，看着水里起伏的茶叶，喉头一紧。

年九珑本在往手盆里倒开水，忽然觉得三哥不太对劲，便放下水壶，把手在身上蹭了蹭，跑过来低头问：“怎么了三哥，王爷怪罪你什么事了？”

影十三放下茶杯，声音带着一丝嘶哑：“没事。”

年九珑还是不放心：“出什么事都没关系，挨罚我也陪你一起啊。”

“不用你陪我挨罚……”影十三皱眉道，“我明天回来还能吃到你做的饭吗？”

“有什么不能的？三哥想吃什么就吩咐。”年九珑揉揉他的肩膀，“你喜欢就好。”

说完，年九珑便按着影十三坐下，每个菜都给他夹了一遍。很快，影十三面前的碗堆出了一个小包。

影十三抿抿嘴唇，夹起两片青菜放到年九珑的碗里，嘱咐说：“别挑食。”

年九珑虽然不爱吃青菜，但还是高兴了好久，以往三哥吃饭的时候总是安安静静地吃，眼下能给他夹个菜实在是太难得了。

“三哥给我夹我就吃，你夹多少我就吃多少。”年九珑托腮笑笑。

约莫过了两天，两人一同去接池音先生递到淮安的密信。路不远，也好走，他们回来时才傍晚。

影十三放下衣裳，趴到桌前，把这两天磨的药粉取了出来，继续埋头研究。

年九珑看着他的背影，噘嘴抱怨道：“你这两天这么忙啊，不是自己跑出去溜个没影，就是回来一动不动地配药，一眼也不看我。”

影十三心里焦急，总想尽快查明这雪兰香的异常之处，经年九珑一提才想起来，最近自己的确有些忽视他。

“最近常出门，是想给你这个。”影十三从怀里拽出一条蓝银腰铃。

这个比之前给九九的那条要精致百倍，仍旧未放铃心。每一颗银铃都圆润漂亮，花纹整齐繁复，看得出花了不少心思，镶嵌的青金石散着淡淡微光。

“我给你重新打的，之前那个不够好。”影十三微微扬着嘴角，温和地看着年九珑。

年九珑讶异地接过腰铃，捧在手里端详了一会儿，而后欣喜地把腰铃盘绕在自己的腰间，美滋滋地欣赏了许久。

“三哥，你怎么这么好！”年九珑看着影十三，一脸雀跃。影十三明明那么强大，身为齐王的贴身鬼卫，没有他做不到的事，可他对自己百般迁就和照顾，就算自己再过分，他也会纵容。

年九珑在心里暗暗发誓，影十三是他一辈子的三哥！

下一秒，他恶作剧般地贴近影十三，笑着道：“三哥，快说，你会永远护着我。”

“我会的。”影十三看着孩子气的九九，一脸无奈。

年九珑继续问道：“那……我和王爷，三哥选谁？”

影十三听完皱皱眉，有点为难的样子。

沉默许久，他才开口道：“你们……是不同的。”

一个是主子，一个是知己，前一个让他愿意为之去死，而后一个却让他有了想活下去的世俗欲望。两者自然是不同的。

“好啦，知道了，我懂的。”年九珑不再继续逼他。

影十三神色这才缓和下来，继而露出欣慰的笑容，如兄长般拍了拍九九的肩膀。

此时，谁也想不到门外已经站了两人。

“岂有此理……”影四刚欲抬手敲门，就被影五一把捂住了嘴，直到拖拽出了庭院才松开。

“哥，你干吗？人家交个朋友怎么了？你再阻止也没什么用啊，你忘了他刚出影宫时，都‘那样’了，好不容易现在痊愈了，就别管他了。”

影五小声唠叨：“再说了，这和你有什么关系啊，又没违反训条，俩人这样不正常吗？”

影四一怔：“你觉得这样正常？”在他看来，把旁人看得如王爷一般重是万万不可的，简直大逆不道。

“我觉得没什么不正常的。”影五反驳，“像我们这样无情无义的才不正常呢！”

影四沉默片刻，推开影五：“我去见王爷。”

影五小声嘱咐：“哎，你别和王爷提这事啊。”

“不提这个，有别的事。”影四漠然离去。

影五对着影四的背影望了半晌，才回房歇息，继续养伤。他在洵州养了几天，还好体质不差，恢复得不错，已经能走动了，再养些时日就能痊愈。

王府大堂，影七立在王爷身侧，几个鬼卫尚未离开。

影四单膝跪在堂前，颔首漠然道：“回禀王爷，影五伤重行走不便，属下与他在临州耽搁了两日。”

“好。叫医殿拿好药治，不必节省。”齐王仍旧翻看着刚得的密信，手中转着铁芯青玉核桃。

“还有一事。”影四扫了眼屋内几人。

王爷却未屏退旁人：“说。”

影四缓缓道：“属下有疑，影十三是否已向王爷禀报，公主府出现大量雪兰香。太华公主已经染上药瘾，性命攸关。”

大堂忽然寂静。

啪嚓两声，齐王把手中铁芯青玉核桃放到了案上。

“继续说。”齐王淡淡道。

“雪兰香是影十三亲手所制，整个大承绝无仅有，他隐瞒不报，是否别有用心？王爷明察，属下请求搜查影十三住处，将危害王府之人尽除，以绝后患。”影四语调平静冷漠，公事公办的口吻就像在陈述一件普通任务。

维护齐王府的安定也确实是影四最正常不过的工作，从二十多年前他接受老齐王的交易开始，就是如此。

影八正靠在角落里掀着片衣角擦拭匕首刃，听罢嗤之以鼻，当即道：“影四警惕心够高的，用不用也搜搜我们的身？”

影四面色如常，静静地等着王爷命令。

影六和影十默不作声，心里担忧自己有没有不妥之处也一同被怀疑，又难免有些心寒。他们忠诚齐王数十载，今日却遭疑心。

“本王知道了，都退下吧。今日之事不可外露一字。”齐王轻声叹气。

“是。”

大堂里只剩齐王和神色如常的影七。

“你怎么想？”齐王问。

影七如实道：“影十三错在隐瞒。至于通敌之事，还须商榷。属下以为，影十三没有理由背叛王府。”

“本王知道。”齐王哼笑，重新拿起铁芯青玉核桃在掌心盘着，“本王只是没料到他会隐瞒此事。”

影七颔首应声：“王爷明鉴。”

“为了顾全大局，本王只能舍弃些东西。”齐王缓缓问，“鸟尽弓藏，你也会觉得寒心吗？”

“大局为重。”影七恭敬地道，“若王爷要属下牺牲，属下也愿为王爷奉上性命。”

“我……尽量留他一命。”齐王声音沙哑，起身按着影七的肩膀道，“别对我失望。”

影七微微抬眼：“您很在意属下的想法吗？”

“当然。”齐王揉揉有些酸胀的太阳穴，转着铁芯青玉核桃回了书房，叹道，“放心，齐王府不会倒。”

影七看着王爷的身影消失在视线中，对着关紧的屋门自语：“有您在，没什么可怕的。”

薄雪落了一夜，齐王府青瓦挂白冰，庭院冷寂，房中温暖。

影十三醒时天还没亮，看着睡在不远处的九九，心里一阵温暖。

他忽然很想就这样过一辈子。他什么都不要，只要有九九这个知己就行，那样活着时的灰暗日子就都有了颜色。

年九珑渐渐醒来，发觉三哥蜷缩成一团睡着，像个安静的小孩子，看起来温柔又软弱。

年九珑转过身，帮三哥盖好被子。他见过不少奢华昂贵的东西，却从未对什么东西或什么人，生出过这样的怜惜。

如果他能早生十几年就好了，就能陪三哥一起长大，一起度过那些黑暗的日子。

第五章　诀别诗

从此天涯陌路人。

清晨，天仍旧阴沉着，小雪下个不停，落了又化、化开又落，王府庭院里潮湿阴冷。影十三出了门，浑身骨头都在疼。

今日本不该他当班，但王爷还是叫他进了书房。

影十三单膝跪在王爷脚下，静静等候命令。他最近与临州书信往来密切，外出的次数更加频繁，不知这次又是什么任务。

齐王吩咐了一句："最近若有孔雀山庄之人接九九回家，你不必阻拦。"

轻描淡写的一句话仿佛在耳边炸响，影十三猛地抬头，脱口问道："回家？"

齐王眉头微蹙："你说什么？"

影十三意识到自己的失态，失神地低下头，声音颤抖着应道："……是。"

"退下吧。"

影十三半晌才回过神，不记得自己是怎么出的书房，出门时撞上了正要敲门的影七。他微微抬起眼睛看着面前的人，一双杏眼含泪。

"我们终究还是不一样的。"影十三笑容悲哀，推开影七转身离去。

影七感到手背一热，一滴尚有余温的水落在手上。

他进了书房，看见齐王正抬头看着自己。

影七行了一礼，淡淡地道："他大概很伤心。他本来是个很出色的影卫。"

齐王抬眼望着窗外暗沉的天，道："从前我以为，影宫训条里有句话实属多余，它说'影卫不可有挂念'。我一直觉得那不对，人非圣贤，情感难自已。我若不许你们挂念旁人，也不许你们被旁人挂念，便实在是个没人情味的主子。现在看来，那训条其实是为了你们好。"

影七垂下眼眸，沉默不语。

庭院又开始飘小雪，影十三默默地坐在千鲤池边，一颗一颗捡起小石子扔进池里。水花翻起，冰凉的池水溅到脸颊上，冰得人直打寒战。

他扔了一会儿石子，随后颓然地靠在石拱桥的石栏旁，把头埋进双臂，待了许久。结成小块的雪落到他的脸上，化成水，又缓缓顺着他的脸颊滴进水里。

“为什么要抢走我的九九？”

半夜，年九珑绕着齐王府找了一大圈，才在石桥上找到了靠坐在冰凉石栏旁疲惫睡着的影十三。

年九珑靠近他，他一点儿也没有察觉，仍旧睡着，眉头轻蹙，身上只穿着一件单薄锦衣，冷得缩成了一小团儿。

“这是怎么了？”年九珑褪下外袍轻手轻脚地走过去，拿衣裳将人裹了裹，然后挨着他坐下，默默陪着。

影十三感觉到动静，醒了过来，发现身上裹了件带着熟悉气息的黑衣，身边多了一人，年九珑正靠在一旁打瞌睡。

他一动，年九珑也醒了过来，揉揉睡眼，打了个喷嚏。

“三哥，王爷又训你了啊。”年九珑搓了搓冻僵的手，眯眼笑道，“没事儿，别放心上啊。王爷嘛，心情不好也是常事，拿咱们出气而已。”

“嗯……”影十三勉强笑笑，“没什么大事。”

年九珑站起来扳了扳肩骨：“三哥回去睡会儿，我先去训练场了啊。”

影十三抱着年九珑的外袍，望着他拐进训练场的小路。

他愣了一会儿，而后起身拍了拍身上的雪，跟了上去。

年九珑如往常一样，在训练场里脱了上衣，把衣服往木桩上一扔。紧缠双手的护腕绷带已经旧得发黄，上面有着斑驳血迹。日复一日、风雨无阻的艰苦训练，已经让年九珑浑身肌肉成型，身体弧线十分惹眼。

影十三没回住处，就坐在训练场角落里默默地看着年九珑，心里乱糟糟的，恰似一团乱麻。

不一会儿，年九珑浑身渗出汗水，右臂挥出做一个虚招格挡时，不小心被木桩上的倒刺扎了一下。

“嘿，敢扎小爷。”年九珑停下来，刚要随手扯出扎在皮肉里的木刺，手腕就被轻轻拉住了。

影十三皱着眉仔细看了看，小心地把那木刺摘出来，摸出怀里随身带的伤药，往上面涂了点。

“就是扎了个刺，哪有这么夸张？”年九珑重新缠了缠护腕，把影十三往旁边推了推，“三哥，你挡着我啦。”

影十三把怀里抱着的衣裳递过去："你出汗了，把这个披上，天气太冷了，小心着凉。"

年九珑愣了一下："我也不是今天才这样啊。"

"那是我从前没管你。"影十三咬咬嘴唇，"……你听我话。"

"三哥，你今天好烦啊。"年九珑从他手里拽过衣服搭在自己肩头，推着影十三到了训练场门口，"三哥累了就回去歇歇，我等会儿再去找你。"

"我……"

影十三的话还没说完，年九珑就一把关上了训练场的木栏门，把影十三隔在了外边。

"三哥在一边看着，我练不好。"年九珑回头朝影十三摆了摆手，"这么冷，快回去吧。"

影十三扶着木栏，踮脚看着他走远，用只有自己听得见的声音自语："……我只是想再多看看你。"

待到天明，年九珑披着外袍从训练场回来，像往常一样轻车熟路地推开了三哥住处的门，看见三哥正在窗边抖衣裳上落的雪，桌上摆着一碟糯米糕，正是东街那家铺子的糕点——年九珑小时候常拖着影十三去吃的。

影十三看见年九珑回来，立即扔下没抖干净的衣裳，拿着布巾过来，递给年九珑。

"这么冷的天，怎么特意去买这个？"年九珑一边拿着布巾擦身子，一边漫不经心地问。

"你从前很喜欢吃这个。"影十三不自在地别过头。

年九珑笑道："那都是几年前的事啦，小孩才喜欢吃这么甜的东西。"

"……"影十三欲言又止，"哦。"

年九珑擦干了身子，重新披上衣服，戴上百刃带要出门。

"你去哪儿？"影十三问得有点着急。

"影七、影八他们叫我一块儿吃饭，之前我跟你说过的。"

影十三轻声问："我今天难得不用当班，你不和我待一会儿吗？"

"好了好了，三哥，你今天怎么了啊？"年九珑走过来拍了拍影十三的左肩，说道，"我早点回来就是了，你等我啊。"

年九珑收拾整齐跑了出去。影十三微微叹气，坐在床榻沿上靠着床头，心事重重。

“看来就算没有我，他也不会很难过。”影十三勉强笑笑，这也挺好的。

没想到，九九居然是孔雀山庄的公子。那个恶人层出不穷，不论江湖中人还是王公贵族，提起就会谈虎色变，对其敬而远之的杀手院。

影十三拿起一块糯米糕咬了一口。应该是甜的，但影十三吃不出，只觉味同嚼蜡。调毒多年，他的味觉早就变得和常人不同。其实他在任何时候，吃任何东西都是苦的。

他从枕头底下摸出年九珑送给自己的那串红翡珠链，放在心口摩挲半晌，然后钻进被窝里把头埋起来安慰自己。

其实，他也不是什么都没有，至少还有这个。九九说这个对自己很重要，于是他贴身戴了那么久。

影十三把珠链贴近心口，眼皮沉重，慢慢合上了眼。

晌午过后，年九珑才回来，习惯性地先来看一眼三哥，见他缩在棉被里睡着了，嘴角微微向下垂着，看着不大高兴的样子。

年九珑脱了外袍随手一扔，坐到影十三的身边，用手指戳了戳他软软的脸颊，嘴角向上弯起，嘀咕：“三哥今天好像不高兴。”

影十三早已醒了，只是不想睁眼。他现在很害怕与九九相处，甚至不敢多看九九一眼，就像是自己最珍视的宝贝马上要被别人抢走一样。他还无能为力，只能眼睁睁看着那人越走越远。

整整一天，影十三一直浑浑噩噩的，让年九珑觉得莫名其妙。

傍晚，影十三趴在桌前调毒。年九珑歪头看着，感觉三哥生气了，便主动献殷勤，沏了杯茶递给影十三。

影十三心不在焉地伸手去接，手指触了个空，滚烫的热水都泼洒在了年九珑的手上，手背顿时红了一片。

“啊，烫着你了。”影十三像突然回过神似的连忙给年九珑擦手。

年九珑皱眉抽回手，奇怪地问：“三哥，你怎么了？跟我说说。”

“我……”影十三犹豫半晌。

“九九，你以后不要忘了……”

他的话未说完，门外杀意骤起，一个似曾相识的声音响起。

“我等奉命恭迎九公子回孔雀山庄。”语调慵懒缓慢。

影十三眼瞳一缩，将剩下的话咽了回去。年九珑眉头一皱，披上外袍，开门走了出去，影十三满眼不舍地跟着。

门外站了两个人。

花犯看见影十三站在门边，戏谑地吹了声口哨："又是你，小影卫，身手不错，落花镖的滋味怎么样？"

影十三没像之前那样把话顶回去，甚至连袖中的小折扇都没滑出来，只是面无表情地瞥了一眼花犯，默默地看着九九的背影。

白羽眯着眼睛揣手站在一边，慢慢地道："二公子问，九公子是不是已经放弃争夺庄主之位了……"

影十三这才注意到，远处还站着两个男人。那两人静静地观望着这边，只看那一身杀气，就知也是榜上有名的杀手。

年九珑不耐烦地揉揉眉心，道："别来烦我，我现在不想见年厉云，更不想看见年存曦那个小人。"

年厉云是孔雀山庄现任庄主，年九珑的父亲。

"我们也是奉命办事，没办法呀，真是得罪了……"白羽眯眼笑笑，朝另外几人使眼色，"快带公子回去。"

年九珑脚跟微抬，手腕钢爪出鞘，右手忽然被不知什么时候出现在身后、如鬼魅一般飘忽不定的黑衣男人抓住。花犯则按住年九珑的肩膀，把他压在两人之间。

年九珑回头看了一眼，不由得心里一颤。轻而易举挟制他手臂的，是排在恶人榜第三的那位，杀伐鬼咒——楚心魔。

恶人榜上的高手连十三鬼卫应付起来都捉襟见肘，更别说尚未成年的年九珑。影十三自然也没把握能独斗楚心魔而全身而退。

"放开！放肆！你们敢绑我？！"年九珑抬头求助般地望向影十三，"三哥！我不能走！我要见王爷！"

年存曦心狠手辣，内息修为都在他之上，他若现在回去，根本活不成。

影十三却无动于衷，站在抄手游廊的木栏边，面无表情地看着九九在那几人手里挣扎，再被慢慢拖出庭院。

年九珑急得大喊："三哥？！你在想什么啊？！"

影十三咽下痛苦，勉强扬起唇角，轻声道："你不过是我的任务，是去是留与我无关。既然家人来迎，你就回去吧。"

年九珑瞪大眼睛，难以置信地望着影十三，然后猛力挣扎，目眦尽裂，脱口而出的声音已经变得嘶哑疯狂："三哥！为什么？！是不是有人逼你这么说？是不是王爷！啊！是不是？！"

影十三摇摇头，转身回了自己住处，轻轻关上了门。

年九珑怔怔地望着缓缓关严的木门，想说的话全咬在了牙缝里。他瞪着布满血丝的眼睛盯着那扇门，吼道："三哥！影十三！雁三琏！雁琏！你别后悔！"

白羽晃晃悠悠地溜达过来，慢吞吞地道："九公子……息怒息怒，一个小影卫而已，哪配得上结交您这般尊贵的人？当务之急可是夺位之争，您若赢了，连齐王殿下也得巴结您呀。"

"白羽……"年九珑挣脱花犯的手，一把攥住白羽的脖颈，手腕青筋暴起，恶狠狠地警告，"想让我割了你的舌头吗？"

"不说了，不说了。"白羽缩了缩脖颈，眯眼笑着退开两步。

楚心魔拖着年九珑转身离去。

花犯与白羽相视一眼，白羽傻呵呵地笑笑，抬脚跟上，旁边另一人则倏地化成一道黑影，消失在庭院里。

嘈杂声渐行渐远，庭院逐渐安静下来。影十三呆滞地盯着手中的红翡珠链，靠坐在阴冷幽暗的墙角，一言不发，一动不动，整个人像座冰雕，冷寂而绝望。

不知过了多久，门外传来脚步声，有人推开房门走了进来。影五打量了一遍黑黢黢的室内，一边摸索着去点灯，一边叨咕说："小十三哪去了？灯也不点，九九也不在……"

烛光一亮，影五吓了一跳，墙角竟蹲了一个人。影十三双目无神地跪在墙角，左手紧紧攥着一串翡翠珠链，右手拿着一块木炭，墙面上已经写了一大片"九"字，他还在不停地写，像疯了一样，越写越多，手指被木炭烫出了血红印子。

"小十三，你……"影五跑过去拖住影十三，掰开他僵硬冰凉的手，把木炭抠出来扔到一边，伸手在他的眼前晃晃，"小十三？听见我说话没？醒醒，怎么了，九九呢？"

听到"九九"这个名字，影十三突然咬紧牙关，狠狠瞪着眼睛，袖中的小折扇滑进手心一展，露出扇骨的刀刃，狠狠朝自己扎下去。

影五手疾眼快，抓住影十三的手腕，用力一拧。影十三痛吟一声，小折扇当的一下掉在了地上。

影十三像木雕一般跪了半天，然后僵硬地转头看看影五，嘴角露出一个惨淡的笑容，声音嘶哑："找我什么事？"

"没事，我看你不太舒服，明天再说吧……"影五迟疑地往后退了两步。

影十三突然捡起地上的小折扇，手指一捻露出扇骨刀刃，接着一跃而起，那刀刃竟直指影五心口要害。影五慌忙躲闪，腰腹重伤初愈，又怕动作太大会引得伤口裂开，一时无措，竟被影十三逼得节节后退。

“小十三，是我！你看清楚，是我啊！”

影十三此时什么也看不见，忽觉脖颈一紧，已被一条长鞭缠住。长鞭用力一甩，他被一股极大的力道狠狠扯了出去，后脊重重撞到了冰冷的墙壁上。

影四不知何时已经走了进来，拿着手中长鞭的铁杆指着影十三的咽喉，冷淡地问道：“你想干什么？”

影十三渐渐清醒过来，后背贴着墙壁，缓缓滑下去，无力地抱着头蹲在地上。

影四单手扶起影五，向影十三冷冷地命令道：“七天后，你与影六、影十，一同护送世子入京。”

影十三疲惫地垂着眼默不作声。影四一扬手中鞭子，影十三身子一颤，肩膀和腿上立即出现一道血痕。

“我在传达王爷的命令。”影四漠然地看着影十三。

影十三用尽全身力气爬起来，单膝跪在影四的脚下，深深喘了几口气：“是……”

影五还想再说点什么，却被影四拖着走出了影十三的住处。房门一关，已经精疲力竭的影十三无力地倒下去，瘫软在地上，一动不动，就这么睡了一整夜。

一连三天，薄雪在阶下铺了细细一层。

影十三无聊地靠在抄手走廊下，修长苍白的手指拢着薄雪，拢成一团，堆成了一个茶杯大的小兔子，再插上两片叶子作兔耳朵，按上两颗红豆作兔眼睛。做好了就握在手里，直到冰冷刺骨的雪块把掌心冻得麻木，雪水一滴一滴顺着指间滴到脚下。

他偶然抬眼，看见庭院月门下站着一人。

那人像九九。

影十三睁大眼睛望着，那影子越来越模糊，又渐渐清晰，一袭墨云锦衣，是影八朝这边走了过来。

影十三微微一笑，低下头，继续用冰冷的手去堆下一个雪球。

一片卷起的深蓝布帛掉在影十三的面前。

影十三慢慢抬眼，迟疑地看着那卷布帛。

影八不屑地瞥了一眼影十三堆在脚边的雪球兔子，抬脚迈过去，轻蔑道："有个小孩在门口吵闹，非要把这东西交给三哥。这府里，估计也就你能跟那小孩扯上关系了吧。"

影十三一怔，飞快捡起那卷布帛拆开，眼瞳骤然缩紧。

这是一片从衣裳上扯下来的布料，是封血书，定然是咬破手指写上去的，寥寥几字，鲜血淋漓。

"三哥，我快死了，救救我。"

影十三抓着那布帛，双手发抖，呼吸急促，额头渗出冷汗。挣扎许久，他突然起身，捡起掉落在地上的小折扇跳下游廊，脚尖一踮，双手抓住飞檐的边缘，用力一荡，跃上房顶，几个呼吸就没了踪影。

飞雪渐密，影十三踏着晚暮林的树枝在林中急速穿行，攥着那片血书布帛的手骨节发白，仿佛要把手心的布料攥碎。

不知过了多久，影十三出了临州，在目越山山脚感受到了极强的杀意，一股奇异的淡香弥漫周围。他调毒多年，对毒药、香料颇为敏感，即刻闭气潜行，隐进干枯灌木之中观望。

很快，一路人马自目越山峡谷之中冲出来，领头之人是个冷艳女子，穿着紫衣戴着银饰，一身飘舞长裙，薄纱飞扬，胸前文着一条骇人的蜈蚣，她低声对周身几人道："见到九公子，杀无赦。"

影十三攥得拳头作响。这女人是孔雀山庄恶人榜上唯一的女子，调毒圣手，排行第七的枯骨霓裳——聂漪兰。

"九九是逃出来了？"影十三四处张望，九九唯一可去的地方只有齐王府，大概是逃回去找自己了。

影十三很快就打定了主意。若找不到九九，他就帮九九争取逃脱的时间；若能找到九九，他就带九九走，远离王府，远离所有人，藏进深山角落，再也不出来。就算一辈子与世隔绝，只要有九九在，他也心甘情愿。

聂漪兰这时也感觉到周身的气场有异，身为百毒谷谷主，她嗅觉奇佳，鼻间嗅到了一股极其寡淡的药香。她抬手示意后方人马停下，纤细的手臂用力一勒马缰，身下黑马长嘶，马蹄踏起，尘土飞扬，缓缓停下。

尘土退去，远处白雪纷飞，天地相接处站了一人。那人一身墨云锦衣，指间转着一把合着的半尺小扇，静静地伫立着，挡住了唯一去路。

聂漪兰冷眼打量挡在面前的影十三，冷声问："何人？报上姓名。"

影十三捻着指间小扇，缓缓地道：“索命的鬼，哪来的名字？”

聂漪兰别过头对身后几个黑衣蒙面的杀手道：“杀掉他。”

几人飞快翻下马背，亮出匕首冲向影十三。

影十三眼睑微抬，指尖轻捻，半尺小扇突然展开，露出扇骨的利刃，脚下一动，身形飘忽，以一种难以置信的速度带出一串残影。下一刻，他右手小扇一翻，身后一人轰然倒地，发出沉重的闷响。

聂漪兰坐在马背上冷冷观战，这挡路之人竟是个从未见过的狠角色，不是孔雀山庄恶人榜上的杀手。那何处还能寻到这等神乎其技之人？

一瞬间，几个黑衣人已经有三个倒地身亡。聂漪兰缓缓抽出背后弯曲如蛇的暗紫细剑，一撑马背，朝着影十三飞身冲过去。

背后杀意明显，影十三敏捷地转身，用小折扇夹住直指自己后心的紫剑，擦着剑身推至剑柄之处，与聂漪兰僵持。不想那剑身淬满毒液，刀刃相接之时毒液飞溅，落在衣襟便烧出一个冒烟的小洞。

与影十三僵持了三个呼吸，聂漪兰手腕有些抖动，对方内息浑厚，臂力惊人，乍看之下，还能从对方温柔的眼睛里看出一丝恨意。

“你是什么人？本座与你有何仇怨？”聂漪兰冷冷质问。

影十三却只是死死地盯住她，并未作答。

“你也调毒。”聂漪兰细眉微挑，语气中带有一丝欣赏，“若是江湖散人，不如拜入我孔雀山庄百毒谷，本座可亲自向庄主举荐。”

冷艳华贵的聂夫人，从不主动收徒，更难得对旁人露出欣赏的眼光。如今她开口拉拢，堪比铁树开花，百年一遇。

“拜入你门下？”影十三微勾嘴角，“若许我做谷主，倒还能考虑。”

“狂妄。”聂漪兰眼神一冷，对着手中紫剑轻轻吹一口气，蜿蜒如蛇的细剑之上忽然蒸腾出一片雾气，雾气触到了影十三把着小折扇的手。

顿时，影十三只觉皮肤如被火烧般灼痛，不得不退开。再看时，手背的皮肤已被毒雾燎出一片血红脓疹，渗出的血液顺着指尖淌到小扇上。他用力甩了一下扇刀上的血迹，脚步微移，俯身在后脚处的石块上借了个力，离弦般再次冲向聂漪兰。

这次他转守为攻，步步紧逼，扇刀指向之处尽是致命要害。

聂漪兰没想到这人缠着自己不放，咬紧贝齿，全身内息汇于右手，手中细剑毒雾弥漫，迎着影十三劈头砍下。影十三丝毫不惧，翻身跃起，在聂漪兰的剑尖上猛地一踩，双腿钳住她执剑的手臂，毫无怜香惜玉之心用力一拧。

只听一声骨骼折断的脆响，聂漪兰痛苦闷哼，被一股力道狠狠摔到地上，落地的一瞬间，便见影十三手持扇刀，迎着自己的心口扎下来。

聂漪兰眼瞳骤然缩小，左手连忙抓起落在地上的紫剑抵挡，想挡住影十三劈下的扇刀。可她左手之力哪抵得上一个男子的臂力？扇刀的尖端离她的心口越来越近，而影十三看着她的眼神就像在看一个死人，冷静又无情。

“哼。”聂漪兰眉头微微一扬。

挡住影十三扇刀的紫剑突然炸裂，变成一片紫色的毒液。四处飞溅的毒液烧焦了雪被下的草梗，影十三飞快撤身，却还是慢了一步。一滴毒液不偏不倚地落进他的左眼之中，瞬间眼睛像针刺一般剧痛难忍，视线被一片血红渐渐覆盖，最终变得一片漆黑。

“啊……”影十三一手捂着左眼，低声痛吼，剧痛让他的感官逐渐麻木。他踉跄几步站住，闭上左眼，持着扇刀就地一滚，扇刀刺中聂漪兰的小腹。

聂漪兰痛苦地低吟，口中溢出血丝，此时她早已无心恋战，咬牙用尽全力抽身撤开，连跃几步翻身上马。扇刀刃上淬了毒，须臾间，她的小腹伤口已经黑了一大片，只得狼狈不堪地拖着断骨的右臂策马离开。

影十三跪在地上，痛苦地喘着气，一手按着剧痛难忍的左眼，血珠一滴一滴落进皑皑白雪里。

远处红梅盛放，引得影十三头晕目眩，天地间仿佛布满了血雾，看任何地方都是一片模糊艳红。

“九九……等我……”他手指僵硬地捡起染红的小折扇，挣扎着站起来，扶着冰冷的枯树踉踉跄跄地离开。

“九九，别怕啊，我会好好护卫你的。”

影十三拖着重伤的身体飞奔半日，几乎是摔着进了王府西侧门，扶墙喘息着朝庭院走。隔着庭院的月门，他恍惚看见自己住处门前跪坐着一个少年。少年身上穿了件染血蓝衣，无助地跪着，对着紧闭的房门喊得声音嘶哑。

“三哥！你出来见我！三哥……你骗我……我求求你出来看我一眼，你告诉我为什么，为什么不要我了……”

“我没有不要你……”影十三心里抽疼，挣扎着走过去想安慰九九。九九从没受过这样的委屈，一定吓坏了。

“九九，我在这儿……”

就在影十三的手指快要触到庭院月门时，双臂突然被出现在身后的两人押住。他惊恐地回头，茫然地看着压住自己的两人。

影六捂住他的嘴，无奈地低声道："我们也是奉命行事，小十三，跟我们走吧。"

影十扬手挥向影十三的后颈，影十三骤然昏厥。在两人搀扶之下，他被悄悄拖走了，耳畔隐约还能听到凄凉无助的嘶哑喊声。

"三哥……你对我……那些全是你的任务吗……没有一点儿是真的吗？"

影十三缓缓醒来，发现自己的手脚被铁链锁在木柱上，周围一片幽暗，左眼已经彻底看不见东西，只有右眼能勉强视物。

几个影卫都在室中，影五沮丧地拿着药布沾水，为他擦净脸上的血污。

"五哥……让我去看看九九行吗？"影十三几近乞求，他的手脚被死死绑着动弹不得，不然怕是要跪下来。

"你哪来的脸面说这话？"影四走过来，手中长鞭一扬，狠狠抽了下来，"你的命是王爷的，不是你那兄弟的。"

影五有点不耐烦地抓住影四抽下来的鞭子："哥！你好好说话行不行啊？小十三都伤成什么样了，你还打他。"

影十三认命地别过头，听着外边九九隐隐约约的喊声，叹气苦笑："他会恨死我的。抢走九九就够了……还要让他恨我……"

"难道你要王爷辛苦培养的人去恨王爷吗？"影四道。

影十三哽咽着笑起来。

"我没爹没娘，没有哥哥，也没有王爷的青睐。可为什么我都放手了你们还要他恨我，我就那么该死吗？当初为什么捡我回来，为什么不直接杀了我、弄死我？我在影宫里熬那么久，为王爷出生入死十几年，怎么我就不配有人挂念吗？！"

影十三越来越失控，身体剧烈发抖，哽咽道："你们什么都有了……我只有九九啊……"

影五皱眉道："别这样。"

"我恨你们。"影十三用疲惫的眼神凝视着影五。

影十三一直被绑到傍晚才放下来，铁链一松，他整个人滑落到地上。他挣扎着爬起来，跌跌撞撞推开门，往庭院走去。

此时游廊阶下已空无一人，只剩地上还有一件染血的蓝衣，旁边的雪地上留下了一行血书。

"从此天涯陌路人。"

影十三俯身跪在地上，用手抹掉那行血书，抱起已经冰凉的蓝衣紧紧搂在怀里。

"你们看,没有我,他都流血了。"影十三喃喃自语,"我从不让他受伤的。"

影五站在影十三的身后，看着快要崩溃的影十三，心中不忍，伸手拍了拍他的肩膀，想劝慰几句。

影十三惊慌地回头，抱紧怀里血迹斑驳的蓝衣，警惕地问："这个你们也要拿走吗？"

"你收着吧。"影五无奈道。

影十三小心地捧着那件蓝衣，跑回了自己住处，关上门，靠着木门缓缓坐下，把脸埋进那件衣服里，感受着九九残留的气息，瞬间泪流满面。

夜里风雪刺骨，年九珑站在一道山谷断崖前，眼神阴冷，身上只着一件破碎单衣。

领口隐约露出胸口尚且红肿的纹路，一只金蓝孔雀文在胸前。以化尸水沾着蓝石金粉在身上生生刺了六千三百一十二针，那钻心剧痛堪比地狱酷刑。他整整熬了两天两夜，生不如死。

他的身后还站了几人。

白羽一改从前懒洋洋的疲态，脸上终于多了几分认真，恭敬地朝着年九珑作了个揖，眯眼笑道："九公子，您也晓得，七公子虽身为庄主嫡妻之子，颇受宠爱，但他为人娇纵跋扈，无甚手段，想赢二公子实在是以卵击石。二公子早就把我们几人当作眼中钉、肉中刺，我们也想另择佳木而栖。若您进了百绝谷仍能生还，我等愿为九公子驱策，助您夺得庄主之位。"

年九珑扯下腰间盘绕的蓝银腰铃，本想将它扔到谷底，可盯着银铃上精致的花纹，犹豫了一下，到底还是收回了衣襟。

脚下断崖之下便是百绝谷，也是孔雀山庄处决折磨叛徒之处，毒虫遍地，陷阱遍地。叛徒一旦被扔进百绝谷中，便会在无尽未知的恐惧里慢慢死去。

这大概是一个不亚于影宫的可怕地狱。

年九珑闭了眼睛，踮脚一跃，坠入深谷，连影子也被无尽的黑暗吞噬得一干二净。

白羽、花犯对着年九珑站立之处躬身抚肩行礼，楚心魔静静凝视着幽深阴暗的百绝谷，一言不发。

日升，云蒸霞蔚，百绝谷一片死寂，偶有秃鹫展翼掠过，凄厉的尖鸣划破苍穹。

齐王府的后院也没了往日的热闹，影十三侧身靠坐在抄手游廊的木栏上，一只脚踩着横栏，另一只脚蹬着石柱，慵懒地修补着自己的小折扇。之前与聂漪兰那一战，他折损不少东西，一根玄铁扇骨，一件墨云锦衣，一只左眼。

其实也没什么。

终于和七年前一样了，幽静的庭院，一颗孤寂的心。

庭院的樟树枝头落了几只寒雀，叽叽喳喳。

影四踏进庭院月门，朝影十三走了过来，在他一丈之外时，一个黑黢黢的东西猛然坠落到脚下，原来是只死雀，被一根淬了毒的铁针贯穿，一针毙命。

“你什么意思？”影四淡漠地看向影十三。

影十三慵懒靠着，温柔一笑：“因为它太吵了。”

“今晚护送世子入京。”影四原话传达王爷命令。

“嗯。知道。”影十三扬扬小折扇，“七天前就说过一遍了。”

“对了，为何要我护送世子？”他漫不经心笑道，“我那么记仇，说不定直接放他被野狼咬……”

“住口。”影四略微皱眉，“别坏了规矩。”

“我只是好奇，影五近战比我强得多，为何不叫他去？”影十三杏眼含笑，翻身跳下游廊木栏。

影四面无表情地看着影十三，影十三的左眼眼瞳灰白，被剧毒腐蚀浸泡到无药可医，就算他调毒多年，身体有些抗毒的能力，却也只能让这只眼睛保留着，视力大概是无法恢复了。

影十三抬手半展折扇，扇骨滑过影四的脸颊，凑近了问道：“因为太危险了，舍不得影五去，是不是？”

“你真宠他。”影十三哼笑，“所以他才那么天真，对我这种人心怀怜悯。”

鼻间忽然充满雪兰香香气，影四瞬间略微目眩，他本能地抽出百刃带上的长鞭，鞭梢却被影十三轻轻握住。

影十三将鞭梢在指间卷了几圈，与影四僵持对峙，随后挑眉诧异地道：“四哥不会把自己亲弟弟的性命看得比王爷的性命还要重吧？”

影四冷淡的表情终于有了一丝变化，眼睛骤然眯起。

“啊，我居然猜对了。”影十三笑得肩膀一颤，松了握着鞭梢的手，拿小折扇掩嘴道，“影四，你又有什么资格说我呢？”

“你给我闭嘴！”影四暴怒，长鞭扬起，又狠狠抽落。

在长鞭即将触到自己身体时，影十三将其一把抓住，墨绿长鞭在两人手里绷直了，谁也不肯让步。

“晚上还得送世子入京，四哥忙着，我先不伺候了。”影十三随手扔下那长鞭，转身走了两步，回头朝影四挑眉道，“你迟早害死他，你记着。”

影四冷冷地望着影十三的背影，庭院里只剩下他一人。他下意识地朝影五住处走去，走了两步又停住，指节攥得发白，转头回到自己住处。

影十三不紧不慢地走回住处，轻轻关上门，独自缩在房里。小桌上摆了一些白色粉末，数十日来，他昼夜不停地调配炮制雪兰香，费尽心血，终于查明了马左元拿走的配方里抽换了哪些药材毒物。

雪兰香原本就是一种能致瘾的花，只是不能马上发挥作用，而马左元蒸去了雪兰香的毒性，并辅以龙清、百目子和其他药材，来激发雪兰香的致瘾作用。若有人大量吸食，即可染上药瘾，被药物控制，一旦停药就会生不如死，继续吸食则会在不知不觉中死去。

影十三拿起桌面上那沓手记端详，关于雪兰香的东西全在这沓纸里。七天前，他就已经整理齐全，本打算交给齐王戴罪立功，求王爷赐一痛快死法。

现在看来，他已经不需要了。

一抹冷笑挂在嘴角，他手指一松，那沓手记尽数落进炭炉里，火焰越烧越旺，把数十页密密麻麻的整齐楷字烧成一炉灰烬。

子时，影十三与影六、影十聚于王府西侧门静待，身旁停了一辆华丽精致的马车，车篷车窗上嵌着玛瑙玉石，周边也停了几辆偏小的马车，丫鬟婢女侍童一个不差，乌泱泱站了一大排。

稍后，影七领着世子李间宁来到了西侧门。

世子今年十二岁，个头才到影十三的胸口下，面相清秀，早已没有了刚入王府时的嚣张任性，如今他有些懦弱。

李间宁是卫国公的小孙子，当年被强行塞进齐王府作了世子。王爷后来查明，当初与卫国公亲近的并非二皇子，这些假象全是太子做的障眼法，目的是借二皇子之手挟制齐王，又借齐王之手助自己上位，最后除掉二皇子，再除掉齐王，夺下影宫，把这江山稳稳攥在手心里。

太子登基，二皇子一党被暗中剿杀殆尽，覆巢之下，卫国公府竟完好如初，足以证明卫国公正是当初的太子一党，而强行塞世子的主意就是太子授意的，也就是当今圣上的意思。

如今，一切归于平静，皇帝准备对齐王府动手了。大概是卫国公按捺不住，怕圣上龙颜大怒连累了他家小孙子，于是暗中请求皇帝把世子接入京中保护，皇帝才下旨要齐王世子进京请安。

按说这样的情势，齐王本不该轻易放世子这个挡箭牌出府，即便不能保全府上，至少也能令皇宫里的那位有所顾忌。谁知齐王答应得轻松，二话没说就令身边的影卫护送世子入京。

目越山周边山匪猖狂，时常拦截过路旅者，杀人越货。这帮悍匪里有几人功夫了得，连附近知府也拿他们无可奈何，索性眼不见心不烦，直接撒手不管，任小镇百姓自生自灭。

护送世子的车队刚好经过目越山旁的大道。这车队走得讲究，最华丽的车是主子的，行在中间，前边是开路的马夫、侍者和护卫，后边是婢女、丫鬟、老妈子，还有几辆拉着沉重货箱的马车。

小镇里的老百姓没见过这大排场，纷纷挤出来凑热闹。

排场是给皇帝和卫国公看的，总不能太寒酸，叫齐王府落人口实。

影六和影十在世子马车上，护驾加赶车，影十三骑马行于马车右侧，百无聊赖地坐在马背上，缓缓而行。

忽然，马队前方骤停，只听领路护卫大喊："山匪拦路！保护主子！"

顿时，山林之中乱箭狂飞，数十头耳垂打着银环的狼犬从四面八方冲过来，扑进马队中，见人就咬。一时人仰马翻，马队被冲得七零八落，乱成一团。

影六、影十正欲起身，影十三晃了晃小折扇，道："你们保护世子，剩下的交给我。"

几人合作多年，已经生出一种默契，一瞬间便交流部署完毕。影十三站上马背，踩着马头翻身一跃，迎着拦路山匪冲过去。

影十三身上散发出了一股前所未有的杀气。他从前总会把情绪压制得很好，更不会在护卫时杀气外放，而现在……

影十三独自闯进山匪包围圈之中，玄铁小折扇在手心打个转儿再握紧，刀刃向外，闪着寒光。呼吸间，周边几人倒地，表情惊悚，像是看见了恐怖的鬼魅。

影十三手持小折扇站立在前，仅剩的完好右眼弯着，像是在笑，却又显得惊悚骇人。

影六、影十护在世子马车左右，望着在一众山匪中肆意杀人的影十三。

“他疯了……”

这个影卫已经被极度的悲伤和仇恨所吞噬，再过一阵，他就会变得与影宫出来的失败品一样，无心无情，只为杀戮和服从而生。

远方极隐蔽处，有人静静站着观望。

影七眉头微皱，轻声叹气，转身走了。

十日后。

世子安全入京，影卫回府复命。

影十三带着满身血污回了住处。没想到，王爷正站在庭院里，望着樟树上嬉戏的寒雀，手中仍旧转着那对铁芯青玉核桃。

“参见王爷。”影十三走过去，单膝跪在齐王的面前，嘴角微微翘着，眼神却如一潭死水。

“辛苦了。”王爷随口安抚了一句，又道，“有个事，本王想了想，还是得托付给你。”

“谨遵王爷吩咐。”

话音刚落，齐王身后突然走出个白净的小男孩，三四岁的年纪，大眼睛忽闪忽闪的，藕段似的白胖小手怯怯地抓着王爷的衣摆，小心地打量跪在对面的黑衣人。

影十三也低头看着他。

小男孩站着还没有影十三跪着高，白胖的小手小腿，头上扎着一条小辫子，长睫毛上下抖动，眼睛清亮。

齐王俯身推了推这小孩，小孩便朝齐王眨了眨眼睛，松开抓着齐王衣摆的手，撒开腿乖乖跑到影十三的面前，脆生生地叫道：“师父！”

影十三猛地一震，看向那小孩的眼睛都在发抖。

齐王淡然地吩咐道：“这孩子父母死于山匪之患，无人照料，影七将他带了回来。本王想了想，刚好王府空缺了一个影卫，你好好教他，将来好填补空缺。他既入了王府，就得起个新名，叫慕雀吧。”

“是……”影十三怔然答道。

慕雀乖乖弯下小短腿，跪在影十三的面前，有点笨拙地道：“师父在上，受弟子慕雀一拜。”

影十三下意识地伸手去扶，待瞧见自己手上干涸的血污，立马叼下墨锦手套，拿干净的右手扶起慕雀。

齐王静静地看着影十三的眼睛，那眼里惯有的冷漠阴狠此刻荡然无存，左眼虽灰暗，右眼却渐渐清明，温柔如水，一如曾经。

慕雀把小豆包似的手放到影十三的手心，影十三轻轻握住，唯恐攥疼了这个易碎的小宝贝，轻声温和地道：“慕雀……我会好好护卫你的。”

白驹过隙，物是人非。

一年后，孔雀山庄万人空巷，围观九公子出百绝谷，雀羽冠、羽翎裳，鲜衣怒马，盛气凌人。

风云变幻，九死一生，年九珑果真回来了。

第六章　泯恩仇

他幻想过许多次与影十三相遇的情景，也想过要怎么折磨那人，可终究没想到会是这种样子。

孔雀山庄，议事堂。

近日山庄无事，庄主携几位夫人出游，山庄事宜全权交给二公子年存曦掌管。

庄主的主座空着，年存曦坐于次座，手持一支赤签，清了清嗓子："诸位兄长贤弟，庄主出行，暂由我代管山庄事宜。"

年九珑仰头靠在椅背上，冷哼一声。

年存曦瞥了眼一脸轻蔑不服的九弟。这个年九珑，回来后就不停地找自己麻烦，偏又好运地躲过了无数次暗杀，孤身一人跳入百绝谷居然也能活着回来。他看不惯年九珑，又杀不掉年九珑，最终年九珑成了他心里的一根倒刺。

就算年九珑的亲娘是百药谷谷主又如何？他娘早死了，还能给他什么助力？不过是留给他几个百药谷的药师，那些人手无缚鸡之力，能掀什么风浪？

"今日有位贵客托付给山庄一支赤签。"年存曦碍于兄长风度，不想与幼弟纠缠，继续道，"这支赤签的报酬比往常的要昂贵十倍，且不过是取一人性命而已。"

在场诸位公子有了些兴趣，报酬比往常高十倍可不是个小数目，不知是雇主财大气粗，还是目标着实难缠。

年存曦对诸位公子的反应很是满意，当即扔出手中的赤签，缓缓道："齐王府十三鬼卫之一，影十三。"

未等众人反应过来，闭着眼睛靠在椅背上的年九珑便开口道："心魔，帮我取签。"

一直静悄悄地隐没在年九珑座椅后的黑衣男人倏地出现，一言不发地站在年九珑的身侧。

年存曦皱眉道："小九，你这个月的签子已经接满了。"

"那行。"年九珑眼都没睁，"我看还有谁有本事拿下他？"

七公子年有常一拍桌面，怒声道："年九珑，你别太嚣张。白羽，取签。"

年九珑凤眼微眯："哦？还真有不怕死的。"

白羽眯眼挠挠头，既不能违逆七公子，又不敢得罪九公子，便犹豫着没敢迈步，揣着手直直望着房梁发呆。

六公子年有华与年九珑平日里接触多些，知道那影卫是小九看重的人，便在中间好言好语劝架："二位，不就是支赤签嘛……别伤了和气，给二哥留点面子吧。"

年有常在孔雀山庄颇受庄主宠爱，自幼养成了飞扬跋扈的性子，平时最看不惯年九珑在自己面前横行霸道，便推了一把白羽："愣着干什么？取签。"

白羽赔了个笑，揣着手慢腾腾走过去取签，可手指刚触到那支签，一道劲风吹来，指间一凉，一把切水果的银刀就卡进了花梨木的桌面，正好停在白羽的两指之间，再偏一分就能直接剁下他的手指。

白羽眯起眼，又朝九公子讪笑。年九珑扔下手里没切完的苹果，走下座位，随手捞过那支赤签，扬长而去。楚心魔静静地跟上，倏地消失在大堂。

年有常气得牙痒痒，当即冷脸掀了桌子。

年有华被那掀桌的巨响震了个激灵，连忙退开给这位大爷让路。年有常把他推到一边，气势汹汹地走了。

议事堂里其余的几位公子似乎也习惯了这场面，议论了一会儿就静了下来，等着年存曦说下文。

年存曦无奈地叹气道："年轻气盛的弟弟们，唉……罢了，最近京城来人放签，诸位暂时别接。"

"怎么说？"

"京城出了点麻烦。啧，这麻烦还挺大的。"

年九珑出了议事堂，把赤签随手扔给楚心魔，楚心魔面无表情地问："杀了吗？"

"先放着吧。"年九珑低头拿拇指的指甲抠着签子上朱砂染的"影十三"三个字，"他已经不再年轻了，还盲了一目，不值得我兴师动众。"

楚心魔没再附和。

时值九月，三秋时节，黄叶西风。洵州冷得晚些，可早晚也生潮气，拂在身上微凉。

影十三最近越来越闲了。之前是因为精神不大好，伤又重，王爷体谅，让他安稳养伤，可如今已经有十多日未曾召用他了。

慕雀端着热气腾腾的药碗跑进庭院，吹了吹热气，端给影十三，脆生生地说："师父，您该喝药了。"

这孩子才四岁，却比同龄的小孩懂事得多，乖巧听话，也尊敬爱护师父，每天按时去熬药，再端回来看着师父喝。

慕雀知道自己有个师兄在孔雀山庄，之前师父很在意他，每天都在想念他。可师兄不喜欢师父，从不来看望师父，前几日好不容易来了一次，还让师父那么难过，慕雀讨厌师兄。现在师父不再提师兄了，也不伤心了，更不会再每天看着那件旧衣服伤神。慕雀很高兴，师父终于长大了。

影十三疲惫地靠在抄手走廊的木栏上，抬眼望着飞过天边的大雁。

他清瘦了不少，本就没什么肉的手更加骨节分明，从前顾盼生辉的杏眼眼角也生了细纹。余晖落在他的身上如同嵌了一层金箔，他像飞檐上眺望的青铜螭吻，沧桑而孤独。

"雀儿，到我这里来。"影十三扬起小折扇招呼小孩。

慕雀理了理衣裳，开心地跑过去，乖乖地站在影十三的面前，等着师父说话。师父总是慢慢地说话，很少大声训话，长得也很好看，像小人书里画的人。师父还很厉害，几乎什么都会，唯独不太会缝衣裳、钉扣子，钉出来歪歪扭扭的，慕雀只好自己钉。

"银子都在床头的柜子里，压在衣裳底下。"影十三揉着慕雀头上几根竖起来的头发，缓缓交代道，"我放在桌上的毒药，你都拿去扔了，免得不当心碰着。"

"是……"慕雀疑惑地噘起小嘴。

"影六和影十为人宽厚，是值得信任的人；影八身手极佳，但脾气不好，你遇到麻烦若找他，他八成不会理你；尽量别出现在影四的视线里；和影五交往倒没什么，但别走得太近；影七性格有点内向，但你要多接近他，若真不当心犯了错，惹恼了王爷，就去求他帮你。"影十三一一细数交代。

慕雀听了有点害怕，扯着影十三的衣裳着急地问："师父为什么告诉我这些？师父要去哪儿，不回来了吗？办事久一点儿也没关系的，雀儿等着师父回来……"

影十三伸手抬起小孩的下巴，拿拇指按住他的嘴唇，不让他再说话，轻声嘱咐："还有，遇上再值得结交的人，也别把心都交出去。影卫不可有挂念，记着这训条，虽然日后不会过得很幸福，但至少不会太难过。"

"我晓得了师父，可是……"慕雀紧紧拉着影十三的衣角，委屈得快哭出来了，“师父，您要去哪儿？”

影十三没再回答，目光扫了一眼庭院的月门，远处几道黑影快速接近，为首一人正是影四，身后还跟着几个影卫，进入庭院以后围成半圆，把影十三和慕雀围在中心。

影四冷漠地道：“京城爆发雪兰香之患，众多王公贵族染上药瘾，危在旦夕。影十三，王爷要你给个解释。”

慕雀紧张地抓着影十三的衣角，强忍着害怕哽咽道：“我师父什么都没做！”

影十三捏捏慕雀的小肩膀，把他推到一边，半举双手，缓缓走到游廊阶下，慢慢拆开腰间的百刃带扔到地上。

墨云锦衣散开，顺着他的肩膀、手臂褪下，落到脚边，身上只着一件墨色里衣。

影十三单膝缓缓跪下，低头平静地道：“我……不配为影卫，任凭王爷处置。”

影四挥手道：“带走。”

慕雀抹着眼泪哭着跟了上去，抓着影十的衣袖哀求：“十叔叔，我师父怎么了，为什么抓他？师父很好的，他不会做坏事的，你救救师父……”

影十无奈叹气，抱起慕雀送回了影十三的住处，把号啕大哭的小孩放到床榻上，蹲下身给他抹眼泪，安慰道：“王爷在生气，你再添乱只会让你师父受更多苦，知道了吗？”

慕雀抽噎着抹眼睛，呜咽着点头，断断续续地说：“我师父会死吗？”

“……”影十不知该如何回答，若实话实说，显然对这小孩太过残忍。

“坚强点，你不是影卫吗？”影十拍了拍小孩的肩头，见慕雀不哭了，便转身飞快跟上押送队伍。

“呜！师父会死！”小孩子的直觉有时准得惊人，慕雀已经感觉到了影十在隐瞒什么，他抿了抿嘴，趴在床榻里哭湿了半个枕头，直到哭得喘不过气，累得再也哭不出声，才渐渐安静下来。

他余光瞥见师父伏案调毒的桌上放着一盘红翡珠，珠链已经断成了一颗一颗的珠子。

慕雀抹了抹眼睛，跳下床榻，踮着脚爬上凳子，从盘子里拿了一颗鲜红的翡翠珠装进衣襟，又爬上床，在柜子里翻出那件陈旧褪色的破旧蓝衣以及几块碎银子，都包进一个包袱里，然后背上包袱，悄悄跑出了庭院。

王府出了这么大的事，谁还能注意到一个小孩的去向？慕雀顺利地从西侧门偷跑出了王府，跑到街巷里，看见一辆停着的马车，急匆匆跑过去，把银子往车夫手里一塞，严肃地低声对那车夫道："我要去孔雀山庄！"

车夫看这小孩一脸认真严肃，蓦地笑了："小崽子，快回家玩去。"

慕雀看车夫以为自己是在闹着玩，赌气地噘起嘴，小胖手抓着齐自己鼻尖高的车架，吃力地爬上了车，一字一句认真地说道："我哥哥是那里的人，哥哥见不到我会生气的。我给了你银子就是大人了，你快带我去。"

一听这小孩跟孔雀山庄有关系，车夫也不敢再拒绝了，无奈上车赶路，回头道："那杀手院我可不敢进，只能送你到外边的紫竹林。"

"好的。"慕雀坐在座位上严肃地点点头，像个小大人。只是他的两只小脚够不着地，还在半空中晃着。

马车颠簸，慕雀扒着车窗望眼欲穿，生怕自己再晚些，师父就会丧了命。

马车行驶的速度逐渐变慢，即将行至一处紫竹林。

马车尚未停稳，慕雀便急着跳下马车，还摔了一跤。他爬起来拍拍身上的土，四处张望，看见远处竹林尽头的大门，便撒腿跑了过去。

孔雀山庄外围用镂空紫竹作门栏，放眼望去，能看见庄里的景色和来往的婢女、小厮。江湖上有人说，孔雀山庄就像个巨大的金丝笼，圈养着九位华贵公子，任他们厮杀相斗。

慕雀跑到门前，扶着镂空的竹枝踮脚向里张望。

门口的守卫看见了这个行为奇怪的小孩，过来抓住他的胳膊把他往外拖："哪来的野孩子？快走，不然要你小命。"

慕雀挣扎道："哎呀，不要拉我！我要找人！"

"你要找谁？"守卫冷冰冰地问。

"我……"慕雀这时才想起自己不知道师兄的名字。

守卫见他说不出个所以然来，拎起这小孩的后领就要扔到一边。

慕雀小脚乱踢着，忽然看见院里正有位穿暗蓝织银缎服的年轻公子路过，顿时眼前一亮，脱口大喊："师——"

"兄"字还没说完，慕雀便住了嘴。万一这儿的人不知道师兄和师父的关系，现在说出来不就更麻烦了吗？

年九珑听见门栏外传来一声清脆的童音，下意识抬眼望去，便看见了那个小崽子。

"他来这儿做什么？"年九珑不耐烦地转头，只当没看见。这小孩粉雕玉琢的多招人疼，当然比他这出身杀手院的小狼崽惹人喜欢。三哥本就偏宠小孩子，喜欢这小孩也不意外。

年九珑听见了自己咬牙的声音，抬脚要走。

慕雀见师兄不搭理自己，小嘴一噘，大喊一声："爹爹！"

年九珑一愣。

什么？！

拎着慕雀的守卫也愣了神，没想到这小孩继续喊："爹爹！你抛弃我和我娘亲！我和娘亲相依为命，小阿雀每天都在找爹爹。娘亲每日以泪洗面，爹爹你是不是有新欢啦！"

周围几个守卫和路过的丫鬟悄悄拿看畜生的眼神看着九公子。

啧，这九公子有点禽兽啊，看着人模狗样的，谁知金玉其外，败絮其中，出去那么多年，居然撇下人家孤儿寡母，自己回山庄逍遥来了。

"……"年九珑面色一会儿白一会儿青，慕雀趁机在拎着自己的守卫的手上用力啃了一口，那守卫被咬，痛得撒了手。

慕雀掉下来，飞快地跑到年九珑的身边，一把抱住他的大腿，说什么也不松手，还流着眼泪可怜巴巴地呜咽道："爹爹，你不能那么狠心啊！"

"我哪有你狠啊。"年九珑咬了咬牙，把慕雀从自己大腿上扯下来，拎着回了自己的住处，砰的一声关上了门。

因为九公子喜怒无常的脾气，胧明阁里一向无人伺候，此时屋内只有年九珑和慕雀两人。

年九珑往门上一靠，抱着手臂低头看着那小不点，冷哼道："你还真有本事，能找到这儿来。说，想要什么？"

"师父被王爷抓去，肯定会死的，求师兄救师父……"慕雀眼巴巴看着年九珑。

年九珑稍稍皱了皱眉，又恢复了一脸事不关己的表情，无所谓地道："他都不管我的死活，我凭什么救他？"

慕雀揉揉眼睛，端正地跪在年九珑的面前，把包袱里的东西都抖了出来，整齐摆在地上，一样一样解释。

"这是师父一直不让我碰的那串珠链上的珠子，"慕雀用胖乎乎的小手指捏着那颗翡翠珠，轻轻地放到地上，瞥了一眼那居高临下望着自己的师兄，自顾自地道，"也不知道是哪个坏东西弄断了它。师父最喜欢这串珠链了，每天都带在身上，师父眼睛不好，串了很久也没串好。"

年九珑淡淡地看着地上那颗翡翠珠，咬了咬嘴唇。

“还有，这件衣服是师父一直放在自己枕头底下的，只要落一点儿灰尘，师父就会拿去水边洗，洗得都旧了。我比过这件衣服，和师父一贯穿的尺寸不一样，肯定是哪个坏东西的衣服。”

“……他还留着这个吗……”年九珑缓缓蹲下身，用比从前更加粗糙的手拿起那件旧衣。

衣服被洗得发白，散发着极淡的雪兰香。年九珑忍不住想象三哥抱着这件衣裳安静蜷缩睡着的样子。

慕雀义正词严地指着年九珑说：“我觉得你得对我师父道歉。”

年九珑冷笑：“道歉？”

“师兄，雀儿不知道你为什么一直在说师父不要你了，赶你走了。可雀儿看着，明明就是你先走的，是你先不要师父了，你让他好伤心。我不管，就是你的错。”

慕雀说完，把有点发抖的手藏到了背后，脸上却依旧一副理直气壮的样子。面对这个差点把自己活活掐死的师兄，他绝不能输气势。

“……”年九珑无话可说。

不知为何，他的心忽然隐隐作痛。

在暗无天日的百绝谷里，每受一次伤，他对影十三的恨意就越深。最后，这种恨意成了支撑他活下来的信念。若这么长时间，影十三也同样在痛苦着，年九珑倒还觉得爽快了些。

这个人不能死，就算死，也得死在自己的手里才行。要折磨得他后悔，再狠狠羞辱他。他会伤心吗？笑面鬼怎么会有心？他全是为了他的任务！为了他的主子，他什么都能做，也什么都能承受，就算被弄伤、弄残、弄瞎也无所谓，他全是为了齐王！

年九珑的胸口激烈地起伏着。他靠在门上，努力让刺痛的心缓缓平静下来，却发现徒劳无功。

慕雀看出师兄有点不对劲，便不再说话了。

这时，年九珑靠着的门响了起来。

年九珑把坐在地上的小孩往旁边的屏风里踢了踢，然后拉开门。楚心魔把一个锦盒递到他的手上，再次悄悄隐没在门外。

年九珑用力攥着那长条的锦盒，这是齐王书房里装镇纸的那个金丝盒，他记得很清楚。

犹豫半晌，他还是翻开了锦盒。盒中放了一物，让他手指一僵。

里面放了一缕染着凝固污血的头发。

慕雀从屏风后爬出来，看见那盒里的头发，小嘴一扁，眼泪扑簌簌地掉落。

盒里还有一封折成长条的手书，上面写了字。

“三日后，玉楼春赌武台，美人局。”

年九珑咬牙撕碎了那封手书，连同那锦盒一起狠狠摔到地上，低声骂道：“齐王真是混蛋……”

慕雀不明所以，委屈地问：“师兄会救师父吗？”

“不管救不救，都没有你求我的份，你算他什么人？！”年九珑拎起慕雀，拉开门把他往外一扔，“滚！滚回你的齐王府！滚！”然后重重地关上了门。

“呜……”慕雀揉着眼睛趴在门上敲，委屈地哭起来，“呜呜，师兄你救救师父……为什么你们都不爱师父？师父那么好、那么温柔，可是你们都欺负师父，你们都是坏人！你会后悔的！我讨厌你！”

年九珑被烦得进了里屋，趴进床榻里，拿枕头蒙住头，突然被一个硬物硌了一下，原来是那串蓝银腰铃。这么久了，银子早没了光泽，变得暗淡。

连银铃都这么憔悴了，他还好吗?

“我真贱。”年九珑用力挠了挠头发。

夜晚，年九珑拉开门，发现那小孩还在门前没走，趴在门槛上睡着了，长长的睫毛上还挂着泪珠子，看来是哭累了。

年九珑蹲下身，用手掌托着慕雀的小屁股把这小崽子抱了起来，带回自己的寝房。他把小孩往被窝里胡乱一塞，戴上护手披上外袍，走出了胧明阁。

楚心魔从黑暗中忽然现身，落在年九珑的身侧。

“我去趟玉楼春赌武台，自己去。”年九珑系上衣带，指了指自己的寝房，“别让那小崽子乱跑。”

楚心魔听了九公子的话，没再跟着。听说里面那个是公子流落在外的儿子，公子还真是厉害。

洵州小巷里的破旧小酒馆仍旧开着，门可罗雀。那脏兮兮、懒洋洋的跑堂坐在门前，脚边放了一筐核桃。

不多时，天降微雨，雨势渐密，身上陡生寒意，跑堂不由得缩了缩身子，感叹道：“一场秋雨一场凉啊。”

一位身穿暗色织银蓝衣的公子出现在小巷尽头，从斜风细雨里缓缓走来，他的肩膀被淋湿，束发的孔雀羽冠上挂着零落雨珠，偶尔折射出一缕蓝绿宝石的光泽。

衣着华丽之人大多是世家纨绔，擅长与人交际，可那人面无表情地走过来，一副拒人于千里之外的样子，让人感到难以接近。他年纪尚轻，举手投足间却有一股躁动之气，似在忍耐着一些东西，可能是仇恨，也可能是别的什么。

跑堂见过的高手众多，这人只是其中一位而已，并不稀奇。只是他那股与年龄不相称的颓丧气息却让人眼前一惊，或许在别人眼里管这叫“阴狠”，但跑堂阅人无数，清楚这其实是强行掩藏的悲伤。

年九珑从跑堂手里接过一枚核桃，反手啪的一声，那核桃已经深深嵌进门柱的兰幽石里，完好无损，整个没进石中。

跑堂递上了一块蓝石斗牌，悄声道：“公子多留心，我们金主在里头。”

“我见的就是你们金主。”年九珑抽过兰幽牌放进衣袖，抬脚迈进了空无一人的破旧酒馆，留下门外一脸茫然的跑堂。

年九珑顺着阴暗石阶缓缓下行，青苔还在，物是人非。

他径直走到窖底，进了如从前一样喧嚣吵闹的大堂，半步也没驻足，直接分开人群朝赌武台所在的内堂走去。

周围赌台上有眼尖的赌客停了手，望着那位年轻公子离去，小声议论道：“瞧见没？孔雀山庄的人。”

“应该是位公子。不知道是哪位。”有人附和应声。

赌客见年九珑走了，听不见自己说话了，才放大了声音叹道：“可悲。那山庄规矩冗杂，稍有不慎便会丢了性命。在那里长大的公子，活像孔雀，空有一副华丽皮囊，内里都被手足相残的邪念蛀空了。”

“还是咱们乐得逍遥，想怎样就怎样，哈哈哈。”

年九珑进入赌武台的大门。有侍者已等候多时，一见年九珑，匆忙迎上去行礼：“公子，王爷吩咐，请您在雅间静待。”

年九珑攥紧拳头，面上淡淡应道：“好。”

侍者恭敬地领着九公子进了雅间。

雅间极为宽敞，足以容下几十人，中间摆了张鬼脸黄花梨的长桌，长桌对面是一座规模不输大堂的斗台。

“公子稍等，王爷稍后就到。若无吩咐，小的就先退下了。”

“嗯。”年九珑摆了摆手，褪下外袍搭在椅背上，坐进长桌前的木椅里，闭眼静待，手心却直出汗。

雅间里寂静无声，只听得见年九珑的心跳声和呼吸声。雅间深处还有一扇门，不知通向何处。

砰的一声，那扇门被猛然推开。几位身着墨云锦衣的影卫陆续进入雅间，无声地行至长桌前，飞快站成两排，整齐划一地单膝跪下，一同沉声道：“恭迎齐王千岁！”

年九珑凤眼微睁，望着远处。齐王一身青白蟒纹袍，转着手里两枚青玉核桃走了过来，气定神闲，在他对面坐下。

年九珑攥了攥木椅把手，站起来，面无表情地躬身拜礼。

“九公子请坐。”齐王悠然地靠在椅背上，一边把玩着两枚铁芯青玉核桃，一边慢悠悠地说，“请你过来，是本王听了件趣事却无人分享，想找人说道说道。”

“哼。”年九珑抬眼哼道，“何事那么有趣，竟让王爷屈尊到这乌烟瘴气的赌武台来？”

“嗯，是件有意思的事。”齐王伸手接过影七双手奉上的七分烫的君山银针，慢慢抿了一口，又说道，“京城雪兰香之患，你可有耳闻？不知为何，雪兰香流入京城，让一众重臣权贵染上了药瘾，命在旦夕。而最初染上药瘾的，是太华公主。当年你也去过公主府，是否知道这事？”

年九珑一怔。

京城，雪兰香之患？

“我……”年九珑咬了咬牙，“不知。”

“那可就更有意思了。”齐王微微一笑，淡然道，“雪兰香出自本王府上的影卫影十三之手，天下独一份，如今不明缘由传入京城，恐怕是有人别有用心啊。”

年九珑藏在桌下的手用力攥了攥。

“本王只是来给你证明清白的。影十三已承认用雪兰香迷惑过身边人，与你无关就好，免得坏了孔雀山庄的名声。”齐王温和地道。

年九珑扯了扯嘴角：“怕不是屈打成招？”

“屈打成招也是招啊。”齐王道。

年九珑明白了，齐王是在帮他与雪兰香之患撇清关系，免得影响他在孔雀山庄的声誉。若一位公子有染上药瘾的嫌疑，恐怕会直接被摘了雀羽冠，就地处死吧。

只是……撇清关系要把影十三屈打成招吗！

年九珑冷冷地道："他现在在哪儿？把他交给我，我来处置。"

"也行，他该招的都招了，也没什么用了。"

齐王轻轻敲了两下桌面，几个侍卫便抬了一人进来，不管死活地扔在长桌上，一人顺着那人脖颈上扣的铁环摸出一根细铁链，拴在桌腿上。其实这种防备实属多余，那人早已经没有一丝力气了。

影十三身上未着半件衣裳，只用一条半尺宽的漆黑缎带缠在脖颈和腿间，一身鞭痕，双手被铁链绑在身前，可怜地侧躺着，长发垂在长桌下，一条细窄黑缎挡着眼睛，胸前是之前刺上去的血红孔雀纹，整个人已奄奄一息。

年九珑猛地站了起来，狭长凤眼里满是血丝，瞪大眼睛盯着只剩一口气的影十三。

他幻想过许多次与影十三相遇的情景，也想过要怎么折磨那人，可终究没想到会是这种样子。年九珑一言不发，胸口剧烈起伏，呼吸急促，连手指都在发抖。

影十三似乎感受到了周围的气息，徒劳地蜷缩起身子，在众人的眼光下，尽是刑具痕迹的身体微微抖动。

影七看着像物件一般被摆在长桌上瑟瑟发抖的影十三，再看看仍旧气定神闲的王爷，忽然心口有些闷。

影八不屑往这边看，别过头望着不远处的斗台。

十三从小脸皮就薄，小时候动辄害羞，还不好意思和哥哥们一起洗澡，影五知道现下这情景对十三来说比酷刑还难熬，可碍于王爷在这儿，只得硬着头皮站着，影四则仍旧冷漠地站在一旁。

"把他解开，我要带走。"年九珑冷冷地看着齐王道。

影十三听到了熟悉的声音，身子猛地一颤，循着声音慢慢挣扎着看过去。无奈，眼上遮着一条黑缎，他什么也看不见。

他开始发抖，遮目的缎带下溢出两行裹着血丝的眼泪。

年九珑看见了。毕竟那是照顾了他七年的三哥，就算再恨，何至于此？年九珑想尽办法说服自己，终于再也忍耐不住，拿过椅背上自己的外袍朝影十三走去，手腕却被影四突然握住。

"九公子。"影四出言提醒。

"滚开。"年九珑一把甩开影四的手，走到影十三身前，将自己的外袍盖在他的身上。

年九珑控制不住自己，实在做不到对影十三冷眼旁观。他在心里恨了这人那么久，如今见了这人无助的模样，那些恨意竟全然消失了。他很想抽优柔寡断的自己一巴掌。

他正郁闷着，影十三嘶哑地道："为什么……"

"因为不想让别人看见你这副德行。"年九珑低声在他耳边道，随后又伸手抹掉他脸颊上的泪痕，"现在不笑了？改哭了？哭什么，丢不丢脸？"

影十三无力地侧躺着，胸口微微起伏，疲惫地喘息着。年九珑咬咬嘴唇，固执地没去牵他。

齐王有些不悦，眉头微皱看着年九珑。年九珑果然还是孩子，只会意气用事。

年九珑刚要带影十三走，却被一道声音叫住。

"等等，这就无趣了。他就是美人局的彩头。赢了，你就带走；若输了……"齐王缓缓道，"就扔出去给那些人……"

"我身边没带人，王爷是要我亲自上场？跟谁比，您身边的鬼卫？"年九珑按捺不住反问道。

影十三身体颤了颤，慢慢缩了起来，藏进了年九珑的衣裳下。

这些小动作都落在了年九珑的眼里。被自己的主子当作赌注，这对影十三来说是个不小的恐吓。

齐王敲了敲桌面，影八出了雅间，把沈袭领了进来。

"这大场面……"沈袭甩着他那条小金蛇走了进来，看见年九珑时还愣了一下，转而挑眉戏谑笑道，"年九珑？你这也是被逮来了吗？"

"哟，赌注可以啊。"沈袭斜眼打量着长桌上被捆着的那人，"这谁啊？眼熟啊。这不是你三哥吗？不错不错，我赢了就送我呗？"

影八冷哼一声，回到自己的位置。

年九珑冷冷地看着沈袭："直接认输，饶你一命。"

沈袭扬起下巴，甩甩手中小蛇："上斗台。刚好我还差一局就上青刚玉台了。"

齐王半靠在椅背上，双手交握，淡然地看着两人。

他倒要看看，年九珑的功夫到什么地步了。

玉楼春赌武台占地极广，此处仅是冰山一角。整个洵州底下，像贯通的蚁洞，而雅间所在的正上方，正是金池镖局坐落之处。

管家领着几个差使抬着三个一尺高的木箱子进了镖局大堂，放在沈镖头的面前，打量着沈镖头的脸色，讪讪道：“老爷，这是……少爷托人送回来的。”

沈镖头脸色一沉，道：“那个逆子又要什么花样？开箱看看。”

“好嘞。”管家挥挥手，“听见老爷吩咐了没？快开箱。”

几个差使手忙脚乱地把钉死的木箱拿撬棍给撬开了，箱子盖儿“咣当”一声掉在地上，露出里边满满码着的金元宝，最上层摆了一块熔铸成蟒蛇形状的金子，蛇眼是拿红珊瑚珠镶嵌的。

沈镖头先是一惊，随即皱眉自语：“这是又惹了什么祸？这死小子，是盗了钱庄还是走了黑镖？！”

所谓走黑镖，即走镖时与劫匪串通，故意失镖，再与劫匪分赃。在沈镖头的眼里，沈袭没有什么干不出的，故而有此一问。

“那逆子在哪里？还有脸回来？”

“老爷莫急。”管家搓了搓手劝慰道，“小的也是才听着消息，孔雀山庄里已经挂了咱家少爷的黑签，孔雀山庄派出来几人想对少爷不利，却都折在了少爷的手上。少爷现在在临州一带极有名，道上人都称他‘金蛇公子’。”

“孔雀山庄……他还惹上孔雀山庄了？！”沈镖头气得心口发胀，“他哪来的靠山，都这步境地了还敢在外边鬼混？”

“回老爷……听说是位皇族。”

二人交谈着，却不知他们脚下就是沈袭的斗武之处。

雅间里，齐王坐在席间品茶观望，沈袭单手一撑齐肩高的斗台沿，翻过护栏落在了斗台上，小金蛇吐着信子蜿蜒爬到他脖颈上盘绕着。他趴在木栏上挑衅地朝年九珑勾手指，调笑道：“你三哥可撑不住你的磨磨蹭蹭。”

年九珑紧了紧护手欲上台，忽觉衣角微动。

影十三无力地侧躺在长桌上，捆绑着的双手藏在盖着身子的外袍里，在只有年九珑能看到的角度比了几个手势：“当心那条蛇。”

年九珑咬咬嘴唇，本就烦躁的心更像被浇了一勺滚烫的热油，躁得慌。

“用不着你管。”年九珑低声道。

影十三手指一僵，停滞许久，才疲惫地比画：“对不起。”

年九珑垂下眼眸，转身往斗台走去。

我跟你顶嘴的时候你就不会骂回来吗，什么时候才能学会骂回来？什么时候？！

年九珑轻轻吸了吸鼻子，踮脚一跃，跳上斗台与沈袭对峙。

沈袭上下扫了眼对方，戏谑地笑道："九公子，我要是把你打残了，孔雀山庄得挂我多少黑签啊？就我知道的，你们家已经挂着我四五支签了。"

"打残我？你也得有那能耐。"年九珑挑眉道，"况且，你是大人物，有王爷给你撑腰，怕什么？"

"怕你呢。"沈袭甩着那条小金蛇，往齐王那边望过去，"王爷，我要是赢了，你给我什么啊，不会真把那人送我吧？他是不错，但对我来说也只是一个下人。我多世俗啊，哪有九公子重情重义啊。"

齐王抿了口茶道："要什么都行，别废话了。"

"那就好。"

年九珑斜靠在木栏上，摩挲着手腕上的精钢护手，催促道："快点。"

沈袭右手移到腰间，抽出一把短刀，刀背上是一支梅花图案，镂了三个比手指还粗两圈的圆孔。

刀一出鞘，原本缠在沈袭脖颈上的金蛇顺着他的手臂游走下来，钻进刀背的圆孔中，盘踞在刀背和沈袭手腕之间。

年九珑放出腕上的护手钢爪，静静地站在沈袭对面，余光忍不住瞥向长桌上的影十三，心想等他再动一下，自己就回过头去对付那小子。

可他盯着那边看了好一会儿，影十三一直静静地躺着，一动不动，手指也僵硬地搭在桌沿上。

影十三怎么不动了……

年九珑心里烦躁，忍不住一直往那边看。

突然，年九珑感受到迎面而来的杀意，小腹一阵猛痛。下一刻，他被沈袭横扫来的腿狠狠地扫了出去，猛然撞在背后的石栏上。刹那间，缠绕着金蛇的短刀已经向着咽喉扫来，年九珑悄然撤步，捂着剧痛的小腹退出沈袭的刀锋之外。

"年九珑，"沈袭耸肩一笑，"能别走神吗？你是老头吗，发什么呆？"

齐王撂下茶杯，淡淡地道："看来九公子无半点诚意。影四——"

影四拱手道："属下在。"

"把他扔出去吧。"

"是。"影四表情冷漠，走到影十三的跟前，解开他脖颈上的铁链，伸手去扯他胳膊，要把人拖出去。

影十三还有些意识，被攥住胳膊时身子僵了僵，本能地往后挪了一点儿，然而这反抗实在徒劳。

年九珑彻底急了，抽下自己发冠上一根雀羽，甩手扔了出去，羽毛像钢针一般插进影四手边的桌面上：“别碰他！我说不比了吗？！”

影四停了手，抬眼看向齐王，见齐王摆了摆手，才收了手退到一边。

影十三似乎也被这声警告震住了，身子顿时蜷缩得更厉害，完全缩进了衣裳里。

年九珑顿觉失态，缓了缓情绪，再看向已经禁不住任何伤害的三哥，万千思绪全化成了心酸。

年九珑喉结上下动了动，眼下他只知道一件事——三哥果真有害怕的事。他太胆小了，他什么都不怕，也什么都怕。

他得带三哥回去。

年九珑转过头，看着沈袭，双腿微弓，眼神平静。

“您可终于调整好了，年大爷。”沈袭反握短刀，嘴角勾起来，“再等下去我都快要睡着了。”

话音刚落，沈袭已踏地翻身，双腿微分，一前一后朝着年九珑的面门落下来。劲风拂面，年九珑脚下微移，躲开沈袭这一招锁术，腕上钢爪已经迎了上去。沈袭见他应对挺快，顿时改了套路，凌空翻身，落地之时右腿横扫，改攻下盘。

沈袭天赋上佳，尤擅近战强攻，力量在年九珑之上。而年九珑一向以速度配合，偏向快速进攻，适合野外追逐战，眼下在斗台方寸之地，他的优势并不明显。

年九珑在百绝谷里历练时，沈袭也没闲着。他押的尽是刀尖上的无名镖，每一趟都仿佛在悬崖上踮着脚走悬绳，一着不慎，就会落得个死无葬身之地的下场。

台上，年九珑就地一滚，避开那足有百斤力道的腿鞭，就着速度的优势飞快近身，一手卡住沈袭握刀的手腕，左肘背靠他狠狠一击，直扫在沈袭的肋骨上，骨头咯咯作响。年九珑丝毫不给他喘息之机，左肘连连猛击一处，任谁也撑不住这般猛攻。

肋骨处传来剧痛，沈袭嘴角溢出血丝，用力一挣，没被控制住的左手抓住年九珑的上臂，短刀上的金蛇顺着三个孔洞游走，转眼爬到了年九珑右手上，张开嘴，露出了两颗滴着毒液的牙齿，一口咬在了年九珑的手臂上。

“啊！”手臂上传来诡异的针刺感，年九珑顿觉手臂发麻，右手不受控制地松开，一点儿力气也使不上来。

“这是不是太无耻了……”年九珑低声咬牙质问。

“你是第一天知道我无耻吗？”沈袭无辜眨眼。

金蛇游回刀背的孔洞里盘卧，沈袭挑眉哼笑，短刀朝着年九珑的咽喉而去。年九珑右手麻木动弹不得，一时被逼得节节败退，直到背后靠上斗台的木栏，那短刀已经横在脖颈前。年九珑只能靠左手的力量撑着，不让刀刃触到自己的要害。

旁观的人并不紧张，这场斗武大家心中有数，一边是孔雀山庄的九公子，一边是金池镖局的沈少爷，齐王不可能让他们丧了命，点到为止，挂个彩即分胜负。底下有众多功夫高深的鬼卫看着，若有失手也能及时制止。

说到底，真正在乎输赢的人，也只有斗武台上的两人。对年九珑来说，这场斗武赌的是影十三的命；对沈袭而言，胜了这一场，就能晋升他心心念念的青刚玉斗者，也就有了挑战那人的资格。

众影卫默默盯着场上的两人，唯独影八漫不经心地靠着墙壁，掀起一片衣角擦拭自己的匕首，对场上战局不屑一顾。有什么好看的？就跟看两个小孩抢糖似的，无聊。

只是当沈袭被年九珑控住猛攻肋下时，影八才往台上瞥了一眼，轻蔑地哼道：“废物。”

影五趁着旁边人目光都落在斗台上，悄悄倒了杯水，扶起影十三的头，偷偷喂给他喝。

影十三被拖进大牢以后水米未进，还受了不少刑罚，再不喝水恐怕会挺不过去。

影四注意到影五的小动作，默默看着，没制止，也没说话，回过头继续望着斗台。

影十三已经虚弱到连饮水也困难。影五悄悄托着他的头喂了一点儿，水却从另一边的嘴角混着血水滴在桌面上，影十三轻声咳嗽，更多的淤血从嘴角淌出来。

齐王听见影十三这边的轻微声响，别过头看了过来。影四漠然迈出一步，用身体挡住齐王的视线，低声问：“王爷有何吩咐？”

“没事。”齐王回过头继续观战。

影四退回来时扯了扯影五的胳膊，影五回过头埋怨地看了眼影四，放下茶杯，悄悄退了回来。

影十三多少饮了点水，略微缓了些。就算被蒙着眼睛，他也知道是哪个家伙这般好心肠，不禁心里一阵抽疼。影五易轻信他人，又有一颗怜悯之心，任谁都知道他虚长年纪，其实就是个天真的小傻子，可他还是在这幽暗的世道里活得好好的。

影十三最初以为影五的好运是因为善行，于是也曾一度让自己温和待人，以为如此便能收获一分善待，可回报他的只有更深的伤痛。

同样的笑容，换作别人便是天真可爱，换作他便是笑里藏刀。

世俗偏心为善之人，唯独他被剔出世俗之外。便只能安慰自己，是你杀孽太重。

影十三侧躺着，蒙眼的缎带被眼泪浸湿。时至今日，他已无期盼，还扯什么公不公平？如今再称忠心也无人相信，再回住处也不见旧人。

被所有人抛弃，他还不如去死，反正也没人在乎，不过荒山野岭多座孤坟而已。

不过，怎会有人为他立坟？

他死后能有件蔽体的衣裳吗？

九九这件衣裳太贵了，可能不愿意留给他。

影十三觉得自己身子发轻，脑中一片朦胧，仿佛思考什么都隔着一层雾气。他浑浑噩噩地伸出双手，心知斗台这么远，九九不一定看得见，可还是挣扎着比画："别管我，别受伤。"

斗台上已经战至第三炷香，影七又点了一炷，这是最后一炷香，必须分出胜负。

年九珑时常用余光瞥向影十三这边，不经意间注意到三哥的手指在动，忍不住分心去辨认手语，待看懂三哥手语时，眼眶陡然湿润，一时忘了怨恨，只想过去宽慰他，让他安心。

年九珑咬了咬嘴唇，用左手化解沈袭的攻势，麻木的右手渐渐恢复知觉。沈袭那条金蛇似乎并无剧毒，不过是让人肢体麻木一阵，可年九珑惯用右手，此时右手无法进攻，左手只慢了一瞬，脖颈就被刀背重重砍到。

一瞬间，血液几乎停止流动，年九珑失神片刻，肩膀再次被沈袭控制。沈袭毫不留情地抬膝顶在他的肋骨上，继而抬腿横扫。年九珑招架不住，竟被扫下斗台。

赌武台的规矩，一旦掉下斗台直接判为输。

影七站在沈袭所在的方向观战，见年九珑掉下斗台，转头向王爷禀报：

"王爷，沈少爷胜。"

齐王用力把铁芯青玉核桃攥得咔嚓响，感叹："果真人外有人。"

影八对这结果没有感到半点惊讶，继续慢悠悠地擦着匕首。

影四、影五刚好站在斗台的另外一侧，看见了全部情况。

影四说道："他的脚未落地。"

影五惊呼："喂喂，影七别判啊！快把香点回去！"

影四皱皱眉，把影五拽了回来，低声训道："别在王爷面前失礼。"

此时斗台上只剩下沈袭一人。沈袭揉了揉手腕，用拇指抹了一把嘴角的血丝，挑衅一般笑着朝年九珑掉落之处走了过去："九公子，你省省吧，别回孔雀山庄了，就你这两下子，想跟你二哥年存曦斗……"

话说到一半，沈袭停了下来。他看到台沿边上竟有四根手指在用力攀着，还能看见手指上绷出的青色血管。

沈袭一惊，未料到年九珑竟一直在这台壁侧面蜷身挂着。

待右臂的麻木感渐渐消失，年九珑用右手的钢爪一扳台沿，翻身跳了上来，然后快速挥着钢爪朝着沈袭掼下。

沈袭未反应过来，只得硬接这沉重的一击。一瞬间，钢爪穿进短刀背后的孔洞之中，火星迸发，金蛇绕出刀背顺着沈袭的臂膀爬走。

两人身上的衣裳早已被汗湿透，钢爪短刀碰撞发出刺耳之声，然后牢牢卡在一起，僵持之间，谁也不肯再松半分。

年九珑额头青筋暴起，狠狠地道："世家多败类。"

"世家的败类……这儿……可不光我一个。"沈袭咬牙挡住快戳到自己眼窝的爪刃，喘着气冷笑。

"说的就是你们。"年九珑脚下步法忽变，脚跟微抬，细小的气流汇聚于脚下。他借力翻身，顿时撤到沈袭的身后，右臂顺势锁住沈袭的脖颈，左臂用力猛击沈袭后背腰窝脊梁处。

后脊剧痛难忍，沈袭痛苦低吼，险些跪在地上。年九珑用尽了全力，再来几下就能断了沈袭的脊骨。可沈袭咽下喉中的血，死不认输。

两人猛然被一道浑厚内力隔开，几近失控的年九珑被影八扣住了手腕和脖颈，拖到了沈袭三尺外。

"九公子胜。"影八似乎对战局结果并不在乎，看了一眼年九珑，顺口道，"还凑合，不像从前那个拖油瓶了。"

年九珑摸了把被咬出血的嘴唇，这时候才感到腹上、肩上隐隐作痛。他什么也没说，跳下斗台，径直朝长桌走过去。

沈袭痛苦地弓着身子跪在台上，额头抵着台面，拳头用力砸向地面，低声骂道：“该死的……十一局又得重来……气死我了！”

“起来。”影八居高临下地看着跪在地上的沈袭，“别耽误清场。”

沈袭额头抵着地，抬眼看他：“清什么？有本事把老子给清下去！”

影八招呼了声正准备拿扫帚清扫斗台的侍者：“过来，把他扫起来，倒出去。”

“好嘞，好嘞！”侍者不明就里地答应一声，拿着扫帚、簸箕跑过来。

“好好好，算你狠。”沈袭按着抽筋的手臂站起来，跳下斗台，头也不回地出了雅间。

影八看着他的背影，直到人已走出去才收回视线，低头才发现沈袭之前跪的那处有一摊血。

“……废物。一个比一个废。”

年九珑走到长桌前，伸手扶起昏迷不醒的影十三，把衣裳给他裹严了，要带他离开。

众影卫自觉避开。

“王爷不会食言的。”年九珑低声道，“希望从此以后世上没有影十三这个人，望王爷成全。”

“那倒无所谓，你高兴就好。”齐王漫不经心地敲了敲桌面，又道，“心不静，谈何取胜？”

年九珑扶稳影十三，沉声道：“我做不到像您一样为了自己就漠视所有人，我大概真不是这块料。”

齐王闭目养神，轻声叹息：“本王也是在赌啊。众生皆苦，别把旁人想得太顺遂了，九九。”

年九珑出了雅间。

影十三昏昏沉沉中想要推开年九珑，喘着气轻声哀求：“让我自裁也好……”

他很害怕被扔出去。

“没事了。”年九珑安慰地拍了拍影十三的肩，“我带你回去治伤。”

影十三筋疲力尽，眼前隐约浮现出年九珑的脸。他手指抖得不像话，颤悠悠地抓住年九珑的衣襟，断断续续地说：“对不起……”

“我没原谅你。”年九珑咬了咬嘴唇，别过头道，“先治好伤再说。”

影十三嘴唇翕动，轻声问：“伤到了，痛吗？”

“这算什么？你还是先关心你自己吧。”

他们出了玉楼春赌武台，已经是半夜，此时街上空无一人，秋夜凉风冷飕飕的。

年九珑扯了扯影十三身上的衣裳把他裹严实，绕过几个街角，有辆马车在隐蔽处静静等着。

年九珑带着人上了马车，一直在信阳城茶楼看场的年闻正在喂马，见公子回来，恭敬作揖地问道：“公子先回兰香居小住，还是直接回山庄？”

“先去兰香居，叫百药谷的药师过来，带着好药。”年九珑吩咐完，合上了车帘。

“是。”年闻坐上马车，吹了声口哨，马儿应声而动。

马车行驶时，一只灰色尖尾的小雀鸟振翅飞来，落在年闻的肩膀上。

年闻别过头，口舌动了动，灰雀也叽叽回应，交谈一阵，灰雀便展翅飞走，往山庄方向飞去。

“公子，交代妥了。”

“嗯。兰香居里还有伤药吗？”

“有，但恐怕兰香居里的药也只能减轻些痛苦罢了。”

“能镇痛也是好的。”

车篷里传来一声叹息。

年闻专注驾车，不过刚刚瞥了一眼公子身边的那人，是从前有过一面之缘的那个影卫。只是没想到那人武功奇高，如今竟会落魄到经脉大损。

看来九公子是真的很看重这个影卫。年闻想到之前自己奉命对他用刑之事，不由得咽了口唾沫。

年九珑把车窗都给关严实了，免得透进凉风，而后让影十三横躺着枕在自己的膝头，后来又觉马车颠簸，只好把人扶起来，用双臂揽着他。

手触到他肩膀时摸到了一个尖锐的凸起，手指上还沾了几块已经干涸的血渣。年九珑皱眉查看他的双肩，发现他每个关节接合处都插着根难以分辨的钉子。

“这是什么？”年九珑下意识地去拔其中一根。

影十三顿时痛得汗如雨下，身子弓起来，喃喃道：“附骨钉……”

年九珑从未进过刑堂，只对附骨钉有所耳闻。犯错的影卫受刑前会被附骨钉插进四肢关节之中，以阻隔内力流转，以防他暴起反抗或是自断经脉。

附骨钉身带倒钩，钉进去以后便很难再取出来，就算取出来也会让人筋骨大损，除非用上乘的接骨药养护数月，否则每逢阴天下雨，浑身关节都会痛痒难忍。

年九珑扫视影十三全身，才发现他肩膀、膝盖都钉着附骨钉。

年九珑心里猛然一紧，嘶哑地问："你怎么不说？"

"你带我回去……不还是要折磨我……"影十三气若游丝，"杀了我吧……求你……"

"我……"年九珑快把自己的嘴唇咬出血印，嘴硬道，"那我也得治好你再慢慢折磨，半死不活的有什么意思？"

影十三仿佛被戳到痛处，再不肯多说一句，缓缓闭上了眼。刑堂大牢里没日没夜地轮流审讯，早让他身心俱疲，只是经脉被封，他求死不能。

年九珑轻轻拍了拍他的脸："别睡。"

影十三勉强半睁开眼，一双杏眼里暗淡无光。因为身子动弹不得，他只能微张着唇喘气。

突然，车篷里爆出一声骨骼脆响声。

年九珑一手使劲，把影十三的手臂拧脱臼，另一手把钉在影十三肩膀上的附骨钉快速抽出来，再以最快的速度把脱臼的手臂接了回去。

取出的附骨钉被扔到了地上。

"啊！"影十三顿时弓起身子，身体抖得吓人，两行眼泪不受控制地顺着脸颊流下，滴到了年九珑的衣襟前。

年九珑右手沾满了影十三的血，另一只手扶着影十三刚接上的手臂。

影十三剧烈发抖，本就苍白的脸变得更白了，豆大的汗珠顺着额头流到了脖颈。

"别动。"年九珑低下头，轻抚影十三的后背，让他好好缓一会儿，然后低声解释，"这法子已经是对筋骨伤害最小的了。"

影十三头脑一片空白，所有感官都没了知觉，只剩下痛，下意识觉得这是年九珑的报复，于是更加抗拒他的接近，恍惚中又回到了刑堂大牢，用尽全力往别处挪去。

"喀喀喀……"影十三急火攻心，惊惧交加，一口鲜血溢出嘴角。

年九珑不敢再取其他附骨钉，只好扶着他安抚道："不疼了，好好待着。"

这四根附骨钉封住了全身经脉枢纽之处，只要取下一枚，影十三体内的内息便渐渐流转起来，缓缓修复着遭受重创的身体。

许久之后，他苍白如纸的脸颊终于有了一丝红润。

孔雀山庄里，九公子突然不知所终，却并无旁人发觉。因为他平时就孤僻，喜欢在自己房里独自待着。

胧明阁里，慕雀半夜被噩梦惊醒，揉了揉眼睛，借着烛光看见地上有个身材高大的黑衣男人正闭目盘膝打坐。

慕雀吓得赶紧钻进被窝，从被缝里露出一双大眼睛暗中观察。

楚心魔缓缓睁眼吐息，随后看向那个偷偷打量自己的小孩。

观察许久，慕雀胆子大了些，从床头小桌上拿了一张纸，搓成球，试探性地朝楚心魔扔了过去。

楚心魔一动不动，活像座雕像，被那小纸团砸到了脑门，仍旧一声不响冷漠地盘膝坐着。

“……”慕雀小心地趴在床沿上，小短腿晃了半天才触到地面。下了床，他跑到楚心魔旁边，眨着眼睛仰头看。

这个人好高哦，像个小山丘。

楚心魔脸庞棱角分明，更显威严冷漠。

“我师……爹爹呢？”慕雀险些将“师兄”二字脱口而出，第一次扯谎差点圆不回去。

楚心魔沉默不语，他只负责不让这个小不点乱跑，并无与之交谈的义务。

慕雀仰头仰得脖子酸痛，见他不理自己，又一直坐着，看起来似乎没什么威胁，胆子便更大了，光着的小脚丫子一抬，踩着楚心魔的大腿，站高了一点儿，凑近他的脸，清脆地道：“叔叔！”

楚心魔这才有了反应，身子微动。慕雀本就踩着人家的大腿，一个不稳跌下来，一屁股坐了下去。

小屁股刚好坐在楚心魔伸过来的手掌上。

楚心魔用宽阔的手掌托起这小孩，托到与自己视线持平，用毫无波澜的语调回答：“公子有要务出行，请小公子耐心等待。”

师兄肯定是去救师父了。慕雀心里乐开了花，坦然地坐在楚心魔的手掌上，晃荡着两只小脚丫子，满意地道：“那好。”

“我能吃饭吗？”慕雀问。

“……”楚心魔不知怎么回。

慕雀捏他的下巴，问道："这里有糯米藕吗？"

"……"楚心魔仍未出声。

慕雀转而去捏他的鼻子，又道："那有小年糕吗？"

"……"楚心魔完全不知道自己该说什么！

身为一个杀戮之人，他并不知道糯米藕和小年糕是什么东西，他从来只是为了维持生命而进食。

楚心魔放下慕雀，起身出了胧明阁，出去以后闩上门。

孔雀山庄里有专门照料公子吃食的小厨房，负责九公子饮食的皆是百药谷之人，是九公子母亲的旧部，极为可靠。

小厨房里，一个风风火火的小丫头跟楚心魔解释："楚大人，咱们公子说不吃甜食，就从没准备过糯米藕和年糕……"

"什么？您问小孩子吃什么？"小丫头手忙脚乱地指着一屉刚蒸好的白兔小馒头说，"这是给百药谷药师们的小孩蒸的点心，您……"

"哎？您别都端走啊！好几十个呢！楚大人？楚大人？！"

小丫头拦都拦不住，眼睁睁看着楚心魔端着一屉热气腾腾、奶香四溢的小白兔拂袖而去。

与此同时，九公子的马车停在了信阳城兰香居门前。

借着夜色，年九珑带着影十三跳下马车，飞快跑上茶楼，到了一间客房门前，又吩咐年闻："热水和伤药，最好还有麻沸散，准备好了拿上来。"

年闻恭敬答应，看着九公子一脸紧张担忧的神情，就知道他与那影卫交情不浅。没想到，那么喜怒无常的九公子，居然会对别人如此体贴入微。

客房收拾得一尘不染，年九珑踹门而入，把影十三仰面平放在床榻上，关闭所有门窗免得透风。小厮端着热水和伤药上来，放在年九珑的手边，然后低头退了出去。

年九珑端起那碗麻沸散，抬起影十三的头，想给他灌药。之前已经拔出一根附骨钉，内息已缓缓汇聚，他的身子应该能撑得住了。

影十三嗅出气味，昏昏沉沉中别过头拒绝："我不能用镇痛的药……"

这是影卫的规矩，不论多惨烈的伤都不准用麻沸药，免得影响感官的灵敏度。

"你不是影卫了，你听我的话，喝了。"年九珑按着他的头，催促道。

"我是……我是影卫……我还能护卫，我没有废……也没有老……"影十三挣扎着，却被年九珑强行把麻沸散灌了进去。

“三哥，我带你走，你再也不用当影卫了，别再为他们卖命。你没废，也永远不会老，你只是歇下来退休了。”年九珑原本有一肚子冷嘲热讽的话，打算见了影十三落魄的样子再同他说，可是此时一句话也说不出来，连想折磨他给自己出气的想法也烟消云散了。

这时候，年九珑才觉出自己的一颗真心来。他还是心疼自己的三哥，见不得他脆弱，见不得他受委屈。此时此刻，再深的恨意也掩盖不了他期盼三哥睁开眼睛的心情。

影十三渐渐安静下来，呼吸也渐渐平稳了。

年九珑看着他，他消瘦了太多，肋骨清晰可见，安静闭目睡着的时候，眉宇间仍有一丝悲痛。短短一年，他憔悴了不少。

年九珑一阵心酸，尽量用疼痛感最轻的方式取其他三处附骨钉。每次下手前，他都要在半空中演练几遍，确保自己能够一气呵成，不会给三哥再添痛苦时才敢下手。

卸去附骨钉后，年九珑给影十三重新上了药。做完这些他已筋疲力尽，往床榻上一坐，双手因为太过紧张而隐隐发抖，忽然又觉得口干舌燥，站起来倒了杯水，跪在床边，先扶着三哥喂了几口水，见三哥咽了下去，这才就着杯子喝了口水。

“以后没有影十三这个人了。

“不管你乐不乐意，是我自作主张。

“三哥，从此以后，你不再是谁的下人，仅仅是我的三哥。”

折腾到半夜，麻沸散药效未退，影十三睡得很熟。这大概是他这辈子睡得最熟的一次，只有在完全麻醉之下，他才能放下戒备，安心睡觉。

年九珑坐在床边守着影十三，脸色稍差。他疲倦地靠在床头，小臂环着自己的腹部，胃里似烧灼般疼痛，之前被沈袭扫下斗台时的那一脚，不偏不倚地踢在他的胃上。如今，他胸口也闷痛，忽然喉头一甜，趴在床边呕出一摊血。

“沈袭！”年九珑怒吼一声，抹了一把嘴角的血迹，喝了口茶水漱口，随手把描金烫彩的空茶杯往桌上一扔，又靠回床头，静静地看护着身边毫无防备睡着的影十三。

年九珑把影十三的头扶过来面向自己，伸手去抚影十三眼角的一丝细纹，却发觉岁月刻下的东西抹不掉。

他半蹲在床前，几次抬起手又犹豫着放下，最终还是搭在了影十三的肩头上。

“就算你只把我当任务，我也认你这个三哥。”年九珑突然特别委屈。他好想像小时候那样，与三哥坦诚相待，在这孤冷的世界上相互取暖。

“你对我不会一点儿也不在乎的……”年九珑吸了吸鼻子，嘶哑地道，“你肯定也把我当至亲的兄弟，这件事没弄明白之前，你哪也不许去。”

年九珑看着影十三柔和的脸，哽咽道：“三哥……我恨你，你骗我……呜……我恨你……”

直到哭得没了力气，年九珑才靠在旁边睡着了。年九珑知道三哥对自己并没有多重视，却还是抱有一丝期待，三哥现在回来了，这已经很好了。

从前填满他一颗忠心的是齐王，如今他再也不用去见王爷了，也不会对王爷言听计从了，真好。

自从回了孔雀山庄，年九珑从未像今天这样睡得无比安稳，没有陡然从梦中醒来，也没有抑郁失眠，彻夜胡思乱想。

第二日上午，影十三渐渐醒转，眼前依然模糊，身上疼痛却减轻了许多，也有了些力气。稍微缓了一会儿，影十三才想起这是年九珑强行带他来的住处，他无奈地看了一眼自己的双手，发现自己竟没被锁着绑着，身上还换了件干净的浅灰色薄衣。

他倒不觉得饿，只是很想方便。

影十三缓缓爬起来，忍着关节的疼痛下了地，刚拔出附骨钉的双腿绵软无力，撑起身子时剧痛难忍，膝窝一软，竟摔到了地上。

门外传来急促的脚步声，是年九珑听到这边的动静，往这边赶来了。他快步推门进来，见影十三摔在地上爬不起来，一时又来了火气，走到影十三身边低头道：“你还想跑？也不看看自己都什么样了，你跑得了吗？”

影十三怔了怔，挣扎着爬起来，靠在床边，眼睛一暗，垂下眼睛轻声问：“我什么样了……站都站不起来了，是这个意思吗？”

年九珑被影十三有些自暴自弃的话噎了一下，沉默半晌，给自己找了个台阶下：“我请了药师过来治，晚上到。”

影十三侧身靠在床边，一言不发。

“我昨晚喂你喝……你昨晚喝了不少水。”年九珑见影十三不顺着自己的台阶下，也有点恼了，走过去背对着他蹲下，用命令的口吻道，“去方便。”

影十三对年九珑忽冷忽热的态度感到难以置信，自己曾经无比期望年九珑能回来，听自己解释，希望两人再回到从前。可现在年九珑真的回来了，自己却又没勇气再相信他，既然已经被抛弃了那么多次，就一直这样吧。

年九珑等烦了，见影十三没反应，便转过身强硬地把他往自己背上一拽，背起来就往门外走去。

“……我可以走。”影十三觉得不自在，却也无法，只得无奈地垂下眼眸。

年九珑把人背到门外放了下来，让他靠近夜壶，再把他一条胳膊挎到自己的脖颈上，撑住他大半重量，免得他站得腿疼。

“……用不用我帮你啊？”

“……不用……”影十三别扭地别过头不看他。

待到解决完，两个人都松了口气。年九珑又把影十三背回去放到床榻上，两人都不说话，气氛尴尬。

年九珑踌躇许久，开口问道：“你能看清我吗？”

“看得清长相。”影十三平静地道。他左眼瞎了，右眼还好好的，只是看不清心罢了。

“你长高了。”影十三问，“十七岁了吧？”

年九珑只是“嗯”了一声，两人又安静下来。

从前，两人只要在一块儿，就有聊不完的话：从东平道小店的烧卖聊到西林街王大人家养的藏獒，从皇族秘闻谈到市井杂事。如今只分别一年，他们就已相对无言了。也是，如今两人境遇天差地别，一人贵为公子，一人为奴役，自然没什么共同话题。

“不对我用毒了吗？”影十三如往常一般翘起嘴角，“这次要用哪一味毒，是痛还是痒？”

年九珑皱眉道：“什么也不用，我只想把你扣在我这里。”

“好。”影十三缓缓躺回锦被里，蜷缩起来，轻声道，“我不走，你不用担心。”

“你走不了。”

“我也无处可去。”

傍晚时分，一辆马车停在兰香居外，几位药师在侍女的搀扶下下了马车。年九珑原本坐在大堂里，听见外边马蹄踏地的声响便循声走了出去。

几位药师小姐屈膝行礼：“问九公子安。”

年九珑对这几位药师小姐毕恭毕敬，躬身作揖回礼道：“姐姐们客气。

我有位前辈无辜受刑，我的半吊子医术登不得大雅之堂，担心影响他经脉，请姐姐们过来实在是迫不得已。”

他母亲在世时在百药谷有好几位亲近的姐妹。这些年来，夫人们有的殁了、有的老了，留下她们的孩子继续守护九公子。年九珑平日里高傲无礼，但对她们始终敬重有加。

“难得九珑承认自己是半吊子。”有位小姐掩面笑道。

“什么前辈呀？男前辈还是女前辈呀？”另一位小姐激动万分地问。

“男的。”年九珑无奈道。

“……”几位小姐失望地闭了嘴。

年九珑揉了揉眉心：“还是先上楼吧……”

“上楼？我们赶了这么久的路呢，都不让我们歇歇就干活啊？”

“小九是关心则乱。”

“就是就是。”

“你看他一脸焦急的神情。”

几个女孩子议论着上了楼，后边是帮着拎药箱的小侍女。

影十三这两天没精神，整日嗜睡，这时又睡着了。

几位药师小姐轻轻推门进入房间，陆续围到影十三的床前。年九珑殷勤地搬了凳子给她们，一位小姐先坐下给影十三把脉，顺手撩开挡着他脸颊的发丝。

“哎呀。”把脉的姑娘一阵惊呼。

年九珑心里猛然揪紧：“他的武功会废吗？伤得很重吗？以后会不会站不起来？”

把脉的那姑娘捂着心口道：“天哪，他好帅！”

围观的几位药师小姐纷纷捂着心口附和。

“……”年九珑额头上的青筋跳了两下。

“哦。”

影十三早就醒了，只是身边女孩子太多，不太好意思，于是便合眼假寐。他忽然听见年九珑满是焦急担忧的问话，心里蓦地一酸，霎时不知是该难过还是该欣喜，只知道这人至少心里还记挂着自己。

有位小姐朝年九珑努努嘴：“九珑先出去，我们要给他治疗了。”

年九珑略微迟疑。影十三听见这帮女孩子要让年九珑出去，顿时更加难为情了，忍不住睁开眼，往他那边望了过去，右眼清朗，左眼灰暗。

有位小姐脱口道："哎，他的眼睛竟是这样。"

影十三极少与女子接触，心里一直认为女孩子是干净美好的，从来不敢接近，免得让善良美好的女孩子沾到自己身上的血腥气。冷不丁听到有姑娘这么说，他顿时一怔，缓缓忍痛抬手挡住自己的左眼，面带歉意地道："对不起，吓着小姐了。"

年九珑本来往外走的脚又收了回来，一屁股坐在影十三的枕边，拿开他遮眼的手，愤愤地道："怎么就吓人了？"

他不好当面说人家姑娘一惊一乍，只好安慰三哥，又不想被三哥听出自己的偏袒。

其实，在座各位都听出来了，九公子现在护短护得要命。

"我就在这里坐着，姐姐们开始治吧，我也顺便学学医术，免得以后给百药谷丢脸。"年九珑说这话时，都觉得自己口是心非。

影十三微微皱眉，把头别到另一边，不说话。

小侍女把药箱在几位小姐身后码成一排，端来百药谷独有的麻醉药"姬红丹"，给床上躺着的男人服下。

见影十三犹豫，年九珑拿过那丹药放在他嘴边："吃了，省得待会儿受罪。"

影十三默默摇头。

年九珑觉得影十三年纪大了后越发固执了，都已经不是影卫了，还要守着那让人难以理解的苛刻规矩。

"爱吃不吃。"年九珑把手里的深红丹药扔回药箱，"等会儿别叫唤。"

"好。"影十三反而轻松了些，把头偏到一边，他实在是不习惯被这么多人盯着看。

小姐们互相对视一眼，觉得这两人的相处模式有些奇怪。九公子难得对人这么上心，这人却固执冷漠。虽然他长相温柔，但杏眼里却满是颓丧漠然。

有人打开了一袋银针，把脉的那位小姐缓缓地道："骨伤严重，恢复快慢就看用什么药了。"

"用恢复最快的。"年九珑忍不住接了一句，发现影十三正抬眼看着自己，忙咳嗽了两声，"家里仓库都放不下了，随便用呗。"

"体内毒物积聚，应该是陈年调毒所致，也受过毒伤。"那小姐伸手翻开他左眼的眼皮端详，"这就是毒伤所致，看起来是毒液溅进了眼睛里。所中何毒你可知？"

影十三有些走神，怔了怔，而后道：“不知。”

“那是如何中毒的？”

“……”影十三微微皱眉。

“我也想知道。”年九珑坐在旁边咬着指甲说。

“任务途中遭袭。”影十三避重就轻，轻描淡写地回答。

若说是与百毒谷聂夫人厮杀所致，这几位药师小姐可不可靠尚未可知，若真说了，大约又要给本就在家里步履维艰的九九添麻烦。况且事到如今，再让九九觉得亏欠了自己，反倒有些恶心人了。

尊严早就被践踏得荡然无存，骨气可不能再一起丢了，影十三向来不愿用恩情要挟他人。

年九珑听影十三轻描淡写的一句话就把如此重的伤略了过去，心里更加难受。为了他的齐王主子，他竟是连自己终身残疾都在所不惜。那自己在他心里的分量又有多少呢？或许比他想象的还要轻吧。

诊脉的药师退下去写药方，换了位拿银针的小姐上来。两个小侍女匆匆过来掀开被褥，伸手去解他的衣裳。

影十三耳尖通红，捂住自己的衣衫，羞赧地道：“姑娘……”

周围几个药师小姐忍住笑，嘀咕道：“脸红了，好可爱。”

“医者眼中男女老少皆无差，不必太在意。”有位稍稳重些的小姐安抚道。

银针入肉，深入骨穴，影十三眉头微皱，浑身汗如雨下，身下垫的褥子都渗出了水迹，臂膀肌肉绷紧，露出一条条暴起的青筋。

“把姬红丹喂给他。”那位施针的小姐见他忍得痛苦，便吩咐侍女给他喂药。

“没关系。”影十三温和地回答，声音平缓，自始至终也没露出一丝胆怯的表情，只是嘴唇发白，额头渗出冷汗。

年九珑没再逼他吃姬红丹，只是看着他如此受罪，心里很不是滋味，不忍再看他痛苦的样子，便垂下头，却倏然发觉三哥指腹和掌心的茧消去不少。

看来齐王早就对他起了疑心，从那时起召用三哥的次数就少了。三哥一片忠心，却被如此对待，年九珑愤愤不平，他与三哥最为亲密，知道通敌之事三哥是万万做不出的。

不过，这正好能让三哥看清他不过是齐王随手可丢弃的棋子，自己才是他今后唯一能依靠的人。

影十三静静地躺着，不知为何以前能忍受住的针灸疼痛忽然有些难忍。

以前九九不在的时候，这种小伤明明是能挨过去的。

几位药师小姐彻夜未眠，折腾到黎明才收拾东西退出了房间。

年九珑一直一动不动地坐着等，这时也困得不行，听见外边姐姐们叫自己出去，这才揉了揉眼打算起身，却发觉右手还被三哥攥在手里。三哥已经喝了药睡下了，但始终没有放开手。

只有他睡着的时候才不会让人生气。年九珑心情莫名不错，抽出右手悄声说："等我回来陪你。"

其实，他知道三哥不需要他陪，但这么说会让自己十分高兴。年九珑努力让自己不去想从前的事，这样自己也能舒服些。

年九珑出了房间，顺着木梯下楼，几位药师小姐围在堂下的茶桌旁讨论。

"辛苦诸位……他怎么样？"年九珑问。

"不太好。"有位小姐皱眉道，"外伤最严重，肩膀和双膝的关节都受伤严重，短期内很难站起来。若用百药谷珍藏的接骨木，十天左右才能勉强下地。"

"他大概很难行走。"药师小姐惋惜道，"若是恢复得不好，会留病根也说不定。"

年九珑坐在茶桌前倒了杯茶，沉默地听着。

他站不起来就算了，反正也不要他干活，自己又不是养不起他，还省得他又去干危险的事。

年九珑又转念一想，自家库房里还有什么珍藏的好药能用。

"他内息浑厚，破损的经脉会渐渐自愈，功力大概不会废。奇怪的是，对方似乎下手很克制，五脏六腑居然完全没有受到重创，并不会散功……"

"还有他的眼睛，因为是旧伤，加上他也自己治过，所以我看不出是什么毒所致。"

"帮我查查。"年九珑把茶杯往桌上一放，若有所思，"能近他身的高手并不多，功力高强还擅长以毒为攻的也就那寥寥几位而已。"

齐王自顾不暇，哪还会主动派自己的影卫去招惹江湖中人？

"百药谷不能被人发觉没人看着，我们把药配好就回去，等那位公子身子好些，你再带他回山庄。"

"好。"年九珑对着几位小姐深深作揖，"姐姐们费心了，日后若有需要，胧明阁随意姐姐们出入。"

"应该的。"有位小姐微笑道，"早日回去。"

年九珑点点头。

一连三日，年九珑都守在影十三的床前，静静地坐在他的身边，望着窗外灰蒙蒙的天发呆。

几日后，影十三的身体恢复了些。

这日，他靠坐在床头，望着一直守在旁边的人，轻声问："你每日在这里看着我，不无聊吗？"

"有点无聊，但至少能看见你。"年九珑仍旧望着窗外，自嘲道。

"以后呢？"

"……大概也就是这样。"年九珑盘膝坐在影十三的对面，托腮道，"我以为我会恨你，可真见了你，却什么都释然了。三哥，你真的很讨厌。"

"对不起。"影十三平静地道。

"我和你顶嘴的时候，你什么时候能骂回来？"年九珑忽然有些抓狂，用力挠了挠头，挪到影十三的跟前，瞪大眼睛质问，"什么时候能学会骂回来？什么时候？！"

"我……啊……"影十三话到嘴边，忽然被年九珑咬住了手臂。

影十三没有推开他，淡然地接受九九在自己手臂上的撕咬惩罚。如果这样能让他解气，那也值了。

年九珑惩罚够了，松了口，低头看着影十三的眼睛道："再让我生气就咬你。"

影十三颤悠悠地抬起隐隐作痛的手臂，拍了拍年九珑的肩，温和答道："好吧，下次我会骂回去的。"

"哼……"年九珑紧皱的眉头渐渐松开，嘴角微微一扬。

两个人默契地没提从前的事。众生皆苦，自欺欺人地过下去岂不更好？心里横着的刺，若没人去摸，就不会很疼。

半个月过去，影十三能下地行走了，虽然站不了太久，却也不用每日都让年九珑背着去方便。

年九珑从外边办事回来，看见年闻正在兰香居门口焦急地等着。

年闻一见公子回来，压低声音禀报道："公子，惹上麻烦了，七公子来了，现在就在那位公子房里。"

年九珑陡然脸一沉，一脚踢翻了手边的茶桌，咒骂一声，飞快上楼。

七公子正坐在房中茶几前，花犯押着影十三的双手，白羽在一旁眯眼站着等吩咐。

影十三现在毫无还手之力，只得任由他们摆布。

房门砰的一声被踹开，年九珑气势汹汹地走进来，看了眼被花犯押着的影十三，冲过去拎起年有常的衣领："年有常，你是不是想死？你一天不找我麻烦是不是骨头就痒？"

"你再说一遍？！"年有常脾气也大，从来不惯着年九珑的傲气。

白羽眯着眼睛笑笑，拉开就要抬手打人的九公子："九公子息怒呀……庄主晓得您活捉了影十三，怕您人手不够带不回去，要七公子来接应您嘛……"

年九珑一怔："庄主怎么知道的？"

"我告诉爹的。"年有常得意地冷笑，"不好意思，你那赤签的时限就要到了，为了孔雀山庄杀手院的信誉，我得先带他回去。"

年九珑咽了口唾沫。

此时他若强行拦着，就是向众人证明自己与影十三有牵连。他若没了公子的身份，根本保护不了功力不复的三哥。

可若是放任他们带三哥走……

影十三静静地看着年九珑，等他做出选择。

这一幕似曾相识。

年有常摸了摸下巴，挑眉问："怎么？犹豫什么？我可不屑抢功，也不缺那点赏钱。花犯，带他走。"

年九珑伸手拦住年有常。

"哟，你是不是抽风？"年有常上下打量着年九珑，不耐烦地说道，"要不是爹的命令，我怎会来你这破地方。你也赶紧回去，别让爹发火。"

见年九珑一言不发地拦着，年有常彻底没了耐心，一掌推开挡在面前的手臂，怒道："什么意思？因为一个影卫的签，你就跟我们翻脸，现在还不让我们带他走。你俩什么关系？！"

"他是我……"年九珑险些将"兄长"说出来，最终还是戛然而止。

影十三平静地望着九九，望着他把到嘴边的话咽了回去。是呀，自己算什么兄长，孔雀山庄里的那些贵公子，才是他真正的兄长。

白羽慢腾腾地挪上来："哪有什么关系呀？七公子，您别气坏了身子呀……"

"他是你什么？！"年有常没听清，抓住这话头不放，死命追问。

“他……”年九珑张了张嘴，半晌才道，“他不过是我的……任务……是去是留……与我无关。”

原来这才是标准答案，不论心里作何想，只有这么答才能顾全大局。

“惯得你。”七公子冷哼一声，“我们走。”

花犯押着影十三出门，经过年九珑的身边时，影十三在已经失神的他耳边轻声微笑道：“九九，你也长大了。”

房门“砰”的关上，年九珑浑身僵硬。

他缓缓靠到墙壁上，靠着墙壁滑下去，坐在地上，双手抱着头，满眼全是影十三刚刚平静的表情。

三哥早猜到自己会选择放弃他，保全公子的身份。三哥是不是不在乎？不，三哥眼神里都是失望，那眼神确实是失望。

一直以来伤害三哥的是谁，是齐王还是自己？

所有人都是凶手，一人一刀，彻底毁了三哥，还居高临下地指责他背叛，他也从不辩解。年九珑不敢再想，自己是怎么把一个温柔的人折磨得一心求死，伤得他不敢再靠近自己。

年九珑用力砸着地面，直到地面砖石被砸出浅坑碎石，指节也被扎得鲜血淋漓。

“三哥……等着我。”

年九珑缓缓站起来，戴上护手缠上护腕，推门走了出去。

孔雀山庄，胧明阁。

慕雀闷闷不乐地坐在小茶几前，双手托着肉嘟嘟的脸，嘀咕道：“都这么久了……怎么还不回来……出事了吗……”

可惜他什么也做不了，只能等着，甚至不知道他们现在在哪儿。或许是因为平常受师父的影响，慕雀也觉得师兄是靠得住的。

楚心魔每日都在室内静静打坐，看管这个小孩子。

慕雀实在无聊，跑到楚心魔的面前跪坐下来，用力仰头问他：“叔叔，你会玩弹珠吗？”

楚心魔垂眼看着他，一言不发。

“我教你呀。”慕雀从袖口拿出几颗青石磨的珠子摆到地上，捏起一颗塞到楚心魔的手里，认真教他，“用手里的珠子弹出去，打到另外一颗就归你了。”

楚心魔拿着石珠，漠然地看着地上的几颗珠子，还有那小孩期待的表情。

他轻轻一弹，那石珠从指间飞出，“啪”的一声直接打碎了正前方的石珠，径直钉进了对面的墙壁里。

“啊？”慕雀蓦地瞪大眼睛，揉了揉自己头上竖着的头发。

楚心魔眼睑微抬，附近仿佛有异动。许久，窗前几道黑影一闪而过。他起身欲一探究竟，衣角却被那小孩攥住。

慕雀眨着眼睛小声问：“叔叔去哪儿？”

楚心魔没犹豫，继续往外走。

“别不管我……”慕雀小跑着追上，一个飞扑抱住楚心魔的小腿不松手，“叔叔！”

楚心魔停滞半刻，俯身拎起黏在自己小腿上的小家伙，塞进自己衣襟里，转瞬间胧明阁已空无一人。

一道黑影在胧明阁的青瓦上飞速奔跑。

楚心魔循着空中弥漫的气息追去，公子有危险！

他胸前衣襟鼓鼓的，一团小东西动了半天，终于从领口钻出个小脑袋。

慕雀害怕地扒着他的衣领不敢朝下看，太高了。

空中猛然传来飞镖破空之声，两支暗箭直朝楚心魔胸前飞来。楚心魔侧身避开一支，右臂微抬，一支暗箭已经夹在指间，断成两截，掉在屋顶的瓦片上发出脆响。

慕雀尖叫一声，抱着头小心翼翼地往后看，忽然感觉双眼一黑，被一只粗糙的大手捂住了脸。

楚心魔拿左手挡住怀里小孩的眼睛，右手微抬，袖口中瞬间爬出无数条血红蜈蚣。

密密麻麻的蜈蚣掉落到脚下便飞速散开，在房顶瓦片缝隙中爬行，周围陆陆续续传来撕心裂肺的惨叫声。楚心魔把慕雀的小脑袋按回自己的衣襟里，朝着信阳方向飞奔而去。

七公子早已出了信阳，他的马车刚入孔雀山庄前的紫竹林，就被一人一骑拦了路，是位冷艳女子。

“聂夫人。”年有常一怔，皱皱眉，低声问，“您亲自出马，拦我作甚？”

来者是百毒谷谷主聂漪兰。

“本座替您把那影卫带回去。”聂漪兰面无表情地说，冷冷的目光落在被紧紧绑着动弹不得的影十三身上。

影十三看见她时身子一僵，尚且完好的右眼浮现出一丝仇视的目光。

白羽低声劝七公子："公子，与百毒谷翻脸可不是什么好事呀……"

年有常对影十三的赤签兴趣不大，今日行事也不过是想跟年九珑作对，故意找他麻烦，把影十三拱手让给百毒谷谷主也没什么损失，只是咽不下这口气。

"公子，别因小失大呀。"白羽眯着眼睛揣着手劝道。

"反正爹知道我把他带回来了就行。百毒谷跟二哥脱不开关系，肯定又是年存曦在背后搞什么鬼。"七公子咬得后牙咯咯响，这帮兄弟一个比一个碍事。

影十三被聂夫人带回了二公子的晨曦阁。

晨曦阁里布置得格外昏暗，地上铺着白虎皮毯，雕花木桌上摆着个打磨光滑的兽角，纹路中镶嵌着珊瑚小珠，桌上点的是长明的人鱼脂烛，房中弥漫着淡淡的血腥气。

年存曦正无聊地半卧在美人靠上，抚摸着身侧一头油光水滑的猞猁。猞猁听到动静竖着耳朵转头望过去，嗅到了影十三身上的生人气息，便立刻警惕地翻身站起来，露出尖锐的獠牙，恶狠狠望着影十三。

"乖乖，坐下。"年存曦轻抚猞猁的后背，安抚道，"不过是个影卫，哪有我每日喂你的西北牦牛肉好吃。"

聂夫人抓着影十三的手臂，问道："怎么处置他？"

"小姨想怎么处置就怎么处置。"年存曦笑笑，"他那么有本事，差点要了小姨的命，可不能那么简单就杀了。"

影十三波澜不惊地听着，这种言语恐吓是刑讯犯人时常用的手段，他见惯了风浪，不为所动。

"我改良了啮骨虫。"聂漪兰道，"比之从前，会更让人痛苦，只是尚无人试药。"

"哈哈哈，好。"年存曦笑起来道，"拿他试试。"

影十三筋骨受创，此时毫无还手之力，被聂夫人按倒在地上，手臂被划了一刀。聂夫人从袖口取出一个封口的小竹筒，倒出了一颗细小的黑豆，按进他的伤口中。

那颗黑豆一见血，立刻活了过来，顺着伤口钻进血肉中。

"啊！"影十三感到有什么东西在顺着自己的血管爬动，随即浑身疼痛难耐。

聂漪兰松开手，影十三便侧身躺在地上蜷缩着，尽力压抑着身上难耐的苦楚。

年存曦盯着影十三看了一会儿：“没意思。”

聂夫人道：“看着他在痛苦里渐渐死去，不是很有趣？”

“多没意思。”年存曦托腮思忖道，“把他扔到我的兽笼里，就是那头装着白虎的笼子。”

影十三猛然抬头，狠狠瞪着年存曦想要反抗，却被跑上来的两个侍卫死死按住，拖了出去。他尽力用内息压下猛烈的药性，用力咬唇让自己清醒，生来的尊严不允许他如此狼狈。

那两个侍卫打开兽笼，把影十三推进了笼中。

笼中有头一丈来长的白虎，那白虎嗅到影十三身上的气息，很快从睡梦里醒来，长鞭似的虎尾猛地一甩，翻身站起，低吼着朝影十三猛扑过来。

影十三习惯性地去摸扇刀，才意识到自己现在手无寸铁。可就算他功力未恢复，但凭借多年的训练仍然十分敏捷。他顿时翻身躺下，双腿猛地一蹬，正踹在张着血盆大口扑过来的白虎脸上。

白虎痛吼一声被踹翻过去，又立刻翻身落地，愤怒地盯着地上那人。

那老虎被圈养已久，显然已经太久没遇上过这等硬骨头了。

信阳城郊外，密林之中叶影摇动。

护手的钢爪淌着一滴一滴的血，年九珑躲在一棵古树树冠里，仰面靠在树干上按着腹上的伤喘气。

他一时着急没留意，竟给那些杀手钻了空子。这次来的人太多，他根本应付不来，险些就栽在他们的手里。

腹上钉着几枚飞镖，年九珑咬紧牙关，用力一拔，几枚沾血的飞镖被生生抠了出来。他把拔出来的飞镖按进树干里，身上还有几处伤，正滴着血，把一身暗蓝缎子染得猩红。

那帮杀手穷追不舍，他此刻才暂时甩脱，若再耽搁，不知道三哥会被折腾成什么样。

年九珑失血太多，眼前开始有些发黑。他用力拧了一下自己的大腿，从发间雀羽冠上抽下一根孔雀翎，夹在指间，缓缓注入内力。孔雀羽渐渐碎成闪烁的碎片，他轻轻一吹，无数蓝绿萤光没入漆黑夜空中。

片刻，一个黑衣人倏地出现在年九珑的身边。

楚心魔站在树枝上，没有一丝晃动。一个毛茸茸的小脑袋从他衣襟里钻出来，慕雀小手扒着衣领钻出来一点儿，眨着眼睛看向年九珑：“我们找了你好几圈呢，你怎么这么晚才放烟花呀，我师父呢？”

年九珑厌烦地瞥了眼这个烦人精，勉强扶着树干站起来：“你帮我拖住他们，我得赶回去。”

楚心魔点点头。

慕雀着急地喊他：“你去干什么啊？”

“把你师父抢回来。”

年九珑又从大腿上抠下一枚飞镖扔到树下，然后纵身一跃，隐没在密林树影中。

一回到孔雀山庄，年九珑就先往七公子的常春阁走去，路上却被六公子拦住。

年有华扶着他的肩膀：“不，不在小七这里，在二哥那儿的兽园里。”

年九珑瞪大眼睛：“年存曦？他跟着掺和什么？”

“我也不清楚。”年有华犹豫道，“大概是那影卫之前得罪过二哥。”

闯进晨曦阁兽园时，年九珑眼睛瞪得通红，气都喘不匀：“啊……啊！你们是想弄死他吗？！”

白虎笼里，那头白虎满身血污，后腿已经断了，软软地趴在地上，影十三安静地靠坐在笼子的角落里，闭着眼睛，一动不动。

年九珑飞快地跑到兽笼前，用腕上钢爪捅碎了锁芯，掀开笼门冲进去，三道钢爪毫不犹豫地插进了那头白虎的动脉之中。此时，那头白虎也已经奄奄一息，被年九珑一脚踢开，倒在地上血流不止。

影十三还醒着，半睁着眼睛，漠然地望着年九珑。

年九珑跪下去，把瘫坐在地上的影十三扶起来，哽咽道：“三哥，我来了，我错了。”

影十三对年九珑的愧悔无动于衷，勉强站起来说道：“走。”

“好，这就走。”年九珑顺势把影十三的手臂搭到自己的脖颈上，把人搀扶起来走出兽笼。

兽园此时无人，年九珑带着影十三回了自己的胧明阁。

年存曦仍在自己的晨曦阁里闲坐，听小厮慌慌张张来报信，说九公子闯进兽园杀了白虎，强行带走了那个影卫。

“嗯？”年存曦抚摸着身边的猞猁，诧异道，“居然有这回事。”

“年九珑自掘坟墓，我这个做哥哥的拦不住啊。”年存曦笑笑。

楚心魔甩脱了杀手，回了山庄，静静守在门外打坐休息。慕雀想跟进去看看，却被楚心魔一把拎回来，放回了自己的衣襟里。

室内，影十三面无表情地靠在床头，半天才动一下眼珠。年九珑仔细查看，所幸并无重伤，只是他的身体一直在微微颤抖，脸颊还有些发烫。

“我去打水，三哥先洗洗。”年九珑说完走出去，再进来时端了盆温水。

伤口碰到水，有些刺痛，影十三痛苦地闷哼了一声。

年九珑连忙哄道：“疼了？我轻点，一会儿就好。”

待到全身擦拭干净，影十三体内药力发作，又开始疼痛得抽搐起来。

“三哥，你怎么了……”年九珑不明白他为何如此痛苦，一把拉过他的手，把住脉门听诊。

看着影十三痛苦得身子发颤、冷汗直流的样子，年九珑突然想到了什么。

“三哥，你是不是中了啮骨虫？！”

“九九，我好难受。”影十三被啮骨虫折磨得不轻，呢喃道，“你们的毒真狠啊，我快忍不住了，快死了……”

“三哥，我去给你找解药！你放开我！”

“是改良……的啮……骨虫，哪来的……解药？”影十三痛苦地道。

年九珑眉头紧皱，只得安慰：“三哥，你好好的，等我去拿药。”

影十三“嗯”了一声。

年九珑想拭去影十三额角的汗，却摸到他的脸上湿了一片，低头看他，发现他紧闭眼睛流着泪。

“再撑一撑好吗？”年九珑安慰道。

“我不……想活了……”影十三捂住自己的嘴，眼泪顺着脸颊淌下来，流到自己的手背上，“我恨你们……你们没一个人信我……我明明……明明什么都没做啊！为什么你们都这么对我！为什么……我死还不行吗……”

“三哥！”年九珑见他痛苦难熬，也难受得快要哭了，“我知道我知道，三哥受委屈了，我错了，我知道错了……”

“你凭什么恨我……”影十三更加痛苦，“换作你，还不是会抛弃我？我们是一样的……权势面前，谁会选择一个影卫啊……”

“我选你，我一定选你，你永远是我最珍视的三哥。”年九珑哽咽地道，“我这就带你走。”

影十三不再相信他的漂亮话，含泪道："你从前也说带我走，可结果呢？"

"好三哥，我不骗你。你比什么都重要。"年九珑心疼地拭去他的眼泪。影十三一直以笑示人，殊不知此刻才是他真正的模样。

让这样一个温柔胆小的人去当影卫，实在残忍。

"你等我，我去给你找解药。"年九珑扶着他躺好，嘱咐道，"等我回来，我会回来的。"

年九珑去找了百药谷的人，问他们解毒之法，他们却都说百毒谷谷主的新药无人可解，只有二公子手里有解药。啮骨虫若不服解药，那虫便会蛀空内脏，不出三个月，中毒者必死无疑。

年九珑阴沉地回到胧明阁，推开门走进内室时，看见影十三靠坐在冰冷的墙壁上，目光呆滞，身边有个摔碎的茶杯，手里拿着一片碎瓷片，手腕上血流不止。

年九珑大惊，跑过去抢过他手里的碎瓷片，翻出药布给他包上伤口，急切地安慰道："三哥，是我的错，你别拿自己出气，我想办法，会有办法的。"

影十三木然地靠着年九珑，眼神里暗淡无光，嘴角微微扬着，轻声道："九九，我不再相信你了，也不想再当你的三哥了，我累了，让我自生自灭，行吗？"

"不行！"年九珑崩溃大喊，一颗心仿佛被狠狠攥了一把，跪在地上哀求，"你别这么说……我知道你不是这么想的。"

"我是这么想的。"影十三淡然戳破年九珑最后一丝希望，抬起手轻轻推开年九珑，起身站起来，踉踉跄跄朝门口走去，道，"我们是师徒情分也好，是兄弟情分也罢，都到此为止吧。"

他几乎是朝门口逃去，生怕再晚一步就会心软，就会离不开身后那个人带给自己的一点儿温暖。

细长的手指触到门闩时，影十三双腿一软，险些摔倒，身体顿时疼痛无比。他贴着雕花木门缓缓滑下去，弓着身子忍耐着啮骨虫的啃食。

年九珑狼狈地扑到影十三的身边，双指点在他的几处穴道上，暂时帮他减轻了痛苦，然后扶着他恳切地道："我这就去找年存曦，你等我，哪里也别去……"

影十三摇头。

"三哥……求你了，别又扔下我……"

大堂的门嘎吱一声被推开，一人拍了拍手，笑着踱进来。

年九珑警惕地抬头，影十三杏眼半眯，勉强抬眼看过去。

年存曦笑容满面地走进胧明阁，不客气地往主座上一坐，双手交握放在身前，微微诧异道："我还以为小九傲慢冷漠，绝不会被任何感情牵绊，没想到啊，居然如此看重兄弟情谊。"

年九珑扶起影十三，挑起凤眼看着年存曦，冷声道："解药在哪儿？"

"啧，这就是你恳求兄长的态度吗？"年存曦感叹，"百药谷异草奇花遍地，不如你自己去找啊。"

年九珑狠狠地瞪了年存曦一眼，低声道："不知这影卫与你有什么过节，我一并替他还了。"

"他欠我一条命。"年存曦托腮垂眼看着年九珑，"你也替他还吗？"

年九珑反问："那你想怎样？人我是不会交给你的，若是庄主不怪罪，我的命你要就拿走。"

"不不不，我可不是喜欢残杀手足的人。"年存曦哼笑，知道庄主并不喜欢公子们将兄弟残杀之事放到台面上说。

年存曦手指一翻，一颗碧绿药丸夹在指间，他瞥了年九珑一眼，用脚尖点了点自己面前的地面："过来，跪在这儿听我说。"

年九珑一怔，咬着牙问："凭什么？"

"凭我是你的兄长。"年存曦从桌边拉过一支烛台，双指在烛心上一捻，火焰倏地燃起，火光映在他的侧脸上。

他把指间碧绿的药丸贴近那跳动的烛火，药丸外皮渐渐熔化。

"看见了吗？"年存曦笑笑，"每条啮骨虫只有对应的一颗解药，没了，就真没了。你可以考虑考虑。"

年九珑刚要走过去，手腕却被影十三拉住，他回头望去，对上了三哥的目光。

"用不着为了我受辱。"影十三轻喘着气说。

年九珑把他的手从自己手腕上拿下去，用力握了握，然后松开，朝年存曦走过去。

影十三早已感受到年存曦身上散发出的极强的压迫感，压得人喘不过气来。他默默看着年九珑，见那人离年存曦越来越近。他的药力已经发作过一次，此时他站都站不起来，已经无能为力了。

年九珑缓缓走到年存曦的面前，霎时，护手上三道锐利的钢爪出鞘，右手猛然挥向年存曦双眼。年存曦轻蔑地笑笑，抬起左手，就这么接下了年九珑灌注全力的钢爪，并反手握住年九珑的手腕，随即起身，一拳重重打向年九珑的胸口。

年九珑连退几步，撞在身后的墙壁上，周围青瓷摆设哗啦碎了一地。他按着剧痛难忍的胸口勉强站住，须臾间脖颈一紧，年存曦已站至身前，右手死死钳住他的咽喉。

脖颈被牢牢掐住，年九珑瞪大的眼睛里布满血丝，额头暴出青筋，挣扎着抬起右手，却被年存曦轻轻握住，两声脆响，竟被生生掰断了两根指骨。

"啊——"年九珑仰头痛吼，面上痛苦扭曲，忽然脖颈一松，整个人被猛地掼到地上，他觉得浑身的骨头像被摔碎了。

"现在解决一下这个小影卫。"年存曦掸了掸身上的灰，转身缓缓走向影十三，衣袖一垂，一把暗刀落进掌心，手指微微一弹，暗刀倏地飞向影十三的心口。

刺的一声，鲜血飞溅，暗刀入肉，染红的却是年九珑右肩的暗蓝缎子。他挡在影十三的身前，右手断骨的双指红肿弯曲，用左手缓缓拔下钉在肩头的刀刃，当的一声扔在地上。

影十三视线有些模糊，看着年九珑挡在自己的身前，扔下暗刀，对着年存曦缓缓跪了下去。

年九珑低下头，语气凶狠，却又不得不认输，低声恳求道："你想如何，我听你的，别杀他。"

一向目空一切的年九珑，那高傲得如同孔雀一般的九公子，终于低头了。

年存曦微微一笑，满意地坐回主座，托着腮慢慢道："放心，性命在我这儿根本不值钱。"

"第一，滚出孔雀山庄。从前种种，我可既往不咎。"年存曦挑眉道，"这要求可一点儿也不过分。"

年九珑深吸了一口气，缓缓吐息，面无表情地取下自己发间绮丽的雀羽冠，放在脚边。

摘下雀羽冠，代表他多年隐忍的心血付诸东流，从前的惨痛修炼没了任何意义。

"第二，废了自己的武功。"年存曦饶有兴味地盯着年九珑，看着他的脸色青白变换。

年九珑嘴唇颤抖，左手握紧，拳头攥得直响。

孤身离开孔雀山庄尚且有东山再起的希望，自断经脉却会让人永世不可翻身。

年九珑回头望了望影十三。

那人挣扎着爬起来跪坐在地上，双手撑着地，疲惫地抬头，轻声问："这样值吗？"

年存曦笑起来："是啊，我也想知道，为了个连血缘关系都没有的兄弟，放弃荣华权势，你觉得值吗？"

年九珑没出声，攥紧的左手却缓缓松开。他脱下右腕上的护手，拿着钢爪的刃，怔怔地看着那刀刃，沉默半晌，一把把刀刃插进自己的右手腕中，利落地挑断了手筋。

右手缓缓垂下去，鲜血顺着手指淌到地上。年九珑脸色发白，左手发抖，沾着血迹的刀刃当的一声掉在了地上。

年存曦着实吃了一惊，脸上闪过一丝惊讶，又马上被满意的笑容取代。

"弟弟，恭喜你，终于自由了，哈哈哈……"

说着，他便把手里那颗药丸扔给了年九珑，笑着扬长而去。

年九珑拖着断了手筋的右手，膝行至影十三身前，喂他吃下药丸，缓缓地坐在他的身边。

两人像寒冬里依偎取暖的两只流浪猫，挤在一起瑟瑟发抖。

"我不如他，只能让你不受伤。"年九珑嘶哑地说。

影十三轻轻叹气："从前，我发誓会好好护卫你的。"

"现在轮到我护卫你了。"年九珑无奈苦笑，"可我现在一无所有，无处可去。"

"我们可以重新开始，像以前一样。"影十三淡淡地道。

年九珑用左手揽过影十三的肩："我从来不是什么有担当的人，自私又自负，当初放下豪言壮语要夺下孔雀山庄，现在却什么也不想要了。"

"我们现在是一样的了，我也什么都没有。"影十三沉吟一会儿，到底还是问了出来，"你手怎么样？"

"小事，我觉得长一长就能长好。"

"你是壁虎吗？"

"无所谓……一只手也能保护三哥。"

年九珑单手扶着影十三站起来，顺势望向窗外。他望着年存曦得意离开的背影，温和的目光陡然变得凶狠。

年存曦，你等着。

影十三垂眼看着年九珑仍在滴血的手腕，面上虽平静，心里却又习惯性地在自己的任务单上刻了一个名字——年存曦。

胧明阁庭院里，楚心魔静静地站着，周围数十剑指着他，他依旧不动声色，漠然站立。

慕雀害怕地藏到楚心魔的披风里，蒙头抱着楚心魔。他知道这个叔叔很厉害，比师父还可靠。

年存曦从胧明阁里走出来，看上去心情不错。他走到楚心魔的面前，摆了摆手叫周围人退下，而后对楚心魔道：“记着点，就算你是年九珑的娘家人，却也是孔雀山庄的杀手，别像个俯首帖耳的护卫一样，整日里跟着他。”

楚心魔冷漠地看着年存曦，一言不发。

“对了，他已经不是公子了。”年存曦笑着离开。

庭院里又恢复了安静，慕雀悄悄扯了扯楚心魔的衣角，小声说：“小阿雀讨厌那个男人……”

楚心魔漠然地望着天边的钩月，好半晌才开口，声音低沉厚重：“我也是。”

第七章 桃花源

三哥，今后你只需要好好顾着你自己。

杏树坛边渔父，桃花源里人家。鸿雁声里，白云深处，几座小木屋坐落在溪水边，庭院里挂着几件洗净的衣裳，水边木盆里游着几条待宰的溪鱼。

临州城外几十里有个闭塞的小村庄，叫临源，总共只有十几户人家，来来往往也都熟识。

两个月前，这里搬来了两个小伙子，少年总是叫他身边的男人“三哥”。这位“三哥”十分内向，不大说话，但长得温柔好看，总是柔和地扬着嘴角，看着就讨人喜欢。

老太太们饭后无事，坐在树下摇着蒲扇闲聊，谈起这两个人。

“那两个孩子是一对兄弟。小的那个勤快，只是手腕子不太利索；哥哥不大爱说话，被姑娘们扔花还会脸红躲开呢。”

“可怜的孩儿们，大约是被家里逼出来才躲到这里吧。”

有人听过那少年偶尔喊他三哥大名“雁琏”，有时也喊“雁三琏”，大概是在家里排行老三吧。

深林山路里，有几个打柴的年轻人结伴回来。年九珑穿着一身粗布麻衣，背着一筐细柴禾，跟旁边人说说笑笑。

“九珑，又回去给你三哥做饭啊？真是个好弟弟呢。”

“我三哥眼睛不好，做事不方便，我便一并做了。”年九珑说起来还有点骄傲，感觉自己什么都会。

“你腕子也不好使呢。”有个小哥道。

“还行，治得及时，再养养就好了。”年九珑动了动缠着绷带的右手，也就是暂时不太灵活而已。

“啊，该催他喝药了，我先回去了啊，你们慢慢走。”年九珑看看天色，赶紧顺着山路跑下去。

几个小伙子连连感叹：“这比亲弟弟还要贴心啊。”

年九珑一路小跑，跑回了一个小院子，从进院门就开始喊：“三哥！三哥！我回来了。”

他掀开门帘，看见雁三琏正沉默地伏在小木桌上，用刻刀一刀一刀地雕刻着一个木球。

年九珑皱皱眉，走过去抢过他手里的东西，数落道：“你眼睛又看不清，刻它干吗？”

“我右眼可以看清。”雁三琏淡淡地回答，“小雀儿快过生辰了。”

年九珑心里一沉，脸色霎时有点难看。他缓缓坐下来，把木球和刻刀都攥在手里，埋怨道：“我也快过生辰了啊……你……你不记得我的吗？”

“我也想要……三哥你……偏心。”年九珑委屈地看向影十三，可他的表情还是淡漠如常。自从他们来了这里后，三哥就很少再主动同自己说话了。

两人说好重新开始，可三哥总是像刺猬一样缩起来，扎得人心疼。

“记得。”雁三琏淡淡道，“腊月二十三，还早。”

闻言，年九珑心情好了些，想要蹭到雁三琏的身边，像小时候一样挽住他的手臂，可雁三琏闪身躲开，起身走了。

年九珑低头坐在地上，难过地耷拉着嘴角，右手的伤口又开始隐隐作痛。不知过了多久，他吸了吸鼻子，用左手撑着身子默默站起来，打算去做饭。

他刚欲起身，却见三哥又回来了，手里拿着药布和药瓶，坐在他的面前。

“换药。”雁三琏拿过年九珑的右手，细心地拆开绷带，擦去脓血，敷上一层药粉，再重新缠上药布，最后抬手摸了摸他的头。

年九珑惊讶地看着三哥，下意识地摸了摸自己的额头。

“晚上想吃炖鱼。”雁三琏说。

“哦……好！”年九珑有些激动地想：我就知道三哥一定最疼我！

炊烟袅袅升起，窗外夜色压下来，屋里弥漫着鱼汤的香气。

雁三琏夹了一块鱼肉，挑了刺放进嘴里，年九珑期待地趴在桌上问：“好吃吗？”

“挺好吃的。”雁三琏说。

他大概一辈子也不会告诉九九，他的味觉早在许多年前就消失了。

年九珑心满意足地拿起筷子，右手不便，只好用左手，但他的左手不太受控制，夹别的菜还好，可鱼肉又软又滑，夹碎了也夹不上来。

雁三琏夹了一块鱼肉挑了刺，送到年九珑的嘴边，淡淡道：“张嘴。”

年九珑舔舔嘴唇，一口咬下来，幸福地托着腮帮感叹道：“啊，真好吃。”

“那也是你做的。”

“不，主要是你喂得好。”

这顿饭吃了一个时辰。年九珑收了桌子去洗碗，回来时，屋里已经灭了烛。

年九珑叹了口气，在木屋外的窗台底下席地而坐，对着自己缠满药布的手腕发了会儿呆，而后仰头看着天边一钩冷月。

这日子过得也算安逸，可他总觉得三哥心里还有什么没放下。三哥从前温柔，绝不像现在一样沉漠寡言。他觉得自己已经尽力了，尽自己所能照顾三哥，可三哥总是淡淡的。

头顶的窗子被轻轻推开，雁三琏侧身靠坐在窗台上，一只脚踩着窗框，一只手搭在腿上，伸手扔出件衣裳，衣裳落下，刚好披在年九珑的肩上。

“在想什么？”雁三琏问。

“想你什么时候才能像以前那样。”年九珑裹紧身上带着淡淡香气的衣裳，望着弯月回答。

“回来，早点睡。”雁三琏翻身下了窗台，钻进被窝里，背对着外边侧身睡了。

年九珑轻手轻脚走进来，关了门窗闭了帘，蹭上床铺。

“你别贴着我，往那边去点。”雁三琏往里挪了几分。

年九珑一怔，却只能轻轻叹气，劳累了一天，慢慢也睡着了。

雁三琏一直没睡着。过了半盏茶的工夫，他听见年九珑的呼吸平稳下来，才悄悄转过身，看到九九可怜巴巴地抱着自己缩在床上睡着。入秋有些冷了，他借着帘缝里的月光，能看见九九脖颈上的鸡皮疙瘩。

他皱皱眉，把薄被提起来给年九珑盖上。年九珑像终于寻到了取暖之处的野猫，紧皱的眉头舒展一些了。

第二天清晨，雁三琏刚刚清醒，发觉面前凑着一张脸。

年九珑认真地观察着雁三琏的脸，见三哥醒了，又没心没肺地朝他微笑。

昨晚他是故意没盖被子的，眼下他攥着被角，在心里暗自高兴——三哥果然是疼我的。

雁三琏把他往外推了推：“今天有什么事做？”

“水打满了，碗和衣裳都洗了，柴也劈了，没什么要做的，闲待着。”年九珑枕着胳膊靠在床头。

雁三琏索性坐了起来，也靠在床头，从枕下抽出一本话本看，刚翻开两页，就啪地合上了，瞥了一眼在旁边忍笑的年九珑。

“九九。”雁三琏严肃地看着他，语重心长地教育，“你不能这样，你才十七岁，要走正道知道吗？”

“哎哟，干吗这么严肃？”年九珑盘腿坐起来，托着腮帮歪头问，“我怎么不走正道了？”

“你不许看这个。”雁三琏把那话本扔到年九珑的手里，“多读些正经书。我小时候是没有机会，有机会的话一定会好好读。”

“好好好，明天就读。”年九珑开心地笑笑，又说道，“我喜欢你管着我。”

窗外突然传来一阵铃响，雁三琏眼睛一亮，披上衣服下了床，趿拉着鞋子走到窗台边，推开窗子朝外张望。

庭院篱笆外的小路上，一个白胡子老头挑着扁担摇着铜铃走过，扁担一头挂了个铁丝笼，笼里是许多巴掌大的毛茸茸的小白兔。这老汉每日清晨都摇铃经过，叫卖家里养的母兔下的小兔，几文钱一只。

雁三琏也每天都会趴在窗台看着。

那老汉已认识屋里的人，冲着雁三琏摇摇铜铃问：“吃了吗？”

雁三琏弯起眉眼笑笑，趴在窗台温和应道：“还没。”

一只手搭在了他的肩头，年九珑站在他身后轻声问：“为什么不买一只？”

“我……不喜欢。”雁三琏犹豫道。

“我喜欢，我要养。”年九珑挽了袖子跑出去，在院子里找了找，看见角落里有个晒着蘑菇的篮子，拿起来就把蘑菇倒了，然后甩着篮子吹着口哨出了门。

雁三琏看着年九珑风风火火的样儿，轻轻叹气。

很快，年九珑拎着一篮子圆滚滚、胖乎乎的小白兔回来了。雁三琏忍不住朝篮子里看，可他的眼睛不太好用，只好蹲下身远远看着，又不肯走近。

“你真的不喜欢吗？”年九珑干脆把一篮子毛球推到雁三琏的面前，“你摸摸。”

雁三琏试探性地伸出指尖抚摸其中一只，那只最调皮的兔子抖着小鼻子闻他指尖，似乎是闻着香香的，便张开嘴啃了一口。

小尖牙咬不破手指，只是硌得有点疼。

雁三琏脸色冷了下来，抽回手漠然道：“你看它，这么可爱，没想到也会咬疼人。”

“我不喜欢。”雁三琏默默挪开，蹲远了一点儿。

年九珑挑了挑眉，道：“哦，那我拿去灶房，晚上炖了吃。”

“那还是别了……”雁三琏张了张嘴，轻声道，“养在院子里吧。”

“好嘞。”年九珑拎着一篮子白毛球出去，安置好了又进来，可屋里没了人影。

“三哥？”年九珑一愣，在小屋里找了一圈。这小木屋并不大，他从外屋绕了一圈，没看到人，又进里屋找，额头上急出汗，喊道，“三哥？你还在吗？”

待余光瞥见衣柜角落阴影里垂着的一片衣角，他才发现三哥抱着腿蹲在角落里，眼神怔怔地盯着地面。

“你躲那儿干吗？吓死我了。”年九珑松了口气，走过去想把他拖出来，他却木然躲着不动，眼睛也不抬。

“你怎么了，哪里不舒服？”年九珑发觉三哥有点不太对劲，蹲下身抚着他的脸颊轻声道，“我以为你抛下我走了，吓得我腿都软了。”

“我在等人。”雁三琏僵硬地回答。

“等谁？”

“不知道。是你吗？”雁三琏淡淡地问，“九珑，是你吗？”

年九珑安慰道：“是我。”

年九珑发觉现在的三哥与从前不同，他常常精神恍惚，不知在担心什么，也越来越冷漠自闭，与刚从百绝谷出来时的自己差不多。

百药谷的药师会定期给雁三琏温养经脉，用的是藏在年九珑襁褓盒里的珍药碧莲心，那是他母亲留给他保命的底牌。碧莲心和那串药珠一样，都是用年九珑的心头血作药引，制作出的能牵肌搭脉的奇药。

然而随着雁三琏全身经脉重长，他的状态也渐渐回到了从前的状态，逼着自己把已经软化的心变硬，就与刚出影宫时一样。

庭院外传来脚步声，隔壁的林婶端着自家包的饺子过来。在她看来，这家新搬来的小伙子招人稀罕，临源人淳朴，左邻右舍常常会互送些自家多的吃食。

“小九，这是饺子，你们俩趁热吃。”林婶热情地道。

年九珑还没来得及应声，雁三琏眼中突然凶光乍现，右手在桌面迅速一抹，桌上的小刻刀瞬间飞了出去，力道之猛堪比从前全盛之时。下一秒，那刻刀竟穿过木屋两尺厚的泥墙，朝林婶眉心飞去。

年九珑瞪大眼睛，飞快起身从窗口纵身翻了出去，在刻刀就要刺进林婶头颅之时，左手两指捏住刻刀，顺手收回衣袖。

屋里突然飞出来一个人，林婶吓得手一抖，盘子往下掉。年九珑飞快地伸手托住盘子，讪笑道：“我们还没生火，正好晚上吃这个。”

林婶抚着心口喘了口气，数落道：“大惊小怪的，还飞出来，都多大的人了还这样冒冒失失。”

年九珑点头受教：“就是就是。”

送走林婶后，年九珑皱眉回屋，见雁三琏还静静地蹲在阴暗角落里，面无表情。

“三哥，为什么要杀她？”年九珑蹲下身看着雁三琏的眼睛质问，他觉得三哥最近的举动简直要超出自己的理解范围了。

“我只是想要护卫你。”雁三琏淡然道，“你会需要我的。”

“嗯，我需要你，但眼下我最需要你好好休息。”年九珑挠挠头，半跪在地上摸着三哥的头，“三哥，别太紧张了。”

这段时间里，两人在小村庄悠然度日，谁也不闻窗外事，也未曾关心齐王府的现状。

齐王府的书房里，向来不易发怒的齐王气得扫了书案，笔墨洒了一地。房里伺候的小厮吓得不敢出声，见影七进来，像见了救星一般小声禀报：“大人，王爷刚看了探子来报，突然就怒不可遏，您……您快劝劝……”

影七点点头：“你们先出去。”

“是……”小厮们如蒙大赦，赶紧退了出去。

影七静静地走到齐王身后，骨节分明、布满剑伤的手搭在齐王的肩头，低声道：“王爷。”

齐王本来气得头疼，见影七进来，怒火顿时平息了大半，略一偏头，靠在了影七粗糙的手背上。

“九九自断手筋，摘了雀羽冠，放弃公子身份了。”齐王揉着眉心叹气道，“这孩子太让本王失望了。”

“王爷的确给了他太多机会。”影七淡淡地答道，“只是十三鬼卫已支离破碎，不足以保护王爷了。”

“我在保护你们所有人。”齐王轻呼了一口气，拿起手边的茶杯抿了一口，“算了，把他的手治好。”

“是。”影七平静地回答，又抬起头与齐王对视，“王爷，您真大方。”

影七平时不会顶嘴，今日竟开口说了这么一句。

“你是在指责本王？”齐王侧目看向影七。

“属下不敢。”影七淡然道。

“去找找，看那两个小东西钻到什么地方了。”齐王吩咐道。

“是。”

对于三哥的事，年九珑总是格外有耐心，点了一炷安神香，又封了他几处穴道，总算让他勉强睡着。

屋顶有微弱的声响。

年九珑皱了皱眉，给三哥掖上薄被，自己走了出去。

影七淡然地坐在庭院的矮墙上。

“你来做什么？”年九珑警惕地问道。

影七跳下矮墙，走到年九珑的面前，低声道：“我只是来传王爷的话，你有空的话，就去临州药铺一趟。另外，影叠死了，你们自己多小心。”

“什么？”年九珑挑挑眉，“影叠怎么死的？”

“死于刺客围攻。”影七轻叹道，“没什么大不了的，我们说不定也会。”

“王爷怎么说？”年九珑皱眉问。

“王爷没说什么，比起自己培育多年的公子自断经脉，损失一个鬼卫倒也没那么值得心疼。”

年九珑轻哼道：“我就是没担当、没责任心，恕我当缩头乌龟了，现在只想好好躲起来过日子。”

“王爷对你已经没有期待了，你随意吧。”影七说完，转身欲离开。

“等会儿。”年九珑追上去问，“雁三琏怎么回事，他从前也会……那样吗？”

“嗯。他出影宫以后一直这样，后来才渐渐恢复。”

“为什么？”年九珑低声问，“是不是因为……他天生脆弱，受不住里面的残酷……”

“并不是。”影七索性与他多讲了些，这也一直是埋在所有鬼卫心里的痛。

“正好相反，影十三的坚韧令人吃惊。经历一番影宫的磨炼，绝大多数人会变得冷漠，杀气腾腾，只有寥寥几个保留下感情和思考能力的人才会被选为鬼卫。

“而这样的人，通常是靠着一些期望才能让感情不被磨碎。比如影五，他完全是靠着他哥哥才走出影宫的，也正因如此，影四要承受的更多，他几乎失去了所有感情。严格说来，影四更接近那些瑕疵品，只是因为他头脑清醒，统领才能和全局观都很出色，所以才被破格提拔为鬼卫之首。

“至于影十三，他无父无母，进影宫前已在街巷流浪许久，也谈不上一心想要报仇雪恨。我们都想不出他是怎么走出影宫的，以至于我从前一度怀疑他是他前一个主子派来的细作。他出来以后，精神变得极不稳定，喜欢独自蹲在阴暗处，或者看着丫鬟养的活物发呆，不过也不是什么大事，王爷并未介怀，依旧用他。

“看你这么问，大概是他又变回从前的样子了吧。你们好自为之。”影七说完，便攀上矮墙离开了。

影七前脚刚走，兔子窝里站起来一个人。

白羽顶着一只白毛球慢腾腾地站起来，白衣白发混在兔子窝里，一时还真看不出。

“哎呀……”白羽慢悠悠地揣着手走过来，三步的路走了半天，他眯着眼打了个哈欠，“公子，您真让我好找。你们聊了这么久，我都忘了要说什么了。”

比起影七，年九珑更不想看见这只“白蜗牛”。

“影叠死了，是不是你干的？”年九珑质问白羽，“我看见年有常接过他的签。”

“影叠？”白羽眯眼笑笑，“我不晓得，每天死在我手里的人好多呢，记不得了，我给你翻翻账册。”

“不用，你说你的事。”

白羽却慢腾腾地掏出个册子，舔着手指一页一页地翻：“嗯……这个五十两黄金……这个二十两……这个六两……呸……真小气……”

这人不光慢，还特别入戏，用他的淮南口音慢慢地数着。

“哦！”白羽合上册子收起来。

“找到了？”年九珑不耐烦地翻了个白眼。

“没找到。”

“……”年九珑往墙边一靠，“有话快说。”

“那可说来话长了。”白羽揣起手，若有所思地眯起眼，“您不会不想回去了吧？我们都想跟着您呢，您不回去我们怎么办？”

“我现在不想回去，而且手都废了，雀羽冠也摘了，我也没必要回去了。”

“哦……所以那个影卫的眼睛被二公子的人弄瞎了一只，您也不想给他报仇了吗？聂夫人下手蛮狠的呢。”

年九珑神色一凛，拎起白羽的衣领，道：“说清楚。”

“是去年冬日的事。”白羽拍了拍年九珑拽着自己衣领的手。

年九珑扔下白羽，坐在庭院的小石桌前，深吸口气，道：“继续说。”

“那个影卫在月越山与一队百毒谷死士缠斗，百毒谷一方死伤大半。聂夫人亲自出手，两人交锋不相上下，最后聂夫人负伤逃走，那影卫被毒伤了左眼，两败俱伤。

“至于那个小影卫为什么会突然去拦聂夫人……”白羽舔了舔嘴唇，慢慢道，“可能是因为他收到了一封血书。”

年九珑一怔，脑海里思索许久，嘶哑地问：“你怎么知道？”

“我说过……全部的雪都是我的耳目。”白羽将蹲在自己头上啃头发的小兔子摘下来，不紧不慢地摩挲着，“哪里有雪，哪里就有我。”

“所以，九公子愿意回去吗？”白羽眯眼笑问，“聂夫人倒是有好药养，有手下伺候，只是不晓得那影卫那些日子是怎么熬的呢。”

年九珑摆了摆手：“回去等我消息。”

“好的呀，这个——”白羽眯眼笑笑，指着手中的小兔子问道，“可以送我一只吗？”

“拿走，快滚。”年九珑揉揉眉心，转身回屋。

白羽把小兔子放到自己的头上，美滋滋地揣着手走了。

庭院深秋飞雪，白羽消失在一片雾气中。

年九珑靠在门边发愣，待反应过来时，狠狠抽了自己一巴掌。

多年前，洵州佳节庙会，张灯结彩，阴暗寒冷的角落里缩着一个脏兮兮的少年。

少年十五岁年纪，瘦骨嶙峋，裹着一层麻布勉强御寒，蜷着腿缩在墙角。肮脏的脸颊上嵌着一双杏眼，眼睛里水光闪烁，眼瞳映出周围花灯的光影。

他也不知道这是何地，不过是随着人流走走停停，走到实在饿得动不得了，又不好意思开口向路人讨吃食，便自己默默忍着。等到庙会结束，他才到店里捡一些残羹冷炙，用以果腹。

突然，他的面前伸过来一只小手，手里握着一块捏成白兔形状的馒头，热气腾腾的。少年微微抬头看向那小孩，一看就知道这是个富人家的小公子，穿得光鲜亮丽，一身小巧玲珑的蓝衣绣着银线。

小孩把手里的零食递给他，转头问领着自己的那位华贵夫人：“娘亲，他为什么坐在这儿？”

那夫人耐心地道："不是所有人都像你一样什么都有。"

"那他可以回我们家吗？"小孩又问。

"你需要有用的人在身边。"夫人俯身摸摸小孩的头，叹息道，"他不能保护你。"

"走吧。"夫人领着孩子转身走了。

蜷缩在角落里的少年挣扎着爬起来，那小孩刚好回头，对着少年笑道："我娘亲说，如果你能保护我，我就可以带你回我家！"

"九珑，走了。"夫人领着孩子匆匆离开了。

少年眼神微抖，小心地捧着手里还温热的白兔馒头，舔了舔嘴唇，没舍得吃，揣到自己的破旧衣襟里，再抬头，那小孩和他母亲早就淹没在来观庙会的人群中。

少年的杏眼里终于露出一抹温和的颜色，轻声问道："我能保护你……你就能带我走吗？"

可那声音太轻，早已消逝在行人们的欢声笑语里。

多年后，影十三瞧着面前小孩一副强忍泪水的坚强模样，只觉可爱，俯身蹲在他的身边，让自己跟这小孩站着一样高，轻笑着问道："叫什么？"

年九珑感觉到肩膀上温和的手，抿了抿嘴，道："年九珑。"

影十三笑起来："好巧啊，我叫雁三琏。"

"哪儿巧？"年九珑被这笑意晃了一下眼睛。

影十三没多说什么，满心都是"好巧啊"。

九九，是你吗？

我会好好护卫你的。

"三哥，醒醒。三哥，我在这儿，别怕啊，我在呢。"年九珑侧过身紧紧环住雁三琏安慰道。

雁三琏整个人僵硬得可怕，一直喃喃地道："什么时候能带我走……"

"我带你走，什么时候都行，想去哪里都好。"年九珑一手摩挲着他纤瘦的脊背，一边低声哄着。

雁三琏忽然惊醒，发觉自己满身冷汗，望望四周，还是那个小木屋。他下意识回忆梦境，心头一紧，不知为何十分难过，夜里总是爱矫情，年纪大了更是如此。

“我……睡得那么失态吗？”雁三琏轻轻叹气，坐起来揉揉眼睛，“果然不适合再当影卫了。”

年九珑也缓缓坐起来，轻声问：“是不是怕我抛下你走？”

雁三琏身子一颤，勉强摇头。

年九珑双手扶着他的肩胛，掌心覆在他右肩上的“影”字烙印上，哽咽道：“对不起，我不知道，对不起……我真的不知道……”

“三哥，我错了。”年九珑有些崩溃，话音里带上了一丝哭腔，“我以为你从不在意我，只是为了你的任务，我以为你骗了我，所以我才那么记恨你……”

雁三琏怔怔地听他讲着，许久才轻声问：“谁与你说的？”

“我都知道了。”年九珑声音有些嘶哑，“我知道你肯定很难原谅我、相信我了，你对我很失望是不是？”

雁三琏没回答，只是轻抚着年九珑的后背。他真的长大了，那时候小小的一只，现在已经是个大人了。

“三哥，我以后必定好好保护你。”

“你不必承诺我什么。”雁三琏摇摇头，“你并不欠我的。”

年九珑皱眉乞求：“你别这样，你这样我害怕啊。万一哪天你烦我了，直接走了，我又找不到你，我怎么办啊？”

“我还能去哪里？”雁三琏平静地反问。

年九珑一噎，垂头沮丧道：“对不起……我没想提你的伤心事，但是……”

“九九。”雁三琏打断他。

年九珑垂眼叹息道：“我知道了。”

“天还没亮，再睡一会儿。”雁三琏侧身躺下，背对着年九珑。

“过些日子，我们去临州一趟。”年九珑小声道，“趁着秋天，还没冷下来，去玩玩，好吗？”

“玩什么……”雁三琏也没睡着。

“我安排就行了，你什么也不用操心。三哥，今后你只要好好顾着你自己。”

临州自古繁华，参差十万人家。长江支流汇聚之处，海外商贾往来众多，临源至临州刚好有条渡河连通，坐船即可顺流而下。

船篷里摆了一张小矮桌，桌上摆了一壶米酒，两个白瓷碗儿。雁三琏侧身靠在雕花小窗前，手里拿着一把巴掌大的木雕小折扇，微微眯着眼睛，任微风拂在面颊上。

这小折扇是年九珑偷偷刻了半个月才刻成的，他本身就没什么耐心，做这精细活儿更是难上加难，因此雕工有些粗糙，但小折扇每一处他皆用砂石细心磨圆了，没有一根倒刺。

年九珑靠在另一边，端着酒碗看着雁三琏出神。雁三琏侧颜柔和，嘴角微翘，头发束着，发尾搭在肩头，从左边看去，长睫毛下的眼瞳是浅灰色，但并不觉得诡异，反而显得格外温柔安静。

白瓷酒碗见了底，年九珑吐了口酒气，一手枕在脑后，斜斜靠在船篷壁上，凤眼微眯，脸颊晕出酡红，忽然叫了一声："雁三琏。"

雁三琏一怔，转过头看他，展开小折扇挡在唇前："你胡叫什么？越来越没大没小了。"

"三哥。"年九珑连忙改口，心里平静了不少。

三哥实在是被伤怕了，每日小心翼翼。年九珑看得出来，但也不急于这一时半刻，只是好好照顾着三哥。好在三哥的精神在慢慢好转，嘴角偶尔也有一丝笑意。

更让年九珑欣慰的是，三哥很喜欢这把小折扇，整日带在身上，偶尔发呆时也会盯着它看。

年九珑看了眼自己手上被刻刀刮出来的密密麻麻的小伤口，捻了捻，还挺高兴。

"咱俩第一次出来玩，纪念一下。"年九珑给自己倒满一杯米酒，端了起来。

雁三琏犹豫半刻，端起另一碗："我酒量不行的。"

"米酒而已呀。"年九珑笑道。

谁知这米酒喝起来没什么味，后劲却大，雁三琏喝着喝着就有点醉了。

他脸颊微红，手肘撑在小酒桌上，嘴角微微翘着，扬着小折扇钩起对面之人的下颌，轻声问："九九，是你吗？"

年九珑咽了口唾沫："是……是我……"

"知道错了吗？"雁三琏温和问道。光看外表确实看不出他醉得厉害。

"知道错了吗""错哪儿了"这样的话，他问了整整二十遍。

"真的知道错了……"年九珑也答了二十遍。

答完，年九珑嘴角抽了抽，瞥了一眼那米酒瓶上的印章。陈家窖藏，他记住了。

雁三琏侧身靠着年九珑，一只手拿着小折扇搭在腿上，一只手轻轻搭在年九珑的手背上，杏眼半睁着，颊边酡红还未褪去，显得慵懒又迷人。

年九珑用手支着头坐在酒桌边，望着船篷外的满山红叶。

“山里……有只鸟儿。”雁三琏抬起小折扇指着窗外。

年九珑顺着三哥的手望过去，一只青蓝孔雀伫立于嶙峋山石高处，似宝石般流光溢彩的尾羽垂在身后，正扬着头眺望。

“山庄里跑出来的。”年九珑道，“家里太多这种鸟儿了。”

“很漂亮。”雁三琏轻叹。

“是吗？”年九珑来了兴致，扶起三哥凑到窗前，把弯着的左手食指含在唇边，吹出一声悠长哨音。

哨音绵绵不绝，回荡在夹岸山谷。那鸟儿像受了召唤般，轻轻抖动身体，华丽尾羽颤抖摇动，渐渐张开，如展开华贵的锦锻。

雁三琏半眯着眼睛看它，那鸟长长的尾羽被折断了不少根，显得很是蓬松凌乱。

“受伤了，那鸟儿。”雁三琏淡淡地道。

“山庄看管森严，大概是逃出来的。”年九珑给自己倒了杯米酒，无奈笑笑，“这种鸟儿都傻，在家里有好吃好喝的供着，有专门的侍雀人伺候着，不知为何偏要跑出来。”

雁三琏打了个哈欠，温和道：“你和它一样傻。”

“也不全是。”年九珑抬手支着头，“家里没有我喜欢的人。”

雁三琏不置可否，摇了摇小折扇，淡然问：“你母亲身子还好吗？”

“今年春天去世了。”年九珑眼神平静，缓缓诉说，“她是积郁成疾，药石无医了，留给我的东西就只有满库的灵药，和一个我从前从未见过真面目的杀手——楚心魔。”

“抱歉。”雁三琏悄声叹气，轻拍年九珑的手背。

“生而有命，现在倒也没那么难过了。”年九珑深深吸了口气，“只是偶尔晚上想起时，会睡不着而已。”

船行至临州渡口，周遭的行人骤然多了起来。

雁三琏习惯了藏在黑暗里，突然被年九珑拉到街上，有些不自在。年九珑把他护在里侧，为他挡住了一半来往的行人，雁三琏才习惯了一点儿，跟着年九珑走。

忽然，一个拿着糖人的小女孩嬉笑着跑了过来，她光顾着和后边的小孩子打闹，回头时不小心撞到了雁三琏的腿上。

雁三琏腿上旧伤还没好利索，又被猛地一撞，膝盖吃痛，打了个趔趄。年九珑正望着旁边的小摊，听到动静忽然一惊，抬手扶住雁三琏的小臂："啊，没事吧？"

那小孩抬头看见雁三琏的眼睛，一个正常，一个是骇人的灰色，顿时吓得坐在地上大哭："娘亲救我！这个人的眼睛好吓人！"

雁三琏一愣，手足无措地站在那儿，下意识抬手去捂左眼。

这孩子一哭，引得周围更多行人驻足朝这边看。雁三琏本就不习惯被人盯着，脸颊顿时红了，只得蹲下身，对那吓哭的小孩轻声道："对不起。"

他扯下手边草叶，手指灵活地编了只小蝴蝶给那小孩。小孩被逗笑了，拿着小蝴蝶跑了。

年九珑眉头拧到一起，把雁三琏扶起来，瞪了周围行人一眼，训道："看什么啊。"刚说完，他就想把那小孩抓回来好好教训，却被雁三琏轻轻握住胳膊。

两人拐进一条无人的小巷里，年九珑气得脸都白了，生了一会儿闷气，又反过来安慰雁三琏："三哥，你别放心上啊。"

雁三琏捂着自己左眼，犹豫半晌才问："我比以前丑了很多吗？"

年九珑立刻反驳："怎么会？！三哥特别俊。"

"可我把那女孩子吓哭了。"

"不丑，真的……"年九珑垂头丧气地靠在墙上，慢慢蹲下身，抱着头道，"是我不好，是我害你变成这样的。我当时要是不赌气，不给你写那封手书……"

雁三琏俯身摸了摸年九珑的头顶，轻声安慰道："这不怪你。你需要我，我很高兴。"

这个孩子会犯错、会伤害他，却也是第一个，也是唯一一个让他清清楚楚地感觉到自己是被珍惜着的人。

年九珑抬眼，看到了三哥温柔的目光，心里一酸："我十七岁了，别把我当小孩子。"

"可你在我眼里一直是。"雁三琏温柔地笑笑，"眼睛的事，你别自责了，好吗？"

年九珑摸了摸他的左眼："三哥，你一点儿也没变。"

傍晚，街巷花灯闪烁，临州近几日正值灯会，入夜灯火通明，大街小巷不仅人多，还更加密集起来。

二人在人流里闲逛，雁三琏像个小孩子似的抱着满怀的零食，这全是年九珑塞的。

“我吃不了这么多……”雁三琏轻声埋怨，“像什么样，人家都看我呢！”

“看你当然是因为你好看啊。”年九珑回头一笑，“你现在太瘦了，多吃点零食好长胖。”

说着，他从雁三琏怀里抱的几个油纸包里抽出根江米条，戳了戳雁三琏的嘴唇。

雁三琏别过头，小心地看了看四周，确定没有人注意这边。

“快吃，手都举累了。”年九珑一脸笑意，拿着江米条催促。

雁三琏实在没办法，张嘴咬了一口，道：“好了……差不多够了……”

“我们晚上住哪儿？”年九珑拿开江米条，挑眉看他。

雁三琏不答，反问年九珑：“你带我来临州，不只是为了玩吧？有什么事，先办了再说。”

年九珑挠了挠头发：“这你也知道。”

“我太了解你了。”雁三琏笑了，捻着指间小折扇数落，“想做什么都是直来直去的，一点儿也不委婉。”

“三哥这么了解我啊。”年九珑突然开心起来，还恶作剧般地戳了戳雁三琏的脸颊。

突然被捉弄，雁三琏佯装生气，一把抓住年九珑的手，恶狠狠地道：“再闹，我揍你。”

“我错了，我错了。”年九珑嘴角一扬，认输道，“那听你的，先去做些正事。”

临州有家药铺，名曰杏堂，不大也不小，静静地坐落在北边角落里。

这药铺两人都熟悉。之前那次护送任务，他们就是把池音先生送到了此地。杏堂正是王爷在临州的一个安置点，专门收集眼线递来的情报。

药铺伙计看到年九珑递上的信物，立马恭敬地请二人入了内院。

空气中弥漫着浓郁的药香，雁三琏习惯性地去分辨药香，却有一味药辨认不出，像雪兰香，仔细嗅闻又似乎不是。

内院有间密室，池音先生正在室中静静打坐。

两人上前恭敬行礼。雁三琏单膝跪地抚肩行了影卫礼，年九珑则是低头颔首躬身作揖。

“冒昧打扰先生，还请宽恕。”雁三琏轻声道。

“王爷与老朽提了二位的伤势。”池音先生抬手示意年九珑坐下。

年九珑把雁三琏按到了椅子上，自己则站在一边。

“这是给你治伤的……我怎么能……”雁三琏不自在地看看他。

年九珑摆摆手，道：“池音先生脾气好，没事。”

池音先生微笑点头，食指在雁三琏脉门一点，一根细如蛛丝的丝线黏在雁三琏的手腕上，另一端则连着池音先生的指尖。

“经脉大损，但调理得当，又用了绝品养药碧莲心，再过些时日就会完全恢复，不必担心。

“四肢有骨伤。

“左眼毒伤。

“味觉失……”

“先生。”雁三琏突然打断，哀求地看着池音先生。

池音先生会意，没再多言，写了方子叫雁三琏存起来。

雁三琏暗暗松了口气，起身连连道谢。

池音先生没再请年九珑坐下，只瞥了一眼他缠着药布的右手，便招呼身旁两个小侍童：“灵犀、灵光，把拆骨针盒端来。”

年九珑瞪大眼睛：“拆……拆什么？”

小侍童很快端着个精致木盒过来，放上桌。木盒被掀开，里面竟有两个盒子。大盒里整齐摆放着两排大小银刀，刀刃发亮，角落里还有个小盒，盒中药布里整齐插着数十根蟾酥银针。

“公子请坐。”池音先生拿起一把银质小刀在药油火上烤了一下，再不紧不慢地用药布擦拭。

“不是……有那么严重吗？我都快好了……不用动刀了吧……”年九珑看着满桌刀针，有点头皮发麻，战战兢兢地坐在池音先生的对面，右手放到身后。

“那样会留病根。”池音先生缓缓道，“若不介意一直拿不得刀剑的话，不治也可。”

“……要多久啊？”年九珑勉强问。

“半个时辰，不久。”

“……”年九珑咽了口唾沫，耷拉着嘴角抬眼望向雁三琏。

雁三琏看着池音先生手里的刀，微微抬手想要阻拦，末了却又犹豫着放下，规矩地站在一边静静看着。

“……那就治吧！”年九珑挽起袖子，把手放上桌面，从袖口摸出一颗姬红丹准备吞下。

可他还没塞进嘴里，池音先生便阻止道：“不能吃这个，会妨碍长筋。”

“啊？硬扛吗？”年九珑一愣，缩了缩脖颈，“那我不是死定了？”

池音先生没再与他多说，小刀在年九珑的手腕上一划，包着手腕的药布即刻断开，未伤及手腕皮肉半分。年九珑紧张得绷紧了身子。

池音先生攥住他的右手向下扯了扯，把粘在脓血上的药布一点儿一点儿撕下来。

周围熏着几根药油烛，药香蒸腾。年九珑这时才发现自己的断筋之伤格外严重。放任它自己恢复也可，只是这手就会废了，从此再拿不得重物。

烛火蒸腾出的药气进入伤口中，本来已经麻木的伤口变得格外敏感，从隐隐作痛变得越来越痛。年九珑倒吸了几口凉气，右手下意识往回缩。

池音先生看着身子孱弱，细长的手指却格外有力，轻轻握着年九珑的右手，却让他怎么挣扎也抽不出去。

刀刃触及皮肤时炽热滚烫，年九珑剧痛难忍，眉头紧皱，掌心出了不少汗。他把头埋进左手臂弯里，紧紧咬着自己的衣袖，一声不吭。

“压住他。”池音先生吩咐身边两个小侍童。

雁三琏快步走过去，扶着年九珑青筋暴起的手臂，轻声道：“我来吧。”

年九珑嘴唇发白，勉强抬起头，像受了天大委屈般将头埋入雁三琏的怀里，左手还扯着他的衣袖，一副十分可怜的样子。

池音先生目不斜视，放下银刀，手指滴血未沾，捻起几根银针，接连扎进穴道中。

年九珑生生咽回一声惨叫，闷哼一声，用力吸了一把鼻子。

听见这声闷哼，雁三琏心里猛地一颤，摩挲着年九珑的后脑安慰道：“一会儿就好。”

年九珑浑身麻得动不了，胸口发闷，疼得有点犯恶心。若是平时，他忍忍就硬扛过去了，但是今天不同。此时，三哥明显是在心疼他。这段时间，三哥一直对自己很冷淡，好不容易逮着机会让三哥哄哄，他可不会放过。他将脸在三哥的怀里蹭了蹭，有气无力地哼唧：“三哥……”

雁三琏扶着哭疼撒娇的小孩一顿安慰，恨不得受苦的是自己。

池音先生捻了捻手指，几根纤细游丝从指尖慢慢抽出，像蛇一样蜿蜒爬动，进入年九珑的手腕深处。细丝越来越密集，渐渐成了一张雾蒙蒙的灰白色丝网，缠绕在斩断的筋络上，把断了的手筋接在一起。游丝缠绕在断裂之处，越来越密集，直到整条筋脉都缠上了一层坚固的保护网。

听说蛛丝纫骨是明镜堂绝学，池音先生身为天绝山明镜堂的得道高人，早已看破红尘不问世事。不知齐王是如何请动这位大师的，让他蜗居在如此一家小药铺里还毫无怨言。

药油烛的气味搅乱了雁三琏的嗅觉，他总觉得这里的气味有些熟悉。

整整半个时辰，一刻不差。池音先生抽了条崭新的药布给年九珑缠好，然后在小侍童端来的玉漱盆里洗了洗手。

“痊愈之前就不要再拆了，只换洗最外一层药布即可。”池音先生温和交代。

年九珑趴在桌上，像一堆抽了骨头的烂肉，有气无力地道了声：“多……谢……先生……”

“不必言谢。”池音先生把目光落在了年九珑的身上，望了一会儿。

这时，有个药铺伙计跑进来，交给先生一沓信件。池音先生翻了翻，这是齐王欲交给卫国公的一封手书。他翻看了两眼检查无误，又交还给伙计，交代道：“务必及时交到卫国公府。”

池音先生并不避讳二人，吩咐伙计出去以后，开口问道：“王爷府上有个影卫在临州被围攻，重伤不治而亡。老朽命人把他葬在了红枫林，你们若与他熟识，也可带他回去。”

闻言，雁三琏眼神一滞。

“他手臂上有银白双鱼刺青。”池音先生道。

“是影叠。”雁三琏轻声叹息。

池音先生转身进入内室，两个小侍童也跟着离开了。

雁三琏端正单膝跪地抚肩，沉默地目送着池音先生离开。

“你怎么还行影卫的礼……”年九珑不满意了，喘着气挣扎着拖三哥起来，“赶紧起来……”

“你不懂。”雁三琏轻声叹气，缓缓起身扶着年九珑问，“现在能走吗？”

“缓一会儿，我腿软。”年九珑这时才放松下来，衣裳被汗水浸湿，贴在身上，发丝沾在额头上，脸色苍白。

“还疼吗？”雁三琏皱眉问年九珑，“我背你吧。”

年九珑哪能放过这个机会？他当即表情一变，显得更加凄惨，使劲揉着眼睛，企图揉出几滴眼泪，委屈地说道：“疼……疼死了……”

雁三琏眉头紧皱，却见年九珑眼底闪过一丝笑意。

“别骗我着急了。”雁三琏松了口气，转身要走。

“喂，生气啦？”年九珑飞快地站起来挡在他的面前，把胳膊搭在他的肩头，低头问，“真着急啊？心疼我吗？”

雁三琏皱皱眉，扯着年九珑走了。

他们出庭院时正遇上两个伙计往院里抬货，两大箱药材一前一后抬进去。雁三琏侧身避让，余光瞥见那药箱角上镶着一条蜿蜒的金蛇，金灿灿的十分惹眼。

“沈少爷的货？”雁三琏用小折扇掩着嘴，探头向药箱里张望。他知道沈袭接了齐王的无名镖，没想到是往这儿送药。

年九珑也注意到了那条金蛇的纹路，不屑地翻了个白眼。他瞥了一眼里面的药草，冷哼道：“哼，沈袭还能搞到这么好的货？我以为这种成色的药只有我们家才种得出来呢。”

雁三琏皱眉摇头，拉着年九珑出了庭院。

他们冒险来药铺治伤已是万不得已，不好在白日里过来给先生添麻烦，因此来时已是半夜。等他们在药铺前台抓了药，外边天已大亮了。

年九珑打了个哈欠，右手垂在身侧。

雁三琏往四处看了看，道：“找家客栈休息吧，你好好歇歇，养着点手。”

“三哥想去看影叠就直说。”年九珑靠在墙边，低头玩着缠在手上的药布，淡淡地道，“反正也不是什么重伤，我陪你去。”

雁三琏感觉到他心情低落，走到他身边微微抬头：“我不是这个意思。”

“我知道。”年九珑没像往常一样拉着雁三琏，转身就走。

他怎么跟三哥出生入死的兄弟们争啊，他哪争得过啊，年九珑想。影初走了，三哥难受成那样；影叠死了，三哥又魂不守舍的。

“三哥，你有把我当兄弟吗？”年九珑回头问。

“当然。”雁三琏皱眉道，“你乖点，懂事点。”

“你心疼我的时候，我真的很高兴。”年九珑失落地低头踢着地上的小石头，“你是我的三哥……所以我不想把你分给别人……你觉得很过分吗？”

雁三琏沉默地走着，听他这么说，反倒有点心疼他。大概是自己近来太漠视他了，他也刚没了母亲，就算足够坚强，也不是不会难过的。

也许哄他一下会好点。

“九九。”雁三琏突然停下，开口道。

年九珑听了，忽然觉得好受了不少。他站在原地纠结，心想现在回头的话，会不会显得自己太没脾气？可若不回头，他又舍不得不理三哥。三哥难得主动叫他啊！

片刻后，他看似不情愿、不耐烦地转过来，却发觉三哥已经无声无息地站在了自己身后。

雁三琏抬手轻抚九九的脸颊，抬眼道：“别难过，我当然把你当兄弟，我会一直是你的三哥。”

三哥的手温暖干燥，让人忍不住想在他掌心蹭蹭。

年九珑愣了一下，然后别过头抿了抿嘴唇，装作若无其事地抬起右胳膊，忍痛抹了下鼻子：“没事。”

他看起来神色如常，其实心里已经感动得快哭了。

我就知道三哥一定是疼我的！

远处树林一片火红，凉风扬起万千红叶，脚下是松软的落叶，踩上去窸窣作响。

年九珑默默走在雁三琏身侧，两人手背偶尔蹭到一起，雁三琏下意识把手挪远了一点儿，却被年九珑一把握住。

红枫林深处有一个微微凸起的土堆，上面覆满了红叶。身为影卫，一生能有如此绝美的葬身之处，即便无碑无坟，也是幸运。

脚下的土还有些湿润，淡淡的酒香还未散去。

雁三琏索性坐在影叠的坟前，摸了一把地上未干的酒液，讶异地道：“看来影叠也不是没人记挂，有人来看过他了。”

“还有和你一样惦记着他的人。”年九珑坐在雁三琏的旁边，捧了一把火红的枫叶撒在凸起的土堆上，“爱人？朋友？兄弟？”

“影叠在的时候人缘很好。他是个脾气很好的人，和我不同，他是真的老好人，从不生气。”雁三琏温柔地道。

“影叠喜欢听别人聊天。”雁三琏笑笑，“他很聪明，也靠得住。每次任务和他一组，我只要负责带路就可以了。”

“他对你很好？”年九珑托着腮帮，捡了片枫叶放在手里。

“不，他只会让人多喝热水。”雁三琏无奈地扯起嘴角。

枫叶掩盖下有一块硬物，雁三琏顺手抽了出来，发现那是一块刻着字的石板。

生于影宫，忠于主上，此身不死，此誓不灭。

简简单单的十六个字，笔锋凌厉，还能看出藏在笔锋下的惋惜之情。

雁三琏抚摸着石板上的刻字，看了又看，最后还是放了回去，埋上土再撒上红叶。

这是影卫的信仰，见不得光的荣耀。

“他会喜欢这里的。”雁三琏站起来拍了拍身上沾的红叶，“走吧。”

年九珑点点头，安静地跟上。

片刻，两人随便找了一家客栈住了下来。

客房里格外宽敞，浴盆炭炉一应俱全。

雁三琏才坐下喘口气，年九珑就扑了过来，特意避开了两人身上伤处：“三哥，我想你了。”

“我们都没分开过。九九，不累吗？”雁三琏疲惫地推推他，“让我歇一会儿。”

“……哦。”年九珑皱皱眉，帮他宽衣。

“别动，我自己来。”雁三琏推开九珑的手。之前惨痛的经历使然，他现在格外介意被人脱衣裳。

“三哥……”年九珑松了手，沮丧地靠在床头。

雁三琏轻叹了一口气，摸了摸他的头发：“是我自己的事，不怪你。”

“你当时给我披了件衣裳，我很感激。”雁三琏犹豫地道。

“不用你感激我。”年九珑突然愤怒地道，“是他做得太绝，是他不把你当人看！

“我当时……对你说了风凉话，我心里不是那么想的，我很着急，我想赶快带你走。我……我心疼三哥被他们弄成那样，也心疼你被我害成这样。

“我每天都想着会不会一觉醒来你就丢下我走了，所以我半夜总要起来看看你还在不在。”说着说着，年九珑几乎要哭了，“你要是不高兴就打我几巴掌，别对我这么冷淡，我也会累啊。”

“你想多了。”雁三琏拍了拍他的手，“我不会走的。”

“可你是无处可去才和我一起的……”年九珑突然抹了一把眼睛，“三哥，我想要你把我当真正的兄弟……就如亲兄弟那般。我知道你之前是为了任务，可现在我们住在一起，你就多关心我一点儿，行吗？我可以对你很好，只要你别突然消失，好不好……”

“你弄错了。”雁三琏站起来低头看着他。

闻言，年九珑顿时僵住，心里一阵隐痛。

原来如亲兄弟般亲密无间的关系，真的只是他的一番妄想。

“你弄反了。”雁三琏缓缓地道，“我是为了任务才放你走的。这么说，你能听懂吗？”

年九珑消化了好一会儿。

“我知道自己现在精神不好，如果靠你太近，恐怕会做出伤你的事。”雁三琏仍旧不紧不慢地说，“给我点时间。”

“好……好……好的。”年九珑怔怔地答应，半晌又试探着问，“所以三哥是把我当兄弟吗？”

这孩子既没安全感也不爱轻信别人，雁三琏有点心疼了，俯身按着他的肩头，一脸真挚地道：“是啊，我一直把九九当成亲弟弟的。”

年九珑瞪大眼睛，激动得快要飞起来了。

“我……我有点高兴。”年九珑仰头怔怔地看着他，“三哥，你真好，哪哪都好……不过三哥你好轻啊，该吃饭了。”

雁三琏看着语无伦次的年九珑，捏了捏他的脸，说道：“是啊，哄了你一整天，肯定会饿啊。”

“我这就去做饭……”年九珑蹦了起来。

“不用了，让他们做好端上来吧。”雁三琏翻看着他的右手，待看到药布仍旧整洁，没有血迹渗出来才放下心来，“多休息，把手养好。”

“是！”年九珑用脑门顶着雁三琏的颈窝，使劲蹭。

客栈外刮起一阵西风，房中却一片温暖。

红枫林的另一头，两个人影一前一后往林外走去。

影五满脸鼻涕眼泪，哭得凄惨，跟在影四的后边，一手抹脸一手捂着嘴，呜咽道：“叠叠……我的二哥啊，怎么就没了呢……”

影四拎着一个空酒壶，面无表情地走在前边，感觉后面没声了，转头看了一眼，看看人是不是走丢了。

影五坐在地上，依旧一把鼻涕一把眼泪的。影四皱皱眉，走了过来，蹲在他的面前，扯下墨锦手套，帮影五把脸抹干净。影四的右手满是粗糙的疤痕，还缺了一节小指，抹起来让影五觉得面皮生疼。

影五把他哥的手扫到一边："哥，我都不敢回王府了。大哥走了，二哥没了，小十三废了，只怕下次就是咱俩了。哥，我们什么时候才能回家啊？"

"你本可以不当影卫的，当初交易的只有我一人而已。我可以请王爷送你走。"影四平静地说道，"王爷不会不同意。"

"那哥呢？"

"我走不了。"影四抚着影五的头顶，道，"王府不能没有我。"

"可我也不能没有你啊。"

影四手指一僵，用力揉了揉影五的脑袋，嘴角难得有了些弧度。

离家多年，影四对家的印象并不模糊，甚至可以说是记忆犹新。父亲的模样深深地刻在影四的脑海里，那张令人生厌的脸，让他现在想起来仍旧控制不住地想要撕碎它。

实际上，影四也曾这么做了。他就是如此，认识他的人都说他无心也无情，对厌恨之人心狠手辣。他年长弟弟五岁，生性暴躁孤僻，唯独对这个弟弟溺爱有加。

"我不会再让你受伤了。"影四蹲在影五的面前，一手抚在他的头上，"下次再有情况，靠我近一点儿。"

"还有什么情况啊？难不成王爷也让人给我钉上钉子，将我扒光了扔桌子上当赌注？"影五无奈地苦笑，"你还不如直接给我一刀。"

"不会的。"影四站起身朝影五伸出手。

影五拽着他的手腕站了起来，两手叉腰，靠着树问道："哥，你烦我吗？"

"不烦。"

"那你稀罕我吗？"

"少废话。"

大约是受影叠死讯的刺激，这晚影四头一回做了梦，梦里是多年前他切实经历过的场景。

一个少年在巷子里独自走着，十五岁上下，一身粗布麻衣，提着个油纸包，腰上挂着两把柴刀，手腕上缠着脏绷带，一副二流子的打扮，一看就是那种整日不务正业，家里不管的脏孩子。

少年还未出巷口，就被几个拿着棍棒的人拦住。

"祁渊，你爹欠的赌债啥时候还啊？"那人敲着手里似小孩胳膊粗的木棍，冷笑着威胁那个叫祁渊的少年。

祁渊回头看了眼身后，有两人拦着，把他的退路给堵上了。他叼着一根酸枝，颇不耐烦地往墙上一靠，道：“我说几遍了？他的债让他自己还，别天天找我。”

一个黑胖男人怒了，道：“父债子还，天经地义。你那老爹败家，你不替他还，我们的银子咋办？”

“谁管你咋办？你找他要钱呗。”祁渊吐了叼着的酸枝，撞开拦路的两人，道，“一边去！”

黑胖男人气得牙痒痒，一扬手里的木棍，狠狠抡向祁渊的后脑勺。前后拦着的几个人一拥而上，企图压住这小子让老大好好揍一顿解气。

当木棍抡过来时，祁渊忽然蹲下身。那木棍抡了个空，哐当一声砸在了窄巷的墙上，震得黑胖男人的手臂顿时麻了。祁渊转身一抬脚，狠狠踹在那黑胖男人身上。

“啊！小兔崽子敢踹……啊！”黑胖男人惨叫道，躺在地上蜷得如虾子一样。

祁渊抽出后腰两把柴刀，在手里掂量着，扬起下巴，指着剩下那三个人怒道：“谁再不长眼找麻烦，我让谁吃不了兜着走。滚！”

那几个男人也有点犯怵，立马将躺在地上的老大带走。那黑胖男人还骂骂咧咧地道：“祁渊，你给我等着！”

祁渊单眼皮，薄嘴唇，长得比镇子上那几位富家公子还俊，生气起来格外有气势，只可惜出身卑贱。他父亲是十里八村有名的赌徒，长得高大，一脸麻子，人称祁麻脸儿。

他娘是个绣娘，长得挺秀气的，家里就靠着绣娘绣些缎子糊口。祁渊每日辛苦打柴换米，就是为了给他娘减些活儿。

他家里还有个小的，膀子细弱也不会干活。家里穷没书可念，也没什么东西玩，小家伙每日挖够了蚂蚁窝，就坐在门槛上等他哥回来。

俩人本来还有两个姐姐，可是都被他爹卖了换钱了。后来，绣娘终于生出了俩儿子。绣娘疼孩子，花钱找镇上的先生给孩子取了个好名。这事被他爹知道后，绣娘被拖着头发一顿打。

祁渊自小耳濡目染，也成了一个粗俗的二流子，稍有些脸面的姑娘家都看不上他。

彼时，祁渊憋着一肚子火回到家。小家伙正坐在门槛上往外看，见祁渊回来，张开手扑过去，抱着他哥的腰，高兴地道：“哥哥，你怎么回来得这么晚？”

“走得慢了。”祁渊心里的火顿时消了。他蹭了蹭手上的土，把祁煊搂进怀里揉揉，再从怀里拿出本从镇上淘换来的旧诗书。

“没事就背背书，别瞎玩了，以后没出息。”祁渊将书塞给他。

“好。”祁煊最听他哥的话，小心地捧着书本，唯恐弄坏。

祁渊把油纸包也塞给小孩：“这个你跟娘一块儿吃。”

祁煊看见点心，眼睛都亮了，这是过年才能吃着的东西。他将书放下，一边接过纸包，一边像抱着神一样抱着他哥，开心得不得了，道：“哥哥真好。”

“嗯。”祁渊给弟弟拢了拢头发。弟弟长得水灵清秀，招人喜欢。

“哥哥，什么时候可以吃肉？我想吃肉了。”祁煊觉得他哥哥无所不能，想要什么都能给他带回来，所以他想要什么都会跟哥哥说。

“那你在家等我。”祁渊对弟弟的要求从不拒绝，能满足的都尽量去做。

祁渊在家歇了会儿，又背上家伙上山，趁着天还没黑，说不定能打到只山鸡野兔。

直到第二天黎明，祁渊才打着哈欠拎着两只野兔回来。

几米开外，他就听见了屋里小孩的号啕声，锅碗瓢盆被砸的哐当声，还有绣娘的哀求声。

祁渊眉头紧皱，几步跑进破院子。祁煊正坐在地上哭，满地都是已经撕碎了的书纸。他那鼻青脸肿的爹正扯着绣娘的头发，一脚狠狠踹在她的身上，骂骂咧咧地问：“那兔崽子去哪了？他把债主打了，给老子惹了一身骚，自己就跑了？”

祁渊扔下两只野兔，抽出后腰的柴刀，走过去一脚踹在他爹的腚上，踹得祁麻脸儿翻了一个跟头。祁渊拿着柴刀指着他爹，道：“有话说话，没事别回来。”

“你长本事了，还敢拿刀指你爹？”祁麻脸儿恼羞成怒，爬起来冲过来狠狠抽了祁渊一耳光，把祁渊抽得口鼻都是血。

祁煊在一边哭得更凶了：“别打哥哥……”

祁渊缓缓举起柴刀指着祁麻脸儿，抹了把脸上的血迹，扯了扯嘴角，用冷冷的眼神望着他，道：“打我就打了，别打我娘，也别动我弟弟。”

祁麻脸儿还是有点怵那柴刀，放下手，拎起地上的两只野兔，色厉内荏地说：“这算你孝敬老子的。”说完，他大摇大摆地跑了。

“不要脸！”祁渊啐了一口，转身去扶绣娘，“娘。”

“别管娘了，去看看弟弟。”绣娘身上被掐得青一块紫一块的，她深深叹了口气，拿开祁渊扶自己的手，默默回了里屋。

祁煊坐在地上揉着眼睛，想把那本书一页页拼回去，可是怎么也拼不上，伤心得哭了出来。

“不哭了。”祁渊蹲下身把小孩搂进怀里，“哥给你买别的。”

“哥哥给我的……呜……爹爹说读书没用，要我去干活……他给我撕掉了……”祁煊委屈地窝在哥哥臂弯里抱怨。

“别叫他爹，咱们没爹。”祁渊冷冷地道。

“进屋，外边冷。”祁渊托着弟弟的胳肢窝，把他抱起来进了屋，听见绣娘在里屋啜泣。

祁煊端了盆热水过来，拿着手巾踮起脚，给哥哥擦脸上干了的血块，道：“哥哥，疼不疼？都肿了。”

“没事。”

半个月后，两排护从站在祁渊的小破家前，绣娘站在他们旁边的小轿子前，默默回望站在院子里的祁渊和祁煊。

他爹把绣娘卖给外地的一个土财主用来抵债了。

看着绣娘漠然地上了小轿子，祁煊撕心裂肺地喊着：“娘！娘！你不要我们了吗？！”

绣娘回头看了一眼，到底还是放下了轿帘。

祁渊拦住祁煊，一手搂着他瘦弱的肩膀，淡然地道：“怕什么？”

“小煊没有爹娘了。”祁煊蹲在地上无助地道。

“你哥还没死呢。”祁渊咬牙笑笑，“哥不会让你受委屈的。”

兄弟俩真的没人管了，成了真正的野孩子。

祁渊从不让弟弟打架。不论什么人找麻烦，他都在前边挡着，不允许任何人靠近祁煊，也不让祁煊掺和自己的混乱生活。

祁煊默默地看着哥哥打人、挨打，周而复始。

有一天，祁煊忍无可忍了，冲上去一脚踢断了打祁渊的一个人的肋骨，将那人狠狠地摔了出去。另一个人要勒他的脖颈时，祁煊红着眼睛转过身，把那人的头按住，用力往墙上撞。

谁也没教过他，可他在打架上的天赋远超他哥哥。

“祁煊！”祁渊怒吼一声，把杀红眼的祁煊拽到自己的身边，快步拖走了。

祁渊拖着祁煊走出了几里地，然后把祁煊推到墙上质问：“你知不知道自己在做什么？我教你打架了吗？你想变成我这样吗？！”

“变成哥这样有什么不好的？！”祁煊抬高声调顶嘴，“我不用你一直护着！他们打你，我凭什么不能还手？”

“你……”祁渊气得咬牙切齿，“你滚，不听话就别叫我哥。”

“哥……”祁煊的气势顿时就弱了下去。

“滚！”

“哥，我错了！”祁煊不敢再顶嘴，扯着祁渊的衣角哽咽，“我不滚……我要哥哥……”

祁煊见祁渊不理自己，心里更害怕了，抹着眼泪抱着祁渊道：“哥……哥哥……你别不要我……”

祁渊皱眉叹了口气，把比自己矮了两头的小孩搂过来，揉揉他的脑袋安慰道：“别变成和我一样的人，别这样。我很不好。”

“哥哥想要我怎么样？”

“开心点，要善良。”

“好……我听哥哥的。”

破旧的小家就只有他们两个人了。

夜里窗户漏风，棉被也不暖和。祁渊把棉被折成两折，给祁煊盖上，自己裹了裹衣裳，缩在角落里。

祁煊醒来时发现哥哥在角落里缩着，拖着棉被爬过去，钻进他的怀里，拿棉被把两人一起裹起来。

祁渊惊醒，发觉小孩静静地窝在自己怀里睡着了，心里感到安慰，默默抱着他睡了。

半夜，一股刺鼻的味道把祁渊熏醒了。

周围火光冲天，院外已经被大火吞噬过半，两人住的小屋被凶猛的火舌包围着。

有人蓄意纵火报复。

祁渊猛地坐起来，爬到窗口张望，院外几个人扔下火把跑了，为首的就是那黑胖男人。

“浑蛋！”

祁煊揉着眼睛醒过来，看见周围火光四起黑烟浓烈，吓得叫出声来，见他哥还在，又放下心来松了口气。

火势蔓延过来，火舌蹿进窗口，把屋里的帘子都给烧着了，本就蛀空了不结实的房梁被烧得噼啪作响，还有快要断裂的咔嚓声，满屋浓烟呛得人喘不过气来。

“过来，快过来！”祁渊大声喊着。

祁煊爬下床，光着脚丫跌跌撞撞地跑了过来。祁渊端起墙角的水盆，劈头盖脸地给祁煊浇去，然后扯过床上薄被把它沾湿，全裹在弟弟的身上，把他从头到脚裹了个严实，然后一把扛到肩上朝外冲了出去。

外边的火势比里屋更凶猛，到处是烧塌了的房梁。

祁渊把祁煊从肩上放下来，紧紧护在怀里往外拖，不料一根燃着的粗房梁倒了下来。

祁渊带着弟弟本就逃不快，这房梁刚好对着两人劈头砸下来。

一声巨响，一片浓烟升起，祁渊被狠狠摔了出去，摔得眼睛发花，挣扎半天才看清东西。祁煊在不远处大声哭喊着：“哥哥！疼！”

祁渊心里猛颤，挣扎着爬起来，不顾一切地跑过去。

祁煊被压在那燃着火焰的房梁底下，薄被上的水在一点点被烤干，再过一会儿连里面的小孩也会一起烧成灰烬。

祁煊哭着朝祁渊伸出手：“哥哥救我，哥哥！我害怕！”

祁渊跪在祁煊的面前，使劲把他往外拖。可那房梁卡得很严实，纹丝不动。

“哥哥……哥哥救我……”祁煊害怕得什么也不会做，只知道抱着祁渊的胳膊大哭，求他不要丢下自己。

“别怕，我在呢。”祁渊趴到地面上，摸摸他的脸，“祁煊，听好了，等会儿能动了，一定要用最快的速度爬出来。”

“嗯……”祁煊抹抹眼泪，听话地安静下来。

祁渊闭上眼睛，深深吸了口气，下一秒，松开紧攥的拳头。他站起身、弓下腰，直接用双手握住了燃着的木梁，用尽全力向上抬。

火焰舔着他的双手，发出滋滋的声响。顿时，一股烧煳了的气味弥漫开来。祁渊脸上一片痛苦之色，可仍旧不松手，任自己的双手被烧得不成样。他整个手臂青筋毕露，那沉重房梁竟被他缓缓地抬了起来。

“祁煊！快出来！快走啊！”

祁煊感到身上一松，从开始燃烧的薄被里钻出来，飞快地爬了出去。见祁煊安全爬了出来，祁渊才扔了房梁，抱起他跳过几道烧得噼啪作响的木梁，冲出了院子。

那小破家很快被烧成一团火球，塌了。

祁渊慌忙查看弟弟全身上下，见没有烧痕，也没有划伤，这才放了心。祁煊惊魂未定，又看着自己住的地方被烧成灰烬，抿了抿嘴，委屈地扑进哥哥怀里："哥哥……我怕……"

祁渊搂着他安慰："不怕，没事。"

"我们怎么办……"

"先离开这里。"

祁煊吸了吸鼻子，要去拉哥哥的手，祁渊却像被针扎一样抽开了。

祁煊吓了一跳，发觉自己手上沾了几滴深色的血，再看哥哥的手，两手直到小臂都被烧得皮肉模糊，没有一处好地方。

"哥哥，你的手……"祁煊吓坏了，他从没见过这么重的伤。

祁渊表情冷漠，用胳膊推着祁煊离开，淡淡地道："不严重，很快就好。"

"可是流了好多血……"

"我说没事就是没事。"祁渊推了推他，回头狠狠望了一眼那仍旧冒着火光的小破屋，催促着弟弟走。

溪边，祁渊蹲在岸上洗手。冰冷的溪水冲刷着双手的脓血，即使痛入骨髓，祁渊也咬牙忍着。

最后，他竟笑出声来。

祁煊乖乖地坐在一边悄悄看着，看到哥哥复杂的表情，便爬到他的身边，小声哽咽道："哥哥，对不起……"

"不怪你，和你有什么关系？"祁渊甩掉了手上洗不净的血珠，用撕成一条一条的里衣当绷带，缠在了自己已经溃烂的双手上。

"是他们的错。"

夜里太冷，祁渊脱了衣服给弟弟裹上，找了处避风的墙角，疲惫地靠在里面休息。

祁渊早就累了，上下眼皮重得快分不开，靠在墙角睡了过去。

祁煊裹着祁渊的衣裳爬过去，钻进他的怀里，搂着他的脖颈。祁渊的体温暖着祁煊冰凉的小脸，祁煊闭上眼睛，两行眼泪从眼角一路掉到衣裳上。

"不哭了。"祁渊感受到了眼泪，半睁开眼，抬手抹掉小脸上的泪珠子，"你是男孩，不能总哭。"

"对不起，哥哥……"祁煊蹭着祁渊，紧紧地抱着祁渊。祁煊用小手轻轻扶住祁渊缠着绷带的手，低头吹了吹，希望哥哥能不疼了。

"没事，"祁渊忍痛揉了揉他的头，"你好好的就行。"

第二天，两人是被嘈杂声吵醒的。

祁渊睡眼惺忪时，感到身上猛地一轻，身上趴着的小孩被人一把拽走了。两个身材高大的男人正抓着手脚乱扑腾的祁煊。

祁渊缓缓地站起来，摸上后腰的柴刀，冷冷地看着那两人。

“哥哥……”祁煊刚要叫喊就被捂住了嘴。

一个阴阳怪气的中年男人从两个壮汉身后走出来。这男人阴柔得很，梳着小辫，嘴唇染得鲜红，举手投足间尽显媚态。

男人看了眼被押着的祁煊，翘着兰花指捏了捏小孩的脸，惊讶地笑道：“哎哟，你可真秀气，嫩得很。”

“别拿你的脏手摸我弟弟。”祁渊举起柴刀指着那男人，“光天化日之下，你要抢孩子？”

“啧啧啧。”男人推了推他的刀尖，撮着嘴感叹，“哪能呀，我们南云楼做的可是正经生意。”

“南云楼？！”祁渊脸色铁青，“那个专门养男孩的地方？”

“别这么说嘛。”男人笑笑，从衣袖里拿出张纸竖在祁渊的面前。

祁渊还没看清字，就看见了上面清晰的红指印。

“你爹把这孩子卖给我们了，十两银子呢，果真值这个价啊。”

“什么爹！他配吗？！”祁渊举着柴刀怒吼道，“把人还我，这是我弟弟，不是他儿子！”

“还你？那谁还我银子呀？”男人轻蔑地翻了个白眼，“你能还吗？你要能代替他也行啊。”

祁渊气极了，朝那两个大汉扑过去。

那两人是南云楼的护从，都是练家子。其中一人一把抓住祁渊的手腕，用力一攥，攥得祁渊的腕骨咔擦直响。柴刀掉在地上，一个壮汉把祁渊按在地上，看向那阴柔的男人。

“哎哟，真是个好哥哥。”男人缓缓地蹲下身，扬着嘴角道，“这样吧，不还银子也行，咱们换种别的方式。你截断自己的一截手指，我就放了你弟弟，怎么样？”

那男人本以为这年纪的少年没什么担当，不过是一时血气方刚逞威风罢了，遇着事就会软下来。

没想到，祁渊直接把右手放在男人的面前，狠戾道：“放了他。”

“哟……好胆量呀……”男人略有些惊讶，又有点后悔。他身为管家，也不好说话不算话，末了摆摆手：“满足他。”

按着祁渊的那个壮汉捡起地上掉落的柴刀，对着祁渊的右手，手起刀落。

祁煊瞪大眼睛尖叫：“哥哥！”

祁渊侧身躺在地上，蜷缩成一团，一声不吭。

“真晦气。”男人翻了个白眼，摆了摆手，叫两个壮汉扔下祁煊便走了。

祁煊脸色发白，走到满身是血的哥哥的面前，什么话也说不出来，只瞪大眼睛愣愣地看着他。

祁渊看着自己汩汩流血的断指，翻身跪坐在地上，喘了口气，狠狠地望着那男人离去的方向。

“祁煊，看看，看清楚这个世界，恶行、暴戾、贪得无厌……弱者总是被践踏。我不会原谅他们……”

祁渊双眼布满血丝，颤抖着抓起地上沾着自己鲜血的柴刀，强撑着站了起来。

不过三天，衙门挂出了一张通缉令：

凶手祁渊，杀害亲生父亲，杀害南云楼管家，杀害赌坊一赌客，现已潜逃出城，如有缉拿归案者，赏银十两。

然而通缉令上的人，早已带着弟弟出城了。

祁渊默默地走着，祁煊在旁边跟着，牵着哥哥的手。

“怕我吗？”祁渊漠然地问。

祁煊满眼惊惧：“怕……”

祁渊闻言，身体一震，差点要支撑不住。

“怕哥哥不要我了。”祁煊小声补充道。

“哼。”祁渊好受了些，摸了摸他的头。

两个影子隐进无尽的夜幕里。

不知流亡了多久，两人进了洵州城。

数月的饥饿和疲劳让人实在吃不消，祁煊发了热，倒在路边。这时候瘟疫多发，若真染上病，小命都难保。

祁渊抱着弟弟去求医，却因为无钱看诊被拒之门外。又过了几天，祁煊依旧高烧不退，恐怕要撑不住了。

祁渊也已经疲惫至极，抱着弟弟坐在一座华府朱门前，额头贴着祁煊滚烫的脸颊，低低唤道：“祁煊，忍着点，别丢下哥哥。”

“哥哥，我好冷。”祁煊喃喃地道。

不久，朱门前停了一辆华丽的马车，几个侍卫扶着一位老王爷下来。

原来这是齐王府。

老王爷头发花白，走路颤颤巍巍的，眼神却极其清亮，一眼就瞥见了坐在王府门边的两个脏兮兮的小乞丐。

祁渊发觉有人投来打量的目光，抬头与他对视。

老王爷感到惊讶，那孩子的眼睛，深沉如海，仿佛藏着一片无底深渊——他是天生的杀手。

老王爷推开扶着自己的几个侍卫，拄着桃木杖缓缓地走到两人的面前。

祁渊别过头，抱紧了弟弟。

“随本王进府。”老王爷吩咐道，随后拄着桃木杖进了府门。

祁渊一怔，略微迟疑，还是抱着弟弟跟了进去。

进了王府，老王爷吩咐府中医者给那小孩看病熬药，自己坐在堂前，问祁渊话。

“无论如何也想保护他，是吗？”老王爷把下巴靠在拐杖上，问身边的少年。

“是，即使搭上自己的命。”祁渊回答，“我一无所有，祁煊是我的一切。”

“本王也有一定要保护的人。”老王爷笑笑，突然又按着胸口咳嗽了一会儿，才缓缓地道，“本王有个儿子。若你愿意替本王保护苑儿，齐王府将永远成为你们兄弟的庇护之所。”

祁渊答应了。

代价是他的自由，以及带给他一辈子阴影的影宫炼狱，但他从不后悔。曾经一无是处的他现在能够同时保护两个人了——他的弟弟祁煊，以及他的主人齐王李苑。

没承想，他在影宫遇见了追随自己而来的祁煊。

“哥哥！”祁煊带着满身伤痕叫他。

祁渊愣愣地看着那个孩子，他长高了，和自己差不多高了。

“我是影四。”祁渊淡淡地道。

祁煊笑了起来：“那太好了，我是影五啊！我找了你好久。”

那笑容真好，仿佛地狱里开出的一朵花。

影宫开狱之日，齐王府上下震惊——影宫同时出了两名百年难遇的鬼卫。

寡心鬼影四，斗圣鬼影五。

影五披上墨云锦衣跳上高墙，深深吸了口气，把手搭在凉棚上望着远方，坐在青铜螭吻雕像的脑袋上，一边晃着腿一边道："天哪，居然是阳光！"

影四漠然地坐在一边，冷哼道："丢人。"

"哥，论单打独斗，咱俩现在谁厉害啊？"影五一脸得意。

"闭嘴。"影四淡淡地道。

梦境像泡沫一样，在黎明将近时破碎，影四被鸟鸣声惊醒，愣愣地望着窗外。

他总爱叫影五闭嘴，其实他最爱听影五说话。那叽叽喳喳的声音比鸟鸣声还要动听，让他觉得自己还活着，还与弟弟一起，平平安安地活在人世间。

王府大堂的屋顶上仍旧悠闲地坐着几个影卫，影七端正规矩地在飞檐上蹲着待命，影五缠着他哥在一边玩牌。

"哥，晚上有饺子吃吗？"影五扔了牌，用手枕着往琉璃瓦上一躺，"今天得吃饺子的，不然会冻掉耳朵。"

"你最好能冻掉嘴。"影四道。

今天冬至，齐王府迎来了一位贵客。

影七静静地盯着气势汹汹进来的那个花白胡子的老头子。老头子之前身子骨硬朗，精神矍铄，今年却病来如山倒，看着骨瘦如柴，腿脚也不大好使了。

影五趴到影七的旁边，无聊地探头往下看，啧啧道："早就听说卫国公病了，没想到病得不轻啊。我就说还是王爷棋高一着，一听人家要把世子收回去，立马就将世子送回京城。这下好了吧，这孩子染上药瘾了，瞧把老爷子心疼的，都来咱们王府了。"

"现在京城那边可热闹了，太华公主被收押，公主府里的几万斤雪兰香都被搜了出来，这本来应该好好放在大理寺待查审的，不想全被人分到了各个大臣的家里。现在几百个大臣官员染上了药瘾，皇帝还不让人知道呢，哈哈哈。"

"影五，别说了。"影四皱眉，过来捂住了影五的嘴，"不该说的别乱说。"

"这不是只有你俩在，我才说的嘛。"影五推开影四的手，"好，不说了不说了，我要看卫国公怎么求王爷的。"

"当初那小世子差点把我折腾死，大冬天叫我跳千鲤池给他捞绣球，冻得我哆嗦了三四天。"影五越想越气，还掰着手指头数，"对了，哥，他还让你摘手套给他看。我哥的手凭啥给他看啊？！他还把小十三给送刑堂去了，害他被打了四十杖。”

“我跟你说，小十三可记仇了，就是不说而已。他看着温柔，其实谁欺负过他，他全记着呢，报复的时候也狠，你们都没见过吧。王爷肯定会给我们报仇的，嘿嘿。”影五揣起手，开心地趴在飞檐上看热闹。

“王爷自有决断，不会为我们报私仇的。”影七严肃地道。

“当然，王爷肯定不会管我们咋样啦，但王爷总得给你出气吧？世子曾让你吃蝎子，你都不生气啊？那东西虽然确实能吃，但也恶心啊……”

闻言，影七皱了皱眉。

“哇，小七，你没跟王爷说这事啊？天哪，你怎么这么能忍？王爷那么看重你，要换作是我，肯定会告诉王爷，求王爷帮我报仇……”影五说话毫无遮拦。

影七听得有点无奈，还是把注意力放在了下边。

影四看影五叨咕个不停，脸色十分难看。

卫国公进入大堂不久，堂内就传来茶杯坠地的破碎声。影七神色一凛，没等王爷召令就跳下飞檐，顺着房梁飞快地进入大堂，静静地落在王爷身后。

卫国公气得浑身哆嗦，却不好在王爷面前发作，去摸茶杯时手一抖，玉杯掉在了地上，碎了一地。堂下站了十来个锦衣侍卫，都是随着卫国公一起进来的。

影七松了口气，安静地站在王爷的身边。

齐王仍旧平静地侧靠着椅背，手里转着铁芯青玉核桃。他这些日子休息得好了些，脸上不再憔悴，虽年有四十，但精神不减当年。

齐王瞥了一眼没听自己命令就私自出现的影七，见他有些局促不安，心里舒坦了不少，敲敲扶手，叫人给卫国公再上杯茶。

卫国公铁青着脸道：“王爷，您命人肆意分散雪兰香，导致众多大臣身染重病，此举有悖天理，您就不怕报应吗？”

“啧。”齐王缓缓吐了口气，“国公大人先息怒，瞧瞧，你们果真是不把本王放在眼里了。还是说，国公大人真把自己当本王的父辈了？”

卫国公脸色越来越差，这等大逆不道的话实在入不了耳。

齐王也不与老顽固多计较，扫了眼随着卫国公一起冲进大堂的十几个锦衣侍卫，靠着椅背缓缓地道：“国公大人带着这些人硬闯王府，真是好气势。不过，本王屋子太小，挤不下这些个活人。影七，去送送几位。”

影七倏地消失，片刻又落在王爷的身后。堂下十几个锦衣侍卫脸色涨红，喉咙上都扎着一根细小毒针，短短几个呼吸间，尽皆缓缓倒下，堂下就只有卫国公还在喘气。

卫国公哪见过这场面？他登时腿一软，倒进了椅子里，这时候才注意到一直站在王爷身后阴影里的那个人。他想起来了，从前齐王出入京城时，身边带的就是这个影卫，无影鬼影七。

“这下宽敞多了。”齐王笑笑，“国公大人可别乱说，那雪兰香怎么就是本王散出去的？可有证据？”

卫国公摸着胸口顺气：“若不是你命人散毒，那王爷送到府上的那封信是何用意？”

“只是告诉国公大人，本王手里有解药，”齐王不紧不慢地端起茶杯抿了一口，“有很多解药。只要国公大人与本王说些实话，本王保证您的宝贝孙儿会安然无恙。否则，世子就跟京城那些人一起……呵呵。”

卫国公犹豫许久，长叹了口气：“王爷请问吧。”

齐王眼睛一眯，盯得卫国公无所遁形。

“本王最想知道的是，当初世子进府，到底是二皇子筹谋，还是当今圣上的主意？”

卫国公一惊，看向齐王，嘴唇微抖：“怎……怎么会是圣上？王爷怎么能讲出如此大逆不道……”

齐王看了一眼影七，影七骤然消失，下一刻已经出现在卫国公的身后。他一手搭在卫国公的脖颈上，指间夹着一根毒针，毒针离卫国公的喉管很近。

卫国公吓得直哆嗦，指着齐王瞪眼道：“李苑！你敢杀开国功臣？”

“有何不敢？”齐王摊开手笑道，“没有解药，京城里的大臣们都活不成，圣上还能顾得上国公大人吗？算了，不如让他们都驾鹤西去，本王再去京城篡个位，挺好的。”

卫国公哑口无言。

他知道齐王一直是大承皇室的心病。齐王年轻时恃才傲物，手段强硬，有治世之才，却一直如同沉睡的狮子一般固守洵州，甘心做个闲散王爷。

所有人都认为齐王是在伺机而动，他的影宫就是证据。齐王确实放弃了兵权，但他的影宫堪比一支强大的军队。

这头沉睡的狮子不知何时就会醒过来，让大承天下易主。

卫国公别无他法，只得和盘托出：“是圣上的意思。”

当时，圣上还是太子，想方设法把卫国公的小孙子强行送进了齐王府，并用二皇子和卫国公隐藏多年的交情做挡箭牌，让齐王恨上二皇子，再借齐王之手除掉二皇子，助他上位。

“果然。”齐王笑笑，“本王这里还存着些药渣，听说是二皇子生母严太妃……”

“也是圣上。”卫国公叹道，“那幻药也是圣上暗中派人拿给严太妃的。”

影七收了毒针，倏地回到齐王的身边。

“看来大逆不道的不止本王一人啊。”齐王若有所思。

小皇帝利用自己的父亲和叔父登上皇位，再反过来一个个拆了这些踩着的阶梯。

“国公大人以为自己能独善其身吗？”齐王怜悯地道，“你知道这么多，本王那聪明绝顶的侄子怎么会放过你？现在你还活得好好的，不过是因为你还有用。”

“本王也老了，不能再陪他玩了，这事得了结一下了。”齐王缓缓地道，“国公大人听本王一言，良禽择木而栖。”

卫国公深知此事已退无可退，万般无奈下只得起身作揖：“愿闻其详。”

齐王交代了几句，然后送走了卫国公。

“过来。”齐王淡淡地招呼身边人。

影七走到齐王的身侧，把双手轻轻地搭在他的肩上为他按揉，力道适中。

“今天本王可没召你下来。”齐王挑眉看向影七。

“属下……属下失礼。”影七有些不安。

齐王微扬嘴角，看着搭在自己肩上的手：“担心我吗？”

“是。王爷的安危是……”

齐王抬手打断影七的话：“别那么说，我教你。”

“你就说‘我担心王爷，所以着急下来瞧瞧您有没有出事’。”

“属下，我……我……”影七一愣，有点不知所措。

齐王展开眉头笑了，起身往书房走去，招呼道：“过来，无聊得很，下会儿棋吧。”

影七这才松了口气：“是。”

“九九去治伤了没？”

“属下已经告诉他了。”

“小十三怎样？”

“王爷暗中拨去的药，他已经用了，经脉大多恢复了，只是精神还不大好。”

“唉，养你们得花本王多少银子……”

“我走了，别跟着我。”

“最近若有孔雀山庄之人接九九回家，你不必阻拦。”

“三哥，从此你我，恩断义绝。”

回忆、幻想和现实在脑海里挥之不去，雁三琏在客栈的窗台上静静地坐着，窗帘紧闭。只要年九珑离开这儿，他就会不由自主地躲藏在暗处，大概是从前的习惯使然，总觉得暗处才是最安全的地方。

年九珑从药铺换药回来，推门进客房，惊讶地发现帘子捂得严严实实的，屋里也不点烛，很吓人。

“三哥？你在里面吗？”年九珑点上油灯，房里亮了些。

他环顾四周，见雁三琏正静静地靠在窗台上坐着。雁三琏一只脚踩着窗框，另一只脚踩着窗台，垂手拿着小折扇忧郁地望着他。

“唉。”年九珑摸了摸心口，走到雁三琏的身边，问，“三哥，怎么又躲起来了？”

“你回来了。”雁三琏放松了不少，从窗台上缓缓地下来，走到茶几前倒了杯茶喝，慢慢地道，“午后我醒来时，你不在了。”

年九珑思考了一下，雁三琏应该是在埋怨自己没和他打招呼。

年九珑有点高兴，走过去从后边揽住雁三琏的脖颈：“是不是我不在，三哥就不高兴？”

“嗯。”

年九珑一怔，雁三琏鲜少这么坦诚。

没等年九珑解释，雁三琏就将身子转了过来，拿小折扇钩着年九珑的衣领，把人轻轻拽到自己的面前，垂眼轻声道：“以后去哪之前都说一声，不然就别回来了。”

“是……”年九珑微张着嘴，嘴角忍不住扬了起来，“三哥教训的是。”

“今天冬至，去吃饺子吧！”他粲然一笑，“自己包饺子太麻烦了，出去吃。”

“我不想出门。”雁三琏犹豫地道。

“你走我里侧就行。”年九珑拉着雁三琏往外走，“总不能一辈子躲在暗处啊，得习惯，我带着你。”

年九珑知道雁三琏本就怕人多，再加上眼睛不好，他更不愿意多出门。可百药谷那边交代，经脉重长、恢复须要多走动。因此，年九珑只得硬拖着他出去溜达。

雁三琏就这样被拽出了客栈。

冬至时节，洵州还不到冷的时候，可临州这边已经冷到需要披上薄裘披风了。

傍晚，城里热闹非凡。年九珑特意找了个有隔间的面食馆，要了三四盘荤素饺子，两碗清汤。

池音先生不愧是医仙，才短短两个月，年九珑的手就已经能活动自如，和常人无异了。

“来来来，喂你一个。”年九珑夹起一个饺子，吹凉了递到雁三琏的嘴边，“我向你赔罪嘛，诚恳道歉。实在是因为午后我看你睡得正好，才没忍心吵你醒来。”

雁三琏张嘴咬了一口，勉强原谅他。

“高兴点。”年九珑好生道，“已经恢复得挺好了。”

“嗯，慢慢来吧，我觉得挺好的。”雁三琏脸色温和了些，自己也夹了一个饺子蘸醋吃。

“咦，你蘸醋的啊？我们从来不蘸醋的。”年九珑仿佛发现了新鲜事，瞪大眼睛看着他，“你居然爱吃醋。”

雁三琏忍不住抿嘴笑：“是啊，醋好吃的。”

年九珑侧身趴在桌上，托腮看着雁三琏脸上久违的笑意，倍感欣慰。

雁三琏虽已瘦了许多，但吃东西的时候，脸颊还是鼓出来一小块，一动一动的，很可爱。年九珑忽然玩心大起，忍不住用手指去戳了戳。

一个男人突然闯进了隔间，被影十三受伤的那只眼吓了一跳，神色顿时变了。

“真晦气！”那高大男人像是走错了隔间，骂了一句转身走了。

年九珑当即脸色一沉，挽着袖子准备出去。雁三琏捻开小折扇在年九珑的眼前晃了晃：“好了，别管他，随他去。”

说着，雁三琏夹了个饺子递到年九珑的嘴边，道：“别生气。”

“三哥脾气好过头了……我现在是收敛了，放在去年，我能揍得他满地找牙。”年九珑咬过雁三琏递来的饺子。三哥难得给他喂饭，他心情又好了。

不多时，隔壁房间传来一阵骂骂咧咧的声音，说话的人是方才那个男人，正嘲讽着雁三琏尚未恢复的左眼，话说得极其难听。

雁三琏正吃着，闻言手一僵，筷子咬断在嘴里。

年九珑看着雁三琏的脸色一点点变白，抓狂地挠着头发，在心里大吼："不说话会死吗？！我刚把三哥哄好！"

他深吸了一口气，缓缓平静下来，揉揉右手腕，然后狠狠一拳砸在隔间的木帘上。

那木帘瞬间破了一个洞，麻绳顿时散了，木杆哗啦啦地往下落。年九珑揪住那男人的衣领，把人直接摁到自己脚边。那男人被重重地摔在地上，五脏六腑顿时一阵痛。

那屋的人全愣住了。

年九珑将那人拽起来，抬手就是一顿打，边打边说："就你有嘴，来，你再说一句我听听？"

那人看样子也是江湖中人，练过几招，只是这三脚猫的功夫哪入得了年九珑的眼？不过几拳，那人就被揍得鼻青脸肿、哭爹喊娘，靠在墙上双腿发抖。

"爷，我错了！"那人求饶道

"你们竟敢在光天化日之下行凶？！"和那人同行的几个人纷纷跑过来，狭窄的隔间里瞬间变得有些拥挤。

雁三琏靠在椅背上，一只脚踩着桌沿，一只脚钩住椅下的横木，把小折扇搭在腿上，轻声温和地道："九九，别打了，人家知道错了，大家都看着呢。"

那人被打得眼前发黑，听见有人劝架，连忙就坡下驴，满口求饶。

谁知下一秒，雁三琏伸手在那人的喉间点了一下，那人惨叫一声，便再也出不了声了。

登时，隔间里再没一个人敢说话。

"安静了。"雁三琏温和地笑笑，"不当影卫倒是可以为所欲为了，以眼还眼、以牙还牙，真舒服。"

二十多年，他都在学着怎么取悦别人，现在看来，没什么用，不如让自己高兴一点儿。

年九珑看着气场陡变的雁三琏，心里一震。他知道雁三琏精神一直不好，最怕的就是受刺激。

雁三琏对周围瑟瑟发抖的几人挑眉微笑道："你们有能耐就干掉我们，索性毁了我另一只眼。没能耐，就闭嘴，好吗？"

隔间里顿时寂静无声。

雁三琏蹲下来，抬起那个人的下巴，温和地问道：“我在问你话呢。”

那人浑身是血，喉咙又因受伤发不出声音，只得慌忙点头，同行的人则吓得慌忙逃窜。在他们看来，雁三琏太可怕了，仿佛来自炼狱的修罗！

年九珑虽然觉得雁三琏有点不对劲，但还是认为他开心就好。

这边的情况把店小二跟老板都招了过来，他们顶着锅盆缩在角落里瑟瑟发抖。

年九珑一边往外走，一边把一锭银子扔给角落里蹲着发抖的老板：“饺子不错，记着筑面墙，别搞什么帘子。”

“是是是，少爷说的是！”掌柜接过银子，连连点头哈腰。

他们出了面馆，雁三琏心情不错，拢了拢肩上的雪白薄裘，仰面感受着凉风。

迎面走过来几个说说笑笑的人，其中一人撞了雁三琏的肩膀一下。雁三琏肩上附骨钉的旧伤还没痊愈，当即吸了口凉气，按住酸痛的肩膀。

撞他的那人不耐烦地转过身，一把把雁三琏扯了过来，瞧见他其中一只眼睛是灰暗的，便轻蔑地骂道：“我以为你不长眼呢，原来是睁眼瞎啊。”

年九珑还没来得及开口骂回去，雁三琏就轻轻扬手，手中小折扇倏地划过那人的左眼。那人猛地栽倒在地上，捂着左眼，表情痛苦扭曲。

雁三琏居高临下地看着那人，展开小折扇掩嘴笑道：“现在，我们是一样的了，你比我好在哪里？”

年九珑一时无话可说，知道雁三琏在生气，在迁怒发火，却又隐隐感觉到雁三琏身体里有一种本能在渐渐苏醒。

围观的人越来越多，但雁三琏动手实在太快，他们弄不明白原委。年九珑知道雁三琏不爱被人盯着看，连忙拽着雁三琏往巷子里拖，道：“好了好了，三哥，咱回去了。”

他们七拐八拐转进一个无人的小巷里，月光下巷道幽暗。

“三哥，别生气了，都已经给人教训了，你要是不过瘾，我让人干掉他们就是了，不必脏了自己的手。”年九珑把双手搭在雁三琏的肩上望着他，哄道，“好三哥。”

雁三琏仍旧微微扬着嘴角，别开头无奈地笑道：“跟我走在一起就会这样，你也会被他们瞧不起。”

“我怕他们吗？”年九珑挑挑眉，“关他们什么事？好三哥，你以后就这样，有气就撒、有话就说。你看他们天天口无遮拦、横冲直撞的，不也好好活着？他们不如你，凭什么比你过得快活？”

雁三琏抿了抿嘴，微微笑起来：“有道理。”

年九珑还未回话，雁三琏忽然凑近了。年九珑退了半步，背后靠上了墙，两人隔得很近。

年九珑正纳闷，雁三琏却认真地说道：“九九，和你在一处，总是让我心里舒服。是不是今后我想做什么都没人管了？”

“是啊，三哥想怎么放肆就怎么放肆。我就算不在家里，也足够帮你收场。”

“那你说话要算数。”雁三琏微眯着杏眼看着他，“别离开我，别再离开我了。

“我真的……舍不得，九九，你是这世上唯一关心我的人了。”

“今后我会一直跟在三哥身边的。”年九珑看着雁三琏，“今后不管是风和日丽还是血雨腥风，我都不会离开三哥。”

雁三琏闻言，笑了笑。

他漂泊多年，也孤苦无依多年，如今得了依靠，一颗悬着的心终于放了下来。

第二天清晨，几缕阳光透过帘缝照了进来。

雁三琏醒来，看见年九珑将手挡在自己的眼睛上遮阳。

他抬眼盯着年九珑看，总觉得这小孩长得太快，恍然间已经变了模样，鼻梁高挺，一双凤眼即便闭着也能看出一股凌厉劲。再想想，年九珑其实也没长大，还是像小孩一样爱撒娇耍赖，像只小狼狗似的龇着满嘴没长齐的尖牙护着自己。

他从未像今日这样打心底里感到欣慰。以前他总以为自己想要什么都只是奢望，原来一直向往的东西真的能得到。大概是从前无尽杀戮里偶尔的善行，让他今日能够得偿所愿吧。

雁三琏想还愿，又不知该感谢谁。

“你盯着我做什么呀？”年九珑眯起狭长的眼眸，调皮一笑，“我就这么好看吗？”

雁三琏竟微扬嘴角，轻声道：“是，你最好看。”

年九珑噎了一下，伸手去挠他痒痒。

雁三琏赶紧制止年九珑孩子般的举动，缩着身子骂他：“我夸你呢。”

年九珑不依不饶，非得捏雁三琏一把才甘心。

雁三琏被捏得哼了一声：“别闹，痒着呢。”

年九珑按住雁三琏的双手，扬起嘴角道：“叫声‘哥哥’听听。”

“九九，你怎么学坏了……”雁三琏想把手抽出来，却没能如愿，无奈地道，“你劲变大了……”

“有吗？”年九珑倏地坐起来，把手伸到雁三琏的面前。

雁三琏怔怔地看着他：“怎么了？”

“我记得九岁时你让着我，用一指掰我两手。”年九珑盘膝托着腮帮，歪头看着他笑，“现在试试。”

“……”雁三琏犹豫地伸出右手与他相握，“你手长好了吗，会不会伤到筋啊？”

“长好了，早就不疼了。”年九珑握住三哥的手，手背青筋暴起。

雁三琏起初不敢用劲，后来却被对方的力量震住，渐渐发力，手筋绷了出来，骨节发白。

“啊。”他居然被九九掰过去了。

“哈哈哈，我赢了！”年九珑揉着酸痛的手腕，得意地看着雁三琏。

雁三琏揉着手腕愣了半晌，摸了摸他的脑袋，然后轻叹了口气。

“怎么了，不高兴了？”年九珑撒娇道，“别生气啊！”

雁三琏摸着掌心的薄茧，垂眼道：“确实如你所说，我该退休了，不过你正是好年纪呢。”

“不……不是，我不是那个意思。”年九珑慌了，“三哥，我知错了。我那时候没脑子，我有病，三哥一点儿都没……”

“你说的没错……”雁三琏微微皱眉道，“我八年前拿下赌武台的青刚玉牌，现在已经很久没上过斗台了。后生可畏，我想我一定不行了。”

“那只是你自己觉得不行而已。”年九珑根本不觉得雁三琏比从前弱，反而觉得他的气场强了不少。

为了治好雁三琏，年九珑连千金奇药碧莲心都用上了。如今，雁三琏的经脉复原只是时间长短问题而已，而且他之前的旧伤也在慢慢恢复，只会比从前更厉害。

雁三琏轻轻挠了一下年九珑的掌心，年九珑打了个寒战，僵着身子等三哥说话。

“也好，以后就能安心让你伺候我了。”雁三琏笑道。

年九珑扳过雁三琏的身子，满脸惊讶，道："我没听错吧，什么叫以后就能安心让我伺候你了？"

"我也该退休享受安逸的生活了……"

这日，雁三琏又被年九珑强行拖出去玩。如今，他已渐渐适应人多的场合，不用再躲在年九珑的身后了。

不远处有家热闹的三层小楼，金灿灿的匾额上写着"朝暮楼"三个字。

从敞开的正门望进去，里面黑压压的一片。人们全都围在一张柳木长桌旁，时不时鼓掌喝彩，也有跪地痛哭流涕的，场面很热闹。

"朝暮楼，临州有名的赌坊。可有意思了，你没去过吧？我带你去玩。"说完，年九珑拖着雁三琏走过去。

"朝暮楼，朝穷暮富的有，朝富暮穷的也有，全看运气。"年九珑领着雁三琏在大堂里穿梭，一边娓娓道来，"这地方分三层，一楼供百姓们小打小闹；二楼是贵客，一赌就是价值千万金的豪赌；三楼我没去过，据说都是赌命的。

"咱就不上二楼了……虽然我们银子够，但是这样会有点招眼，咱俩好不容易才消停下来呢。"年九珑搓了搓手，带着雁三琏挤到了柳木长桌前。

长桌对面有两个人，中间一位穿银丝衫的侍者手拿骰盅不停地摇动，摇得人眼花缭乱，最后啪的一下扣在桌上。

坐在长桌两头的赌客猜点数，三局两胜。

寻常百姓也没那些个复杂的玩法，就图个热闹，偶尔来了个厉害的人才会玩出点新花样。

年九珑低声道："这骰盅里有四颗骰子，猜得最接近的就赢了，这是最简单的赌法。"

雁三琏用小折扇在自己的脸颊上蹭蹭，饶有兴趣地盯着骰盅看："瞎猜就行吗？"

"应该……是瞎猜的吧。"年九珑摸摸下巴，"我之前玩过几回，感觉大家都是瞎猜的，还有好多种玩法，不过那些是需要些技术的。"

赌桌对面一个人报了个点数，猜二十二，这边猜十七。

"你看吧！他们也是瞎猜。"年九珑吹了声口哨。

没承想，雁三琏捻开小折扇掩着嘴轻声道："十四点。"

闻言，年九珑下意识往雁三琏这边看。

骰盅一开，四、六、一、三，加起来果然是十四点。

“哎？！”年九珑瞪大眼睛看着雁三琏。

雁三琏合上小折扇，轻声笑笑：“瞎猜嘛。”

那侍者熟练地将手划过桌边，重新摇盅，啪的一声再次扣到桌面上。

那骰盅一落，雁三琏掩面低声道：“三、二、五、六，十六点。”

“不是……三哥，你开玩笑吧……”年九珑咽了口唾沫，双手撑着桌面，俯身等着那人开盅。

骰盅一起，三、二、五、六，加起来正是十六点。

年九珑吃惊地回头看着雁三琏，拿口型说：“你在出千吗？”说着，他转过身盯着雁三琏灰暗的左眼看，“你该不会是能看见？”

“不……看不见。”雁三琏无奈笑笑，“我眼睛不好……但这是能听出来的。暗器的来向我都听得出，何况这个？”

年九珑彻底惊了。

不远处，一位锦衣华服的小姐注意到他们了，款款走过来，走到两人的跟前，屈膝行了一礼。

这女子楚楚动人，温柔地道：“小女子不才，可否请公子玩一局？”

雁三琏别过头，奇怪地打量她，与之对视的一刹那，怔了一下。

年九珑凑过来，在雁三琏的耳边低声笑道：“看呆了？漂不漂亮？”

雁三琏看了一眼年九珑，而后朝那女子抿嘴一笑：“小姐请。”

“公子客气。”那华服小姐颔首微笑。

待到桌上两人三局结束，一人骂骂咧咧地退开，一人得意扬扬地看着面前的筹码。

片刻，雁三琏坐在了对面的椅子上。

那小姐正要过去，却被年九珑上前一步侧身挡住。

“你来这儿干什么？”年九珑低头狠狠地瞪着那小姐，又扫了一眼她的华丽裙摆，压低声音道，“连我三哥都敢勾引，你活腻了？”

“哎哟，九公子，我好怕呀。”那小姐翘着兰花指按着心口，挑起细眉，眨着长睫毛，露出一抹与身份极其不符的狡黠笑容。

“他怎么就只能是你的三哥，说不定是我的人呢？”

“你再说一遍？”年九珑脸色都青了，压低声音道，“别打我三哥的主意。”

“九公子居然还有开口叫人哥哥的时候？新鲜了。”小姐掩面轻笑，推开年九珑，“让让，别耽误我跟美人玩。”

小姐一坐上赌台，众赌客便纷纷议论，一脸艳羡痴迷，道：“哎，是尹小姐，尹眉无小姐来了！”

尹眉无并非临州人，只是喜欢周游各地，混迹赌坊。

年九珑嘴角一抽，道：“这丫头这么受欢迎吗？”

旁边有几个赌客不爱听了，争相反驳：“你可别嫉妒，尹小姐是有名的赌客，之前与孔雀山庄九公子在洵州的千金赌局，那名声都传到我们这儿了，你不知道？”

“啊……不知道啊……”年九珑脸色有点难看，下意识瞥了一眼雁三琏，没想到雁三琏也正托腮看着他。

“哦？九公子还有这等风流事吗？我都不知道呢。”雁三琏杏眼微挑，捻着小折扇微微笑问，“什么时候的事？”

年九珑悄悄地伸出手摸到那赌客的背后，准备点他哑穴，手还未动，突然被一枚飞来的铜钱打飞了手。

年九珑痛得不禁咧开嘴，揉着被打疼的手指。

雁三琏无聊地捻着桌面上的几枚铜钱，温和地笑道：“说来听听。”

旁边几人便说开了。

“之前那场赌局，九公子没露身份，我们也是这些天才听说那人是九公子。”

“大概是去年刚入冬的事，就在洵州霜银坊。九公子带着两个年龄差不多大的少年一同去的，专门赴尹小姐的赌约。”

“哦……”雁三琏若有所思，捻着小折扇思忖，自言自语道，“是了，我有位弟弟当时说与两个朋友出门吃饭，大约就是去看热闹了吧。”

年九珑攥紧拳头轻咳了一声，开始东张西望。

“九公子赴约，筹码千金，与尹小姐赌的是场珠玉局，赌洵州百舸江当日取上的一斛鲛珠有几颗。九公子目力惊人，扫视几眼便能说出数目，却在最后一局失了势，让尹小姐险胜。”

年九珑摸了摸下巴。

他倒不是目力惊人，只是数数比旁人快了些，不知为何，最后一局竟错了。他在王府里苦练多时，不可能错这么多。当时他说的是三百九十六颗，而开了斛数出来的是二百零八颗。

“当时，九公子赌的就是尹小姐。他说他若赢了，尹小姐就是他的人。”

“是吗？”雁三琏本来听得津津有味，突然啪的一声合起小折扇，眯眼微笑道，“居然有这等事。”

三人成虎，人言可畏啊！年九珑一脸无辜地道：“三哥，你听我解释……”

“等会儿再解释。”雁三琏摆了摆手，“我先瞧瞧您的人是个怎样的狠角色。”

年九珑一噎，而后道：“误会。”

“多谢公子赏光。”尹眉无莞尔一笑，伸手缓缓取下发间湛蓝的点翠红狐尾钗，轻轻放在手边作筹码，微扬下巴问雁三琏，“公子以何为筹码？”

年九珑赶紧掏钱，从一直被封着的腰带里侧拿出一枚掐丝金玉翎递给雁三琏。

雁三琏也没客气，侧身靠在椅背上，拿小折扇把金玉翎推了过去。

“咦，这东西太贵重了。”尹眉无掩面笑起来，“小女子想要公子的小折扇，行吗？”

雁三琏用木雕小折扇蹭了蹭发间，彬彬有礼地笑道：“这是在下知己所赠，小姐勿要横刀夺爱。”

年九珑松了口气，“知己”……看来三哥没太生气。

“知己所赠……”尹眉无托腮凝视雁三琏，轻哼了一声，看向桌边银丝衫侍者，“三局两胜。”

侍者将骰盅摇得哗啦响，雁三琏靠在椅背上，淡然地望着那骰盅，耳尖微动，聆听着骰盅内的声响。

待骰盅落在桌子上，雁三琏轻声道：“十六点。”

与此同时，尹眉无浅笑道：“十七点。”

骰盅一开，二、六、三、六。

“尹小姐果真厉害！”周围赌客喝彩叫好，纷纷下注，买定离手，押这二位美人谁能胜此赌局。

尹眉无笑得甜美，道：“小胜一局，承让。”

雁三琏怔了一下，微微皱眉。

年九珑舔了舔嘴唇，尹眉无果真精通赌术。他失误可能是技术不佳，可雁三琏的听力绝不会出差错，之前那赌局绝对是她在搞鬼。

雁三琏捻开小折扇，温和地道：“继续。”

那骰盅一落，尹眉无染得红艳的指尖在桌面上轻叩：“十九点。”

雁三琏掌心的小折扇飞快一扇，一股细微气流灌入盅筒。尹眉无听到了筒内轻微的翻动声，脸色骤变。

雁三琏淡然地道："十六点。"

尹眉无红艳的指甲在桌面上轻轻点着，那骰盅里又响起了翻动声。雁三琏也毫不客气，小折扇猛地在桌沿一拍，强横内力顺着柳木长桌传过去。

"啊！"一声尖叫，尹眉无搭在桌面上的手被突然打飞。她手筋发麻，只得咬着鲜红的嘴唇，揉了揉自己的手腕。

骰盅一开，五、六、四，其中三枚骰子尘埃落定，尚有一枚在飞速旋转。

雁三琏轻轻抬手，手中小折扇落在桌面的一刹那，那骰子停了下来——一点红心朝上。

"哇，可以啊。"年九珑吹了声口哨，一脸与有荣焉的表情。

大堂里却陡然安静下来，接着爆发出女人的尖叫声和男人的感叹声，还有就是疯狂下注的叫好声。

雁三琏嘴角微扬，靠回椅子中，礼貌地问道："尹小姐怎么了？不舒服？"

尹眉无捂着麻木的手腕，紧咬贝齿，瞪着雁三琏，许久才恢复之前的娇俏模样："公子，我们平了。"

"这没意思，换个玩法。"尹眉无道。

"但凭小姐决定。"雁三琏拿着小折扇，夹在指尖打着转儿。

尹眉无解下颈上的珍珠链，拎着珠链的一端。

"公子，您看好了。"尹眉无上前两步，推开碍事的侍者，拿起骰盅，手指一松，那珠链突然绷断。霎时，珍珠落在柳木桌面上，四处飞溅。她拿着骰盅，凌空一捞，数颗珍珠进入骰盅之内，噼啪响起。

骰盅内的响声突然小了不少，是尹眉无用内力强行封住了声音。

尹眉无挑眉看向雁三琏，挑衅地道："你还能听出什么来？"

剩余珍珠飞溅在桌面，再落到地上，哗啦哗啦响。

雁三琏耳尖微动，没把注意力放在骰盅之内，而是凝神听着珍珠落地的声响，在心里默数。

在尹眉无解下珠链的一瞬间，年九珑目光扫过那串颈链，对着雁三琏用手语比画道："一共有一百零二颗。"

雁三琏眉头微皱，不由得想起了影叠。听雪鬼影叠，号称谛听八方，没有他听不见的事。

细密冷汗从额角渗出，雁三琏忽然觉得自己有点幼稚，居然如此在意一个玩闹的赌局，仿佛不赢就没法向九九证明自己能胜过这女人。

"十三颗。"雁三琏抬手压住骰盅，阻止这女人再动手脚，轻声道出骰盅里的数目。

他才说完，忽然感到手心一热，诧异地看向尹小姐。

尹眉无挑眉一笑，问他：“公子肯定吗？”

一缕暗红狐火悄然从骰盅之内升起，一颗珍珠顿时被烧成灰烬。

“十二……”雁三琏的话未说完，那骰盅里又少了一颗珍珠。

雁三琏凝视着那女人的眼睛，忽然冷冷一笑，用力一攥骰盅，连带着尹眉无的手一起咔嚓作响。

“我说它里面……”雁三琏抬起小折扇，掩嘴轻声笑道，“一颗都没有。”

说罢，他陡然掀开骰盅。

骰盅内只剩一堆细白粉末，微风拂过，齑粉飞散。

满座哗然，没想到尹小姐也有惨败之时。

尹眉无怔怔地看着雁三琏，胸口起伏不止，半晌才抬眼悄声道：“雁琏，你至于这么认真吗？咱俩交情不浅啊，你当着这么多人让我没了面子……我以后怎么在赌场混啊。”

“少套近乎。”雁三琏松了手，掸了掸袖口落的珍珠粉，嘴角一扬，“出千欺负我家小孩，卸你一条胳膊都是轻的。”

“我没办法啊，你知道我的。我就是爱瞎玩，不爱给人办事，若输了那局，我就得把自己卖给他做杀手了。我都缩骨成这样了，还被他给揪出来了。”尹眉无抖了抖裙子，抛了个媚眼，小声问，“怎么样，美不美？”

“不伦不类。”雁三琏捻开小折扇，挡住尹眉无抛过来的媚眼，“我看见你在孔雀山庄的恶人榜上。”

“唉，我就是挂个名而已，赌赢的钱够我挥霍了，我何必还干那刀口舔血的事啊。”

年九珑纳闷地站在长桌一边，看着嘀嘀咕咕的两个人，觉得雁三琏和尹眉无似乎很熟悉。

“这么久不见，你都收了这么好的徒儿了？”尹眉无看着雁三琏手里的小折扇，酸溜溜地翻个白眼，恢复了男人的嗓音，“我与你师父影七好歹也是老相识，怎么，半点面子也不给？”

“我忙着，先走了。”雁三琏此时不想多提影七，便抽回桌上的金玉翎，往年九珑那边走过去。

尹眉无小声叫他：“喂，愿赌服输啊，这钗子给你啊。”

“谁要女人的东西？”雁三琏轻哼一声，抓住年九珑的胳膊，拖着人走出朝暮楼。

一路上，年九珑竭力向雁三琏解释："三哥，三哥，别生气，不是他们说的那样……那人是男扮女装，也是孔雀山庄恶人榜第四的高手，他承诺我，若我赢了，他就为我所用……"

"我知道。"雁三琏淡淡地道。

"你知道？"年九珑松了口气，"我就知道三哥是相信我的，别生气了好不好啊……"

雁三琏不耐烦地甩开他，回头冷冷地看着九九。

"我气的不是这个。"

年九珑一惊："啊，那你气的是什么？"

"就是那天。"雁三琏像突然崩溃了一样，眼神悲哀地看着他，"我要你留下来，你不听我的，非要去赴那赌约！有句话，我本要与你说的……你那天若是不走，一切就都不一样了，你就不会恨我，也不会那样对我，我也不会烧了药方让王爷罚我，又被王爷送上美人局……我当时该拦你的，我好后悔。"

年九珑微张着嘴，手足无措地站着，而后缓缓地道："三哥，你……其实还没原谅我，是不是？"

他对雁三琏那么狠那么绝情，雁三琏怎么会不委屈？两人以为谁也不提这件事，就能让事情过去，就会过得安乐，但这怎么可能？他觉得自己受到了伤害，可实际上他所受的伤害远远不及雁三琏。

就算身子经脉养得再好，这事也会像根倒刺，插在雁三琏的心里。不论何时一碰，都让人疼得要命。

"不，我不怪你……"雁三琏沉默了一会儿，才沙哑着声音继续道，"我只是好后悔。"

说罢，他便缓缓转过身离开了。他浑身发疼，总觉得血管在隐隐发胀，头也疼得厉害。

年九珑跑过去，安慰地拍打着他的后背，什么也不说，只是静静地陪着他。

雁三琏僵硬的身子慢慢放松下来，可他心里还是难受极了。

他强大到足以保护任何人，却弱小到保护不了自己。

年九珑渐渐明白，雁三琏想要的不是自己的道歉，也不是脱离他原本的身份去做另外一个人。

他只是太胆小了，需要自己一直陪着。

“三哥，有我在呢。”年九珑轻声安抚道。

回到客栈，年九珑把精神恍惚的雁三琏扶到榻上，给他裹上被子，静静地看着他。

雁三琏深深叹了口气：“我又给你添麻烦了。自打从影宫出来，我就一直不正常。”

“不，你很正常。”年九珑轻轻拍打他的后背，就像小时候他在雷雨夜里哄自己睡觉那般。

雁三琏渐渐发觉了自己身体的变化，心脏也在剧烈地跳动着。

方才，他与尹眉无内息相抗时，一直滞塞不畅的经脉被强行疏解，内息在五脏六腑间不受控制地乱蹿。此时他浑身疲惫无力，只得缓缓坐起来，闭目调息。

年九珑知道雁三琏忽然调息必然是身子不适，本想退开，却被雁三琏一把扯住。

“碧莲心在起作用……”雁三琏忍下喉头一口血，身子不稳，“刚刚药性被我不慎催发，药力太猛了。”

触到年九珑的手腕时，雁三琏体内的混乱内息像终于找到了宣泄之处，进入了年九珑手腕之中。

年九珑突然意识模糊，脑海里一片空白，唯独右手手腕的感官还在。他感觉到被封存在右手中的纫骨蛛丝在疯狂生长，之前断掉的中指和食指骨骼被疯狂生长的蛛丝重新包裹，手筋酥麻刺痛，被整片的蛛丝强行修补，右手的骨骼被紧紧缠绕了一层极富有韧性的蛛网。

年九珑挣脱了右手，慌忙扶住雁三琏：“我去找池音先生，三哥，等着我！”

他一刻也不敢耽搁，飞快地跑了出去。他的右手不过是按了一下门框，那门框就咔嚓碎裂，留下四道深深的指印。

年九珑一边飞奔一边打量自己的右手，觉得并无特殊之处。当穿过那片红枫林时，他顺手去摸了一棵小树，那小树一声脆响，竟断了。

“要疯了，这在搞什么鬼啊……”年九珑撕下衣摆缠紧右手，脚下运力，飞快地连踏数棵枫树，朝着临州药铺跑去。

药铺伙计认识年九珑，却还是极其谨慎地查看了信物才放他进去。

池音先生正在院中作画。画中女子端庄柔美，眉眼含笑，一双凤眼尽显万种风情。

年九珑突然闯进来，喊道："先生！"

池音先生一顿，搁了笔，缓缓收了画卷推到一边，转头看向年九珑："今日并非换药的日子。"

"我三哥他……"

池音先生却眉头微皱，起身拉过年九珑的右手，解开胡乱缠的布料端详，又探出一根蛛丝把脉。

"九公子。"池音先生表情严肃，"公子也用了碧莲心吗？"

"没有啊……"年九珑愣了一下，脱口而出。那药还得给雁三琏接经脉，他哪舍得用？

难道是刚才雁三琏抓着他的手时，将碧莲心的药力与内息一并传了过来……

"怎么，很严重？"年九珑讲明原委，又急忙问道。

"想必就是这个原因了。对习武之人来说，内息灌注、药力相通也算正常，不必大惊小怪。"池音先生缓缓坐回去，"多活动，会好起来的。"

"多谢先生。"年九珑礼貌地躬身一拜。

与此同时，临州客栈里，雁三琏盘膝入定，渐渐稳定下来。

紧闭的木窗闩松了，明明无人触碰，却瞬间掉了下来。

一个二十来岁的青年攀着窗口跳进来，一身墨绿纹绫裳，满袖墨狐青眼纹，长发束在头顶，发尾低垂到腰间。

"雁琏，你赌胜的银子我给你拿来了，他们都押我胜，哈哈哈，咱们分一下呗？好几百两银票呢。"尹眉无灵活地爬了进来，环视四周，见雁三琏正在运气调息，不由自主地靠过去伸手拍他。

雁三琏感受到即将触及自己的手，杏眼半睁，一股杀气猛然外放。

客栈外的麻雀骤然惊飞，尹眉无被一股极强的内息震住，整个人瞬间被冲飞，重重撞在了对面的墙壁上，把墙撞出了一道浅坑。满屋银票乱飞，落得满地都是。

"哎哟。"尹眉无挣扎着爬起来，抹了一把脸上的灰，"我可是靠脸吃饭的，你要是毁了我这如花似玉的脸蛋，我可跟你拼命啊。"

雁三琏趴在床边吐了几口淤血。

"不得了了。"尹眉无伤疤没好就忘了疼，往雁三琏床前一靠，"挺厉害啊，偷着练神功啦？走火入魔了吧。"

"我只是……"雁三琏抹了把嘴角的血迹，"补药吃得有点多……而已。"

“你自己在这儿住？”尹眉无打量了一番四周，“你跟那小子混在一起做什么？他招募你做杀手吗？缺钱跟哥哥说啊，为那小子干活多累。我带你进赌场，你这身手想赢多少都容易。对了，九公子喜怒无常，真难伺候，说杀谁就杀谁，快烦死我了。”

雁三琏不置可否：“你还是为他办事了？”

“因为他有钱啊。”尹眉无捻着自己的头发，“我就喜欢有钱人。”

“他托你做什么？”

“杀人我是不爱干的。”尹眉无道，“他怀疑他娘亲的死有蹊跷，我与白羽都在查这件事。

“白羽知道吧？对，就是那个看着缺一根筋，实际上缺两根筋的白毛。

“还有就是在查雪兰香。”

“雪兰香有何可查的？”雁三琏淡淡地问他，“不就是几个官员染上药瘾了。”

尹眉无冷笑：“那可不止几个，百来个都不止了呢。他们都捂着不说，其实京城早就乱了。”

“我没见官差贴告示……”雁三琏微微惊讶。

“你信他们？他们就只会粉饰太平。至于太平？不存在的。”

“那也与我无关。”雁三琏恢复淡漠神色。

“说的也是，这事闹得再大也是在京城那一小圈，外面的人都还不知道呢。不过，九公子这边就与我们牵扯多了，你不也是为他办事的嘛。”尹眉无摊手道，“看你与他走得近，哥哥得提醒你一句，他二哥绝不是善茬，你拿了钱就趁早跟他分道扬镳，别惹一身脏。”

雁三琏把着小折扇问：“怎么说？”

“现下孔雀山庄的继承人里，二公子年存曦、七公子年有常和九公子年九珑是最有希望夺下庄主之位的。

“九公子现在明面上退出，暗地里却仍在活动。他名下的产业大多被年存曦掐停了，但他手中钱银数不胜数，藏在无人得知的地方。这也是为什么我要帮他做活。

“在山庄里，七公子最得宠，因为庄主宠他的娘，他娘死了以后庄主就宠这个儿子。二公子武功高强又手段强硬，百毒谷谷主是其小姨，还有恶人榜第二的酒蛊仙做靠山。他虽然没爹疼，但有能耐。”

“怪不得年存曦如此嚣张，原来实力雄厚。”雁三琏想起聂夫人那张冷艳的脸，左眼隐隐作痛，“不过，他身边最厉害的杀手才至榜上第二，那第一是谁？”

“第一啊，第一早找不着了。”尹眉无看热闹似的揣起手，咧嘴一笑，露出左右两颗尖牙，“只有称号没有名字，叫‘斩疏影’。此人七年前就没再出现过，想必是接的签子太硬，受伤了，伤了筋骨，干不了这行了。”

“九公子的母亲不是意外去世的吗？”雁三琏轻声问。

“是挺意外的。他娘自被娶进门后就不怎么受宠，可能是因为性子太冷，反正庄主就没宠过她，也不怎么过问他们的儿子。九公子他娘师出名门，庄主为了娶她是下了血本的，可娶回来又不好好对待，你说搞笑不？我跟傻白毛正查呢。”尹眉无突然笑了起来，“那傻子真好玩，一出门就迷路，走出几里就找不回来了。我天天欺负他，那天洗澡的时候我把他的衣服拿走了，你没看到他那一脸呆滞的蠢样。哈哈哈，我都被他蠢笑了。”

“你比他聪明不到哪里去……”雁三琏哼笑。

尹眉无忽然注意到雁三琏的左眼，愣了一下，而后道：“谁把你搞瞎了？要我去弄死他不？我给你个友情价。”

年九珑回来时，就看见尹眉无俯身用手托着三哥的下颌，认认真真地看。

尹眉无还没反应过来，脖颈就被一把钳住，整个人被狠狠甩到墙上。年九珑用右手掐着尹眉无的脖颈，无论尹眉无怎么掰都掰不开。尹眉无双眼一眯，忽然化作一道黑影从年九珑手里滑脱，倏地出现在年九珑的身后。

“九公子，这是待客之礼吗？”尹眉无掸了掸衣上的灰尘，摸了一把脖颈。

年九珑回过身，看到床边一摊血，心里一疼，扔下手中一撮墨色狐狸毛，连忙走过去坐在雁三琏的身边，关切地道：“三哥，还好吗？”

“还好，淤血吐出去就好多了。”雁三琏温柔地回答。

尹眉无歪头看着两人，表情复杂。

这是什么情况？瞧雁琏这温顺的样子，一看就是被年九珑那小子给收服了。可他居然还挺高兴？被人卖了还替人数钱呢。

年九珑见三哥没事，这才转头看向尹眉无：“你来这里做什么？”

“我来向他示好呗，你看不出来吗？”尹眉无斜靠在墙边笑道，“我觉得他有趣，特意来找他。怎么样，气不气？

“你看他都不反感我，我们相谈甚欢啊，气不气？

“他还回应我呢，最后他都碰着我手了，气不气？”

尹眉无自幼是人堆里最气人的一个，能把死人气活、活人气疯。

雁三琏听了皱皱眉，扬扬下巴叫尹眉无赶紧出去。此时，他隐约听见年九珑在旁边咬牙的声音了。

没等尹眉无迈出门口，年九珑一把抓住他的后颈，用力一攥。尹眉无吃痛，眼底闪现青光，正要脱身时，忽然被年九珑按住了尾椎骨，生生从衣裳里拽出一条漆黑的狐狸尾巴。

“啊啊啊！”尹眉无疼得发出尖叫。

年九珑淡淡地道：“有的是法子弄死你，去干活。”

尹眉无夹着尾巴跳窗逃了。

雁三琏诧异地看着满地的黑色狐毛，喃喃道：“我从来不知道……”

“是啊，没人知道。”年九珑踢了踢地上的绒毛，“孔雀山庄恶人榜第四，玄丘校尉尹眉无，天生尾骨极长，生得像狐狸。正是这没人知道的隐秘事被我抓住，他才甘心为我办事。”

年九珑越走越近，低头看着雁三琏。

“三哥。”年九珑俯身凝视着他，低声道，“之前，我着实对不起你，你怎么怪我都好，但求你别抛弃我，我很害怕。”

“……我没有。”雁三琏下意识往后挪了一点儿。现在，年九珑身上的压迫感太重，一如他当初拿着檀香针沾着化尸水站在自己面前的样子。

年九珑看到雁三琏后退躲闪的动作，心里一阵剧痛。

年九珑习惯把事情都藏在心里不与任何人说，没人知道在雁三琏精神恍惚时，他也同样在害怕。他怕雁三琏不原谅他，怕雁三琏离开，怕雁三琏抛弃他。

只是他从来不愿多说，也不擅长表达。

“三哥，说你不会抛弃我。”

“我不会抛弃你的。”

年九珑这才舒服了些，紧皱的眉头舒展下来。

窗外飞来一只灰色小雀，落在年九珑的肩上叽叽喳喳地叫。

这是年闻传来的信——之前公子命人取的药已经送往临州，三日后即可与公子会合。

灰雀飞走后，年九珑继续与雁三琏聊天。

他委屈地道：“对不起，我是怕三哥抛弃我。当时我以为你要和他走……你们像早就认识了，你们之前有什么事吗？”

“九九……”雁三琏撑着疲惫的身躯坐起来，温柔地解释，“我们曾在同一个主子手下当差，他年长我半岁，对我时有照顾。后来我们出去就散了，我当了影卫，他做了杀手，也只见过寥寥几面。”

“他说那话是故意气我？”年九珑皱眉问。

“他见谁气谁。”雁三琏扬起嘴角，“起初，他也爱欺负我，但我不生气，他觉得没意思，就不捉弄我了。”

“玄丘校尉……是这个称号吗？”雁三琏给年九珑捋着发丝，慢慢问。

“玄丘校尉，也叫人面狐，他扮男女老少都不在话下。”年九珑回复。

“他在第四位。”年九珑道，“不过，他想洗手不干了，但仇家众多，脱离孔雀山庄就再无荫庇之所，他只能答应帮我做事。我也没让他再做取人性命的事，只让他打探情报。他混迹市井，想知道什么消息都方便。”

“白羽投靠你大概也是因为你懂他吧。”雁三琏露出笑意，“你身上担子还重着呢，真要与我在外边继续荒废光阴吗？”

“可我做这些都是因为有你。”年九珑觉得自己被误解了，又不知怎么解释。

雁三琏轻轻打了个哈欠，侧身躺下，合上眼说道：“我好累，先睡一会儿。”

“嗯。”年九珑给他掖上被角，躺在一旁也合上了眼。

天蒙蒙亮，年九珑忽然惊醒，发觉床榻里侧没了人影，忙翻身下床四处张望：“三哥？”

屋里没人，他推开门来到走廊，见雁三琏正提着一只小茶壶迎上来。他披着柔顺的长发，穿着不大合身的里衣，显得身子更纤细。

“半夜有些渴，屋里没水了。”雁三琏微微皱眉。

“哦……”年九珑悬着的心这才放下来。

幽暗的走廊里忽然亮起烛光，雁三琏拿着烛台，拎着小茶壶从楼下上来，怔怔地看着这边的两人。

年九珑瞪大眼睛看着一模一样的两个雁三琏，而身边这个明显多了几分轻佻。

“……”雁三琏咬着嘴唇，有些不开心了，“九九，你连三哥也认不出来吗？”

站在年九珑身边的“雁三琏”忽然捂着肚子笑岔了气，一条狐狸尾巴从衣裳里露了出来：“哈哈哈！嗝！”

年九珑简直要哭了：我现在跪下还来得及吗……是不是来不及了？

“你们先聊，我再回去睡一会儿。”雁三琏提着小茶壶走回客房，轻轻关上门。

年九珑瞪了一眼身边这位“雁三琏”，身旁之人身体微抖，骨骼咔嚓直响，恢复了缩骨之前的体型，脸也恢复了正常。

“乖乖，你可真可爱。”尹眉无笑得舒畅，昨日的怨气都消了不少。

“不好意思，迄今为止还没有人能看穿我的易容。”尹眉无得意地往窗棂上一靠，“公子不用多想，如果我装成你去骗他，他也看不出的，所以这事儿不怪你。”

闻言，年九珑脸色由白变青，吼道：“不怪我？当然不怪我！这不应该怪你吗？！你是照死里祸害我啊！”

“好好好。”尹眉无摆摆手，“小孩气性太大啦，给你个教训。”

“喏，我与白羽搜集到的情报都在这儿了。”尹眉无手指一动，一沓信函出现在指间。

年九珑伸手去拿，尹眉无忽然收回来，挑眉道：“加一千两。”

“去账上取。”年九珑不耐烦地道。

“爽快。”尹眉无把东西递给他，“公子，有句话，我不知当讲不当讲。”

“不当讲。”年九珑低头翻看着信件。

“不当讲也得讲。”尹眉无靠在窗边，嘴里的风凉话说个不停，“公子，您娘亲确实命苦，居然是被年庄主强娶来给七夫人做药引的。”

“您娘亲……唉，我见过，样貌端庄出挑，又是出身明镜堂的名门弟子，天赋异禀，擅药石之术，她体质特殊，那就是一活人参啊。年庄主最宠七夫人，为了七夫人孤身杀进明镜堂，废了你娘亲的师父，又将你娘亲强娶过门，就为了给七夫人治病。

“有人天生就是短命，不管怎么治都没用。七夫人靠着你娘的血活了几年，后来听说是突发急病死了，哎哟，活该。

“你娘早在生你的时候就不行了，硬是挺着，暗地里命人经营产业，并设法把你送出去。她将你送到齐王府，应该是怕你太小，被年存曦暗算吧？她跟齐王什么关系我就不知道了，不过能向皇室托孤，想必其中有不为人知的秘密。我不清楚，您也就别瞎猜了。”

年九珑攥着手里的一沓信件轻叹了口气，闭上眼睛靠在墙上。

“对了，看在公子这么大方的份上，再赠你个消息。”尹眉无笑笑，“七公子也病了，快不行了，都说是在娘胎里得了他亲娘得的病，年庄主急得头发都白了。真是风水轮流转，报应不爽啊。”

"我知道了。"年九珑揉揉眉心，收了信件，"你回去吧。"

"好嘞！喝酒去喽。"尹眉无欢天喜地地跳出窗口，轻轻落在树梢上，翻身跳出庭院跑了。

庭院外落了霜，白羽盘膝坐在房顶瓦片上，眯着眼睛捧着个冒着热气的小茶杯，刺溜喝了一口。

有人在身后拍了拍他的肩膀，白羽慢腾腾地转过头看，竟是七公子。

七公子瞪着他，质问道："背着我与年九珑勾结，我就那么好骗吗？！"

白羽登时吓蒙了，慢腾腾爬起来行礼，一个没踩稳栽下了房顶。

"七公子"侧身撑着头卧在房檐上，看着底下摔得七荤八素的白羽，咯咯直笑，狐狸尾巴在空中摇来摇去。来的哪是什么七公子，分明是尹眉无。

白羽摔得浑身疼，爬起来又太累，索性就地趴着，捧着一滴未洒的小茶杯又喝了一口。

尹眉无翻身跳下来，轻盈地落在白羽边上，把人拖了起来，道："走了，先喝个酒，然后去赌坊玩。"

"玩什么玩？我都要忙死了。"白羽慢悠悠地拍了拍身上的土，"七公子病得不轻呢，苦了我们。"

"那你自己回去吧，我不顺路，就不送你了。"

白羽眯眼为难道："可我不认得路……"

"那不就得了。放心，很快就不用帮七公子干活了。"尹眉无道，"九公子还是挺靠谱的，挺大的事都没什么表情，有前途。"

"那怪好的呀。"白羽欣慰道。

尹眉无把手搭在白羽的脖颈上，一边将人往朝暮楼那边拖，一边交代："今天我是林姑奶奶，你就装成被我养的小白脸，然后我出那张骨牌的时候，你就听对面摸的是哪张……"

白羽眯眼问："为什么每次你都换脸，而我是那个小白脸？"

"嗯……那你演林姑奶奶？"

"不了。"

年九珑在走廊外靠了一会儿，推开门回客房。雁三琏也没再睡了，静静地靠在床头，见年九珑回来，抬手握住了他的手。

"我听到了。"雁三琏温柔地道，"别太难过。"

年九珑无助地跪在床榻边，默默地埋下头。

雁三琏轻抚着他的头发，轻声安慰："别害怕，你想做什么，我都与你一起。"

"嗯。"年九珑答应。

窗外飞来只小灰雀，落在年九珑的肩膀上，叽叽喳喳乱叫。

年闻传来消息，说换了快马，再有一天就能到临州，并约定了药物的交接地点。

"我出去拿药，很快就回来。"年九珑深吸了几口气，努力平静下来，拿了件暗蓝外袍披上，起身出了客房。

雁三琏本想陪他，但又想着他大概也想静静，便由着他去了。

可直到天光大亮，年九珑也没回来。

雁三琏心中不安，拿了小折扇，披上衣裳出门去寻。

凭借多年的影卫经验，他跳上临州城的城墙，眺望整座城，目光在几处隐秘地点停留，记住了所有可能的交接地点，而后跳下城墙，飞快搜寻整座临州城。

在一处避风的巷道里，他发现了打斗的痕迹，满墙都是被右手刮过的指痕，满地是血，还有几只被撕碎的虫子，尸体上散发出酒气。

恶人榜第二的酒蛊仙？

雁三琏合起小折扇，一双杏眼渐渐冷了下来，喃喃道："现在是什么人都敢在我手里抢小孩了吗？"

他脚尖连踏墙壁，朝着洵州方向飞身而去。

第八章 风波平

你要信我绝不会利用你，绝不会拿你当爪牙、当下人，信我珍视你，信我视你为一生知己。

孔雀山庄，常春阁。

年厉云坐在年有常的床边，一夜之间发丝花白，看着憔悴了不少。他握着年有常的手，安慰道："你二哥已经去取药引了，很快就会好。"

七公子此时面无血色，缩在锦衾之中无力地侧躺着，印堂发黑，哆哆嗦嗦地咒骂："年存曦不会这么好心……父亲……他怎么可能救我……他恨不得我死……"

"有常。"年庄主疲惫地劝导，"存曦稳重顾大局，救你是为父的命令，他不会不从。"

花犯悄悄地坐在常春阁的飞檐上听着，时不时往远处望望，心里嘀咕："什么药引子能救他？"之前为了给七夫人找药引，他们费了那么大力气才找到一个阴阳药体的女人，如今整个大承恐怕也就只有那一位了吧。

突然，几个人风尘仆仆地走进了常春阁的外堂，抬着一个五尺见方的铁铸兽笼，一路滴着血过来。

聂夫人面无表情地走在后面，旁边还跟着一个腰挎酒葫芦的青衣男人，一副醉醺醺的样子，双手揣在袖里，嘴里叼着片从外边紫竹林摘的竹叶，下巴上支棱着胡茬，眼神慵懒颓废，邋里邋遢地趿拉着草鞋走，时不时拧开葫芦喝一口，浑身酒气。

年存曦首先恭敬行礼："父亲，我把他带回来了。"

年庄主垂眼打量被塞进那小笼子里的少年。

年九珑蜷身倒在里面，一身暗蓝的衣裳被染得深红。看见年庄主时，他突然爬起来，双眼瞪得通红，嘶哑地质问："我已经不是公子了，摘了雀羽冠，也废了右手，你们凭什么抓我？！"

年庄主有些不悦，垂眼看着这个小儿子。他一双凤眼怒气冲冲，眼底满溢仇恨，跟他那个短命的娘一模一样——一样的不招人喜欢。

年存曦微笑道："九夫人生前是珍贵的阴阳药体，整个大承也找不出第二位了，但你与九夫人血脉相连，想必也是阴阳药体。”

年九珑用力撞着铁笼，嘶哑斥骂道：“什么？！你们逼死我娘，现在还要用我来救他？！凭什么？我不是人吗？年厉云，我就不是你生出来的吗？！我是畜生吗？他比我好在哪儿？！”

年庄主被烦得头疼：“叫他安静点。”

年存曦点点头，看向酒蛊仙：“庄主让他安静点。”

“怎么个安静法……”酒蛊仙懒洋洋地挠了挠脸，一脚踢在那铁笼上，铁笼哗啦一声飞了出去，撞到了堂前雕常春藤的石柱上，砰的一声翻倒在地，被关在里面的年九珑被摔得浑身的骨头都要碎了。

年九珑趴在笼底吐了一口血，他身上、脸颊上，凡是露出来的地方尽是伤痕，体内也被下了一只酒蛊虫。一旦运功，那虫便会噬咬他的内脏和经脉，直到将他的身体蛀空。

“聂夫人，去试试他的血能不能救七公子。”年存曦吩咐身边的聂漪兰，又转头对庄主道，“虽说百药谷对此道最为了解，但他们与年九珑交情太深，不宜插手，而聂夫人精通药毒，是不会出岔子的。”

“好。”庄主点了点头。

聂夫人冷冷地走到铁笼前，抓住年九珑的左手划了一刀，血液很快淌下，流进她手中的白瓷碗里。

年九珑渐渐清醒，挣扎着爬起来抓着铁笼，望着床上躺着的年有常，咬牙切齿地道：“你不会像你娘一样好命了。”

年有常从病床上爬起来，大口喘着气，艰难道：“我娘已经死了。”

“但我娘也死了！”年九珑扒着铁笼吼道，“而且是因为你，还有你娘！凭什么？你们高贵在哪儿，值得让人以命换命？！”

“年九珑，闭嘴！”庄主大怒，用力一拍桌子，“勒住他的嘴，卸掉他一根肋骨。”

年九珑僵住了，怔怔地看着两鬓斑白的年厉云。说出这么狠毒的话，逼着他去死的，居然是他的亲生父亲。

酒蛊仙有点嫌麻烦，揣着手走过去，打开笼门，撕开年九珑的衣襟，撕下两条布料勒住他的嘴，再把手脚绑在笼上。年九珑无心反抗，像个木偶一样任他摆弄，也确实没有什么力气反抗了。

“早这么听话多好，哪会吃那些苦？”酒蛊仙呵呵一笑，搓了搓手，“死了以后可别来缠着我，跟我没关系哦。”

年九珑木然地看着酒蛊仙，腹上猛然剧痛，竟是一把匕首插了进来。

被绑在笼上的手脚猛力挣扎，不甘心的呻吟从勒住的唇角里挤出来，深入骨髓的疼痛渐渐麻木，再骤然清醒。年九珑仰起头，冷汗像流水一般，从额头流到脖颈，浑身湿透。

他闭紧了眼睛，但没流泪。那眼泪不该露出来给这些败类看，给他们的该是死亡，是伤痛，是永远望不到边际的折磨。

年九珑微扬起嘴角，布满血丝的凤眼微挑，扫视着这里的每一个人。虽然他说不出话，但他的眼神仿佛在说："你们迟早会知道，该死的不是我。"

他抬眼望着自己的右手，想着再坚持一会儿。

聂漪兰端着盛血的白瓷碗出来，对庄主道："庄主，他的确是阴阳药体。七公子不如七夫人病得严重，以血为引大约能痊愈。"

庄主松了口气，拍了拍桌面："快去治。"

聂漪兰拿着匕首在年九珑的腕上取血，年存曦则垂下眼睑，唇角微勾，得意的表情一闪而过。

外边已经入夜了，信阳城早已闭了城门。一人伫立于百仞城墙之上，一身漆黑夜行衣，半长的乌发束紧了，发尾垂在左肩，面上蒙着长长的黑缎，只露出一双冰冷的杏眼。

街巷上渐渐没了行人，兰香居打烊了，年闻招呼几个小厮去收拾，自己走到大门前闩门。

门刚要闭上，被一把伸进来的木雕小折扇挡住。一个黑衣人站在门外，摘下面巾微微一笑："掌柜的，可否容我喝杯茶，歇歇脚再打烊？"

年闻见是熟面孔，脸色微变，犹豫道："您可是来寻九公子的？"

雁三琏推门进来，缓缓关上大门，替他闩上，捻开小折扇半掩嘴微笑："不寻九公子，我是来……寻你的！"

猝不及防，年闻感觉小腹处传来一阵剧痛。雁三琏一把将人掼在桌上，低头微笑着问他："掌柜的清醒些了吗？清醒了我就开始问话了。"

店里还有几个小厮，见这边突然见了血，大叫着乱成一团。雁三琏把小折扇上的血迹一甩，指间飞出几颗小石子，打在那几人的穴道上。顿时，几人软软地倒在地上。

雁三琏拖着年闻上了楼。

幽暗的刑室里，年闻被绑在从前绑过雁三琏的地方，垂着头，浑身是伤，只剩一张嘴还能说话。

雁三琏侧身靠在对面的椅中，拿小折扇点着木椅把手，轻声问：“好个吃里爬外的毒师大人，说吧，把你知道的都吐出来，多说一条，死的时候就少让你受一分罪。”

在影宫里，刑讯逼供是家常便饭，雁三琏早已受惯了，逼供他人更是游刃有余。

雁三琏缓缓起身走到年闻的旁边，手中小折扇划过他的脸颊，温柔地问他：“莫非你以为被我识破以后，聂夫人还能救你吗？别太天真了。”

年闻气若游丝，呜咽道：“我说……九公子是阴阳药体……他被……”

半个时辰以后，雁三琏重新蒙上黑缎，出了兰香居。兰香居外落了满树乌鸦，倏地飞走，待到雁三琏离开又飞回来，叫得凄惨。

信阳城离洵州不远。

雁三琏翻进齐王府的后院，院里的樟树在西风里瑟缩。黄叶西风，物是人非，有些荒凉。

雁三琏回到自己的住处，屋里空荡荡的，落了不少灰尘，还有一股霉味，东西都在从前的地方放着，似乎自他走后就没人再动过。

他四处看了看，慕雀那孩子似乎早已不住在这里了，大概是被影六、影十他们接走了吧。

桌上的红翡珠还在原处，雁三琏见了，心里疼了一下，把散落的珠子都捧了起来，贴在心口，再小心翼翼地塞进衣襟里。

他在自己的住处翻了个遍，却一直没找到自己想要的东西，忽觉背后有人，便警惕地转过身，入眼的是墨云锦衣。

影四斜靠在门口，指间转着一把嵌着紫石的玄铁小折扇，冷漠地问道：“你在找这个吗？”

“嗯……”雁三琏轻轻一扬嘴角，脚下运力，完全修复的经脉让他内息充足雄厚，转瞬间已至影四身前。

影四眼神一凝，似乎诧异对方怎会如此迅速。转瞬间，两人已交手十招。他嘴角很快溢出血来，按着心口退出了居室。

雁三琏轻轻捻开那把嵌着紫石的扇刀，飞快跟上影四，扇刀已抵至影四的咽喉。

影四漠然地道：“功夫没废，反而有提升。”

雁三琏忽然扬起嘴角，靠近他，问：“四哥今天没与你那心肝宝贝弟弟在一起啊？”

影四脸色煞白，看着雁三琏扬长而去。

“我错过了什么啊？”庭院的矮墙上爬上来一人，影五期待地眨眨眼，“哥？我真是你的心肝宝贝弟弟吗？”

影四神色一僵：“……”

雁三琏正欲翻墙离开，影六、影十刚好从外边回来，两人都一脸严肃。

影六看见了雁三琏，习惯性地想叫他，又想起他已不是影卫了，王爷若有什么命令，他也不必遵从。

“好久不见。”雁三琏倒没那么拘谨，扬起小折扇微笑着打了声招呼，顺口道，“多谢你帮我照顾雀儿。”

影六愣了愣：“不是你自己照顾的吗……”

“小雀儿很早之前就不见了。”影十沉思，“我们都以为是你找人把他带走了。”

“……”雁三琏嘴角一僵。

影六、影十没工夫再闲聊，飞快回到庭院重新装填百刃带，披上墨云锦衣，见影四、影五还在院里，便催促了两声：“四哥、五哥，王爷加急召令，快！快！”

影四、影五点头应下，分头回房调整一身装备，几个呼吸间重新聚头，朝着王府西侧门飞奔而去。

雁三琏早已落到了王府外的六角小楼顶上。不知何时起的风，吹起了他遮面的黑缎，漆黑衣袂上下翻飞。身上的黑衣不再是墨云锦衣，衣角的花纹也不再是齐王府的天香牡丹。

他回眸看向楼宇连绵的齐王府，今日云积得厚，没什么太阳，乌云笼罩洵州，天阴着，细密冷雨落在肩头，他的关节隐隐作痛。

城墙外，黑衣身影隐没进晚暮林中。

雁三琏没骑马，马不如他快，也不如他耐力久。

已经入冬了，夜里下起了雪，待到子夜时，他终于望见了那紫竹环绕的孔雀山庄。

山庄外墙围着精致的竹丝，像个华丽无比又不见尽头的雀笼，里面充满了憎恶仇恨、背叛利用，世间极恶都能在这牢笼里看尽。

雁三琏咬了咬嘴唇，坐在横斜的竹枝上眺望，把山庄里所有的甬道尽数记进脑海里。之前他来过一次，还有些印象，记得年九珑住在胧明阁。

“胧明阁”“兰香居”，分开时的二人，只能各自栖息在这两个避风港。

他想起来就会心疼年九珑。他还是个小孩子，至今尚未成人，却已经在这鸟笼里挣扎那么多年了。

“师父！”

一道清脆的童音响起。

雁三琏下意识回头看，一个高大的男人从紫竹林过来，慕雀那小不点就坐在他的肩上，搂着他的脖颈。

那人有些眼熟，雁三琏盯着他看了一会儿，发觉是年九珑身边的杀手。之前带年九珑离开齐王府的也是他。

楚心魔无声地落在雁三琏对面的竹枝上。慕雀飞快地扑过来，扑到雁三琏的胸前，抱着他的脖颈，拿脸蛋蹭他，委屈地呜咽道：“师父……小阿雀想你了……你去哪儿了……”

雁三琏双手抱着怀里的小孩，给他抹了抹眼泪，皱眉道：“你何时从王府跑出来的？”

“你被抓走那天，我就去找师兄了，我求师兄救师父。”慕雀揉着泛红的眼睛道，忽然想起了什么，连忙捂住嘴，紧张地看了一眼身后站着的楚心魔，小声改口说，“我是说爹爹……”

“爹爹？”雁三琏眉头拧得更紧。

“……就是……九公子他是我爹爹……”慕雀掰着自己的小手，低下头，声音越来越小。

雁三琏只觉得荒唐，问：“那你娘是谁？”

“……”慕雀把小脑袋埋进雁三琏的怀里，犹豫半天，才嘟囔着说，“这个问题，师父要去问爹爹嘛，小阿雀怎么知道哦……”

雁三琏觉得自己此时的表情应该是一言难尽。

“多谢你照顾雀儿。”雁三琏看向楚心魔，温和地道，“小孩子胡言，是我没教好，九公子他……”

“我知道。”楚心魔漠然地回答。

慕雀又慌忙地爬到楚心魔的身上，抱着他的胳膊，扬着头小声解释：“叔叔，我不是故意骗你的，你还是喜欢小阿雀的对不对？”说完，他又向雁三琏解释，“我们刚从临州回来，叔叔一直带着我。”

楚心魔一言不发，神情淡漠得看不出心情。

“阁下是……”雁三琏杏眼微抬，打量着楚心魔。

慕雀像个小狗似的摇着尾巴介绍道：“这位是大萌鼎鼎的楚心魔楚大人！”

“是‘大名鼎鼎’。”雁三琏拿小折扇敲了敲慕雀的额头，“我想进山庄，可否劳烦楚大人行个方便？”

楚心魔把慕雀塞进自己的衣襟里，一言不发地朝着孔雀山庄的大门走过去。雁三琏悄悄跟上。

子夜正是守卫松懈的时候，几个守卫强忍困意，闲聊打发时间。

“最近庄主担忧七公子，憔悴了不少，还好二公子找着了药引，能救七公子一命，庄主才安心了。”

“好在还有连夫人在，能给庄主解忧虑。自从七夫人去世，也只有连夫人最知庄主的心了。之前庄主外出游玩散心，一直把连夫人带在身边。”

“连夫人真是好命，就因为长得有几分像七夫人，就被庄主看上了，从丫鬟变成主子，摇身一变成夫人了。”

“唉，别说了，反正咱们也就是看门的命，跟贵人们比不得。”

几人正闲聊着，见楚心魔回来，连忙起身，恭敬地俯身道：“楚大人回来了。”

楚心魔漠然地走过，穿过正门进了山庄。雁三琏趁守卫的目光都落在楚心魔的身上，身影隐进夜色之中。他悄无声息地翻越竹丝围栏，落进了山庄之内。

“我去找他。”雁三琏捻开玄铁小折扇，对楚心魔道，“我自己去。”

楚心魔不置可否，身形一闪，消失在雁三琏的眼前。

常春阁上，花犯坐在阁顶上听着里面的动静，一转头便看见远处有道黑影一闪而逝。

花犯眯起眼睛，盯着那若隐若现的黑影。那人黑缎遮面身形修长，只露出一双柔和带笑的眼睛。

“哟……那小影卫钻进来了？！”花犯脸色微变，低声道，“白羽，情况有变了啊。那小影卫杀进山庄了，疯了。哎，他过来了！”

常春阁另一个角落，满地白雪。白羽端着冒热气的小茶杯坐在石狮子头上，慢悠悠地自言自语：“我晓得了。怎么跑来了呢……万一被围攻了，公子要心疼的。”

常春阁外巡逻的守卫眼看要转去正门，白羽慢腾腾地站起来，招呼他们："那个……那个你们呀，过来听我讲话。"

守卫们不明所以，纷纷聚拢过来："白羽大人，什么事？"

白羽从怀里慢悠悠地掏出来个小册子："七公子叫我来查查你们的工作，我来点个名。"

"王……秋冬。"

"在。"

"李……四。"

"在。"

"周……这个字读什么……"

"大人，周岚。"

"别告诉我，我晓得的。"白羽坐在石狮子头上，慢腾腾地耗时间。

一共三十来个人，他点名点了一刻钟，末了望了一眼远处，见雁三琏已经落至常春阁外庭，于是舔舔指尖，翻开下一页："那个，我再点一遍。"

正要散去的守卫们不得不停住脚步，一副欲言又止的样子：大冷天的，这是干啥啊……呜呜呜……

常春阁内烛火微弱，几个百刃谷的侍卫严肃地立于阁中。七公子年有常躺在榻上呼吸微弱，年九珑窝在铁笼里痛苦地喘息着。

这铁笼上下是不透风的铁板，四周是铁栅。铁笼之前被酒蛊仙一脚踢到了石柱下，翻倒过来。从百刃谷侍卫看守的方向看过去，年九珑的右半边身子刚好被遮住。

年九珑凤眼微抬，右手轻轻动了动，分出两根手指钩住绑着手腕的布条，轻轻一捻，那布条断开，然后解开勒着自己嘴巴的布条。

为了给年有常多供几天药血，庄主还特意交代聂夫人给他止了血。

年九珑封住自己体内的经脉，因为他体内有只酒蛊虫。只要他一运功，那酒蛊虫就会咬得他生不如死。

他喘着气缓了一会儿，正了正身子，把绑住手的布条咬在牙间，攥了攥右手，摸了摸自己胸下的伤口。

"啊！"一碰还是痛得厉害。

年九珑紧紧咬着布条，深吸了一口气，闭上眼睛，右手狠狠探进伤口。他浑身颤得厉害，苍白的脸色突然变红，豆粒大小的汗珠从额头渗出来，额角青筋暴起。随后，右手缓缓从伤口里抽出来，指间夹着一只青花小虫。他用力一捻，那酒蛊虫断成了两截。

“啊……啊！疼死我了……”年九珑身子一软，靠在铁笼栅上喘着气。

一炷香的时间，他的脸才渐渐有了些血色。接着，他解开绑住自己手脚的布条，紧紧缠在胸下的伤口上。

他把右手搭在铁笼上，轻轻一折。那铁栅竟被折弯，年九珑缓缓走出来。

百刃谷侍卫脸色大变，拔刀冲了过来。年九珑微微抬起右手，靠得最近的一人被狠狠攥住了脖颈，而后瘫在地上。

年九珑缓缓喘息着，左手按着胸下的伤口，挑眉看向围过来的侍卫，声音微哑：“我还头疼要怎么名正言顺地回山庄，你们倒接我回来了。想把我当血罐子，得看你们有没有那个本事！”

就在这时，不远处传来一声轻唤。

雁三琏攀在窗沿上，怔怔地望着一身伤痕的年九珑，声音发颤：“九九……我来了。”

年九珑听见这声呼唤，当即愣住了，嘴唇微张，怔了半晌，随后双手蜷起，想要遮挡自己身上几处严重的伤痕。

这时，数十侍卫已然拔剑，见有陌生人闯入七公子的住处，顿时兵分两路，一路冲向雁三琏。

其中，有人向着望台跑去，欲点燃求援烟火。雁三琏暗杀经验丰富，瞥一眼便知那人要做什么，攀住窗框的双臂肌肉绷紧，整个身子顿时荡进房中。他就地一滚，不顾旁人阻拦，径直朝着望台冲过去，手中小折扇一扬，扇刀顶端飞射出数道毒针。那人喉头一紧，闷哼一声便倒下了。

雁三琏翻身跃去，捻开扇刀，锋利的刀刃在月夜下闪现寒光，掠过剩余几人的咽喉。

年九珑背对着雁三琏，右手化爪，缓缓吐息，已练至炉火纯青的灵僖功尽数激发，顺着经脉汇于右手，右手血管中隐约可见闪动游走的金丝。

利剑朝年九珑心口刺来。年九珑微微抬手，那剑尖夹于食指中指之间，再不能前进一步。

持剑侍卫顿时脸色变了，手中长剑快触及年九珑的心口，却进退不得，无论怎么抽都抽不出来。

年九珑轻轻夹着那剑尖，嘴角一扬，不屑地道：“百刃谷就这点能耐？怪不得你们的五公子懦弱又怕事，夺位一事上，连话也不敢多说。”

“休要侮辱公子！”

“怎么是侮辱？我只是说了几句实话。”年九珑眉尾一挑，指上不过用了两分力，那长剑便从年九珑的双指之间爆开裂纹。裂纹飞快蔓延整把剑身，那剑顿时四分五裂。

短短半盏茶的工夫，常春阁内的侍卫全部横躺在地上。年九珑按住胸下的伤口，身子晃了晃，险些倒下，好在被雁三琏及时扶住。

雁三琏扶着他坐了下来，沙哑地问：“这是怎么弄的？谁把你伤得这么重……”

年九珑颤抖着从袖口里摸出颗镇痛止血的姬红丹，塞进嘴里咽下，然后喘着粗气翻了个身，趴到雁三琏的肩头上，喘着气道：“被掰了根肋骨，里面的碎骨头在划我的肉，疼……”

“肋骨？”雁三琏身子一震，轻轻扶着他坐起来，伸手去摸他的肋下。果真，一处地方少了根肋骨。指尖触碰时，年九珑身子猛颤，倒吸了口凉气，痛苦不堪。

“对不起……”雁三琏眼睛微红，捧着年九珑苍白的脸，低头问，“谁弄的，告诉我是谁弄的……”

“没事……”年九珑用沾着血污的右手去抹雁三琏的眼角。

雁三琏心里疼得厉害，年九珑所受的伤就像伤在自己身上一样，疼得他浑身颤抖，只得问：“是谁弄的？”

“三哥……疼……疼得厉害……”

雁三琏双眼通红，轻轻摩挲着年九珑的头发，尽力温柔地问：“别害怕，跟三哥说，谁伤了你，九九。”

年九珑僵硬的身子软了不少，之前他觉得人生而不平等，以为自己被所有人抛弃嫌恶，连骨肉至亲都不把他当人看，眼下骤然听到雁三琏温柔的安慰，忍不住扑进雁三琏的怀里。

“好了哦。”雁三琏耐心安抚，拍着年九珑发颤的后背。

“年存曦……他算计我……”年九珑喘着气，攥紧了拳头，“他安的什么心，我还不知道吗？那个两面三刀的混账，在庄主面前装得像只听话的绵羊。”

“又是年存曦。”雁三琏垂着眼自语，一边抚摸着年九珑的后背，一边擦着扇刀刃上的血迹，“我记住他了。”

“酒蛊仙和聂漪兰，这两个也不是什么好东西，为虎作伥，与年存曦狼狈为奸，他们……真是该死。”

姬红丹的药效渐渐发作，本来疼痛难忍的伤口渐渐麻木，变得没什么知觉了。

“没事了……”年九珑咬紧牙关，扶着雁三琏的肩膀站了起来。

雁三琏寸步不离地跟着，只怕他再受什么伤。

年九珑跌跌撞撞地走到内室，一脚踢翻了炉上的药罐，药汤洒了一地，弥漫着药香和血腥气。他走到年有常的床边，把睡着的年有常一把拎了起来，用力撞向床头的雕花屏。

年有常被撞得额角出血，眼神迷离地望着年九珑，断断续续地道：“你还活着？还来折腾什么……乖乖去给我做药引……”

“我告诉你。”年九珑按住胸下的伤口，把年有常扔到床榻下，喘着气轻蔑地道，“长这么大……我就没听说过我是阴阳药体……你别傻了，年存曦要一箭双雕，先借你弄死我，再让我连死也要拉着你……你身上这毒……是从娘胎里来的还是后来中的，你自己心里没点数吗？！”

年有常有些难以置信地喃喃道：“聂夫人说是……”

年九珑冷笑着打断他：“聂漪兰说的你也信？她是年存曦的小姨，他亲娘的妹妹！她不帮他，莫非还帮你？！”

“年有常，你可真是傻得可爱，让我救你，做梦。”年九珑转身拂袖而去，末了回过身，嘴角扯出一丝冷笑，“你就在这里等死吧，等那个疼你的爹来救你吧。我若是活不成，我让你们都好过不了。”年九珑说得咬牙切齿，按住胸下的伤口出了内室。

雁三琏担忧地扶着他，轻声问：“我带你出去，去寻池音先生疗伤。”

“来不及了。”年九珑疲惫地靠着雁三琏，借着望台望向远处。东方微明，深山的孔雀飞上枝头树顶，长鸣着抖开金蓝尾羽，霎时漫山遍野一片璀璨，此起彼伏的声音尖锐悠长。

年九珑回头看了眼内室，年有常躺在地上，一动不动，头上的金蓝雀羽冠不知何时已经从头上落下，掉落在他脸边。

“已经开始了。”年九珑笑得凄凉，“孔雀山庄，九阁九谷九位公子，今日已凋零过半了。”

雁三琏站在他的身侧，望着东方久久不愿升起的朝阳，轻声道：“那就听你的。”

年九珑紧皱的眉头渐渐展开，伸手去碰三哥垂在身侧的手，却被三哥轻轻握住。

“我会好好护卫你的，九九。”

此时，孔雀宫里仍旧歌舞升平，纵使家有忧患，也是一番糜烂的情状。

年庄主侧卧在软榻上，身边卧着一位娇艳可人的少女。少女用纤指捏着一瓣橘肉喂给庄主，靠在庄主的怀里。这位是连夫人，从前她不过是山庄里的浣衣婢女，却因眉目与已故的七夫人有几分相像，便被庄主提了夫人，侍候在左右。

年庄主心神不宁，担忧七公子的病情。连夫人温柔地安慰：“庄主，妾身知会了百刃谷的侍卫们，让他们严加把守，不会出岔子的，您太累了，多休息休息嘛……”

“嗯……还是连儿知心，懂得本座心思。”年庄主轻抚连夫人柔若无骨的小手。

连夫人倒了杯酒奉到庄主的唇边，妩媚地笑道：“庄主，天气冷了，喝点小酒暖暖身子。这是妾身亲手酿的桂花酒呢。”

“嗯……”年庄主饮下，那桂花酒香气扑鼻，唇齿留香，忍不住想多饮几杯。

连夫人乖巧贴心，连连给庄主奉酒。庄主微醉，搂住娇小可人的连夫人。

“庄主，酒还没喝完呢……”连夫人娇嗔道。

年庄主却有些迷离了，看连夫人的模样有些模糊，想伸手去扶她，发现手有些不听使唤。

“连儿……你给本座……喝了什么……”年庄主发觉不对，顿时警觉起来，一把抓住连夫人的纤细手腕，恶狠狠地按着额头质问，“连愿！本座在问你话！”

“妾身……妾身什么都不知道啊！”连夫人眼神惶恐，连连后退躲闪，尖叫道，“庄主！妾身……妾身冤枉！”

年庄主大怒，一掌拍过去，连夫人竟突然力量暴涨，挣脱了年厉云的手，飞快落到几步开外，裙摆飞扬，一条墨色狐尾露在裙裳外。

年厉云虽不识得狐尾，但能毫无漏洞地化为女人身形的还能有谁？

“尹眉无？！你要造反吗？！”年厉云大怒。他身为庄主，即便饮了毒酒也非常人可抵，电光石火间，竟把尹眉无横掼在地，如铁钳般的手卡住尹眉无的脖颈，右手一掌拍下。

墨色狐尾在空中乱甩，尹眉无实在抵挡不住，挣扎喊道：“先生！先生救我！”

一道蛛丝悄然而至。

蛛丝瞬间粘在年厉云即将拍下的手掌上。年厉云汇集于掌心的内息竟像被忽然抽走一般，本应直取尹眉无性命的那一掌，却连他的胸骨都没震碎。尹眉无一怔，即刻化作一道黑影脱身，留在年厉云掌心的只有一撮黑色的狐狸毛。

年厉云想追上去，发觉自己行动缓慢，定睛细看，才发现这房中已布满蛛丝。他已被蛛丝绑住，就像在黏稠的糖浆里走动，艰难无比。他之前饮下的桂花酒开始起作用了，感觉浑身内息都被无孔不入的蛛丝缓缓抽离。

“池音！滚出来！手下败将！你忘了当初本座是怎么废了你的武功的吗？这么多年了就只会这下三烂的阴邪功夫？！”年厉云嘶吼着，憔悴的脸上眼窝渐渐凹陷，皱纹越来越密集。他在逐渐脱水，内息流逝。

阴暗角落里，一人缓缓地走出来。一身青衣的池音先生静静伫立，一言不发。

尹眉无恢复了平日的样貌，夹着毛发凌乱的狐狸尾巴跑到了池音先生的身后，舔了舔自己手上的伤口，按住胸口，吐了一口淤血。

“多谢……先生又救了我一命……”尹眉无艰难地道。

池音先生轻捻五指，一束轻薄蛛丝搭上尹眉无的手腕，钻进脉搏之中，将从年厉云体内吞噬的内息缓缓注入尹眉无的经脉里，借他人之力修复尹眉无的内伤。

池音先生面容平静，对年厉云缓缓地道：“怜清已去世了，你我没什么好说的。只是天道轮回，因果报应罢了。”

“贫道不杀你，只是想让你看看，你的孩子们厮杀至今结果如何，而你又是如何被你的亲儿子亲手了结的。”

池音先生缓缓隐去，尹眉无夹着尾巴匆忙跟上，临走还不忘嘲讽年厉云：“就是，让你抢先生的首席弟子当媳妇，你当先生好欺负吗？”

年厉云望天长吼，挣扎不休，尹眉无吓得身子一僵，甩着尾巴跑远了。

孔雀宫外，薄雾浓云。

年存曦擦着手中滴血的幽兰刺静静等待，聂漪兰一言不发，冷漠地站在年存曦的身后。六公子年有华有些不安，犹豫许久，把一直攥在手心里的东西悄悄扔进了莲池里，问：“酒蛊仙还没到，大约又喝醉了，百毒谷的支援队伍也未至，我们……再等等吧。”

孔雀山庄西南处，百毒谷上百毒师正赶往孔雀宫支援二公子，却不料早有数百青衣药师等候多时。

“是百药谷的？！”

一位少女缓缓出列，以现任百药谷谷主身份对对面道：“孔雀九谷不能参与夺位之战，毒师大人们莫要坏了山庄的规矩。那是公子们的争斗，我们还是都别插手的好。”

“别理他们，走！”毒师这边毫不理会，想强冲过去。

百药谷谷主轻轻挥了挥手，顿时一股浓烈白烟升起，一股刺鼻药味弥漫四周。以药为守，以药攻毒。

那少女怒道：“尊先谷主华怜清遗命，百药谷徒众誓死守卫九公子，今日谁也别想接近孔雀宫半步！”

药毒本同源，今日是非要争个高下了。

山庄另一角落，酒气弥漫，满地蜈蚣酒虫，酒蛊仙正与一人对峙。

楚心魔静静地站在酒蛊仙的对面，漠然地注视着他。

酒蛊仙慵懒地揉揉眼睛，拧开葫芦喝了口酒，抹嘴道：“楚老魔，你消失那么些年，我还以为你洗手不干了呢，没想到又回来了。居然连孩子都有了，真想不到，你能娶到女人？哈哈。”

说着，他便斜眼看向远处那小孩。

慕雀紧张地咬着袖口蹲在一边，周围围了一圈背生金咒的蜈蚣。蜈蚣首尾相接整齐地围成一圆圈，把慕雀圈在中间，使得四周飞散的翠绿酒蛊虫无法靠近慕雀，只能在金咒蜈蚣的保护之外嗡嗡振翅飞来飞去。

慕雀害怕地捂住脸，又忍不住从指缝里偷看楚心魔，喃喃自语：“我不乱跑，我乖乖地在圈圈里等叔叔……”

酒蛊仙抠了抠指甲，漫不经心地道：“你还是快去看孩子吧，瞧把小孩吓的，哆嗦着呢。让道，我得过去一趟。”

楚心魔无动于衷地看着他。

“你想拦我？”酒蛊仙挠了挠下巴，趿拉着草鞋走了两步，拿着酒葫芦的手戳了戳楚心魔的胸脯，挑眉问，“喝多了？嗯？”

楚心魔没说话，衣衫里不断爬出背生金咒的蜈蚣，朝着酒蛊仙爬行而去。

主殿孔雀宫外，援兵迟迟不到，年存曦已等得有些不耐烦。

地上散着四五只雀羽冠，金蓝雀羽上都有血迹，这表示着它们的主人已经消逝，在孔雀山庄的族谱往生书上成了几个鲜红的过客。

年存曦冷漠一笑，走到六公子的面前，抬手搭在他的肩上。

“有华，他们都以为我是这几位公子里最有手段的，却没人知道，你才是最无情的那一位。”年存曦轻捻年有华的发丝，靠近他道，“多谢你帮我铲除绊脚石，亲爱的弟弟。”

年有华咬了咬嘴唇说道：“我……我只是觉得二哥才是最合适的。”

说完他突然感觉腹上一凉，顿时血流如注。

年有华站立不稳，退了几步跪坐在地上，怔怔地看着年存曦，却没有惊讶。他嘴角渗血，眼神无奈，就像早已预料到年存曦会翻脸一般，毫不反抗。

年存曦甩下幽兰刺上的黏稠血迹，笑得面容扭曲，一步步走近年有华，居高临下地看着他道：“可我不相信你。”

年存曦不信年有华不会对他动手。

他俯身笑着逼问：“说吧，弟弟，给二哥准备的毒药藏在哪儿了？”

年有华缓缓抬手，指向身旁的莲池，轻声回答：“二哥……我扔了。”

年存曦手指一僵，静静地看着年有华的手缓缓垂到莲池边。池水被年有华的血液染红，散成涟漪渐渐消失，他头上的金蓝雀羽冠掉进莲池中，静静地沉入水底。

雾气渐浓，天阴得像要落雨，寒风刺骨，刮在身上有些疼，仿佛能听见远方深山里孔雀的悲恸长鸣。年存曦深吸了一口气，咬牙道：“终于只有我一人了。”

“还有我。”浓雾外，一人缓缓走出来。

聂漪兰警惕地拔出紫剑，年存曦缓缓地回头。

年九珑一身暗蓝织银缎服，一如他出百绝谷时那般盛气凌人，虽然未佩戴雀羽冠，但是气势足以睥睨众人。

聂漪兰拔剑欲挡至年存曦身前，剑刃却忽然被钳住，雁三琏不知何时已站至侧方，手中玄铁小折扇半展着，紧紧卡住她的长剑，扇骨的紫石在微光下熠熠生辉。

聂夫人向雁三琏投去冷厉的目光，雁三琏轻轻扬起嘴角，脸上满是温和的笑意：“聂夫人，别来无恙啊。”

聂漪兰抬眼望向那男人，他左眼瞳仁灰暗如雾，面上却是熟悉的笑意，温柔之下满是掩饰不住的危险气息。

“别来无恙。”聂漪兰冷漠地道。

年九珑走过来，踢开地上散落的雀羽冠，瞥了一眼莲池边六公子年有华的尸体，不屑地笑了。

此时，年存曦脸色不怎么好，年九珑明明被锁在铁笼里快死了，居然还能出来。

“我是阴阳药体吗？”年九珑走近了一步，挑眉问年存曦，“你倒是比药师还了解我，真敢编。”

年存曦抱臂不屑地道：“那又如何？父亲就是相信了，他宁可相信我胡诌的话，也不怜悯你这个亲儿子。连我都觉得是个笑话，九珑，你怎么这么可怜？”

年九珑脸色一沉，这话戳到了他心里的痛处。

“小七受宠，他的常春阁被守得很牢固，我好不容易才有了下毒的机会，只弄死他一人也太可惜了，不如拉上你。”年存曦摊开手笑道，“你以为你摘了雀羽冠，断了手筋，我就会放过你吗？”

“九珑，你的能耐、你的手段、你的阴谋，我最清楚。”年存曦道，“你我同被关在雀笼里，你手上沾的血不比我少，别以为你比我高尚多少。”

年存曦擅察人心，看了一眼正与聂夫人僵持的雁三琏，对着年九珑缓缓地说道：“对了，你把这个影卫当知己是吧？我知道你的，你只接近对你有用的东西。你在利用他，是不是？齐王府的鬼卫，不管放在哪都是抢手货啊。”

闻言，年九珑呼吸急促，顿时心神不宁。

年存曦是老江湖，若论攻心战，绝对占上风。

“利用”这个词无比刺耳，雁三琏当然看得出年存曦安的什么心，心里却还是被这刻薄的话扎了一下。

雁三琏可以无条件地宠溺年九珑、纵容年九珑，甚至用命来保护年九珑，可还是不敢确定年九珑是不是真的把他看得无比重要。那些来自年九珑的珍惜和尊崇，让雁三琏有些分不清。他想相信年九珑，又不敢再轻信，只能默默地付出和守护。年九珑不好过，他也没有好过多少。

年九珑知道年存曦这话扎的不是自己，是雁三琏，但又忍不住回想两人重逢之后的点点滴滴。

雁三琏变得过于温柔体贴，都有些不像他了。他很小心地和自己一起生活，如同在齐王手下当差一般如履薄冰。他从不主动要求什么，也没有想要的东西。他活得像木偶，小心翼翼，亦步亦趋。

年九珑不再多说什么，脚跟微抬，一股微弱气流在脚下汇聚，接着借力一跃，朝着年存曦的咽喉抓去。

“你右手接好了？”年存曦有些诧异，飞快地侧身躲开，抬手护住咽喉，猛然握住年九珑的手腕，用力一攥。

未听到如期而至的腕骨碎裂声，年存曦眉头微皱，右手却被年九珑突然反制住。年九珑压住年存曦的手臂，猛然一撞，再一跃而起，凌空一腿扫去，一股劲风把年存曦扫出一丈远。

年存曦有了兴致，揉了揉手腕，抽出袖中的幽兰刺握在手中，身子微微弓起来，像即将扑食的猞猁，双眼凶光毕露，低声道：“没想到，你还算个像样的公子。”

“利用？我有你利用年有华利用得彻底吗？”年九珑眉尾微挑，扬起下巴睨着年存曦，“你尽管离间，我会把你的眼睛挖出来，让你看清我以后是怎么真心诚意护着我三哥的。”

聂夫人见年九珑元气恢复，便想拔剑冲过去，却被雁三琏堵了回来。她不耐烦地一抖长剑，霎时紫色毒雾冲天而起，朝着那边二人蔓延而去。

年存曦是百毒谷的公子，必然吃过避毒丹，可年九珑……雁三琏翻身跃至顺风口，捻开小折扇用力一扬，内息借着小折扇爆发出来，形成一股风刃。瞬间，那片紫色毒雾被一道风刃劈开。

顿时，孔雀宫前扬起无尽沙尘秋叶，聂漪兰转头寻找消失的雁三琏。他的潜行步已出神入化，聂夫人四处搜寻都不见他的踪影。

狂风毒雾消散时，一张美艳笑脸出现在迷雾之中，令人毛骨悚然。雁三琏突然从聂夫人背后冲出。聂夫人陡然感觉到背后的杀气，反身抬剑抵挡。霎时短兵相接，扇刀架在剑刃之上，紫剑毒液迸发。

不过，还是晚了一步。

那扇刀的刀刃太多，速度也极快，聂夫人顿觉左眼一片冰凉，剧痛袭来，霎时什么也看不见了。

“啊！”聂漪兰跌跌撞撞地后退了几步，用紫剑立在地上撑着自己摇摇欲坠的身体，一身银饰叮当作响，左眼的血顺着脸颊滑落，滴在胸前、脚边。

雁三琏收了小折扇，缓缓走过去，微笑道：“对不起，我实在是太记仇了，若不报复回来，我心难安。至于怜香惜玉……我可没那份心。”

雁三琏仍旧带着温柔的笑意，轻轻捻着扇刀的刀刃，提起遮面的黑缎，挡住半张脸，只露出一双眼睛，而后像捕食的猎鹰俯冲下去，扇刀一扬，直逼聂漪兰。

聂漪兰举剑架住他的刀刃，紫色长剑顿时化作毒液流动的琉璃。刀刃砍下时，琉璃瞬间破碎，紫色毒液四处飞溅，溅落到雁三琏遮面的黑缎上，烧出无数小洞。

雁三琏一双杏眼半眯着，长睫毛低垂。那双眼睛里映出飞溅的毒液，仿佛映出闪烁的星辰。

“同样的错误我还会犯第二次吗？！”雁三琏扇刀一落，飞溅的毒液全部扫向聂漪兰。

连天衰草被剧毒烧成灰烬，满地漆黑血污。

雁三琏默默地看着她。

我们是一样的，可惜我赢了。

小折扇一扇，微风拂过，白骨瞬间化作飞烟。

雁三琏未停留，撤了两步，望向年九珑。

年存曦和年九珑已缠斗数十回合，都有些喘气。

年存曦肩膀被攥了一下，已经脱臼，胸口也被重击。此时，他胸口闷痛。

他没想到年九珑的右手不仅能活动自如，甚至还成了一道利器。从前，年九珑即便佩上腕爪，在他面前也不堪一击，今日竟能赤手空拳地挡住他数百招。

年九珑身上被幽兰刺划了几道，他按着隐隐作痛的肋下喘息。姬红丹的麻醉药效渐渐退去，伤口开始疼痛难忍。

他瞥见雁三琏已经解决了聂漪兰，便偏过头看他，喘着气问：“三哥，你站那儿看我干吗？我可不是什么君子，非要跟他单打独斗。”

“……”雁三琏舔舔嘴唇，凌空翻身落至年存曦的对面。

年存曦见大势已去，按着疼痛不堪的胸口逃进了孔雀宫。

年九珑喘了几口气，强忍着剧痛转过身，将雁三琏上下扫视一遍，焦急地问道：“没受伤吧？”

“我没事。”雁三琏心疼地抹去他嘴角的血迹，“追他吗？”

“追……”年九珑一步一步走向孔雀宫，“年厉云还在里面，不知情况如何。”

“你不能再撑了……”雁三琏微微皱眉，“血流得太多了……”

“年存曦气数已尽……我不甘心。”年九珑咬咬牙，点了自己身上的几处穴道止血，可惜姬红丹只剩刚才那一粒，再痛也只得强忍。

“三哥。”年九珑别过头叫雁三琏。

雁三琏抬眼道：“怎么？”

“我真的是……”年九珑看着面前的人，轻声却郑重地道，“是真情实意地把你当自己人啊。”

天更冷了，雪花纷纷扬扬地降下，落在两人的身上。

雁三琏移开视线，解释道：“我知道。”

“真的吗？”年九珑微眯眼睛，不再纠结于此，转身飞快进入孔雀宫。

雁三琏顿了顿，随后跟上。

孔雀宫里一片狼藉，地上满是被翻倒的桌椅、被打翻的酒壶和果盘。目光可见之处全部缠绕着细密的蛛丝，走在其中似乎连空气都是黏稠的。

雪白的蛛丝之中有一个人，那人骨瘦如柴，眼窝深陷，是年厉云。

年存曦也怔怔地站在一边，看着悬挂于细密蛛网中的父亲。

“我该说什么？”年九珑摊摊手走过去，“现世报吗？”

年厉云还有点意识，睁开眼狠狠地瞪着年九珑，嘶哑地道：“年九珑……你联合外敌对付你亲生父亲……”

“我没听错吧？”年九珑凤眼微挑，不屑地道，“唯一一次听你承认我是你的亲儿子，居然是在这种场面下，我觉得挺好笑的。”

“谁是外敌？我娘亲的师父吗？”年九珑无辜地道，“他疼我助我，帮我治伤，何曾是我的敌人？反而是你这所谓的父亲，把我当作血罐子救你儿子的命，几乎要活剥了我，如今竟还有脸指责我？本来我以为我娘亲嫁你是她一时过错，后来我才知道，分明是你强取豪夺。”

年九珑指了指年存曦，对年厉云道：“你最爱的儿子年有常被那边那位毒死了，现在你高兴点了没？阴阳药体……啧，是你傻还是我傻？如今你死到临头，也别觉得自己对不起我了，反正我从没认过你，你也没认过我。我只是心疼我娘，大好年华被你糟蹋，死在你这鸟笼里，到死都没人怜惜。”

本就奄奄一息的年厉云被年九珑的话气得急火攻心，剧烈咳嗽，浊血染红了衣襟，最后垂下了头。

年九珑缓缓走向年存曦，脸上笑容逐渐消失，每走近一步，气场就更盛一分。

“年存曦，我知道你跑进孔雀宫是什么意思。你想让我亲眼看看，即便年有常死了，庄主也只会帮你，是不是？你觉得我会心灰意冷，是不是？不，其实我根本不在乎。”

年存曦已被年九珑逼退至主殿角落，双手紧攥幽兰刺，冷眼看着自己最小的一位弟弟。

年九珑挑眉笑道：“别退，你我眼下处境差不多，你内伤不轻，我还缺着根肋骨呢。”

姬红丹的药效已没了，伤口渗出的血把暗蓝衣衫染得一片红紫。年九珑一身血迹斑驳，一如临源画舫上见过的那只逃亡的孔雀，尾羽残破却仍在示威，依旧一身傲气。

“我也给你选择。”年九珑嘴角微扬，“跪在我脚下，去根肋骨，自断经脉，摘羽冠，永不归来。”

“你以为我会像你那么懦弱吗？”年存曦轻蔑地笑笑，“我无牵无挂。”

年九珑冷哼一声，不再多言，微弓的身子猛地弹出，如猎豹一般迅速扑过去，右手化爪，挥向年存曦。

幽兰刺上毒雾蔓延，细长的刃身化作琉璃，空心管中紫色毒液流动。年存曦反身一划，幽兰刺在虚空中划过一道弦月，瞬时毒液飞溅。他本以为自己已是背水一战，没承想年九珑更是以死相拼，完全不避开飞溅的毒液。

剧毒腐蚀了衣料，皮肉也被腐蚀出了血洞。年九珑紧咬牙关，一把攥住年存曦的脖颈，用力摔到墙上，撞出一声闷响。

年存曦额头流血，头痛欲裂，但仍旧朝年九珑挥舞着幽兰刺。年九珑处在死角之中，年存曦出招又极快，那带有毒液的幽兰刺在年九珑的锁骨上划了一下，顿时淌下汩汩黑血。

雁三琏脸色煞白，喊道：“九九！”

年九珑双目通红，那双眼里的恨意已经足以掩盖身体上的伤痛。他一把抓住年存曦的肩膀，猛地把人摔到地上，年存曦当即喷出一口血。

年九珑夺过他手里的幽兰刺，毫不留情地朝他扎下去，咬牙嘶吼道：“我最恨的就是你！你们！”

年存曦痛吼不止，看着幽兰刺上的毒迅速蔓延全身。他浑身抽搐，挣扎着攥住年九珑的手腕，猛地一扯，竟把年九珑从他身上掀了下去。

年九珑锁骨剧痛，瞪大通红的眼睛盯着他。

年存曦缓缓爬起来，挣扎着捡起地上另一把幽兰刺，抵在自己的喉咙口，然而下一秒，他的动作戛然而止。

年存曦眼睛瞪得老大，僵着身子，看着一把小折扇猛地抽回，还夹着自己的两根肋骨。

雁三琏站在他的背后，淡淡地道："对我们来说，自刎是种荣耀，你并不配。"

年存曦缓缓倒下去，倒地时仍旧紧盯着年九珑，双唇微张，微弱地道："终于自由了。"

雀羽冠坠地，碎了一地。

年九珑看着年存曦合上眼睛，也闭上了眼睛，手一松，幽兰刺叮当落地，眼泪却遏制不住地流出，身子一软，跪坐在地上。

"手足相残……我真的是很能干啊。"

雁三琏走到年九珑的面前跪坐下来，没去打扰他，只是喂了他几粒解毒丹，然后伏到他的身前，轻轻吸吮他锁骨上的毒血，把毒血吐到一边。

待到吐出的血液是红色时，雁三琏抹了抹嘴角，温柔地安抚道："你没有杀他，是我杀的。别害怕，错的不是你。"

年九珑微微抿了抿嘴唇，扑进雁三琏的怀里，哭得浑身发抖。

一个十七岁的小孩能承受多少苦痛和悲伤？

在认识年九珑之前，雁三琏以为少年的烦恼也不过是读书不得志，红颜无知己罢了。

雁三琏静静地跪坐着，轻轻拍着年九珑的脊背，时不时轻声安慰："九九，外边天亮了。"

隔着窗棂，薄雾散去，东方一片赤红，无数孔雀飞上远山，霎时长鸣响起，一片闪耀。

年九珑缓缓起身，靠在窗棂边望了一会儿，垂眼坐上了孔雀宫的主座，手边还放着一紫金雀羽冠。

雁三琏收起小折扇，走到主座前给他拢了拢发丝，为他戴上那羽冠，微笑道："庄主，恭喜您得偿所愿。"

年九珑咬了咬嘴唇，认真地看着雁三琏，随后扯下发间那紫金雀羽冠，捧着交到他的手上："这也是你的，三哥，我给你，山庄、权势、人脉，甚至我一身功力，我全都给你，只要你能信我。"

你要信我绝不会利用你，绝不会拿你当爪牙、当下人，信我珍视你，信我视你为一生知己。

孔雀山庄各个角落的人都看见了那孔雀和鸣的奇观，百毒谷与百药谷也不再僵持。

众人望向远方的孔雀宫，猜测是哪位公子登上了铜台。

霞光之下，孔雀山庄九阁九谷之人，全朝着孔雀宫跪拜。百药谷谷主单膝跪地，微微垂眼，双手合十，口中轻声祈祷。

远处的庭院之中，两个人坐在铺着薄雪的小楼青瓦上，悄悄地注视着底下仍旧打得不可开交的楚心魔和酒蛊仙。

白羽懒洋洋地盘膝坐着，手里捧着个热气腾腾的小茶杯，缓缓露出笑意。

花犯瞧着底下的战局，听见白羽的傻笑声，才转过来道："你笑什么？楚老魔不是酒鬼的对手。"

"九公子已经赢了。"白羽悠然地道。

花犯一怔，望向远处的群山，吹了声口哨，松了口气："幸好。"

"紧张什么呢？"白羽吹了吹手里捧的小茶杯，递给花犯，"多喝点热水。"

"我看你像热水。"花犯翻了个白眼。

底下两人战得正酣。

看着满地蜈蚣酒虫的尸体，楚心魔胸口微微起伏，抬手挡下了酒蛊仙迎头劈下的一拳。

酒蛊仙早已打得不耐烦，只想尽快解决战斗，他瞥见乖乖蹲在蜈蚣圈里的小孩，唇角一勾，冷笑一声，虚招劈下一拳，趁着楚心魔撤身避开，翻身跃向慕雀。

这小孩没有半分抵抗之力，轻轻一捏就能捏死。

慕雀被突然到来的拳头吓蒙了，一屁股坐在地上，"哇"的一声哭了出来："叔叔！"

慕雀眼前倏地一黑，忽然又感受到了宽阔温热的胸膛，知道楚心魔把他裹进了衣襟里，又感到楚心魔的身体重重抖了一下。

天旋地转间，慕雀仿佛听见楚心魔吐了一口血，便紧紧抓住楚心魔的衣襟，跟着他滚了出去。

楚心魔用手臂和腿给怀里的小孩撑出一片空间。被摔到墙下时，整片石墙都碎成废墟，他仍旧护着小孩，神情冷淡，一言不发。

酒蛊仙讶异地道："你居然这么重视一个小孩？你的儿子？不像啊……"

说着，他缓缓逼近楚心魔，凝聚内息至双手掌心，打算杀了楚心魔。

花犯悄悄地望着这边，叹道："这小孩谁家的啊？"

几十米外，雪中有异响，时远时近。

"哎呀。"白羽刺溜喝了口茶，眯着眼慢腾腾地道，"有位稀客过来了。"

他刚说完，朝着楚心魔劈下的一拳被一道劲风架住。这股强大的力道极为熟悉，酒蛊仙脸色骤变，迅速停下来观望，只见远处走来一人，微风扬起墨云锦的衣角，银线绣的天香牡丹在衣摆上熠熠生辉。

酒蛊仙道："疏影？你还活着？我以为你早就不行了。"

"我只是想换个工作。"影八骤然出现在酒蛊仙的面前，手中阴刻梅花的匕首在指间飞速旋转。

"杀人太容易了，"影八似乎不愿意跟酒蛊仙多说几句话，"想换个有点难度的工作。"

一股劲风扑面而来，酒蛊仙分明能看见他的动作，却躲不过，只能抬手以护臂抵挡，没承想被那绝对压制的力道轰了出去。

恶人榜第一位，斩疏影——孔澜骄，也就是影八。

酒蛊仙按着被震伤的胸口靠在墙边，毫无还手之力。

楚心魔身边也落了一少年。

"成功救出小宝贝。"沈袭甩着腕上缠着的金蛇，一手拎着哇哇大哭的慕雀的后脖领，嘴角微微扬起，"哭什么？哥哥给你小蛇玩。"

金蛇吐着信子舔了舔慕雀的小脸蛋，慕雀哭得更凶了。

白羽坐在房顶看着影八，傻呵呵地打了声招呼："嗨，八爷。"

影八不耐烦地擦了擦匕首，转身走了，抛下一句："王爷在等你们。"

"哎呀，累死算了。"白羽慢腾腾地站起来，脱下一身白袍，露出里面的墨云锦衣，看到了花犯一脸难以置信的表情，笑道，"你呆掉了？"

花犯瞪大眼睛，问："你小子是影卫？"

"兼职嘛……钱不够花的呀……"白羽揣着手跳下房檐，跟上影八，回头招呼楚心魔，"影初，快点呀，你那伤没有事，多喝点热水就好了呀。"

玄元九年，腊月雪猛，有钦天者夜观天象，发现帝星西流，以乱易乱。

皇城里的稀罕事一件接着一件，先是大小官员相继因病告假，再就是太华长公主的陵寝被恶鼠钻了，棺椁底下被刨了个洞。皇帝派人去瞧，回话的说，长公主的尸身被吃得只剩碎骨。

京城内一夜之间便传遍了这大凶之兆，一时人心惶惶。不知谁带起了话头，说皇帝登基这几年来，穷兵黩武，征兵徭役之重，令人惶惶不可终日。

市井也有歌谣传唱："帝子降兮，灾祸至矣。"

今年的雪格外大，皇宫青瓦红墙，皆覆盖在白雪之下。

养心殿的飞檐上冻出了一排冰挂，檐下站了位身穿虎纹黑衣的密探，在冰天雪地里等候皇帝宣见。

这人是皇宫的密探总管萧珧，京城大乱，萧总管忙得不可开交，短短数月已憔悴不堪，眼角生了细纹，下巴上一层青茬，眼白上也覆了层血丝。

萧珧终于等来了张公公的通传，他抖了抖身上的薄雪，跟随着张公公进了殿。

皇帝正翻阅着奏折，不知看到了什么，气得摔了折子。

"启禀陛下。"萧珧声音微哑，话音有些疲惫，单膝跪地禀报道，"探子来报，齐王府已经空了。"

"几日前？"皇帝扔了折子，正襟危坐地听萧总管禀报。

"……半月前。"萧珧艰难地道。

"什么？！"皇帝猛地把满桌书简扫了一地，大怒，"半月前？为什么不早说？"

"回陛下……我们安排在齐王府的眼线全部被杀，这消息还是臣亲自去查的。"

"废物……废物！"皇帝怒不可遏，浑身发抖，一把掀翻了书案，"拖出去斩了！"

萧珧抬眼看着皇帝，眼神黯然。

他一直跟随先帝身侧，待太子登基，又追随新帝至今，看着新帝从之前的青涩无知到现在的暴戾恣睢。新帝急于开疆拓土，不惜穷兵黩武，搅得边境不得安宁。

萧珧早已看透了这小皇帝的能耐，眼比天高，心浮气躁。

小皇帝如今竟还要斩了身边人。张公公大惊失色。他知道萧总管是先帝的左膀右臂，更是先帝留给圣上的护身符，连忙跪倒在地，恳切地道："陛下息怒！萧大人为大承尽忠十四年，陛下莫要一时心急……"

皇帝揉着眉心靠回椅上，道："拖出去，赏十龙杖。"

萧珧缓缓垂眼，疲惫地道："谢陛下。"

"传朕旨意，令神鸢营卫落将军、天威营钟离将军调遣兵将，严守皇宫京城，啸狼营把守城门，若有强闯者，不论身份，就地正法。"

"臣遵旨。"

飞雪连天，铿锵马蹄踏碎了路边的流民冻骨，一路马队急速飞驰，直逼京城。墨云锦衣上飘扬的天香牡丹闪着银光，这花纹自王府落定之始就没见过光。

齐王位于队伍中间，影七、影十、影八行于左边马队前方，十三人的马队井然有序地急速前行。齐王神情冷峻，一身雪白劲装，背后佩剑，时不时低声交代周围影卫。

四周的小路上有众多黑影跟随马队疾行，细看便知是影宫数千影卫。齐王这是要背水一战了。

影四在全队右侧翼，以便洞悉全局，指挥行动。

影五与影叠压阵，策马疾行于末尾。

“你……你……你……是人是鬼！”影五一脸惊悚地看着影叠。

影叠慢悠悠地微笑道：“啊，是鬼呀。”

影五用力掐了一把影叠的脸：“天哪，真是你！你不是死了吗？我哭了半天呢！你赔我的真挚感情！”

影叠眯眼笑笑：“分身乏术，不死不行呀。那个七公子名堂特别多，我若两边跑，只怕要累死。”

“你好了？”影五惊讶地道，“那影初的胳膊呢？”

“他也好了嘛，嗯……也可能刚刚又被打坏了。”影叠在自己的怀里摸了半天，才想起小茶杯落在那件白衣里了。

“影初怎么不搭理我……”影五拽拽影初的衣袖，“大哥，醒醒？”

影初撕下一张面具，随手一扔，冷冷地瞥了一眼影五，又转过去，漠然地道：“很久没开口说话了。”

影叠傻笑道：“影初入戏太深了……他一直两边忙活，怕讲漏话，索性直接不讲话了。”

“哎呀，大哥你看看我，一定是没人陪你说话对不对？你看你现在都不嫌我烦人了！”影五嬉皮笑脸地看着影初。

“我只是见到了一个比你更烦人的人而已……”影初轻轻吐了口气，“像个小苍蝇。”

接近京城西郊，齐王压低声音交代：“啸狼营出战时，注意分散。”

影七点头：“遵命。”

影四在远处看着齐王的口型，而后扬起手以手语传达给四周所有影卫。影五接着举起手，把影四的命令传达给后方。

影八在最前方，轻哼道：“其实把小皇帝的脑袋切了也方便。”

齐王眉头微皱。

“包好了拿来。”影八极少做这么大的让步。

“……不。”齐王唇角微扬，“弑君篡位可不是什么好名声。”

“哼。”影八眉头微挑，“也许挟天子以令诸侯是好名声。”

“你现在似乎有些欣赏本王了？”齐王抬眼看他。

“嗯，有点。”

影八回过头抽出百刃带上的梅花匕首，反握于掌心，微扬下巴，匕首寒光乍现。突然，一道雕飞鸢纹的利箭迎面飞射而来，影八随手一挡，那鸢纹箭在匕首刃上转了几圈，完好无损地落在影八指间。

影八斜瞥了一眼，微微一攥，将其扔到了地上，道：“神鸢营禁卫在里面等着。”

影四眼神微动，命令道：“保护王爷。”

队形骤变，变成菱形阵容，直逼城门。

傍晚时分，萧珧跌跌撞撞地进了神鸢营卫将军府上。

卫将军十分清闲，自从调任禁军以来，就没他什么事了。他左不过喂喂鱼，舞舞刀、哄哄媳妇，小日子过得还算滋润。

萧珧几乎摔进了大堂，背上渗血，被那龙杖打得皮开肉绽。

“珧儿？这是咋了！”卫落一愣，推了桌子赶紧跑下来。

没想到萧珧忍痛爬起来，从袖口里抽出道圣旨，甩手摔到卫落的脸上：“卫落，你接旨吧！”

萧珧怒气冲天，一双桃花眼瞪得通红，简直像是要咬死卫落，骂道：“二爷伺候他九年，他居然要斩我？还打我？！他要你领着神鸢营去给他挡齐王，你快去吧！”

卫落从自己脸上拿下圣旨扫了两眼，龇着两颗虎牙讪讪地道：“我哪敢啊……快过来，让我瞅瞅打成啥样了。”

京城西郊，天威营天临将军府也接了圣旨。

钟离将军卷起圣旨，将其妥善地放进案几上的书盒里，连着齐王的书信一起盖上，淡淡地看向旁边。那纤瘦娇小的西域小美人正眨着眼睛认真擦着刀刃，直到擦得锃光瓦亮，才欢快地跳起来，脚踝上的银铃叮当作响。

钟离将军淡淡地问：“你要做什么？”

小乔眨着大眼睛回答：“我给阿哥打架啊，你们可汗发纸给你，是要阿哥去守城吗？”

“过来。”钟离将军仍旧坐着，朝他伸开手。

小乔乖乖地跑过去，接过他手里的点心，放进嘴里。

“咦，阿哥不去守城吗？”

“不急。”

“阿哥！房顶上有声音……”

“不用管。”

此时，天临将军府的青瓦上站了两人。傍晚，风雪逐渐变大，两人飘扬的衣袂上下翻飞。

雁三琏抱臂侧身靠着檐角，小折扇在指间转来转去，杏眼半眯着，眺望着京城的火树银花。

年九珑一脚蹬着檐角，嘴里叼着根草梗，嚼了嚼吐到一边，挑眉望向旁边人：“三哥，开始吗？”

“人齐了吗？”雁三琏问。

“应该吧。”年九珑微微扬起唇角，“够用。”

白雪千里，火光冲天。

年九珑的眼睛里映出远方的火光，他嘴角微扬，问：“要靠影卫攻玄武门吗？”

雁三琏捻着小折扇的刀刃，微笑道：“影卫从不攻门。”

两人从天临将军府飞檐上跳下，轻身跃上连绵楼宇，朝着京城飞奔而去。

神鸢营禁卫兵分两路，一路死守皇宫，一路冲向城门。

城中百姓四处逃窜，满街尽是小孩和女人的哭喊声，当中夹杂着铁蹄的踏地声，街上一片狼藉。

烽火台楼的阶梯上，守城兵正提着油桶快速攀爬，而在玄武门万仞城墙之上，数百名弓箭手拉满弓弦，对准那急速接近城门的菱形马队。

在距城门尚有百丈之时，那菱形马队骤然分散开来，周围数千黑衣影卫跟随十位鬼卫兵分十路，迎着漫天箭雨冲了上去。

影七抽出腰带上的软带双剑，与影十一齐护卫齐王。齐王目不斜视，仍旧匀速前行。

数千影卫皆出自影宫之中，没一个人被箭雨伤到。十位鬼卫最先触及城墙，脚尖连踏，弓身疾行，脚步整齐划一，电光石火间竟踏至数丈城墙之上。

除了潜行步，影卫还有独有的第二步法——踏天梯。百丈断崖尚不足为惧，何况这区区玄武门。

城门守卫没见过这架势，防云梯攻城的落石阵尚未摆好，影卫已至身前。

影四举起左手比了几个手势，右手所持的墨绿长鞭在飞雪之中发出“啪”的一声响，那点燃烽火台的两个士兵便被卷起，刚刚升起的一缕狼烟也被生生掐灭。他冷哼一声，专心指挥周围影卫进行下一步行动。

影五背靠着影四，双手手指微微律动，钩指寒光隐现，抵挡源源不断的进攻。

影八径直跳下城墙，朝着神鸢营禁卫的头领飞身而去。那人还未看清来人身份，便眼前一黑，整个人已栽于马下。

影八反握匕首轰然落地，一股强横的内息以他为中心爆破开来，以刺盾为守的神鸢营禁卫被这股气流掀飞到几丈开外。

匕首滴血，梅花血槽已满，梅花阴刻显得妖冶。

比起京城守卫的杀声震天，这边却是一声不响，即便人数众多，可每一次战斗都悄无声息，像一片压来的黑云，残忍利落又安静地吞噬着整座京城。

影六将剑收回后腰的百刃带，顺着里侧的城墙倒爬下去，像壁虎一般灵活飞快，钻进城门角屋。室内操纵城门锁链的士兵猝不及防，被悄无声息地了结了性命。锁链一松，城门轰然落地，如同跪地的守将在恭迎齐王入城。

自影卫登城时，齐王一步未停，他胯下的战马也不曾停过。城门一降，正迎上那未落地的马蹄。

齐王入城，形势已见分晓。

神鸢营禁卫节节败退，将领不禁喊道：“卫将军在哪儿？禁卫援军为何还不到？！

“天威营的援军也不见影子！天临将军在何处？”

此时，数千影卫兵分两路，大多数强攻神鸢营，另外五百个少年影卫由数十个精干的影卫带领，专心保护百姓。

其中一个少年影卫从混战中抱出一个哇哇大哭的小女孩，翻身躲过乱箭，然后送回被拦在战场外的老妇人怀里。

老妇人痛哭流涕，连连感激：“多谢，多谢……”

少年影卫抹了一把脸上的血污，指着自己衣摆上的天香牡丹绣纹，脏兮兮的脸上露出一个酒窝：“别谢我，谢齐王殿下。”

众百姓都听见了这话，怔怔地看着那黑服的少年再次冲进战火乱箭中，在废墟里专注地搜寻来不及脱逃的平民。还有不少同样的黑衣人，在重复着相同的事。

大战尚未开始，京城遍地尽知齐王千岁，尽认那天香牡丹为护佑之纹。

影七双手各执一剑，护在齐王的身侧，垂眼道：“王爷心善。”

齐王轻叹：“非本王善，只是民心向善。失道者寡助，我那侄儿他不懂民心。”

远处传来数声狼嚎，响彻天际。

“啸狼营来了！”

啸狼营是以野狼为兵将的军队，此时三万头身披战甲的狼倾巢而出，它们锁定了十二个鬼卫，狂吼着冲了过来。

三万头狼踏得大地一颤，接近鬼卫时更是像发了狂，不要命一般地疯狂扑咬。

影四已被数头猛狼撕咬得鲜血淋漓，却一步也不退让，仍旧沉静地以手势指挥整个影卫。

影五尽力护住影四，无奈狼兵极多，他也受了不少伤，实在力不从心。

十几个鬼卫都被狼围住了，只是被围住的数目不同。影五和影六身边围着的狼最多，另外几个鬼卫身边狼的数目相对少些，可以勉强脱身。

这些狼对影八造不成什么威胁，只是无奈数量太多，已经堵住了齐王进皇宫的道路。

影七低声道：“王爷，这些狼只盯着鬼卫咬，属下暂时离开您几步……”

“没用的，它们也会咬本王。”齐王眼神淡漠，声音平静，道，“它们以雪兰香为食，上了瘾，而我们平时都用那雪兰蜜作应急的毒药，身上都有雪兰香的气味，它们必然会以我们为目标。”

“怎会……”

“心怀叵测之人已隐藏许久。”齐王淡然地道，“防不胜防，只能转守为攻了。”

影四看见了齐王的手势，突然跳上高处，用手语传达王爷的命令：“引狼入城，入权臣之府。”

十位鬼卫瞬间分散，一人带着一路疯狂噬咬的野狼进入京城各个角落。影七和影十身旁也聚集了无数狼。齐王挥了挥手：“你们也去。”

“那谁来护卫王爷？！”影七惊讶地抬头，问出来话才觉自己失态。

“去吧。”齐王温和地道，“不必挂心。”

他们身边的狼越来越多，无奈之下，影七、影十只得跳下战马，翻上几处高地飞快引狼离开。

两人刚刚撤走，数只野狼便扑向了齐王。利爪即将触至齐王衣襟时，一只碧绿飞虫突然飞来，迎面钻进那头野狼的口中，野狼闷哼一声，霎时丧失了攻击性。紧接着，数道粉红落花镖破空而来，正中五头野狼的面门。

齐王身边并排奔跑的战马上忽然出现两人。

一身红衣的花犯双手夹着落花镖，策马行于齐王右侧，挑眉道："您就是齐王啊？庄主派我们过来的。我可没什么规矩，别冲撞了您。"

酒蛊仙懒洋洋地坐在齐王左边的马背上，拧开酒葫芦喝了两口，抹抹嘴，打了个嗝，抠着脚丫子醉醺醺地盯着齐王，道："乡下人没进过京，也没见过皇族，哎呀，这一看确实有贵气。最近主子换得有点快，我先熟悉熟悉，您老贵姓啊……您老瞅我做啥？"

孔雀山庄的杀手没了可以效忠的公子，就只能听命于现任庄主。

齐王回眸望向玄武门，城门之上有两人一坐一立。

雁三琏淡然地看着齐王，年九珑坐在城门上晃荡着一条腿，托腮看着齐王，嘴角微微扬起一边，暗蓝织银缎裳在白雪中格外醒目，发间紫金雀羽冠闪烁着微光。

他身后雪雾弥漫，渐渐现出攒动的人影。

其中一人身穿白色劲装，顶着与齐王一模一样的容貌缓缓走出来，身后拖着一条墨色狐尾，上下摇动。

尹眉无跳下城楼，落于飞奔的马背上，对齐王摇了摇尾巴，道："王爷，直走便是皇宫了。"

年九珑在高处荡着腿对齐王道："王爷请。对了，记着许诺我们孔雀山庄的恩典。"

齐王转过身，策马朝着皇宫而去，酒蛊仙与花犯在两侧护卫而行。尹眉无则顶着齐王的容貌，引着神鸢营禁卫朝另一个方向离开。

鬼卫甩脱了紧追不舍的野狼，三万头野狼涌入各个大臣的府上。京城有千百权臣染上雪兰香，还有违背皇上旨意私藏雪兰香的。那些雪兰香明明每次都被查封了，却又总是很快出现。没人知道京城里怎会出现如此众多的雪兰香，更不知道沈家少爷经常押着一趟趟无名镖，悄然出入京城。

那上万头野狼仿佛进了乐土，见谁咬谁，早已不分敌我，比起不慎沾染气味的鬼卫，这些天天吸食雪兰香的权臣更加美味。

几个鬼卫在宫门会合，单膝跪地，迎着策马而来的齐王。影叠、影四和影五还未回来，想必是一时脱不开身。

齐王下马，众鬼卫道："恭迎齐王千岁。"

酒蛊仙和花犯停在了宫外，看着齐王进入宫门，然后勒马反身离开。庄主的命令已完成，他们可以回去了。

"那我回去睡觉了。"酒蛊仙懒洋洋地盘腿往马背上一坐，抠着脚丫子道，"皇族总是爱闹腾。"

花犯心不在焉，目光在混乱战场里逡巡。

"找谁呢？"

"没谁。"

"去哪儿啊？不回山庄啊？"

"你管我去哪儿呢。"

狂风呼号，大雪纷飞，京城里遍地尸身。

深夜，雁三琏的身影隐入夜色中，与年九珑分头而行。

街巷角落里狼嚎声不断，影五被狼群困住无法脱身。他的战力成绩已经传到了京城禁卫的秘闻库里，因此禁卫分出了更多的人去围杀他。

"啊！杀不完啊！"影五忍不住叫出声，猛然甩手，手腕上多了一排狼齿印，血珠沁了出来，染红了护腕。

突然，他的眼前闪过一道光亮，似万千流星划过，数百根闪着寒光的飞针铺天盖地地洒下，明月下突然出现一个人影，身形修长，手中握着一把半展的小折扇。

须臾间，雁三琏已飞身至影五身侧，架起他的胳膊用力一拎，背到自己的背上。漫天针雨，野狼狂吼惨叫，抽搐半晌，倒地气绝。

雁三琏带着影五上了屋顶，躲过了禁卫的视线。影五累得瘫倒在青瓦雪被上，然后抱着雁三琏的小腿感激道："小十三你是最好的！哥哥我差点被当成点心吃了啊！为啥那么多狼就只咬我？它们也不咬别人，气死我了！"

"可能是因为你平时吃辣的东西太多……"雁三琏轻声解释，"香辛料会激发雪兰香的气味，食用辣椒、胡椒或者肉，都会如此。"

"那雪兰香不是你弄的对不对？我一直信你的。"影五恳切地道。

"是太华公主的驸马，马左元。他之前在我们的库房当差，在花园库房的种子里掺了香雪兰的种子，然后借我的手培育出来。"雁三琏轻叹一声，"我学识浅薄，竟没看出那种子的异样，近些天去王府翻了库房，才发现了线索。”

“这么麻烦干什么……”影五皱皱眉，“借你的手……这时间也太长了吧，他自己下手也行啊。”

“我才知道，马左元是先帝送给王爷的那批侍卫里的一个。”雁三琏慢慢地道，“王爷与先帝手足情深，为了先帝，王爷扶先帝中意的太子上位，却不知道先帝一直在怀疑他、算计他。”

影五听后沉默了一会儿，又问雁三琏：“你什么时候回王府啊，我们都等着你回来呢……”

雁三琏犹豫了一下，微笑道：“我已经有家了。”

“什么？”影五没听清，“你成家了？！”

“不，不是……”

“啊啊啊，你成家了？！娶的谁家姑娘啊？我要见弟妹！”

“我们这样的人，怎么成家？不过是拖累良家女子罢了。”雁三琏勉强笑道。

闻言，影五尴尬又不失礼貌地干笑：“也是……”

房顶对面忽然落了一人。

影四拖着墨绿长鞭回来，身子也有些不稳，看起来伤得不轻。

影五赶紧招呼道：“哥，你都不管我！我差点被吃了，还是小十三把我背出来的。”

雁三琏看了一眼影四，收好小折扇走了。

他与影四擦肩而过时，影四漠然地道：“多谢。”

“我只是觉得为了报复你，去迁怒别人有些不太好。”雁三琏低语道，然后目不斜视，撞开影四的肩膀，隐进漆黑的夜里。

皇宫里静得可怕。

养心殿里不断有密探进来禀报。

“禀报陛下，齐王领影宫影卫数千人，已经破城了。”

“禀报陛下，天威营援军迟迟不到，神鸢营卫将军也不曾露面。”

“禀报陛下，啸狼营三万狼兵被反引进城内，数百染上药瘾的官员府邸已被啸狼围攻了！”

皇帝脸色由青变白，这才意识到事态严重，局面已经一发不可收拾了。

萧总管立于皇帝的身侧，眼神平静，淡淡地道：“陛下息怒。”

“朕叫你传的旨，传哪去了？！”

“回陛下，都传到了。”萧珧面无表情，“或许是二位将军出了什么意外吧。”

“恕臣直言。”萧珧淡然地道，“啸狼反噬这一结果，在陛下下令用雪兰香除掉朝中大臣时就该想到了。臣当时进言，陛下还发落了臣，您忘了吗？”

皇帝已经听不进任何话，脸色苍白，指着萧珧，道：“来人！把叛贼萧珧拖出去乱棍打死！”

无人进来，禁卫和密探都已去抵挡齐王了。

半晌后，一个遍体鳞伤的小密探突然摔了进来，扑通跪到地上，慌张地道：“宫里乱了！密探已经挡不住了，进来的不是影卫，是杀手！几千个杀手！”

皇帝瞪大布满血丝的眼睛问道：“为何是杀手……”

“孔雀山庄与齐王府同气连枝。”萧珧仍旧平静地道，“水能载舟，亦能覆舟。那雪兰香终究是不可控制的毒药。先帝利用雪兰香，为陛下控制了齐王府；若先帝驾崩时齐王篡权，就以啸狼营压制抵挡；若齐王扶您上位，就让他安稳居于洵州。是您不守约定，下手去抢夺影宫。”

皇帝双目通红，用力扫下满桌竹简笔墨，声嘶力竭地吼道：“你懂什么？你看不出李苑的影宫有多强吗？只要朕夺了它，平定四海、统一江山便指日可待，哪还有边疆之乱？！”

突然，养心殿外传来几声击掌的声音。

齐王一身雪白锦衣，缓缓踱进养心殿。

他的身后倏地出现几个身穿墨云锦衣的影卫，单膝跪地，对着齐王恭敬低头。

齐王手里转着两枚铁芯青玉核桃，走近皇帝，道：“好个平定四海，一统江山，本王的侄儿也算有志气。”

皇帝目眦欲裂，狠狠地瞪着齐王：“李苑……你是怎么进来的？！”

“瞧瞧，都说少年人多变，果真，果真。”齐王往旁边的檀木椅上一坐，转着铁芯青玉核桃，温和地道，“当初本王费尽千辛万苦扶你坐上龙椅，你一口一个‘皇叔’，叫得多亲热。”

闻言，皇帝脸色更差了，咬牙攥紧了龙椅把手。

“玄儿，这些年你做了些什么，本王都清楚。”齐王缓缓细数，“你在朝堂指鹿为马，偏信锦衣密探；想把所有人都控制在自己的手里；为了除掉与自己意见相左的大臣，肆意散播雪兰香，让众多老臣染上药瘾，还不惜拿自己的亲妹妹太华试毒；让跟随自己的人也跟着装病，免得被人看出马脚。对了，现在他们已不是装病，而是真的染上了。”

“不可能！你如何做到的……”皇帝难以置信。

“那就要感谢卫国公了。”齐王悠然地靠在椅上，“多亏陛下把本王的世子召回京城，那孩子心性不定，本王不过是微微引诱，就让他染上了药瘾。”

“卫国公心疼孙儿，只好投奔本王了。他还真是深得陛下信任，知道那么多情报。”齐王笑道，“竟把陛下安插在本王府上的眼线名单都交出来了。”

“本王寻了个镖局押镖，也是国公大人给行的方便，这才顺利进京城，让京城里有了屡禁不止的雪兰香。

“玄儿，别忘了，凭你根本就登不上这龙椅。本王为你扫清一切，除掉了本王的二侄儿，除掉了严丞相，才让你当上皇帝的。可这些，你竟全忘了。”

皇帝仍旧嘴硬：“朕没忘！朕只是知道你有野心，迟早会夺下皇位。”

齐王气笑了，不由得托腮问他：“你为何会觉得本王有野心？”

“因为影宫。”

“你可曾听过，杯弓蛇影，杞人忧天？”齐王无奈地笑笑，“影宫又如何？本王只是喜欢养影卫而已。本王交出兵权还不够吗？你竟连本王的私产也想收入囊中……本王有些好奇，陛下，你要我影宫有何用？

“你上位九年，穷兵黩武、民不聊生，让原本的安稳江山变得动荡不安……陛下，这就是你想要的吗？”齐王连连发问。

“朕可不像先帝那般懦弱！”皇帝用力拍着桌面起身，脖颈上的青筋都出来了，“父皇在位多年，送出了多少和亲公主？安稳？退败求和得来的粉饰太平，也叫安稳？”

“好吧。”齐王点点头，“先帝退败求和确实不算安稳，可现在还不如从前。你还年轻，别太急于求成。”

“你……”皇帝气得浑身发抖，“今日闯皇宫，是想逼宫篡位吗？”

“我若想登上皇位，当初就不会有你了。”齐王摆了摆手，“影七。”

影七走近齐王，恭敬地奉上一道明黄锦帛。

“这是先帝的遗诏。”齐王当着皇帝的面缓缓展开。

那遗诏上竟一字未写，只有一道鲜红的龙印。这意味着先帝给了齐王机会，他可以自拟遗诏，废太子，登皇位。

皇帝脸色煞白，难以置信地看着齐王。

“本王知道这是个检验忠诚的遗诏，可本王有的是办法让它变成真的，只是本王愿意将这个机会给你。现在本王懂了，你需要本王手把手教你怎么当皇帝。”齐王敲了敲把手。

影七听令，双指夹着一个小纸包倏地出现在皇帝的背后，用手钳住皇帝的脖颈，把那纸包里的雪兰香全部灌进他的口中。

“放肆！放肆！”皇帝叫喊挣扎，求救般看向萧总管。

萧琊无动于衷，面无表情地站在一边，疲惫地看着皇帝。

齐王缓缓地道：“放心，不是毒药，是你的狼食。”

“从此以后，你听本王的命令吧。这样，你以后还是皇帝。”

皇帝无力地伏在书案上，双眼模糊，头脑里一片空白。

萧总管面无表情地跪下，五体投地地跪拜：“吾皇万岁万岁万万岁。”

他口中如此说着，身子却是对着齐王。

年九珑这时慢悠悠地溜达进来，见小皇帝伏在桌上，愣了一下，而后挠了挠下巴，往门框上一靠，对着齐王挑眉笑道：“舅舅，这下知道外甥比侄子靠得住了吧？”

屋内几个鬼卫闻言，顿时齐刷刷地转头看向年九珑。

年九珑讶异地道：“怎么，莫非不能说吗？”

齐王瞥他一眼：“若是不能说，你就不会说了吗？”

年九珑狡黠一笑，不再多说。

那一年寒冬腊月，大雪积了数尺，京城内外冰封千里，一片寂寥。

齐王李苑领兵入京，平定玄元之乱，研制雪兰香解药，修缮民宅，深得民心，天下太平。

在其辅佐下，皇帝从此励精图治，改年号齐元。

年九珑出皇宫时，看见宫门有红梅傲雪而开，雁三琏正打量那支红梅。

“三哥！”他跑过去，猛地一扑，两人一起滚进积雪里，雪花飞扬。

雁三琏被他孩子般的举动弄得哭笑不得，却不责骂他，只是笑着问：“九九，尘埃落定，你愿不愿意和三哥一起归隐？”

年九珑粲然一笑：“愿意的啊！”

他此生所求的，本就是寻一知己，居一住所，得一生安稳啊。

安稳喜乐的日子总是过得飞快，转眼春暖花开，洵州垂柳袅娜娉婷。

齐王府仍旧一片安和，几个影卫在堂顶上打牌，王爷在书房里摆了棋盘，对面坐着影七。

影七举棋不定，最后还是放下了棋子："我输了。"

齐王转着铁芯青玉核桃，微笑道："输了该怎样？"

影七一愣，揉了揉自己的耳朵。

"哈哈哈。"齐王笑着推了颗棋子。

外边庭院吵吵闹闹的。影五抢了自己小徒弟的零食，两人正打得不可开交；过了一会儿，影四也带着一个四五岁的冷冰冰的小徒弟过来。

影四揪着影五训道："你都多大了，还与孩子闹？"

影四的小徒弟揪着影五的小徒弟冷漠地训："你都多大了，还与师父闹？"

沈袭坐在假山上看着他们，不禁拍腿笑道："笑死我了……"

影八斜靠在假山下，轻哼道："真羡慕你们这些傻子，天天开心得要命。"

"啧，怎么说话呢？"沈袭跷着二郎腿看着底下人，"就你一天到晚拿鼻孔看人。"说着，他便甩着那条小金蛇，问道，"你说是不，娇娇？"

影八嘴角一抽："什么？"

待意识到这声"娇娇"并不是叫自己时，影八难得脸红了，掩饰似的摸了摸自己的鼻尖，当作什么都没发生。

过了一会儿，雁三琏穿着一身青灰色常服走进王府书房，很快又出来了。

雁三琏看见影八，忍不住会心一笑，对他扬扬木雕小折扇，温柔地笑道："我自由了。"

影八眉角微挑："你早就自由了。"

"不，我是今天才自由的。"

雁三琏与影八擦肩而过，跃上王府的院墙，最后望了一眼王府的连绵楼宇，望了一眼那熟悉的抄手游廊，便跳下了围墙，再也没出现过。

洵水发源之处，山谷铃音，清心寡欲。天绝山的道观里，池音先生正在亭下抚琴，修长的手指拨动琴弦，流水弦音倾泻而出。

小亭之上，尹眉无撑着头侧躺在檐角，蓬松的狐尾随着琴音微微摇动。待到琴音渐止，他开口道："《山居吟》空灵妙音，妙哉。"

池音先生微微抬眼，淡然地道："小狐狸，还来做什么？"

尹眉无从檐角探出头看他："狐狸报恩，很奇怪吗？"

"倒也还好。"池音先生轻抚琴弦，清雅之声顺着洵水夹岸缓缓流下。

洵水下游，渐渐有孔雀争鸣。

花犯时而托腮，时而挠头，一副有点慌张的模样。

白羽悠然地坐在旁边，问："你怎么搞的，长虱子了哦？"

"我怎么觉得我们山庄要绝后啊……"花犯一句话还没说完，一茶杯就堵到了他的嘴里。

"没什么是一杯热水解决不了的。"

百药谷的灶房外，一群药师小姐趴在门缝边朝里看，叽叽咕咕地议论。

"要死啦，楚大人疯啦。"

"楚大人在干什么？"

"天啦！楚大人怕不是中了毒？"

"别拦我，我要给楚大人治病去……"

灶房里，慕雀像个小包子一样坐在灶台上，眼中闪着光，期待地看着楚心魔。

楚心魔围着围裙，在案板上揉着面团，旁边已经放了几个做好的小白兔馒头，小白兔的眼睛上还特意点了红豆。

"叔叔好厉害！叔叔我好崇拜你！"慕雀在灶台上给楚心魔欢呼，两只小胖手一手拿着一棵大葱摇晃。

孔雀山庄的后山有一紫竹林，阳光投进竹林，一片朦胧紫光，景色绝美。

年九珑带着雁三琏钻进竹林深处。

雁三琏拿小折扇拨开竹枝，任由年九珑带着走，小声笑问："这是去哪儿？"

年九珑回头轻轻挑眉道："看前面。"说着，他便弯着食指放在唇边轻轻一吹，一声悠扬哨音传出几里远。

片刻，一声长鸣应和，紧接着无数金蓝孔雀从紫竹林深处款款走来。它们看见雁三琏后，便长鸣着抖动身躯，顿时金光闪烁的蓝绿尾羽相继铺展开来，让人觉得十分震撼。

雁三琏嘴唇微张，怔怔地望着四面八方的孔雀。

"三哥。"年九珑目光坚定地说，"你我从此肝胆相照，形影相随。"

番外一　入幻境

轻烟与梦境一同消散。

听说白羽被花犯打了，还被打得鼻青脸肿的。

每一代庄主继任前后，孔雀山庄总会人丁锐减，可来递签子的金主却没少，就显得山庄里人手不够。年九珑身为庄主，为了保护人手，维持庄内和谐，只得出面调停。

年九珑一脸操心地踹开门，只见白羽正在榻上趴着，还捧着个小茶杯。见年九珑过来，白羽慢悠悠地抬眼瞧他：“您怎么来了？”

“我来看看你，别被打残了啊。”年九珑没好气地往床边一靠，“你干吗了，惹他揍你？”

“我偷看他小时候的事了。你晓得的，我什么都看得到。”白羽刺溜了一口茶水，“他不给我看，还打我。”

年九珑愣了一下：“以前的事也看得见吗？”

“是的呢。”白羽慢悠悠地道，“庄主想不想看看雁三琏呀？”

“……”年九珑舔了舔嘴唇，有些心动，又有些犹豫。

“他不会生气的，他脾气那么好，又是你的三哥……”白羽悠然地道，“十两黄金一次，算带病工作了。”

年九珑豁出去了，道：“去账上取……”

白羽把茶水递给年九珑喝，揣着手爬起来在他的耳边念了几句。

年九珑脑海里顿时一片模糊，不知何时入了梦，又不知何时清醒，醒时已立于一陌生之处。

年九珑往四处看了看，周围是陌生的街巷。步履匆忙的行人见他一脸茫然地站在道路之中，奇怪地看了他一眼，又匆匆走了。

白羽的声音突然在他的耳边响起：“他们都能摸到你，也能看见你，就和梦里一样。”

“雁三琏在哪儿？”年九珑问。

“随便走走，会找到的。”

年九珑只得漫无目的地在街巷里乱转，忽然听到不远处的小院里传来一阵骂声。年九珑微微抬眼望过去，那是个富户家的小院，一个管家正拿着手指粗的柳条狠狠地抽打着地上的孩子。

那小孩蜷缩成一小团，默默地抱着腿挨打，一声不吭。偶尔呜咽一声，管家便打得更狠，一边打还一边骂道："再哭，老子打到你不哭为止。"

小孩吓得不敢再出声，又爬不起来，身上如破麻布的衣裳已经被扯掉了好几处，露出的皮肤上满是被柳条抽出的伤痕。

年九珑面无表情地看着，转身要走。他对这种事早已麻木了。

可当那小孩挣扎着抬起头时，年九珑瞧见了一双熟悉的杏眼。

是他吗？

年九珑看着那孩子，有些不敢确定，怔怔地看着他，最终才确认他是雁三琏。

管家又抽了下去，"啪"的一声脆响。

"小兔崽子，叫你做什么你就做什么，哪轮得到你说不干？"管家气得吹胡子瞪眼。

小雁三琏也就五六岁大，但管家下手毫不留情。

小雁三琏紧闭眼睛，哭也不敢哭，逃也逃不走，只能抱腿缩成一团。柳条抽在他的小身子上，他痛得发抖，可还是咬着嘴唇不敢出声。

管家又一扬手，手腕忽地被攥住，一阵疼痛感袭来，手不由得一松，柳条落在地上，惨叫道："啊！"

年九珑攥着那管家的手腕，一把将人掀了出去，赶紧半跪在地上去抱那小孩。

小雁三琏浑身发抖，挣扎着爬往别处，回头看了一眼年九珑，眼神惶恐，连连摇头求他放过自己。

"快过来。"年九珑紧皱着眉，半跪着跟着小孩，然后拽住他的小脚，将人拽过来紧紧抱着，轻轻拍打着小孩的后背，安抚道，"不怕了，不怕了，我在这儿呢。"

小雁三琏满脸恐惧地看着年九珑，浑身抖个不停，嘴唇张了张，没出声，浑身僵硬得厉害。他见年九珑抬手要摸自己的额头、脸颊，害怕地闭上眼，将身体蜷缩得更厉害了。

年九珑紧紧地把这小孩拢进怀里，大手捧着他的脸，把他贴到自己的肩窝，尽量温柔地哄慰："乖，别怕我。"

小雁三琏仍在发抖，轻轻地抓住年九珑的衣襟，眼泪在大眼睛里打转儿，就是不敢让它流下来，也不敢看年九珑，只小心地靠在他的肩窝上。

那种防备的神色，年九珑看得心疼，只觉痛苦不堪。

等到怀里的小孩子渐渐放松了些，年九珑才抱他站了起来，咬着牙走到靠在墙角动弹不得的管家面前，一把攥住那人的脖颈，恶狠狠地道："你对我三哥干什么了啊？"

那管家吓得浑身一激灵，索性躺在地上装死，不复方才的嚣张。

年九珑把小孩重新托着抱了起来，贴着他的脸颊安慰道："好了，没事了，不怕了，跟我走好不好？"

小雁三琏小心地抬眼看着年九珑，犹豫地张了张嘴，紧张地看着地上的那根柳条。

"我不打你，我知道你好乖的。"年九珑揉着小孩软软的头发，轻声哄他。

雁三琏说的"从前的主子"就是这户人家？这么小就被如此虐待，他这是怎么长大的？他该受了多少委屈啊。

小雁三琏试探地伸出两只小手，而后抱住年九珑的脖颈，轻轻地蹭了蹭他的脸。

"真乖。"年九珑抱着小孩飞快地翻墙出了庭院。

白羽的声音不知从哪里传来，他慢悠悠地道："珍惜这次机会，您也就趁他是小崽的时候能当一次哥哥……"

"说什么废话？"年九珑皱眉道，"快给我找个住处。"

"直走。"

周身景色悄然变化，让年九珑觉得有些熟悉。待走了半盏茶的工夫，年九珑才后知后觉地想起这是信阳城。

他想也没想便抱着孩子顺着北街走去。那时候，兰香居茶楼还不是他名下的产业，名字也不叫兰香居，而是叫清雅居。但那茶楼十几年来不曾重新修缮，桌椅仍是老样子。

年九珑跟掌柜打了声招呼，便急匆匆地上了二楼。

掌柜站在楼下纳闷：这公子看着面生，对茶楼倒是轻车熟路。

年九珑踢开一间客房，把小雁三琏放到软被上，然后去准备手巾，想给小孩擦擦身子。

小雁三琏默默地坐着，抱着腿，一声不吭地看着年九珑。

年九珑拿着一块热布巾回来，坐在小雁三琏的旁边，把他抱起来放在腿上，仔细擦拭他小胳膊上的伤口。

小雁三琏疼得厉害，皱着眉、噘起嘴，不哭出声来，静静地忍着。

“你怎么不说话啊，三哥……不是……好吧。”年九珑继续给小孩擦脸，脸上脏兮兮的灰土被擦掉，露出一张白净精致的小脸来。

“你怎么不说话啊？”年九珑低头托着他的小手问，“别怕我好不好？”

小雁三琏缩了缩手，张嘴想说话，又摇了摇头。

年九珑耐心引导道：“乖，告诉我疼不疼，哪里疼？”

小雁三琏颤巍巍地伸手指了自己的胳膊、腿、腰和喉咙。

年九珑心里一颤，轻托着他的下巴，道：“张嘴给我看看。”

小雁三琏乖乖张开嘴，年九珑顺手拿过烛台照亮，却见他嘴里都是被烫伤后的水泡。年九珑瞪大眼睛，声音发颤：“这是……有人灌开水烫你吗？”

小雁三琏点点头，眼神委屈，扒着年九珑的衣袖，小嘴一张一合似乎想说什么，但发不出声。

年九珑想听明白他在说什么，却怎么也听不清。

白羽懒洋洋地出声提醒：“他说，管家不让他哭，哭了要挨打，再哭就会被灌热水。连我都听懂了嘛……”过了会儿他又叨咕，“热水不是这个喝法呢……”

“好，我知道了。”年九珑再也听不下去了，心疼地捧着小雁三琏的脸颊。

“白羽，去找药，治烫伤的，入口的那种。”年九珑冷冷地吩咐。

“哎哟，庄主您事真多……多愁善感。”白羽叹了口气，转眼间桌上多了一碗药汤。

“这是梦呀庄主，您看看就行了，别太认真嘛……”

“梦里也不想看他受委屈，只怪我生得太晚。”年九珑端起药碗，舀起一小勺吹凉了，递到小雁三琏的嘴边喂他。

小雁三琏小心地看着那勺药，犹豫着不敢张嘴，又看了看年九珑的脸色。年九珑此时心里正憋着火，神情有些阴郁。小雁三琏被吓得脸色煞白，连忙含住那勺药喝下，然后爬进被窝里藏起来，瑟瑟发抖。

“不是……别……三哥……”年九珑爬上床，一手端着药碗，一手隔着棉被拍着小家伙，“别哭啊……我错了，我错了，我刚才的表情不好！”

年九珑单手把小雁三琏抱了出来，一边给小孩喂药，一边轻声哄着：“喝了药，嘴里就不疼了，听话，乖乖的好不好？”

扑哧一声，白羽的笑声从空中传来。

“笑什么。滚出去。”年九珑冷哼道。

“那我真的乖乖地出去了哦。”

“滚。”

一缕轻烟飘出了客房。

年九珑调整好自己的表情，将药液一小勺一小勺地喂给坐在他大腿上的小雁三琏。

小雁三琏小心地张开嘴，药液进入喉咙，痛得厉害，可他还是忍着不哭，显得格外坚强。

年九珑了解雁三琏，他根本就不是多么坚强的人，于是温柔地哄他：“我不打你，也不喂你喝开水，你委屈就哭出来，不怕的啊。”

小雁三琏这才抿了抿嘴，大眼睛里顿时溢满水光，扑进年九珑的怀里哭出声来。

“好了好了，我知道你受委屈了，以后不会了。”年九珑抱着小雁三琏哄了半个时辰。小雁三琏哭累了，才趴在他的怀里挂着眼泪睡着了。

小雁三琏这一番痛哭把年九珑的心都给哭化了。

年九珑心里火气冲天，待到半夜怀里小孩睡熟了，才小心地把他抱回床上，咔嚓拧了拧手腕就要走。

年九珑刚下床，就感觉背后有人盯着，回头一看，只见小雁三琏正趴在床边可怜巴巴地看着自己，还伸出小手扯着自己的衣角，一副不舍的模样。

“……怎么醒了……”年九珑最怕雁三琏用这种可怜无助的眼神看着自己了。这双杏眼一含泪，无论是大雁三琏还是小雁三琏，他都会心疼。

年九珑回到床边摸了摸小雁三琏的头，手指却被他轻轻握住。小雁三琏扭着小身子蹭了过来，抱住年九珑的腰，委屈地蹭了蹭，声音沙哑地哀求道：“哥哥……带我一起走……”

“好，不走不走。”年九珑又坐回床榻上，抚着他的后背哄他睡觉，“你睡觉，乖。”

“我不睡……”小雁三琏爬到年九珑的胸前，小心地伏在他的胸前乞求地看着他，“我怕哥哥走了。”

“哥哥陪你，哥哥不走了，你别害怕。”

小雁三琏钻进年九珑的怀里，哑着嗓子说：“哥哥，我叫雁琏，也叫雁三琏。”

“我知道。”

“管家公公要我偷老爷的东西，我不偷，他就打我。”小雁三琏喘着气，轻声道，“哥哥，我不坏的。”

“我知道你不坏，你是好孩子，一直都是。”年九珑揉揉他的头发，“你知道我是谁吗？”

小雁三琏一愣，而后回答：“有钱的哥哥……”

年九珑一愣，虽然这话好像也没错，但总有些奇怪……

他沉默良久，然后轻声道：“我是你以后的弟弟，会照顾你，会跟你一起长大，一起走出黑暗。”

小雁三琏歪头看他，听不懂他在说什么，但知道这是件好事。

年九珑牵起小雁三琏的小手，用指尖在他的掌心写了个“九”字，然后抚着他的脸颊道：“你不能这么胆小，谁欺负你你就打回去，你得保护好自己，直到以后遇见我。”

“好……”小雁三琏似懂非懂。

突然，一缕白烟飘了回来，白羽慢悠悠地催促：“时间快到了呀，快出来，再迟就会被反噬。”

“还有最后一件事。”年九珑狠狠地攥了攥拳头。

轻烟弥漫，周围景色突变，他又回到了之前捡到小雁三琏的那户人家院前，怒气冲冲地挽起袖子杀了进去。

下一刻，轻烟与梦境一同消散，年九珑定了定神，发觉自己还是在白羽的住处。

“都是梦，别当真，其实什么也改变不了。”白羽仍旧趴在榻上，笑道，“怎么样，还算精彩吧？十两黄金物超所值，您买不了吃亏，买不了上当……”

年九珑匆匆跑回孔雀宫。

雁三琏正侧卧在软榻里午睡。

年九珑冲过去，把人捞起来就是一个拥抱。

“三哥！”

“嗯。”雁三琏揉揉眼睛，半眯着睡眼瞧他，“怎么了？”

年九珑一脸愧悔，道：“你自幼是怎么走过来的……怪我……苦了你。”

“也没有那么可怜呢……”雁三琏笑笑，“刚被爹娘丢弃那会儿是有点凄惨，后来遇见了一位公子，好心救了我。”

“公子？”年九珑眉角一挑，有点好奇了。

“嗯，只是他后来走了。”雁三琏温和地叙述着往事，“或许天道好轮回，我原本的主子家不久后就被洗劫一空。主子刚好不在家，回来以后发现家里什么都没有，只好拎着我去玉楼春赌美人局赚钱。后来我逃走了，然后就去了王府。”

“没有什么大不了的，都过去了。”雁三琏与年九珑额头相抵，温柔地道，“我现在过得很好。”

时间太过久远，印象也模糊了。雁三琏没再多言那仗义相救的公子，只记得那人在自己掌心写了一个字。可惜他当时不识字，不知道那人写的什么罢了。

世间因果，似曾相识。

番外二　故人来

我找你好几年了，你是不是故意躲着我？

沈袭痛苦地弓着身子跪在台上，额头抵着台面，拳头用力砸了一把地面，低声骂道：“该死的……十一局又得重来……气死我了！”

“起来。”影八居高临下地看着跪在地上的沈袭，“别耽误清场。”

沈袭额头抵着地，偏头抬眼看他：“清什么，有本事把老子给清下去。”

影八招呼了声正准备拿扫帚清扫斗台的侍者：“过来，把他扫起来，倒出去。”

“好嘞好嘞！”侍者不明就里地答应一声，拿着扫帚、簸箕就跑过来。

“好好好，算你狠。”沈袭扶着抽筋的手臂站起来，跳下斗台，头也不回地出了雅间。

影八看着他的背影，直到人已走出去才收回视线，无意低头发现，沈袭之前跪的那处有一摊血。

“……废物。一个比一个废。”

沈袭强撑着走出雅间，走到转角时脊骨疼得厉害，内伤也重。年九珑下手没个轻重，他勉强走出雅间就动不得了，缓缓扶着墙蹲下，小腹上被钢爪划了一道伤口，正淌着血。

“哎……疼死了。”沈袭跪在地上蜷着身子歇了会儿，准备缓口气再爬起来。

眼前的光亮突然被一片黑影遮住，沈袭不耐烦地抬眼望去，只见影八斜靠在墙壁边上，垂眼看着他。

“你走远点，别在这儿碍爷的眼。”沈袭咬着牙忍痛道。

影八抱臂轻蔑地瞧他：“你以为我想管你？是王爷差遣我送你回去。”

“不用！滚！”沈袭后脊有伤，站不起来，想走就只能爬，可爬走又太难看，对不起他的身份，只能硬咬着牙跟影八耗着。

“你想跟我耗着？”影八皱皱眉，“我可没时间伺候你。”

“好好好，那就赶紧带我回去。”沈袭疼得厉害，耗不住了，“叫人抬我走。”

"你配吗你？"影八俯身拎起沈袭，想拖他走。

"疼！孔澜骄，你个混蛋！我的尾巴骨要断了！"

"那你想怎样？"

"……"沈袭摸了摸下巴，"要不你背我？"

影八脸色忽然不好看了。

"你哪来的脸？"影八把沈袭横抱在身前，飞快地跳出赌武台的窗口，顺着小路出了玉楼春。

"你是不是故意损我的啊？"沈袭当即就报复了回去，大声道，"哎哟！都来看啊，八爷强抢民女了！"

影八用一只手抽开沈袭的发带，他的马尾瞬间垂下。

"那就麻烦你装装姑娘吧，沈小姐。"影八道。

他们进王府时，守门大爷见影八抱着个长发垂肩的人，热情地打招呼："八爷这是从哪儿领了个姑娘回来呀？哟，这姑娘个儿够高的。"

影八丢下一句："是啊，我喂得好。"

沈袭一口气憋在嗓子眼，一声没吭。

影八横抱着沈袭回到他的住处，抬肘闩上门，坐到床榻上，把趴着的沈袭横放着，双腿垫在他的腹下。

这姿势难受极了，沈袭骂骂咧咧地挣扎着要爬走，脖颈却被一只手轻轻压住，整个人便被压在被褥上，动弹不得半分。

影八的手劲要比沈袭想象的大得多。

"我没闹，你别弄我了……我真疼，我脊梁骨可能断了。"沈袭把头埋在被褥里，声音软了那么一丁点，大概是真的疼得厉害。

"让你狂，技不如人，怪谁？我辛苦教你刀法，你竟输给影十三的后生，丢我的脸。"影八挽起袖口，解开沈袭的腰带，顺着脖颈摸他的脊骨，道，"没断，错位了，接回去就行。"

"你给我叫大夫啊！"沈袭勉强回过头看他，"什么叫我技不如人？他挂台子沿上，我哪看得见？他那是投机取巧，明明是我赢……"

"别乱动。"影八懒得听沈袭抱怨，按住他的腰椎，双手发力。

咔的一声，脊梁骨被接好了，沈袭惨叫一声，浑身僵硬，过了一会儿瘫软下来，趴在影八的腿上喘气。

小金蛇翘着头盘绕在床头，吐着信子望向两人。

影八也没动，耐心等着他缓过来。

习武之人筋骨错位不是什么大事，接回去就好。他腹上那伤也不深，早已不流血了。

“为什么非要赢他？你想让王爷许给你什么？”影八斜靠在床头问他。

沈袭爬起来揉了揉后脊，果真不疼了，于是坐起来看着影八，挑眉道：“你管我呢，我想要什么就要什么，富贵荣华，谁不稀罕。”

影八脸色渐冷，起身要走。

沈袭犹豫了一下，叫住他：“哎，你别走……问你个事。”

影八果真停下脚步，不耐烦地道：“说。”

“我找你好几年了，你是不是故意躲着我？”沈袭往床头一靠，嘴角得意地扬起来，“你什么意思？”

“你问我什么意思？”影八忽然转过身来，扬着下巴，伸手抓住沈袭的肩膀，靠近了盯着他。漆黑的眼瞳深不见底，影八就那么狠狠地盯着沈袭。

沈袭被盯得有些心虚，不明白影八为何突然发火，道：“不过，没你管着我，我过得可自在了……”

“好，你行。”影八脸色发青，一把攥住沈袭的两条胳膊，反剪到背后。

“干吗？你放开我……”沈袭拼命挣扎，却始终挣脱不开。

影八一脸怒意地押着他，把他推到方桌上，按住他的脖颈，让他动弹不得。

“我找了你这么多年，你都不见我……你欺负我，你干脆弄死我算了……”也不知是气的还是疼的，沈袭忽然哭了，一边哭一边骂道，“师父……你为什么不见我……你是不是讨厌我了，你为什么去当影卫了啊？”

影八一怔，那时他仇家众多，正是疲于奔命的时候，只是不想连累这个嚣张又单纯的小孩而已。

他当初给沈袭留了封信，说沈袭什么时候能打上青刚玉斗台，他就什么时候见沈袭。沈袭若没有青刚玉斗者的实力，跟他见面就太危险了。

沈袭抹了把眼泪：“我……我就这样了，我打不过年九珑，上不去青刚玉斗台，我给你丢脸了，我不叫你师父了！反正你也没拿我当徒儿看待，你早就不要我了！”

“你对我太狠了……”沈袭满脸泪痕，摇着头痛苦万分地道，“我打不过……我打不过他……我见不着你，我烦还不行吗……”

影八渐渐平静下来，松开沈袭，轻哼道：“早承认技不如人多好，用得着这么大费周章吗？”

沈袭不愿就此服软，哼哼了两声。

影八觉得好笑，忍不住往他的屁股上拍了一巴掌，道：“你把我的刀偷偷拿走，别以为就这么算了。”

影八本是用鸳鸯双刀的，一把短刀，一把匕首，以梅花为图腾，一把阴刻，一把阳刻，匕名疏影，刀名暗香。

想到今天的比武，影八又道：“影十三教了他七年，他有能耐也算正常。你在王府无所事事，继续跟我学吧。”

说着，影八又在沈袭的屁股上接连拍了两巴掌。

沈袭一愣，道：“你打我，你居然打我？还打了三下！我爹都没打过我的屁股！”

“当作你的束脩礼。”影八轻蔑地道，“我以前从不收徒的，小鬼。”

沈袭嘴角一抽，道：“你的意思是我被打了，我还得谢谢你？”

“不必客气。”影八嘴角一挑。

番外三 再回首

别怕啊，我就在这里，你等我。

十两黄金被拍在漆几上，白羽被震得一颤，回头看向身后的人："庄主？您怎么风风火火的……"

年九珑一脸严肃："让我回一次那天。"

"哪天？"

"赌武台美人局。"

白羽慢吞吞地收下金子装进衣袖，道："好的。"

他抬手一晃，二人周身风景变幻，片刻已是玉楼春赌武台。

雅间内，齐王轻敲了两下桌面，几个侍卫便抬了一个人进来，不管死活地将其扔在长桌上，其中一人顺着那人脖颈上扣的铁环摸出一根细铁链，拴在桌腿上。其实这种防备实属多余，那人早已经没有一丝力气了。

雁三琏身上未着半件衣裳，只用一条半尺宽的漆黑缎带缠在脖颈和腿间遮挡着，一身鞭痕，双手被铁链拴在身前，可怜地侧躺着，长发垂在长桌下，一条细窄黑缎挡着眼睛，胸前是之前刺上去的血红孔雀纹，整个人已经奄奄一息。

似乎是感受到了周围的气息，雁三琏徒劳地蜷缩起身子，在众人眼光下，尽是刑具痕迹的身体微微抖动。

乍然回到此刻，年九珑依旧感到痛苦，看着长桌上奄奄一息的雁三琏，他悔得几乎站立不住。他当时是怎么忍心出言伤雁三琏的？

他毫不犹豫地拿过椅背上自己的外袍，想要给雁三琏披上，却突然被影四握住了手腕。

"九公子。"影四出言提醒。

"滚开。"年九珑一把甩开影四的手，走到雁三琏的身前，将自己的外袍盖在他身上，细心裹紧，不顾齐王的阴冷目光，紧紧揽住他的肩。

下一刻，他忽然听到雁三琏口中微弱嘶哑的声音："为什么……"

"因为你是我最重要的人啊。"年九珑在雁三琏的耳边低语安慰，伸手抹掉他脸上的泪痕，“三哥，我好心疼，我现在就带你走，你等我，别怕。”

雁三琏身子明显一僵，忽然抖得更厉害了，他轻轻抓住年九珑的衣襟，微弱地问道：“真……真的？”

“真的。”年九珑当着齐王和众影卫的面，拍了拍雁三琏的肩，“别怕。”

齐王此时脸色已经很难看了，可年九珑仍执意要带雁三琏走。

齐王将人叫住：“等等，这就无趣了。”

“他就是美人局的彩头。赢了，你就带走；若输了……”齐王缓缓道，“就扔出去给那些人玩，玩到死为止。”

雁三琏身体颤了颤，慢慢地缩了起来，藏进年九珑的衣裳下，将头悄悄靠在年九珑的肩窝，发觉这个小孩不知何时变得那么温暖可靠了。

年九珑轻轻放开雁三琏，低声安抚：“别怕啊，我就在这里，你等我。”

雁三琏无力地用手比画：“别管我，别受伤。”

年九珑握了握他无力冰凉的手，挑眉看向齐王：“好！您不就是想测我的实力吗？您看好了。”

他忽然转身，右手化爪径直抓向影四。影四不知年九珑如今实力暴涨，一时疏忽，竟没能躲开。

齐王也有些愣住了，年九珑竟把影四给打了！

影四按着闷痛的胸口，抹了一把嘴角的血迹，发觉年九珑那右手像被什么东西加固过一般，犹如铁铸的爪抓在身上。

年九珑还不满意，咬着牙把影四死死地按在地上，又从衣袖里抽出两根附骨钉，狠狠插进他的双肩骨缝里。

影四仰头痛吟，挣扎不开，附骨钉入骨，霎时没了还手之力。

“影四，你尝尝这滋味。”年九珑在他耳边低声冷笑道，而后报复似的用力拨了一下露在外边的半截钉尾，影四顿时痛得浑身抽搐。

“我敬你是前辈，饶你不死。”

年九珑用力扔下影四，掸了掸衣袖站起来，然后搀扶起雁三琏，一句话也不多说，揽着他走了。

齐王长吸一口气，被年九珑的嚣张气焰气得肝疼，用力地揉了揉眉心。

影五脸色煞白，跪在地上去扶汗如雨下的影四，想帮他取附骨钉。

“别给他取，让他戴着反省，自己是怎么被一个小孩打得还不了手的。”齐王扔下手中的两枚铁芯青玉核桃，显然是生气了。

影五慌忙地跪在齐王脚下乞求：“王爷，求您放他一次，哥哥会反省的，求您放过他！王爷，您罚我吧……”

齐王不置可否，手指在桌面上不耐烦地敲。

“求您了王爷，哥哥一定知错了……”影五跪在齐王脚下不起来，额角都要在粗糙的地面上磕出血了，“王爷，王爷，饶了他吧……”

齐王深深喘了口气，站起身，没好气地说道：“取吧取吧，你们这些不中用的，非气死本王不可。”

影五躬身伏在地上，颤抖地道：“谢王爷恕罪……”

“这大场面……”沈袭甩着他那条小金蛇走了进来，看见年九珑不在还愣了一下，“年九珑呢？逃了？那算我赢呗？王爷，把影八送我！！我们说好了的，你别走啊！”

齐王揉着太阳穴走了，再不走非被气吐血不可。

他心情复杂，年九珑进步神速是件值得欣慰的事，但这也太神速了，臭小子的尾巴都快翘天上了。

影七扶着齐王，低声劝道：“王爷息怒。”

齐王一把捞过影七拖上辇轿：“他们惹本王不开心，本王怎能息怒？你与他们兄弟情深，就代他们受着罢。”

“王爷……”

年九珑把车窗都给关严实了，免得透进凉风，而后让雁三琏横躺着枕在自己的膝头上，后来又觉马车颠簸，只好把人扶起来，用双臂揽着他。

雁三琏勉强半睁开眼，一双杏眼里暗淡无光，因为身子动弹不得，又被揽着，只能将头靠在年九珑的肩窝，微张着唇喘气。

年九珑紧紧地揽着他，轻抚他的脊背，安慰道：“没事了三哥，忍一会儿，别怕。”

雁三琏眼里满是眼泪，微弱地哽咽道：“九九……你对我的那些不好，都是做给王爷看的对不对，九九你是在意我的对吗？”

“是的，是的，我一直最在意三哥了。”年九珑拭去他额头渗出的冷汗，安抚道，“别怕啊，以后没事了。”

隐忍了那么久的情绪瞬间崩溃，雁三琏靠在年九珑的身上，哭得像个小孩：“九九，我好想你，我好怕你再也不见我了……”

年九珑鼻子一酸，道：“三哥，对不起，我来迟了。”

番外四 得其所

他只想做个好哥哥。

齐王敲了敲桌面，影四倏地落在地上，低头应道：“属下在。”

“今日不是影五当班？”齐王慵懒地问。

“影五昨夜淋雨太久，今日有些发热，属下替他值一天。”

“哦……”齐王摸了摸下巴，扔给影四一张锦帛，帛书上有个女人的画像。

“府上有个丫鬟做活不大干净，不知道是谁家派来的奸细，本王想让影五去套套话。”齐王转着手心的铁芯青玉核桃，看着影四，揉了揉眉心，“算了，你去不合适，你跟姑娘没话说。”

影四眉头微皱，一向冷漠的声音生出半分急切：“属下能去。”

“……”齐王托腮看他，“那也好，去吧，也不急于这一时半刻。”

影四遵命退下，先去医殿抓了些药，再匆忙去了影五的住处。

影五瑟缩在被窝里，脸颊因为发烧而变得通红，疲惫地垂着眼睛，身上一点儿力气也没有。

他渴得厉害，伸手去拿桌上的茶杯，却不小心碰到了手边的茶杯，“哗啦”一声，小茶杯掉下桌子。

影四眼疾手快，霎时已落至影五的身前，一只手托着他摇摇欲坠的身体，一只手飞快地接住即将落地的茶杯，然后倒了杯水过来。

影五见影四回来，裹着棉被可怜巴巴地看着他：“哥……我冷。”

“药抓回来了，我去熬。”影四伸手帮影五掖了掖棉被，“喝了药睡一觉就没事了。”

“不吃，苦死了……”影五确实病得有些重，嗓音有些沙哑，裹着被迷迷糊糊地睡着了。

影四只好放下药包，摸了摸他被凌乱发丝遮住的额头，发现烫得厉害。

“哥哥……”影五半睡半醒地问，“我们什么时候能回家啊……我好累……想回家……”

影四微微皱眉：“我去请王爷放你走。王爷仁慈，必会答应，还会让你衣食无忧。”

影四说这话时，有些犹豫，既想让祁煊不再做这种刀口舔血的卖命差事，又担心他离开王府后也不见得安全。

“我不走……”影五嘟囔道，“哥哥在哪里我就在哪里，我只有哥哥这一个亲人了。”

“我去熬药。”影四轻声说完，起身去了灶房。

房中只剩下影五一人，他将头埋进被窝里，用力吸了吸鼻子，抠着自己的手指尖，在想影四是不是烦他了，不然影四为什么老是想送他走。

想到这儿，影五长长地叹了口气，缩成一团，沮丧极了。

灶房里，影四靠在炉边，心不在焉地给药炉扇风。

把熬好的药端回去时，他隔窗看见影五裹着被子缩在床角坐着，低着头不知道在想什么。

影四推门进去，道：“过来喝药。”

影五懒洋洋地蹭过来，坐到影四的旁边，一勺一勺地吃着药。

影四看了半天，忍不住数落：“这样更苦，不如一口气干了。”

“我不，我就要这么慢慢喝。”影五固执地道。

等影五喝完药，影四抬手碰了碰他的额头。

影五刚要装可怜，影四却一本正经地说：“喝了药果真没那么烫了，明天大概就能好。”

“……”影五噘嘴。

“明天我轮值，你想吃什么？”影四问他。

“怎么我一有事你就轮值啊？我都病了，你居然也不照顾我。”影五开始耍赖，“你跟他们换班，明天必须照顾我，你不照顾我我就好不了，你不照顾我我就不吃药。”

“好吧。”影四只好答应，“我去找人换班。”

影五顿时安静了不少，不过也没那么高兴。

影五想引起哥哥的注意，也是在试探哥哥对他的关心还能坚持多久。只有哥哥还肯包容他的胡闹，他才敢确定哥哥依然是关心自己的。

第二天，影五顶着一头凌乱的头发醒来，看见桌上放了一碗麦糊，旁边是一盘剥好的腌鹌鹑蛋，影四却不在屋里。

“哥！”影五揉着眼睛喊了几声，没人应。

他已经退了热，没那么难受了，便披了件外袍跑出去。

他刚打开门，就看见影八靠在院里的假山上，脚下踩着被打趴下的沈袭。

沈袭实在是爬不起来了，被影八拎起来扛回了自己的住处，一路上吵吵嚷嚷的。

影八骂沈少爷："教了你多少遍，防侧攻！侧攻！你是脑子进牛粪了吧。"

沈袭反驳道："你自己教得太差，还反过来怪我？我要换师父，我要找更厉害的影卫来教我！"

只听哐当一声响，之后就是沈袭鬼哭狼嚎的求饶声。

"错了！错了错了！师父我错了！不换！"

影五吐吐舌头，跑出去找影四，问了院里的人，才知道影四去了外院。

"不轮值，他跑外院去做什么啊？"影五不高兴地去外院找影四。

影五刚进外院的月门，就看见了不可思议的一幕——

梅园中，一个娇俏丫鬟侧身掩面轻笑，微微抬头看着对面的冷峻男子。影四则站在她的面前，有些生涩地把一朵红梅插在她的发间。

小丫鬟脸颊微红，羞答答地把手绢塞进影四的手里，提着裙子跑了。

影五看得眼睛都瞪圆了，见影四还锲而不舍地追了上去，两人的身影很快消失在转角。

影五一脸迷茫地靠在月门下，心道：这是……嫂子？他要有嫂子了？

影四没发觉影五在附近，绕过转角时，一把捂住那丫鬟的嘴，从百刃带上抽出一把暗刀，在那丫鬟的咽喉处利落割下，处理了尸体，回禀齐王。

待到所有事情都处理完毕，已经是傍晚，影四有些内疚，说好今日要照顾影五，却因为任务给耽误了。

他打算回去好好哄哄影五。

影四推门进了影五住处，却见影五正坐在桌前收拾家当，把从前攒下来的银子都堆在了一起。

"你要离家出走吗？"影四皱眉问道。

影五听见影四的声音，抹了抹鼻子，捧着桌上包好的银两，勉强露出一副开心的笑容，把布包交到影四的手上。

"哥，这是我所有的银子了……你去给嫂子买几身衣裳首饰吧……"

影四嘴角一抽。

影五吸了吸鼻涕，继续道："你以后对她好一点儿……不用操心我了……你要是有自己的小家了，我就是外人了……"

“祁煊？”影四一头雾水地问，“怎么了？”

影五突然绷不住了，哽咽着控诉：“你说好今天要来照顾我的，结果你去找嫂子打情骂俏了，我想喝口水都没人给我倒……”

“你说什么呢，越来越不像话了。”影四嘴上训着，却还是安抚道，“哪来的嫂子？我还没成亲呢。”

影五见影四脸色难看，断断续续地解释：“哥哥，别生我气，我……我就是不想再拖累你了……”

“哥，这些年，我给你添麻烦了。”影五把那小布包塞给影四，揉着眼睛跑出住处，翻身跳上围墙，一转眼就消失了。

影四一时愣住了，直到人不见了才反应过来，赶紧追出去，可影五早已不知所踪。他有些急了，天色已晚，寒气逼人，影五昨晚着凉还未痊愈，再冻一晚就更要命了。

影四翻上围墙，出了齐王府。

影五跑去了玉楼春的一个雅间。

这里面公子小姐都有，个个穿得光鲜亮丽，只是人人身后都拖着一条毛茸茸的狐狸尾巴。

梨花台前，尹眉无把着骨牌玩得正酣，泛着光的墨色狐尾摇来摇去。

几个观战的小姐蹭过来，抱着尹眉无的胳膊，摇着赤红的狐尾，呢喃道：“尊主，您好久不叫我们来玩了，林子里待得多腻啊。”

“去去去。”尹眉无甩开袖子上扒着的几个狐女，严肃地道，“本尊现在正修身养性，还有，警告你们，少吃肉、多吃素，看见老奶奶走路得扶，行善积德，听到没？”

“对了，天绝山附近的异类通通给本尊赶走，一只也不许留。”

“哎哟，奴家晓得了。”

另一个狐女抱着一摞琴谱过来，温柔地道：“尊主，这是最后的几本琴谱孤本了，您已把藏书阁里的都背过了。”

“行行，放那儿吧。”尹眉无摆摆尾巴把琴谱卷过来，把着牌问对面，“跟不跟？”

雅间里突然冲进来一个人，众人都吓了一跳，迅速收起了尾巴。

影五含着泪扑到尹眉无的身上：“眉无，我哥不要我了！”

“哎呀，这活宝。”尹眉无挠挠下巴，扫了一眼周围的人，“你们先玩。”

说完，他把影五拽出去，关了门，问："怎么啦？"

影五抱着尹眉无的尾巴哭得上气不接下气，把狐狸毛蹭得乱七八糟，满是眼泪鼻涕。

"喂，祖宗啊。"尹眉无心疼地看着自己的尾巴。

"我哥他……他跟小丫鬟好上了，我都生病了他也不照顾我！我不回去了，你收留我，我不想见他了……"

"哎哟，那小丫鬟也是够命苦的。"尹眉无往墙上一靠，用尾巴卷着影五，破罐破摔地给他擦了擦脸，"多大点事？别搭理他。我跟你说，你那哥哥真不是什么好东西，你犯不着这样。他多浑蛋啊，我就盼着他倒大霉……啊！你咬我尾巴！你这死孩子！"

一位侍者匆匆过来，悄声对尹眉无道："公子，有人过来了。"

尹眉无还没问来人是谁，影四一脸冷漠地进来了，径直就往影五这边走。

狐尾一卷，尹眉无把影五拖到自己的身后，挑眉问他："干吗？还想打我们五儿？"

影四冷冷看着尹眉无："把人交出来。"

影五躲在尹眉无的尾巴后边，嚷道："我不回去……"

尹眉无看着影四那副目中无人的模样就来气，想到他之前跟他那主子一块糟践小雁三琏，就恨不得他出门被马车轧死！

侍者眼看这儿要打起来，慌忙提醒尹眉无："公子，这位是青刚玉斗台的元老斗者，是十年前百局连胜的其中一位。"

尹眉无怔了一下，尾巴一甩，直接把影五扔到他哥面前："熊孩子就是得好好管教，带走吧，告辞。"

影五道："尹眉无，你……"

影四不等影五说完，一把将人扶稳，整了整他凌乱的衣裳，又把自己的外袍脱下来给他裹上，将人带走了。

两人出了小巷，外边已是深夜，影五一脸不情愿地跟着影四往王府的方向走。

"冷吗？"影四问。

"冷……"影五吸了吸鼻涕，裹紧了身上披的衣裳，想起影四身上穿得更单薄，又慌忙把身上的衣服扒下来，想给影四披回去。

影四却又将衣服给他裹了回去，垂眸看着他脸上的泪渍。

“我还以为你不会来找我呢。”影五低着头小声说。

“怎么会？”影四低头问，“这么伤心吗？”

“……那……那当然啊……”影五沮丧地道，“从前，我还炫耀我有哥哥，小十三说羡慕我有个好哥哥，可我现在没有了。我没有娘也没有爹，没有妹妹也没有姐姐，现在连哥哥都不要我了，我活不下去了，我要跳河。”

看着略显孩子气的弟弟，影四冷漠的眉眼不知不觉带上一丝笑意，片刻后，他轻声道：“别跳河了，跟哥回去。”

“嗯，好的。”影五这会儿也渐渐冷静下来，乖巧点头。

两人一前一后地走着，路上行人不多，月光正明，树影交横。

不久，两人翻墙回了王府，钻进影五的住处。

影四给影五掖好被角，转身欲走，却被影五叫住。

影五内心害怕，小心翼翼地问道：“哥哥……”

影四心领神会，轻声道：“放心，哥哥明早就来看你。”

他冷血无情，杀孽深重，自始至终也没打算做个好人，只想做个好哥哥。

而后，他又道：“那个丫鬟是奸细，已经死了。”

影五讶异道：“奸细？你别骗我……”

“不骗你，这事王爷也知道的。”

“那你说好了明天要来看我，不许再失约啊。”

影五点点头。

影五这才放心入睡，睡着时嘴角还带着笑。

影四重新帮影五把被角掖好，吹了灯，准备回自己住处，却听见影五在说梦话。

影五呢喃道：“真好……我有一个全天下最好的哥哥……”

影四一怔，忽然有万般情绪涌上来。

欣慰，庆幸，安心……

深渊恶魔竟养出了一朵快活的小白花，他半生皆苦，今日终于甜了一回。

番外五　雀离笼

夕阳西下，傍晚的斜阳落在琉璃瓦上，光辉熠熠。

道是海清河晏，天下安澜，十几年时光飞逝。

这十几年里，武林中江湖纷争不断，门派更迭，而孔雀山庄屹立不倒，与洵州齐王府遥遥相望。

慕雀也已长大成人，在师父和师兄的教导下，成为孔雀山庄内第一高手，入族谱，正字更名年希岚。

江湖之中凡是高手，大多性子孤高，全要争做枝上寒梅、山间劲松不可，否则便像对不起这“高手”二字一般。小雀儿却不同——这孩子天资过人，从小到大没受过什么委屈，被养得娇滴滴的，身上一点儿宗师之风也不见。

“叔叔！陪我下山嘛。”慕雀走到正盘坐竹林中打坐的楚心魔身边。

习武之人内外兼修，因此多半长寿，容貌也不似普通人一般会随着年华老去，故而楚心魔的身姿依旧伟岸挺拔，面容与十几年前无二。

楚心魔闭目调息，不理不睬。

慕雀坐在他身侧，指尖轻抬他的下颌。

这少年长了一双柔中带妩柳叶眼，洒雾薄红胭脂唇，长发垂腰，耳鬓簪一支金绿孔雀羽。孔雀羽的色彩与日光交相辉映，落在他白皙的脸庞上。

楚心魔静心顺气，从体内震出一股气劲，抬手一掌朝慕雀拍去。

周遭竹叶被猛烈气劲震得簌簌落地，竹林中仿佛下了一阵竹叶雨，刹那间，竹枝尽断，唯有一支悬着鸟巢的修竹不倒。清修三年，楚心魔的武功又精进了一层，已将五毒心法修至第九重，只差一步便能迈入武林宗师的境界。

而慕雀竟丝毫没被这股气劲震慑影响，他微微一笑，内劲倒流，只一招就震开了楚心魔几乎触到自己心口的掌心。

“扰我清修。”楚心魔收功睁眼，用大手揉了揉雀儿头顶的长发。这孩子天纵奇才，根骨非凡，才十八岁，身上武功便已深不可测，甚至远在自己之上。

“三年可长，我等得好苦。”慕雀赖在楚心魔身边埋怨，“稍后拜别师父、师兄，我就要下山游历江湖了。叔叔说好的陪我。”

“下山该是明日。”

“我等不及了嘛。等了三年，今天是最后一日，太阳一落就算完了！”

小雀儿这孩子心澄如镜，不谙人情世故，如今是该下山游历一番——万一日后年九珑心血来潮扔下庄主雀羽冠，撂挑子不干了，小雀儿还得挑起孔雀山庄的大梁来。

楚心魔一抖阔袖，负手向竹林外踏去：“说走便走罢。”

两人向着孔雀山庄正中央的主殿走去。夕阳西下，傍晚的斜阳落在琉璃瓦上，光辉熠熠。

两人刚踏上台阶，尚未进门，便听见院子里传来了一道数数的声音：“四百九十二，四百九十三，四百九十四……呵呵，不行了就求饶吧。”

慕雀推门而入，见平日里威严狠厉的庄主师兄正趴在大柳树下的青石砖面上，赤着上身，单手撑地，而师父雁琏正跷腿坐在他的背上，悠然地摇着小扇数数。

年九珑咬牙撑地，汗水从脸颊上滑落，已经淋湿了一小块地面。

“哟，小雀儿来了。你们进屋稍候，待我盯完这套家法再说。”雁琏“啪”的一声收起小扇，低头笑道，“我数到几来着？”

年九珑欲哭无泪：“三哥，四百九十五了！”

“是吗。”雁琏故意拖慢语调，这最后五个数折磨得年九珑生不如死。

雁琏坐在他的背上，摇着折扇细细数落他的罪状：“我让雀儿去挑些酒曲酿酒，你非说二哥的白梅酿雪好，要去抢两坛回来佐菜，那好，我叫你从王府回来的路上带两捆韭菜，我一早切了细臊子，醒了面，就等你这韭菜回来好包饺子，你倒好，去满庭欢摇骰子去了，回来两手空空，韭菜忘了买，酒也落在赌坊里。”

“我知错了！”年九珑苦苦支撑着哀叹道。

直数到五百，雁琏才从他身上轻跃下来。

年九珑虚脱喘气，躺在地上要赖争辩：“可今日是因为遇上尹眉无挑衅——他说他在逍遥山麓修炼十年，隔空换物的本领天下无敌了，我当然要与他讨教一番了！”

“他易容出行，谁看得出他是逍遥山掌门？你堂堂孔雀山庄庄主，在赌坊抛头露面，乐不思蜀，武林中人如何看待你？”

年九珑敲着酸痛的胳膊，笑道：“那无所谓，谁在乎那些身外虚名？人们看待我是雁家的人就行。”

雁琏被他这股无赖劲儿拿捏得无可奈何，拿小扇敲敲他的头：“多大岁数了，还是一副小孩儿脾气，可怎么好。”

慕雀坐在里屋榻上，斜着身子搭在窗边偷看，悄声笑道：“挨了师父罚，还要听上半日的数落，也就只有师兄还笑得出来了。我看他是乐在其中。若是我，断然是要哭着跑上山求叔叔罩着的。”

楚心魔端坐在茶桌旁，淡漠地接话道：“那我便与他一同训诫你。”

“是吗？”慕雀笑得明媚，“可我苦思冥想，哪一次都是叔叔替我拦住师父揍人的藤条呢。”

楚心魔面不改色地端起茶杯，将茶水饮尽。

一盏茶工夫过去，房门被推开，洗漱、穿戴完毕的年九珑走进来，已全然不见刚刚躺在雁琏脚下的无赖模样。他头戴雀羽华冠，身披金蓝广袖袍，回身替雁琏拨开门口的珍珠帘，携他一同进来。

“白食吃了好些年，今日终于要滚出山庄了。”年九珑拂袖坐到主位上，给雁琏和自己各倒了一杯茶，抬头对慕雀道，“你离开后愿意去哪儿我不管，但得替山庄出些力。你先去洵州齐王府拜见王爷，随后一路往南安——年底是碧霄馆主郑冰和灵湄掌教郑炎的生辰，你花心思准备两份妥当的礼物送去，银子记在山庄账上。最后你去一趟天临将军府——王爷或许有话让你捎到。”

慕雀专心记着：“师兄放心。”

雁琏在一旁玩着小扇不说话，眼神却在年九珑的脸颊上游移，心道：九九最是刀子嘴，豆腐心，这些年来，他与小雀儿屡屡发生口舌之争，心里却也是为那孩子做着打算的。

先让慕雀拜见王爷，便是向王爷表明他已将慕雀视为山庄少主，今后内外行事望多照拂。而灵湄教、碧霄馆与孔雀山庄交好，年九珑是想把自己的人脉布到雀儿身边。

记下这一切，慕雀起身告别，楚心魔亦随之消失。

雁琏笑着拍拍年九珑的手背：“你这师兄当得称职。”

年九珑依旧嘴硬：“还不是为了哄你高兴。我不管，雀儿走了，你往后年年都只能给我一人做生辰礼物了。”

“好好好。”雁琏揉了揉他的发顶，“长不大的小孩儿。”

入夜，微风阵阵，明月高悬，碧窗钉锈花枝落，柳遭风袭月不移。

有楚心魔随身保护，慕雀的江湖之行异常顺利，一去四年，游遍了中原南北。

小雀儿的脾性与他师兄年九珑恰恰相反——年九珑冷淡狠厉，其实骨子里温柔稳重，而且不论做什么都先顾着三哥，不会轻易与人冲突；小雀儿却不同，他虽外表阴柔妍妩，却十分好斗。这四年里，他挑战各大门派高手，百战百胜，不过他也点到为止，给对手留有余地。

除此之外，慕雀还好管闲事，手痒时便替所到之处的百姓铲除强盗、水匪，偶尔玩过了火，被千儿八百个怀恨在心的山野贼寇团团包围，慕雀便耍赖吹响口哨，叫楚心魔现身镇场。

楚心魔对自家的惹祸精也无可奈何，只能顺着、宠着，任他胡作非为。

剿灭千百个山贼后，孔雀山庄少庄主的名字一时间为人口口相传，武品、人品皆为人称赞。

孔雀山庄已选定少庄主的消息传遍武林，以"庄主无后"为由蠢蠢欲动之人纷纷偃旗息鼓。

游历江湖的最后一站，慕雀落脚天临将军府。

刚被管家引入院中，慕雀便感到府中人人噤若寒蝉，细打听下才知，前日陛下赐了两位美貌胡姬入府，为将军解闷。

可将军根本不闷——他年轻时征战西北，从战场带回了一位桀族美人，宠爱至今。那桀族美人是个醋缸，听说府上来了两位年轻貌美的胡姬，一下子就火了，闹了起来，将军正忙着哄劝。

天临将军听罢慕雀的来历，顿时眉头舒展，愁云歇散，沉稳地道："少庄主来得正好，我天临将军府与齐王府许久未走动，你替我将府中精心准备的礼品带去，顺便捎上这两位胡姬。"

慕雀知道自己无法拒绝大将军的要求，只好请了马队，带上礼品和胡姬上路。

待跋涉至齐王府，他一仰头，就看见王府飞檐上坐着两位身穿墨云锦衣的鬼卫——齐王府影卫长影四和单挑无敌的影五。

"四叔，五叔。"慕雀咽了咽口水，"天临将军托我带礼物来走动，方便开个门吗？"

影四冷道："礼物可进，美人就不必了，送回去吧。"

影五幸灾乐祸："小雀你疯啦？王爷心有所属，你这是自寻死路呢。快走吧，等会儿被王爷发现，就该发火儿了。"

慕雀苦着脸："那这两位漂亮姐姐怎么办呢？"

“带回去给你师兄吧！”

慕雀险些哭出来：“我会被师兄打死的！”

影五笑道：“那你自己留着嘛！小雀儿成人了，是时候讨老婆成亲了，回头五叔给你包个大红包。”

慕雀一噎，挠了挠脸，羞赧自语：“讨老婆呀……”

他无奈地靠到马车边，一不小心就被胡姬从车帘内伸出的纤纤玉手抓住，拖进了车篷里。

两位姐姐一路上早就瞧着雀儿可爱，想要揉搓一番了，此刻便故意嘤咛着逗他：“小公子，收了我们姐妹嘛。”

慕雀大叫救命，被楚心魔一只手从车里拎了出来，衣衫凌乱，狼狈不堪，惹得影五前仰后合，大笑不止。

慕雀只好把两位漂亮姐姐带回山庄，安置在百药谷中，与炼药姑姑们一同饮食、生活，等日后再替她们寻个出路。

不知道为什么，楚心魔一回山庄就又进竹林闭关了，任凭慕雀说什么也不再搭理。

吃了几次闭门羹的慕雀站在竹林里，眼含热泪地大喊道：“我做错什么了吗？我太难了呀！”

空谷中传来楚心魔的声音：“小妖怪，闭嘴，别扰我清修，乱我心绪。”

番外六　与君同

休戚与共，风雨同舟。

九公子做了庄主后，重修翻新了孔雀宫，如今孔雀宫恢宏宽敞，内里精致奢华。他专门腾出一间华丽的内室，给雁三琏住。

床角下的铜炉里燃着银霜炭，整个房里暖意融融，雁三琏再也不用担心受冻了。

年九珑什么也不让他做，偶尔他无聊想出去走走，年九珑放下账本就冲过来扶着他；吃炖鱼，年九珑一口不吃，整顿饭都在给他挑鱼刺，也不知道哪儿来的这么多耐心。

这日，雁三琏懒散地窝在暗蓝锦衾里，翻看着话本，时不时笑出声，时不时又抹抹眼泪。

什么都不用做也没有人训自己，真好啊。

雁三琏最后合上书，心想这故事太好看了，一定得给九九讲，即使九九不爱看。

反正九九不会对他发脾气，他想怎样折腾都无所谓。

过了一会儿，年九珑端了一碗热腾腾的饺子进来，激动地炫耀："三三，我终于学会包饺子了！"

"又没大没小是吧？叫三哥。"雁三琏皱皱眉，伸手接过碗筷和料碟。

"我叫他们去陵川买的醋，你肯定喜欢吃。"

雁三琏闻言愣了一下，他当初不过随口一句，谁知年九珑一直记在心里。他味觉不好，其实根本吃不出什么味道，但九九这份心意是弥足珍贵的。

年九珑认真地盯着雁三琏吃，脸色却越来越差。

"你怎么了？"雁三琏发觉九九有点不高兴，怔了怔，道，"很好吃……第一次做就能做出如此味道，已经很不错了……"

"三哥。"年九珑抿了抿嘴，问他，"昨天的菜好吃吗？"

"……"雁三琏最怕年九珑问他味道如何，只能忖度着回答，"挺好啊，你做的能不好吗？”

“可我今天才发现，昨天炖鱼的时候忘了放盐。”年九珑表情僵硬地说，“三哥，你那碟里放的是酱油。”

雁三琏一愣，大意了。他对年九珑早就没了戒心，竟忘了嗅气味。

“三哥，你与我说实话。”

“说什么？”

年九珑轻声叹口气，道：“你是不是什么味道也吃不出？”

“对不起……我……我只是不想让你担心，才一直瞒着你。”雁三琏有些局促地解释。

“为什么你一定要将你受的苦瞒着我呢？”年九珑站起身，“是想让我相信你从前过得很好吗？你觉得我会相信吗？”

“对不起……”

“是我的错啊。”年九珑越说越难受了，“那都是我的错，我从来没想过你过得如何，我以为所有人都与我一样，吃穿不愁，无人敢欺。”

雁三琏咬着嘴唇不知怎么解释，他觉得自己现在的生活已经足够好，只要能一直这样下去就足够了。

“三哥。”年九珑看着他，“你记住，在我面前，你无须掩饰什么，受了什么苦也要让我知道。”

雁三琏回望他，片刻后终于点点头。

山庄的绣娘织了几匹银丝缎，给慕雀做了几身衣裳。

雁三琏蹲下身给慕雀整理好衣领，拍拍他的小肩膀，温和地道：“雀儿打扮起来很精神呢，但要仔细点，新衣服别穿坏了。”

慕雀小脸红扑扑的，听话地点点头，抱着雁三琏的手臂撒娇：“我晓得了，师父。师父，我想去孔雀林玩，可叔叔很忙，不带我去。”

“等天暖和些，师父带你去。”雁三琏摸摸他柔软的发顶，“别给叔叔添麻烦。”

年九珑刚从外边回来，隔着重叠影纱瞧见雁三琏在耐心地给那小崽子整理衣裳。

慕雀蹦蹦跳跳地跑出来，见了年九珑，乖乖地叫了声“师兄”。

“我不是你师兄……叫师叔。”年九珑垂眼看着他，警告道。

慕雀知道师兄不喜自己，咬着嘴唇抠了抠指尖，故意朝他吐吐舌头：“才不叫，哼。”

说着，他还把雁三琏给他雕的小木球从衣襟里拿出来炫耀：“师父给我做的，只有小雀儿有，嘻嘻。”

没等年九珑捉住他打一顿，慕雀一溜烟跑了。

年九珑气得喘不过气来，浑身都被那雕刻精致的小木球扎疼了。

雁三琏撩开纱帘看他：“回来了啊，怎么不进来，不冷吗？”

“……”年九珑冷着脸不说话，默默地跟着三哥进了屋，闷声坐在桌前。

“怎么了？”雁三琏一边询问，一边给他倒了杯热茶。

年九珑没伸手接，噘着嘴，委屈巴巴地看着三哥。

“怎么了？”雁三琏眨了眨眼。

“三哥只给慕雀做了小球。”年九珑扬起下巴道。

雁三琏放下茶杯，微微蹙眉：“你都多大了，难道还稀罕那个？”

年九珑吸了吸鼻子，沮丧地垂着眼，像受了天大的委屈似的：“三哥……我也想要那个小球，我想要……你都没给我做过什么东西……”

“好了九九，别这样。”雁三琏有些哭笑不得。

年九珑看着雁三琏道：“下月是我的生辰，你是不是忘记了？去年你也没送我礼物……三哥你对我没有从前那么好了。”

“怎么会？”雁三琏低头笑道，“那小球不过是个小孩子玩物。”

“可那是你亲手做的啊……”

雁三琏半眯着杏眼，长睫毛低垂，唇角含笑：“那晚上给你做好吃的，当作三哥向你赔罪，可好？”

年九珑一怔，点了点头。

雁三琏看着变乖巧的年九珑，忍不住轻笑出声。

无论多少年过去，九九在他面前仿佛还是当年的那个孩子啊。

“你娘在世的时候，曾带你去过洵州吗？”雁三琏似是想到了什么，忽然问道。

“怎么突然问这个？好像有过……是我三四岁时的事了吧……”

“去做什么？”

“探亲……回来时刚好是庙会，就逛了逛。”

雁三琏闻言愣了半晌，忽而眼角微红。

“怎么了……”年九珑感受到了雁三琏情绪的变化。

“没什么。”雁三琏伏在桌案上笑笑，“只是高兴。”

他高兴自己从前的坚持与信仰，没错付他人；高兴今后的路，有人与他一起走，休戚与共，风雨同舟。

【全文完】